DER TURMFALKE

Thomas Hesse, Jahrgang 1953, lebt in Wesel, ist gelernter Germanist, Kommunikationswissenschaftler und Journalist. Er war bis Ende 2014 in leitender Position bei der »Rheinischen Post« am Niederrhein tätig. Heute ist er freier Autor, Journalist und Publizist. Bekannt wurde er unter anderem durch Niederrhein-Krimis zusammen mit Thomas Niermann und Renate Wirth.

Renate Wirth, Jahrgang 1957, ist Gestalttherapeutin, Künstlerin und Autorin.

THOMAS HESSE/RENATE WIRTH

DER TURMFALKE

Niederrhein Krimi

emons:

Bibliografische Information der Deutschen Nationalbibliothek
Die Deutsche Nationalbibliothek verzeichnet diese Publikation in der Deutschen Nationalbibliografie; detaillierte bibliografische Daten sind im Internet über http://dnb.d-nb.de abrufbar.

FSC
www.fsc.org
MIX
Papier | Fördert gute Waldnutzung
FSC® C083411

Umschlagmotiv: shutterstock.com/Thorsten Spoerlein
Umschlaggestaltung: Nina Schäfer, nach einem Konzept von Leonardo Magrelli und Nina Schäfer
Umsetzung: Tobias Doetsch
Gestaltung Innenteil: DÜDE Satz und Grafik, Odenthal
Lektorat: Hilla Czinczoll
Druck und Bindung: CPI – Clausen & Bosse, Leck
Printed in Germany 2024
ISBN 978-3-7408-2104-3
Niederrhein Krimi
Originalausgabe

Niemand spricht gefahrlos, wenn er nicht
im richtigen Moment schweigt.

Thomas von Kempen

EINS

Donnerstag, der 14. September, sieben Uhr zehn, Weseler Straße, Fahrtrichtung Wesel zwischen Unterbirten und Ginderich

Diese Idylle! Das ist ja ungeheuerlich, wie schön ein Weg zu einem Tatort sein kann, dachte Karin Krafft, während sie unterhalb der Höchstgeschwindigkeit von hundert Kilometern pro Stunde über die Landstraße fuhr, ungeachtet der Schlange, die sich hinter ihrem Wagen bildete. Auf der rechten Seite nisteten Störche auf abgebrochenen Pappelstämmen, die alten suchten in der Niederung nach Futter, hinter den Bäumen ging malerisch die Sonne in einem lichten Streifen wabernden Nebels auf. Auf den Weiden lagen frische Kälber neben ihren Müttern und wurden liebevoll abgeschleckt.

Vorbei an Ginderich, dem kleinen Dorf hinter dem Deich, befand sie sich nun mit siebzig Kilometern pro Stunde in der zum Gebotsschild passenden Geschwindigkeit. Linker Hand kam der Storchenhorst vom Schwanenhof in Sicht. Die Vogelkinder, gut erkennbar an Schnäbeln und Langbeinen, denen noch das typische Rot fehlte, lugten auch hier über den groben Rand.

»Bald müsst ihr fliegen«, murmelte Karin mit einem Hauch Wehmut, während genau vor ihr ein Greifvogel mit einer Maus in den Krallen am Straßenrand aufstieg und knapp die Frontscheibe verfehlte.

»Gerade gut gegangen.«

Burmeester hatte Karin frühzeitig aus dem Bett geklingelt. »Einsatz, Karin, ein Toter in Dinslaken, die Leitstelle hat mich, wie immer, knapp vor Ende der Bereitschaft informiert. Ich bin gleich vor Ort.«

»Einsätze vor dem Aufstehen sollten untersagt werden«, hatte ihr Mann geflüstert, »immer klauen sie uns die letzte halbe Kuschelstunde, deine Toten.«

Ihr Telefon klingelte erneut beharrlich, die Hauptkommissarin drückte auf ihrem Lenkrad das kleine Hörersymbol, Jerry Patalon meldete sich.

»Burmeester hat die ersten Einzelheiten eingestellt und meinte, ich soll dich schon mal auf dem Weg informieren. Es gibt einen Hausbesitzer in einem sehr ordentlichen Stadtteil Dinslakens, dem Bruch, der an den Wohnungswald grenzt. Das ist das Viertel mit den Straßen, die nach Frauen benannt sind.«

Karin musste lächeln und nahm aus dem Lautsprecher wahr, dass es Jerry ähnlich ging. Seit Jahren zog eine Geschichte durch die Polizeibehörde, die sich bei der Aufnahme von Personalien abgespielt hatte.

Der Wachtmeister: »Wo wohnen Sie?«

Der Befragte: »Auffe Berta, aber nächsten Ersten umme Ecke auffe Almut.«

Der Wachtmeister, sichtlich irritiert: »Wie bitte?«

Der Befragte: »Na, auffe Bertastraße.«

Karin fragte Jerry, wo der Tatort sei, konzentrierte sich auf die Straße, bemerkte, wie er schmunzelte.

»Auffe Agnes.«

Beide prusteten los.

»Agnesstraße 58, der Hausbesitzer liegt malerisch in seinem Vorgarten, einer dieser furchterregenden Schottergärten, in die sich kein Grün verirrt, meinte Burmeester. Heierbeck und er haben ihn noch nicht bewegt, da gibt es einen Umstand, den du selber sehen sollst.«

Karin bemerkte erleichtert, dass die B 8 hinter dem Ortsende Wesel und weit vor dem Restaurant Lippeschlößchen ihre alte Fahrspur zurückerhalten hatte und nur noch die Umleitung über die Frankfurter Straße für ein verstärktes Verkehrsaufkommen sorgte. »Ja dann bin ich mal gespannt. Gibt es noch Infos zur Person?«

Jerry berichtete, dass der Mann Thorwald Timmermann hieß, ein Geschäftsmann aus dem Ort.

»Die mögliche Todesursache scheint laut erster Sichtung ein gewaltiger Schlag auf den Hinterkopf zu sein. Das Tatwerkzeug, ein etwa faustgroßer Stein, wurde bereits sichergestellt.«

»Gut, danke. Du hast jetzt Feierabend, richtig? Von Aha müsste ja gleich eintrudeln.«

»Genau.«

Das klang erleichtert.

»Ich warte noch eben auf Gero und mache eine kurze Übergabe.« Ohne Pause revidierte er seine Äußerung. »Ach, nein, ich bleibe hier, uns fehlt sonst einer, solange Tom noch im Urlaub ist, und die ersten Stunden sind immer wichtig.«

Karin Krafft lächelte, sie hatte ein gutes Team. Tom Weber hatte bei einem der letzten Einsätze eine sehr kompetente, attraktive Kollegin aus dem LKA Düsseldorf kennengelernt und schien seitdem wie ausgewechselt, er summte sogar manchmal, wenn er an seinem PC saß. Gero von Aha, der gleich die Stallwache übernehmen würde, fiel immer wieder durch eigenwillige Ermittlungsmethoden auf, war aber dennoch ein geschätzter Kollege.

Die Agnesstraße wirkte gefegt, unkrautfrei, und Karin konnte sich vorstellen, wie hier in ein paar Wochen die Laubbläser um die Wette jaulen würden. Das Aufgebot an Polizeibeamten, die Fahrzeuge, das Trassierband, der von den Rettungskräften der Feuerwehr aufgefaltete Sichtschutz, alles schien hier falsch, passte nicht in das geordnete Bild, gehörte in eine andere, verdorbene Welt. Hier rangelten keine Gaffer mit gezückten Handys um die beste Sicht, hier lauerten die Neugierigen verdeckt im Hintergrund, hinter den Fenstern statt hinter dem rot-weißen Absperrband. Karin bemerkte Schemen hinter lichten Gardinen.

Burmeester kam ihr entgegengelaufen. »Gut, dass du da bist, ich habe bislang dafür gesorgt, dass die Anzahl derer begrenzt ist, die den Toten sehen konnten.«

»Wer hat ihn gefunden?«

»Seine Frau, Farina Timmermann, die wollte zum Walken.«

Wie dieses Kölner Parfüm, ging es Karin durch den Kopf, wer nennt denn seine Tochter nach einem traditionellen Duft? Sie liefen an dem Vorgarten vorbei durch die Einfahrt, der Zugang durch den Sichtschutz war an der Frontseite des Hauses.

»Wie lange liegt er schon dort?«

»Zwischen sieben und acht Stunden.«

»Das war ja dann um Mitternacht. Hat Farina ihn nicht im Haus vermisst?«

Burmeester zuckte mit den Schultern. »Sie war bislang nicht ansprechbar. Ich kann nicht so gut mit weinenden Frauen, das ist dein Part.«

Die Hauptkommissarin schaute auf die Plane. Vor ihr eine Fläche mit Kies, nichts als Steine. Es waren Muster gelegt mit unterschiedlich großen Kiesbrocken, die kleinen vergleichbar mit Hühnereiern, die großen, die sie nun überqueren sollte, wie Fußbälle, verformt, weil Luft entwichen war. »Verdammt, wer denkt sich, dass so etwas schön ist? Komme ich vom Bürgersteig aus einfacher an ihn ran?«

»Nein, vorne ist dieser Vorgarten gleichermaßen schlecht begehbar. Das Tatwerkzeug zu finden war keine Kunst, also ich gehe von einer Tötung im Affekt aus.«

Karin starrte auf die Steine. »Was ist so Besonderes an der Leiche, dass ich hier durch dieses Steinfeld muss?«

Burmeester wies auf den Toten unter der Plane, neben ihm stand Heierbeck, winkte sie her und rief ihr zu, sie solle einfach vorsichtig rüberbalancieren. »Sie werden gleich erkennen, warum wir ihn vor neugierigen Blicken schützen.«

Burmeester seufzte kurz, stellte sich neben seine Chefin und bot ihr galant eine Hand, gemeinsam stolperten sie hinüber zu der großen Plane, unter deren vorderem Teil sich ein Körper abzeichnete. Heierbeck und sein Kollege lupften die vorderen Ecken. Darunter lag der Tote auf dem Bauch, den Kopf mit den weit geöffneten Augen zur Seite geneigt, eine Blutlache um seinen zertrümmerten Schädel färbte die eiergroßen Kiesel.

Etwas anderes fiel unweigerlich ins Auge. Der untere Teil des Schädels, der halbe Rücken, die Oberschenkel, ein Teil der Unterschenkel waren mit weißer Farbe überschüttet, dies musste mit Wucht geschehen sein, die Farbe bedeckte gleichermaßen eine große Steinfläche. Sie schien bereits gefestigt zu sein.

Irritiert schaute Karin Krafft zu dem Spurensicherer auf. »Was ist das?«

Sie stockte einen Moment, dachte nach, während Heierbeck antwortete.

»Ich tippe auf hochwertige Acrylfarbe, bei unserer Ankunft bereits angetrocknet.«

»Ja, jetzt verstehe ich die Abdeckung. Burmeester, diese Farbe wird doch von einer bis dato noch unbekannten Gruppe von Aktivisten immer wieder in steinreichen Vorgärten verteilt, richtig?«

Der Angesprochene setzte zu einem Statement an. »Genau, es gibt seit knapp einem Jahr wöchentlich neue Anzeigen, alle Polizeireviere quer durch die Region sind damit beschäftigt. Das ist viel Schreibarbeit wegen Sachbeschädigung, ein Ermittlungserfolg ist nicht in Sicht. Niemand weiß, wer dahintersteckt. Zwar gibt es keine Bekennerschreiben oder sonstige Hinweise zu den Attacken auf Schottergärten im gesamten Kreis, jeder weiß jedoch, warum das als stiller Protest geschieht. Bodenversiegelung, Naturvernichtung, Aufheizen von Stadtflächen, alles spricht gegen diese lieblose Schotterung, doch so viele folgen dem Trend, der in Einzelfällen bereits vor ein, zwei Jahrzehnten begann. Den Aktivisten schlägt nicht nur Feindseligkeit, sondern auch eine gewisse Sympathie entgegen. Die Betroffenen fluchen, die Naturschützer recken anerkennend die Daumen in die Höhe, der NABU distanziert sich offiziell von diesen Aktionen. Klammheimliche Sympathie bleibt dennoch nicht verborgen.«

»Stopp mal eben«, unterbrach Karin ihn. »Kollege Heierbeck, was sagen Sie zu dem Ablauf hier? Stehen die Tötung und das Überschütten mit Farbe in direktem Zusammenhang? Und lässt sich die Farbe mit den vorherigen für die, wie soll ich es nennen, Geröllschändung verwendeten vergleichen?«

»Alles, was ich zu diesem Zeitpunkt gesichert sagen kann, ist, dass zunächst das Blut floss und danach die Farbe.«

Er wies auf einen Behälter der Spurensicherung, der zwei Meter von dem Toten entfernt in der Steinwüste stand. »Da lag das einzige Beweisstück, das wir der Tat bislang zuordnen können.«

Die Hauptkommissarin wartete auf eine nähere Erläuterung, die blieb jedoch aus. Sie schaute auf die Steinhaufen, die sie zu überqueren hätte, um sich selbst einen Eindruck zu verschaffen über das, was sich gut abgeschirmt dort befand, und resignierte. »Och nee, ich balanciere jetzt nicht dorthin. Verraten Sie mir, was Sie sichergestellt haben.«

Heierbeck blickte auf, dann auf Karins Füße, zierliche Schuhe mit glatter Sohle, zwar modisch und hübsch, aber nicht für Gänge durchs Gelände zu gebrauchen. »Ich sehe schon, Sie waren nicht auf den Ausflug ins Gebirge gefasst.« Er wies zur Seite. »In dem Behälter befindet sich der Eimer, aus dem die Farbe gegossen wurde.«

Karin vermutete einen Lichtblick. »Dann müsste sich ja anhand des Barcodes ermitteln lassen, wo die Farbe gekauft worden ist?«

Heierbeck schüttelte den Kopf. »Wenn dieser Eimer überhaupt eine Kennzeichnung hat, dann ist sie momentan von der Farbe bedeckt. Es handelt sich nicht um den Originaleimer, man hat die Farbe umgefüllt. Hier geht es unter Umständen um Fingerabdrücke, und vielleicht lässt sich aus der Farbzusammensetzung zumindest der Hersteller ermitteln. Alles ist offen, Frau Krafft. Und den zeitlichen Abstand zwischen Eintritt des Todes und Überschüttung mit dem Zeugs kann ich auch noch nicht genau bestimmen, da werden wir wohl experimentieren müssen. Möchten Sie das Opfer noch einmal sehen, oder kann ich ihn abholen lassen?«

»Nein, nein, er kann zur Forensik. Ich balanciere hier wieder heraus und werde nachhorchen, was die Gattin des Toten sagt. Der Todeszeitpunkt liegt irgendwo um Mitternacht herum, da muss sie ihn doch im Haus vermisst haben, oder? Und lassen Sie die Plane auf den Steinen, es wird besser sein, wenn wir einen gewissen Vorsprung vor dem Teil der Öffentlichkeit haben, der sofort mit dem Finger auf die unbekannten Aktivisten weist. Wenn die Gruppe für das hier verantwortlich ist, dann finden wir das heraus.«

Farina Timmermann öffnete die Tür, nahm den Ausweis der Hauptkommissarin entgegen, vergewisserte sich, dass die abgebildete Person die war, der sie in die Augen sah, reichte die Kunststoffkarte zurück. Mit einer Geste bat sie Karin Krafft einzutreten, nicht ohne den Blick gezielt in die Umgebung schweifen zu lassen.

Farina, dachte Karin, das war der Vorgänger von 4711. Wie gut, dass die Eltern dieser Frau sie nicht Tosca genannt haben. Schnell kehrte sie gedanklich zum Tagesgeschehen zurück und betrachtete ihr Gegenüber. Offenbar hatte sie ihr Sportzeug abgelegt.

Die chic gekleidete Frau linste halb verdeckt aus der Diele heraus zur Straße. »Furchtbar, alle glotzen zu mir herüber. Ich habe das Telefon abgestellt, andauernd ruft jemand an und fragt, was hier los sei. Da, sehen Sie, die Radfahrerin steigt sogar ab, um herzustarren. Neugieriges Gesindel.«

War das eine blutfrische schockierte trauernde Witwe?, ging es Karin durch den Kopf angesichts der durchgestylten Frau, die sogar an das passende Parfüm zu ihrem teuren, dezent bunten Outfit gedacht hatte, leicht blumig mit einem Hauch Vanille. Wie sollte sie ihr neutral begegnen?

Spontan streckte Karin die Hand aus. Farina Timmermann wirkte irritiert, ergriff sie zart, um die Berührung schnell wieder zu lösen. Ein Frauchenhändedruck, dachte Karin. »Mein Mitgefühl, Frau Timmermann.«

»Danke. Daran muss ich mich wohl erst mal gewöhnen. Ach, gehen Sie durch und nehmen Sie Platz. Darf ich Ihnen einen Kaffee anbieten? Frisch gemahlene Bohnen aus Mexiko.«

Die glatte Platte des Esstisches wirkte ungefähr so einladend wie ein Spiegel, auf dem man keine Fingerabdrücke hinterlassen durfte, alles in diesem Haus schien nahezu staubfrei. Die Hauptkommissarin hockte sich auf die Kante eines Stuhles mit Rollen, beherrschte sich, diese nicht zu nutzen, straffte ihren Rücken, die Füße auf die Steinfliesen gepresst. »Für mich bitte nicht. Setzen Sie sich einen Augenblick zu mir.«

Farina Timmermann folgte wie ein braves Mädchen und

schaute Karin aus perfekt geschminkten Augen mit unschuldigem, fast kindlichem Blick an. In Karins Kopf surrte es. Was präsentierte ihr die Frau hier in diesem Haus, das die Gemütlichkeit eines Möbelkatalogs ausstrahlte?

»Frau Timmermann, wann haben Sie Ihren Gatten zuletzt gesehen?«

Pause.

»Ich weiß nicht genau. Wir haben uns eine Pizza kommen lassen, das war so gegen neunzehn Uhr. Dann ist er unten verschwunden. Er blieb die ganze Zeit in seinem Arbeitszimmer. Manchmal kann er sich nicht lösen.«

»Das beantwortet meine Frage nicht.«

»Ich weiß es nicht genau. Vielleicht ist er noch einmal ins Wohnzimmer gegangen, weil er sich ein Bier geholt hat. Ich bin gegen zweiundzwanzig Uhr raufgegangen und habe oben ein wenig ferngesehen.«

»Und dann?«

Die Witwe betrachtete ihre perfekten Fingernägel, lang und rot, künstlich und ungeeignet, sich auch nur die Kopfhaut zu kratzen, bevor sie mit leiser Stimme weitersprach. »Ich bin dann wohl eingeschlafen.«

»Während der Fernseher weiterlief?«

»Das Gerät stellt sich nach einer Stunde automatisch aus, das ist ganz praktisch.«

Karin dachte darüber nach, wie oft sie aufwachte, weil Maarten später ins Bett kroch, dass es immer zumindest einen kurzen Körperkontakt gab, einen Kuss, ein Streicheln. »Haben Sie Ihren Mann nicht vermisst?«

»Er schläft manchmal unten, das ist normal, wenn er viel arbeitet.«

»Was machte Ihr Mann beruflich?«

Farina Timmermann spielte mit der Halskette, ließ die weißen Perlen durch die Finger gleiten. Die Frau wie ein Model aus der Modezeitschrift trug bereits den Schmuck der Trauer, weiße Zuchtperlen, bemerkte Karin, während sie immer noch, von ihrem Gespür geleitet, herauszufinden versuchte, was sie hier irritierte. Sie legte ihre Unterarme auf der Tischplatte ab, bemerkte sofort den kleinen strafenden Blick der Witwe, die innehielt, ihre Perlen zu befühlen. Nein, Karin ließ die Arme auf dem kühlen Untergrund liegen.

»Mein Mann war freier Unternehmer.«

Karin wartete einen Moment auf weitere Erläuterungen. Die blieben aus. Sie würde dieser Frau alle Einzelheiten nacheinander entlocken müssen. »Womit war er aktuell beschäftigt?«

»Das weiß ich nicht.«

Schluss, Karin verbarg ihre aufkeimende Ungeduld, indem sie die Finger faltete und tief durchatmete. »Frau Timmermann, um zu begreifen, was da draußen geschehen ist, muss ich mir ein Bild von Ihrem Mann machen. Dazu brauche ich präzise Angaben. Ich werde jetzt die Kollegen hereinholen, die sehen sich das Arbeitszimmer Ihres Gatten genauer an und werden sich auch im weiteren Haus umsehen.«

Das schien ihr nicht zu gefallen. »Warum das denn? Der liegt da draußen, nicht hier drinnen.«

»Wollen Sie nicht auch wissen, was passiert ist?«

»Jaja, aber das hat doch nichts mit mir und meinem Sohn zu tun.«

»Sie haben einen Sohn?«

»Ja, Felix.«

»Wo ist der?«

»Na, ich hoffe doch, in der Schule. Er hat bei einem Freund übernachtet, die wollten gemeinsam irgendeine Serie auf Netflix gucken.«

»Wie alt ist er?«

»Siebzehn, nächsten Monat achtzehn.«

Wenn Karins Tochter Hannah sie während der Schulzeit fragen würde, ob sie von Mittwoch auf Donnerstag zum Fernsehen bei einer Freundin übernachten könnte, würde sie mit elterlichem Widerstand rechnen müssen. »Haben Sie ihn schon informiert?«

Die Timmermann schaute ohne Veränderung ihrer Mimik zum Fenster hinaus auf eine künstlich wirkende Rasenfläche, hinter der sich ein Zaun aus steingefüllten Gabionen auftat. »Er ging nicht ans Handy. Da habe ich ihm geschrieben. ›Komm nach Hause, es ist was mit Papa.‹«

Sie nahm ihr Smartphone zur Hand und rief eine App auf, reichte das Gerät an Karin weiter. Mit einem Blick war der Hauptkommissarin klar, wer hier mit wem schrieb. Es gab nur Nachrichten von der Mutter, keine Antworten von Felix.

Das schien die Timmermann nicht zu stören. »Sehen Sie? Er hat sich die Nachricht noch nicht durchgelesen, es gibt keine Lesebestätigung. In der Schule sind die Smartphones tabu, in der großen Pause um zehn Uhr wird er es einschalten.«

Karin musterte Farina Timmermann ungewollt streng.

»Meinen Sie, es ist so günstig für einen jungen Menschen von siebzehn Jahren, ihn so lange im Ungewissen zu lassen? Außerdem wird sich bis in die Schule verbreitet haben, dass hier vor Ihrem Haus etwas Schlimmes passiert ist. Wollen Sie wirklich, dass er die Nachricht vom Tod seines Vaters über dubiose Kanäle erhält statt von Ihnen?«

Zum ersten Mal gab es eine Regung in dem perfekt geschminkten Gesicht, die Augenwinkel der Frau füllten sich mit Tränen, die sie mühselig zu unterdrücken versuchte, sie legte den Kopf in den Nacken, stand auf, zupfte ein Papiertuch aus einer Box, die auf der glatt polierten Anrichte stand, tupfte vorsichtig, lehnte sich an das niedrige Möbelstück, gestikulierte erst wortlos, schüttelte dann den Kopf. »Ich weiß doch nicht, was ich ihm sagen soll, ich kann das nicht.«

Karin Kraffts Unterarme und Hände hatten sichtbare Spuren auf der Tischplatte hinterlassen, zur Krönung stützte sie sich mit beiden Handflächen auf, während sie sich erhob, bemerkte den kritischen Blick der Hausherrin, ignorierte den stummen Vorwurf. »Wir beide werden noch einmal miteinander sprechen, ich führe Ihre Zurückhaltung auf die schockierende Tatsache zurück, den Gatten leblos im Vorgarten gefunden zu haben.«

»Was passiert jetzt mit ihm?«

»Ein Bestatter bringt ihn gerade zur Gerichtsmedizin nach

Duisburg, dort wird sich das Fachpersonal mit der Frage der Todesursache beschäftigen.«

»Wann kann ich die Beisetzung planen?«

Sie steht entweder unter Schock oder ist einfach cool, dachte Karin. »Sie werden informiert, sobald sie in Duisburg fertig sind, das kann ein paar Tage dauern.« Sie schaute auf ihre Armbanduhr. »Es ist gleich zehn Uhr. Wo geht Ihr Sohn zur Schule?«

»In die Gesamtschule in der Stadt.«

»Kommen Sie, wir fahren gemeinsam hin und sprechen mit ihm. Er hat ein Recht auf eine ordentliche Information, finden Sie nicht?«

Die Frau löste sich von der Anrichte, blieb mit hängenden Armen stehen. Karin baute sich vor ihr auf, sie waren fast gleich groß, und verschränkte die Arme vor der Brust. »Frau Timmermann, ich habe bereits die Notfallseelsorge informiert, es wird nachher jemand für Sie da sein. Aber jetzt müssen wir los und Felix davor bewahren, dass ihn die Todesnachricht auf anderen Wegen erreicht.«

Tumultartige Geräusche forderten Karins Aufmerksamkeit, laute Stimmen, Geschrei aus dem Bereich des Vorgartens drangen zu ihr. Sie ließ Frau Timmermann stehen und ging zur Eingangstür.

Draußen hielten Burmeester und Heierbeck gemeinsam einen Jugendlichen fest, der mit aller Kraft versuchte, sich aus deren Armen zu befreien. »Lasst mich los, so eine Scheiße! Loslassen! Ich will ihn sehen!«

Zwei Angestellte des inzwischen eingetroffenen Bestatters blieben in der Einfahrt stehen, über die sie die Bahre mit dem Totensack rollten.

Karin übertönte alle. »Lasst ihn los, sofort!«

Sie ging zu dem Jungen, der ihr stolpernd entgegenfiel. »Ich bin Hauptkommissarin Krafft. Du bist Felix, richtig?«

»Ja, ich will ihn sehen, geht das? Ich muss doch sehen, ob das stimmt, was die alle reden.«

»Traust du dir das zu? Er sieht nicht mehr aus wie immer, er hat im Blut gelegen.«

Der Junge nickte heftig. Karin wies die beiden Bestatter an, den Reißverschluss des dunkelgrauen Sacks zu öffnen.

Wenige Sekunden später lag der Junge schluchzend in ihrem Arm, während eine Notfallseelsorgerin sich dem Haus näherte. Mit Blicken verständigten sich die Frauen, die Seelsorgerin sprach Felix an, geleitete ihn zur Haustür, nickte Karin zu. Kurz darauf konnte sie seine Stimme erneut hören, er schien mit seiner Mutter zusammenzutreffen, der er seine Seelennot vor die Füße warf.

»Hast du es endlich geschafft, du alte Schlampe? Bist du jetzt froh, jaaa, ich sehe das doch, du bist froh, dass er nicht mehr lebt. Hast du ihn umgebracht? Antworte! Warst du das? Nein, du machst dir doch deine zarten Finger nicht dreckig. Wer hat dir diesen Job abgenommen? Scheiße! Rede mit mir!«

Es entstand eine kurze Pause, Burmeester, Heierbeck und Karin wagten nicht zu atmen, dann ging es wieder los.

»Du bist schuld. Wegen dir lebt er nicht mehr!«

Schließlich ging sein Geschrei in Stille über.

Karin wies zum Haus. »Gut, dass da schon eine Begleitung bei den beiden ist. Die zwei müssen wir näher befragen, anscheinend ist diese Fassade nicht umsonst mit Steinen geschmückt.« Sie schaute den Bestattern nach, die die Bahre in ihren Transporter schoben. »Wie gesagt, die Plane bleibt, und der Bereich hier wird ordentlich abgesperrt. Ich will nicht, dass jetzt eine Hetzjagd auf Naturschützer beginnt, die eventuell zu diesen Schotterverächtern gehören.«

Burmeester wies auf die Dachfenster der gegenüberliegenden Mehrfamilienhäuser, in den schrägen Fenstern lehnten Nachbarn mit gezückten Smartphones. »Wenn da nicht schon die ersten Posts unterwegs sind.«

»Burmeester, du gehst mit Heierbeck ins Haus und schaust dich speziell im Arbeitszimmer des Toten um. Ich will wissen, womit der sein Geld verdiente. Und vielleicht ist die Frau ja einem Mann gegenüber etwas zugänglicher. Bei mir gab sie die unnahbare, perfekt durchgestylte Eiskönigin.«

Während Karin zu ihrem Wagen lief, rief sie bereits im Kommissariat 1 an und erreichte Jerry Patalon.

»Finde mal heraus, was in den Polizeirevieren des Kreises über die Aktivisten gegen Schottergärten bekannt ist, ich brauche alle Infos. Und überprüfe den Namen Timmermann, Thorwald. Ich bin in einer Viertelstunde zurück.«

***

Es wurde eng in seiner kleinen Hütte. Wenn ihn zwei Personen gleichzeitig besuchten, so wie jetzt gerade Fliege und der Kurt, meinte Arthur Barneby Krause nach spätestens fünf Minuten, nicht mehr frei atmen zu können. In dieser Zeit hatte er seinen Besuch mit Haferkeksen und grünem Tee versorgt. Sie hatten beide in ungewöhnlicher Art losgeredet, aufgeregt, oberflächlich, laut, sie fielen sich ins Wort. Auch dieser Lärm schien falsch zu sein, insbesondere innerhalb seiner Holzwände.

Er war einfach nichts mehr gewöhnt, und in seinem Alter ließ einiges nach, die Energie, die Aufmerksamkeit, die Bereitschaft, sich ständig auf Neues einzulassen. Arthur Barneby Krause fühlte sich dann mit seinen sechzig Jahren wie seine alte Jeanshose: durchlöchert, geflickt und fadenscheinig.

Nach zehn Minuten schien es ihm, als zögen sich seine Lungenflügel zusammen und würden sich auf den minimalen Sauerstoffgehalt in seinem Tiny House einrichten, ein flaues Gefühl durchzog zunächst den Kopf, breitete sich im ganzen Körper aus. Und wenn dann noch, quasi als Gipfel der Sinnesbelästigungen, einer von beiden nach zwei Jahren gezielter Anweisung nun ohne spezielle Aufforderung rücksichtsvoll seine Schuhe vor dem Häusle ausgezogen hatte und eine besondere Art von Fußgeruch verbreitete, blieb Arthur nichts anderes übrig, als seine Eingangspforte weit aufzureißen, sich draußen auf die Stufe zu stellen und das Gespräch von dort aus weiterzuführen.

»Was erzählt ihr da? Habe ich das richtig verstanden, es gab einen Zwischenfall, und ihr habt den Plan nicht komplett ausgeführt? Das bringt uns in Verzug.«

Beide Besucher verstummten schlagartig. Fliege, den jeder so nannte, weil er mit seinen fünfundzwanzig Jahren spindeldürr war, seine fahle Haut fast durchsichtig schien und seine Schulterblätter sich unter den dünnen T-Shirts abmalten wie Flügel, Fliege wirkte noch blasser als üblich, während er in kurzen Sätzen stockend berichtete.

»Wir, also der Kurt und ich, haben uns an den Plan gehalten. Nie mehr als drei Schotterflächen in einer Nacht, leise und unauffällig und dann nix wie weg.«

Der Kurt, wie ihn jeder nannte, Artikel vor dem Vornamen, der Kurt bestätigte.

»Das haben wir doch vor zwei Jahren in der großen Runde festgelegt, bevor wir zum ersten Mal rausgefahren sind. Drei Gartenfrevler sollen spätestens am frühen Morgen darüber nachdenken, warum ihre leblosen Vorgärten plötzlich anders aussehen als am Abend zuvor. Wir waren beim zweiten Garten. Den ersten hatten wir richtig eingesaut, die graue Schotterfläche, du, da standen nicht einmal Blumenkübel oder so, einfach nur Steine verstreut bis zur Hauswand, da haben wir drei Liter draufgekippt, schön in Kreuzform, und es hat noch gereicht für ein R.I.P. mit einer Blattform. *Rest in peace.* Na, dachte ich noch, der wird blöd gucken auf dem Weg zur Garage.«

Arthur Barneby Krause wurde unruhig. Der Platz vor dem Eingang bot frische Luft, jedoch umschwirrten ihn einige Wespen, das war der Preis, wenn man am Rande einer Streuobstwiese lebte. »Und? Was geschah dann? Mensch, lasst euch doch nicht alles aus der Nase ziehen!«

Fliege richtete sich auf, was seine Schultern erst recht hängen ließ, er starrte immer noch einen imaginären Punkt auf dem Fußboden an.

»Dann haben wir neues Material geholt, du weißt doch, der Wagen steht bei den Einsätzen immer in erreichbarer Nähe, damit wir schnell abhauen können. Als Nächstes sollte ein Vorgarten dran sein, der nicht neu angelegt war, sondern wo die Steine immer wieder von Algen und Moos gereinigt werden und gerade alles tippitoppi aussah, wie meine Oma immer sagt.«

Er stockte, offenbar rang er nach Worten. Arthur wirkte nachdenklich und kombinierte. Wenn die beiden nicht in der Lage waren, egal ob einzeln oder zu zweit, jedoch in klaren Sätzen und am Stück von dem Einsatz zu berichten, dann mussten sie etwas sehr Außergewöhnliches erlebt haben. Schließlich waren sie schon zigmal gemeinsam unterwegs gewesen.

Er wies auf den Kurt. »Erzähle du, seid ihr erwischt worden?«

Auch der Kurt wusste nicht, wie er anfangen sollte, schüttelte heftig den Kopf, rutschte auf seinem Stuhl herum wie ein Delinquent auf der Anklagebank. Arthur fühlte sich verantwortlich für die beiden, ebenso wie für die andere Aktivistin des Aktionskreises gegen Schotterflächen und unnütze Bodenversiegelung, wie sie, speziell in Neubaugebieten, immer weiter um sich griffen.

Steinwüsten statt bunter Vorgärten waren ihre Ziele, schnell verschüttete Farbe, biologisch unbedenklich, aber wenn sie getrocknet war, konnte sie nur mit viel Arbeit wieder entfernt werden. Das war ihre Waffe. Sie hinterließen Zeichen auf Kies und Schotter, wiesen darauf hin, wie tot der Boden war. Den betroffenen Besitzern gefielen die Aktionen natürlich nicht, jedoch hatte sie bisher niemand belangt, sie ließen sich nicht erwischen, waren schnell und gut organisiert. Dafür verzeichneten sie eine Menge Statements in den öffentlichen und sozialen Medien, Anerkennung aus verschiedenen Reihen für diese grüne Guerillagruppe, wie man sie nannte, die sich die Rettung der Vorgärten auf die Fahnen geschrieben hatte.

Nun saßen die zwei Aktivisten der rechten Rheinseite in Arthurs Tiny House, Fliege müffelte es mit seinen stinkenden Socken und der Kurt mit penetrant auftretendem Angstschweiß zu, während Arthur jeden musterte und tief ein- und ausatmete. »Verdammt, ich komme mir vor wie im Kindergarten. So muss es sein, wenn Fritzchen dem Kläuschen ein Auto geklaut hat. Die Jungen stehen heulend vor der Kindergärtnerin und drucksen herum.«

Fliege schaute kurz auf. »Kindertagesstätte, so heißt es, und auch nicht Kindergärtnerin, die korrekte Berufsbezeichnung ist Erzieherin.«

Das war zu viel, Arthur trat ein und schloss die Tür hinter

sich, so viel Beherrschung konnte er noch aufbringen. Es wurde laut. »Mir ist die Berufsbezeichnung wurscht, ihr wollt ganz plump ablenken! Wenn jetzt nicht einer von euch das Maul aufmacht, dann schmeiß ich euch raus aus meiner Hütte und aus der Aktion, ich kann hier keine Aktiven brauchen, die vor sich hinschweigen!«

Die Männer schauten erschrocken auf, Arthurs Ausbruch brachte die Luft zum Vibrieren, der Kurt schluckte, war im Begriff, per Handzeichen um das Wort zu bitten, nahm seinen Arm wieder runter, schluckte, spuckte den entscheidenden Satz in Arthurs Rücken, während dieser die Tür wieder öffnete. »Vor dem Haus lag einer auf den großen Steinen.«

Arthur drehte sich im Zeitlupentempo um. Hatte er den Kurt richtig verstanden? »Was sagst du da?«

Fliege verschränkte seine dünnen Ärmchen und schaute endlich mal auf. »Da lag ein Mann, und der bewegte sich nicht. Das haben wir erst gesehen, nachdem ihm die erste Farbe, die ich mit Schwung verschüttet hatte, bereits über die Hosenbeine floss.«

Arthur ging auf ihn zu. »Da lag einer im Vorgarten und hat jetzt unsere Farbe auf den Beinen?«

Beide nickten, das Eis schien gebrochen, der Kurt fuhr fort. »Wir haben sichernd zu den Seiten geschaut, zu den Fenstern, der Tür, da war nichts. Ich habe den Farbeimer geöffnet, und Fliege war dran mit Schütten. Da ging der Bewegungsmelder an, und wir sahen den Mann. Der trug Klamotten in Erdtönen, der lag echt wie getarnt auf den Steinen, unsere Farbe auf den Hosenbeinen, bis hinauf zum Kopf. Du kannst dir unseren Schreck vorstellen, wir starrten ihn an. Das Licht erlosch wieder, Fliege hatte schon seinen Rückwärtsgang eingelegt, ich rief leise Hallo, nichts, der Mann rührte sich nicht. Da schlich ich zu ihm auf die Steine und leuchtete sein Gesicht kurz mit dem Handy an. Diese starren Augen werde ich nie vergessen, glaub mir, das war so krass.«

»Hast du seinen Puls gefühlt?«

»Nein, ich wusste, dass er, nun ja, wie soll ich sagen, dass er tot ist.«

Arthur konnte es nicht glauben. Diesem Duo war es offenbar egal, ob ein Betrunkener sie wiedererkennen konnte. Niemand hatte den Tod festgestellt.

Der Kurt sah seine Zweifel und winkte ab. »Der war hin, glaube mir, denn das war nicht alles. Der hatte ein kleines blutiges Loch am Kopf. So etwas habe ich noch nie in echt gesehen, immer nur in Spielfilmen. Ich hätte mich fast übergeben.«

Fliege drängte sich vor. »Wir haben den Bewegungsmelder nicht mehr aktiviert, der Kurt flüsterte nur, wir müssen schnell hier weg. Da habe ich aus Versehen den Eimer stehen gelassen, und wir sind zum Auto gerannt. Im Wagen habe ich dann gesehen, dass der Kurt noch Farbe an den Schuhen hat.«

Arthur schreckte auf. »Was? Ihr habt auch noch Spuren hinterlassen? Hast du die Schuhe wenigstens gleich entsorgt?«

Schuldbewusst schaute der Kurt durch die bodenlangen Fenster, Arthur folgte dem Blick und wusste bereits, was er zu sehen bekam, bevor seine Augen die Schuhe erreichten, die draußen auf dem Absatz auf der Matte standen. Am äußeren Rand der linken Sohle ziemlich abgelaufener, alter lederner Halbschuhe erkannte er getrocknete weiße Farbspritzer. »Bist du bescheuert und bringst auch noch diese Schuhe mit zu meiner Hütte?«

Der Kurt zuckte die Achseln. »Wieso denn? Wir haben doch nichts gemacht.«

Arthur stand auf und bedeutete den Männern zu gehen. »Ihr sitzt hier bei mir und erzählt von einem toten Mann, dem ihr unsere Farbe, unsere Erkennungsmarke, über den Körper gekippt habt. Was denkt ihr denn, welche Schlüsse die Polizei daraus zieht?«

Beide schwiegen, der Kurt stand auf, ging raus. »Ich werde meine alten Treter wohl besser entsorgen.«

Fliege folgte ihm. »Und ich bringe die Farbeimer, die noch im Auto stehen, ins Lager und werfe die Einweghandschuhe weg, die ich ja bei den Einsätzen immer mehrmals trage. Keine Sorge, ich mache das Auto klar.«

Arthur Barneby Krause stand vor seinem Minihaus und blickte ihnen nach, wie sie den gemähten Weg durch den Bongert gingen. Er rief ihnen hinterher. »Und so schnell werde ich euch nicht mehr einsetzen. Überhaupt sollten wir darüber nachdenken, eine Pause einzulegen.«

Der Kurt stoppte, kam zurück. »Ich denke, das wäre ungünstig. Wenn jetzt gar nichts mehr geschieht, dann ist das doch so etwas wie ein Eingeständnis für einen Vorfall, mit dem wir nichts zu tun haben.«

Arthur dachte nach. »Ihr hört von mir.«

***

Kommissar Burmeester blieb vor Ort und organisierte die Befragung der Nachbarschaft, Karin Krafft fuhr nachdenklich zurück ins Büro. Das sah doch schon wieder nach einem verzwickten Fall aus – ein Geschäftsmann liegt seit Mitternacht vor dem Haus, mit einem spitzen Stein aus dem eigenen Vorgarten erschlagen und zum Teil mit weißer Farbe überschüttet, was in Polizeikreisen gleich als Tat einer bislang unbekannten Gruppe erkannt wurde, die mit den Aktionen auf die Missachtung der Natur hinweisen wollte. Derzeit ging man jedenfalls davon aus, dass es statt einer mehrere Personen sein mussten, das würden sie nun im K1 genauer ermitteln.

Ihr ging durch den Sinn, wie abwechslungsreich und kunstvoll ihre Mutter Johanna den Vorgarten in Bislich-Büschken gestaltete, mit bienenfreundlichen Stauden, die vom Frühjahr bis zum Herbst blühten, und Kunstwerken aus Holz und Stein, die teilweise noch von ihrem Vater stammten oder neu hinzugekauft worden waren. Johanna und ihr Lebensgefährte waren begeisterte Besucher von Ausstellungen mit seltenen Pflanzen und Gartenkunst, sie hatten Karins Ehemann Maarten angesteckt, der immer öfter mit erdverschmierten Fingern ins Haus kam. Und zwar nicht von seinen Ausgrabungen im Archäologischen Park in Xanten, was seinem Beruf als Archäologe entsprach, sondern weil er auf dem Rückweg von der Arbeit wieder eine Staude im Bestand des Supermarktes vor dem Tod durch Vertrocknen gerettet, eingepflanzt und gegossen hatte.

Im Kommissariat fand sie Jeremias Patalon vor seinem PC vor. Tom Weber würde erst am Montag wieder aus dem Urlaub zurückkehren, den er gemeinsam mit der Kollegin vom Landeskriminalamt Düsseldorf an der Nordsee verbrachte. Er und Alice Karun hatten sich im letzten großen Fall um den Tod eines Starkochs kennengelernt, und seitdem war der sonst mausgraue Hauptkommissar kaum wiederzuerkennen. Zum ersten Mal, seit Karin ihn kannte, schien er glücklich zu sein.

Da fehlte doch noch einer.

»Jerry, sag mal, weißt du, wo Gero ist?«

Sein gequälter Blick verhieß nichts Gutes. »Der ist in der Teeküche beschäftigt. Aber Vorsicht, das ist quasi vermintes Terrain dort.«

»Wie meinst du das?«

Noch bevor er eine Antwort geben konnte, war Karin bereits auf dem kurzen Weg zu der kleinen Küchenecke. Gero von Aha stützte sich auf der Ablage ab, vor ihm eine Gebrauchsanweisung, neben ihm der superteure Kaffeeautomat, sein Ein und Alles. Schweißperlen bedeckten seine Stirn, er schien in sich hineinzumurmeln, Karin vernahm Wort- und Satzfetzen, während sie um die Ecke lugte.

»Verfluchtes Teil ... kann doch nicht wahr sein ... Ausgerechnet du, mein Guter ... Nein, das hatte ich kontrolliert ... Ach, da kann die Übersetzung auf keinen Fall stimmen ...«

»Guten Morgen, Gero, was machst du da?«

Er schreckte auf, schaute Karin mit wirrem Haar und vor Konzentration geröteten Wangen an. »Wonach sieht es denn aus?«

Karin kombinierte. »Sag nicht, sie ist ...«

Gero von Aha trommelte auf die Arbeitsplatte, die leeren Tassen vom Vortag klirrten aneinander, er schien außer sich. »Doch, doch, doch, aber nicht sie, er, der Automat hat einen Defekt, und ich kann die Ursache nicht lokalisieren. Das macht mich total fuchsig!«

»Kein Gero-Spezial-Luxuskaffee heute?«

Er schüttelte den Kopf und raufte sich das Haar, griff zu seinem Smartphone. »Ich versuche seit einer Stunde, den Service zu erreichen, da geht keiner ran.«

Was sollte sie machen? Karin wusste genau, dass Gero ohne seinen Kaffee ein halber Mensch war, wollte und konnte jedoch nicht auf ihn und seine Ermittlungsarbeit verzichten. »Komm, wir haben einen neuen Fall, und ich brauche dich im Team.«

»Jaja, fünf Minuten noch.«

»Das sagt meine Tochter auch immer, und dann braucht sie zwei Stunden. Ich sehe dich gleich in Jerrys Büro.«

Jerry hatte sich nach den ersten Informationen aus Dinslaken bereits im Intranet der Kreispolizeibehörde umgeschaut und Informationen über die mit reichlich weißer Farbe durchgeführten nächtlichen Aktionen in steinernen Vorgärten gesammelt. Es tat sich ein Bild auf, dessen Umfang und Wirkung ihm bislang verborgen geblieben waren.

Nachdem von Aha in gereizter und äußerst mieser Stimmung die Tür zu seinem Büro ins Schloss hatte fallen lassen, begann Jerry zu berichten.

»Wenn ich die spärlichen Informationen richtig zusammensetze, dann ergibt sich ein Gebiet, das sich auf beiden Seiten des Rheins quer durch den Kreis zieht und sich darüber hinaus rechtsrheinisch bis nach Emmerich erstreckt. Immer sind es Anzeigen von Privatpersonen, denen weiße Farbe über Schotter oder Kies gekippt wurde, ergiebig und großflächig. Es gibt weder Zeugen noch Spuren. Bislang konnte niemand ermittelt werden, und es gibt auch keine Veröffentlichungen, Aufrufe in der Presse oder Ähnliches.«

Karin hakte nach. »Weißt du, warum nicht berichtet wird?«

»Weil es sich um Sachbeschädigung handelt. Nicht einmal um Hausfriedensbruch oder so, da wird immer nur Farbe hingeschüttet, ohne die Grundstücke zu betreten, da brauchte es bislang keine Mitteilung an die Presse. Und schau es dir an, alle Orte dieser Eingriffe in die steinernen Ordnungen liegen weit voneinander entfernt, das ist das Einzige, was erkennbar ist. Wer auch immer das macht, sucht sich bewusst ein oder zwei Ziele in einer Nacht aus und ist dann schnell wieder verschwunden.

Vielleicht werden auch gar nicht alle Fälle zur Anzeige gebracht, sondern unter dem Begriff ›Dumme-Jungen-Streich‹ verbucht und beseitigt.«

Jerry hatte auf die Schnelle auf einer Karte die Vorfälle markiert. An die zwanzig Kreuze markierten die Vorgärten, die weiß übertüncht worden waren.

Von Aha stand auf und bewegte sich in Richtung Tür. »Ist das etwa ein Fall für uns? Da kümmere ich mich lieber um den Kaffeeautomaten.«

Karin hielt ihn auf. »Stopp, Gero, im Dinslakener Stadtteil Bruch ist auch Farbe verschüttet worden, die traf aber nicht nur Kies, sondern einen Toten, der darauflag.«

Gero von Aha setzte sich erneut, ohne seinen Widerwillen zu verbergen. »Ein Opfer des Farbfanatikers?«

»Das versucht Heierbeck gerade herauszufinden.«

»Wie darf ich mir das vorstellen?«

»Er kann den Todeszeitpunkt eingrenzen und wird den Trockenheitsgrad der Farbe, die den Mann getroffen hat, damit vergleichen. Ich glaube jedoch nicht an einen direkten Zusammenhang. Hier kommt noch ein anderer Aspekt hinzu.«

Damit hatte sie auch von Ahas Aufmerksamkeit gewonnen. »Was denn, haben die etwa das Werk signiert?«

»Nein, aber sie ließen den Farbeimer zurück, und es gibt einen halben Fußabdruck, der sich von dem Tatort entfernt. Wenn ich Jerry richtig verstanden habe, dann gab es bislang in den anderen Fällen keine Spuren.«

Jerry meldete sich zu Wort. »Es ist noch komplizierter, als es gerade wirkt. Es gibt in den Anzeigen die Adressen der Geschädigten, ihre Aussagen, und es gibt Fotos. Niemand hat sich die Mühe gemacht, zum Beispiel Farbproben sicherzustellen, um sie zu vergleichen.«

Karin stellte sich hinter Jerry, um einen Blick auf seinen PC zu werfen. »Das ist doch unmöglich. Die verschüttete Farbe kann nicht verglichen werden, um den Hersteller, Großhändler, letztlich den Standort des Händlers zu ermitteln?«

»Nein, in einem Bericht heißt es, dass die Art, wie sie verteilt wird, immer die gleichen Spuren hinterlasse und man davon ausgehe, dass höchstens drei bis vier Personen für diesen Frevel verantwortlich sind.«

»Handelt es sich um reine Phantasie, oder gibt es einen ermittelten Hintergrund?«

Jeder bemerkte die aufkommende Unzufriedenheit der Hauptkommissarin. Jerry schaute abwechselnd von ihr zu von Aha, als wolle er taxieren, wer von beiden zu dem Zeitpunkt die schlechtere Laune entwickelte, und beeilte sich, seine weiteren Ergebnisse preiszugeben.

»Offenbar hat ein findiger Kopf aus dem Revier in Voerde die Schleuderrichtung, Weite der verschütteten Mengen und die Dicke der Schichten verglichen. Ich habe vorhin mit Polizeimeister Hartenberg gesprochen, der allein für diese Arbeiten belächelt wurde, und man hat ihm schnell andere Tätigkeiten übertragen. Er hat den Eindruck, dass es einige Kollegen in den Reihen der Polizei gibt, die diese Sachbeschädigungen nicht ernst nehmen. Farbe auf Steinen, haha. Nichts wurde zerstört, die Beseitigung ist nur arbeitsintensiv. Hartenberg sagt, es müsse sich in den acht untersuchten Fällen um zwei bis drei Rechtshänder und einen Linkshänder unterschiedlicher Größe und Kraft handeln, das lasse sich durch Fließrichtung und Weite der Farbspritzer beweisen. Allerdings hat auch er die Farbe nicht sichergestellt.«

Karin Krafft meinte, man müsse dementsprechend von einer Gruppe ausgehen.

Von Aha stimmte mürrisch zu. »Keine Zeugen, keine Beweissicherung, nicht ein einziges Foto von einer Überwachungskamera. Und ab heute ist das Thema plötzlich zu uns in die fünfte Etage der Kreispolizeibehörde Wesel als Fall für die Mordkommission geklettert. Weiße Acrylfarbe auf Steinen, prima.«

Karin Krafft, mit äußerst wenig Lust auf den gestressten Kollegen, delegierte die Sammlung von Informationen über Thorwald Timmermann an ihn.

»Und wenn du dich an deinen PC setzt, dann vergiss bitte den kaputten Automaten, Gero, ich will Ergebnisse zu Timmermann statt zum Edelkaffee. Jerry, das sind gute Infos zu den Steingartenfrevlern. Haben die eigentlich einen Namen? Ich nehme mir Farina und den Sohn Felix vor. Und mal sehen, welche Informationen Burmeester aus Dinslaken mitbringt. Kleine Lage um siebzehn Uhr.«

***

Burmeester hatte mehrere Stimmen zu den Timmermanns gesammelt, einer sauberen, stillen, anscheinend perfekten Familie. So eine hübsche Frau, die Witwe, immer ein Lächeln, stets ein freundliches Wort für die Nachbarn. Und er, der Tote, wie so oft erwischte es die Guten zuerst. Wenn es galt, irgendwo anzupacken, dann war er da und zog alle mit. Er sammelte aus Eigeninitiative Spenden für ein krankes Mädchen aus der Nachbarschaft, um ihr eine teure Therapie zu ermöglichen. Wenn man die Nachbarschaft ernst nahm, dann war Thorwald Timmermann der Held der Agnesstraße.

Die einzigen Spuren, die noch auf die Geschehnisse der Nacht und den Einsatz am Morgen hinwiesen, waren die Plane, die den Steingarten der Timmermanns überdeckte, und das rot-weiße Trassierband mit der Aufschrift »Polizei«, das Heierbeck quer darübergespannt hatte.

Burmeester saß mit einem Becher Coffee to go und einem belegten Brötchen aus der Bäckerei im Edeka-Supermarkt um die Ecke hinter dem Steuer seines Wagens und wartete auf die letzten Nachbarn aus dem Mehrfamilienhaus gegenüber der Timmermann'schen Burg und dem Haus nebenan. Er verfolgte nebenbei die Menschen, die sich bei Farina Timmermann einfanden, hatte die Eingangstür im Blick, die sich immer wieder öffnete, Frauen, Männer fielen Farina in die Arme, tröstliche Sekunden lang. Inzwischen mussten an die zwanzig Personen im Haus sein, manche brachten Essen mit, andere hatten Flaschen unter dem Arm.

Der Mann, der seinen Wagen nebenan vor der Garage abgestellt hatte, ging im Laufschritt auf Timmermanns Einfahrt zu und hatte bereits geklingelt, noch bevor Burmeester seinen

Becher wieder abgesetzt und das Brötchen auf die Ablage gelegt hatte. Die Witwe erschien in der Haustür, und Burmeester hätte schwören können, dass der Blick und das kurze, angedeutete Lächeln, das sie für ihren Nachbarn hatte, dass die Art, wie er seine Arme um sie schlang, dass die Enge ihrer Körper zueinander, dass die Begrüßungsszene intensiver aussah als bei den Menschen, die zuvor über diese Schwelle gegangen waren.

»Na, wenn das saubere Timmermann-Haus nicht doch ein kleines schmutziges Geheimnis verbirgt, das würde mich doch wundern.« Was sollte er machen? Sich in diese tröstende Gruppe begeben, um den Nachbarn zu befragen?

In dem Moment erschien eine Radlerin, die ihre Sportfiets in den hinteren Bereich des Mehrfamilienhauses gegenüber schob. Das musste die Krankenschwester sein, die von ihrem Frühdienst kam und die er noch nicht befragt hatte. Burmeester entschied, sie gleich abzupassen und danach bei der Witwe den Nachbarn zu befragen.

Die Krankenschwester, Marie Freiling, gab an, beim Frühdienst immer auf den letzten Drücker zu starten, weil das einfach nicht ihre Zeit wäre. Sie wohnte erst seit zwei Monaten in ihrem Appartement und kannte noch niemanden aus der Nachbarschaft. Sie wirkte bestürzt über den Tod, jedoch ohne Trauer. Ob sie gegenüber etwas bemerkt hätte? Nein. Sie sei immer heilfroh, dann doch unfallfrei im nahen Sankt-Vinzenz-Hospital anzukommen, und zähle akribisch die Tage, bis sie wieder in einer anderen Schicht tätig sei.

»Da schaue ich weder nach links oder rechts, ich konzentriere mich voll auf den Straßenverkehr, es sind genügend Bekloppte unterwegs, die Leute auf Rädern ignorieren oder falsch einschätzen. Schauen Sie mich an, ich fühle mich in der Dunkelheit wie ein Glühwürmchen, überall an der Kleidung Reflektoren, die Radspeichen, mein Rucksack, alles springt einem ins Auge, sobald ein Lichtstrahl darauffällt. Ich habe einfach nicht den Blick für die Nachbarschaft, es sei denn, jemand startet einen Wagen, während ich in der Nähe bin.«

»Und? Gab es Bewegung in der Straße?«

Sie überlegte nicht lange, schüttelte den Kopf, gähnte ausgiebig. »Nein, ich habe nichts bemerkt, und jetzt muss ich echt gehen, Haushalt, Einkauf, Wäsche, Putzen, das ganze Feierabendprogramm wartet auf mich.«

Burmeester verabschiedete sich und wechselte die Straßenseite.

***

Gero von Aha war aufgesprungen und hatte seinen Bürostuhl dabei mit Wucht gegen die Wand hinter ihm knallen lassen. Seine Stimme verlor den letzten Rest an Contenance, er wurde laut, fuchtelte mit den Armen, drehte sich zum Fenster und bemerkte nicht, dass seine Chefin die Tür geöffnet hatte und ihn fassungslos beobachtete.

»Wie …? Erst am Montag? Vorher geht nichts …? Personalmangel? Das soll ich Ihnen glauben? Was wollen Sie mir unterstellen, das ist eine Unverschämtheit, mir in den Hörer zu sagen, ich hätte mich nicht an die vertraglichen Gegebenheiten gehalten. Das kann doch nicht wahr sein! Hören Sie, dieser Kaffeeautomat ist regelmäßig von Ihnen gewartet worden, ich habe alle Nachweise vorliegen, schauen Sie doch einfach in Ihre Kundendatei, da werden Sie alles finden … Na also! Und wann sind Sie da? Montag, zehn Uhr, ich nehme Sie beim Wort. Ja, kommen Sie zur Rechnungsadresse. Und vergessen Sie nicht, mindestens ein Pfund Maragogype-Kaffee als Entschuldigung für Ihre Unterstellungen mitzubringen.«

Er warf sein Smartphone auf den überladenen Schreibtisch, es rutschte in einen Berg aus Ausdrucken, zwischen denen Karin leere Brötchentüten und Keksverpackungen ausmachte.

Von Aha schreckte auf, als Karin sich räusperte. Er starrte sie an. »Seit wann stehst du da?«

»Ich beschreibe es mal so, ich habe deine umwerfend freundliche Art, mit dem Service wegen dieser verdammten Kaffeemaschine zu telefonieren, fast applaudierend verfolgt.«

Er setzte sich und begann mit zittrigen Fingern sein Smartphone zu suchen, Karin stützte sich auf seinen Schreibtisch, beide wussten, was nun folgte.

»Ich hatte dir eine Aufgabe erteilt, zusammen mit dem Hinweis, dass du diesen verflixten Kaffeemacher aus deiner Arbeitszeit ausklammerst!«

Von Aha murmelte etwas, schaute immer noch an seiner Chefin vorbei, Karin fragte nach, er antwortete, immer noch leise. »Automat, nicht Maschine, Kaffeeautomat.«

»Das ist mir scheißegal! Du setzt hier fahrlässig unser Betriebsklima aufs Spiel, mein Guter, wir haben einen Fall zu bearbeiten, und ich will, dass du dich konzentriert an den Ermittlungen beteiligst! Habe ich mich deutlich genug ausgedrückt?«

Mit seinem Smartphone in der Hand schaute er sie an. Sein Zorn wich einer Art Hilflosigkeit, mit hängenden Schultern schien er durch sie hindurch in die Ferne zu blicken, atmete tief durch. »Ja, ich habe es verstanden. Aber ohne hochwertigen Kaffee läuft bei mir nichts. Zu Hause gibt es nur Tee, morgens, mittags, abends, Marlene findet das gesund. Was soll ich bis Montag machen?«

»Deinen Anspruch zurückstellen, ich bringe morgen eine Kaffeemaschine mit, damit deine Entzugserscheinungen uns hier nicht an der Arbeit hindern oder schlicht nerven. Komm wieder auf den Teppich, Gero, ich brauche dich in diesem Team. Du hast noch eine Stunde bis zur Lagebesprechung, hau rein.«

***

Burmeester wusste aus den nachbarschaftlichen Befragungen nichts Neues zu berichten, außer dass die Zusammenkunft unterschiedlicher Menschen, mehr Frauen als Männer, die sich im Hause Timmermann um die Witwe scharten, einen sehr vergnüglichen Eindruck bei ihm hinterlassen hatte.

»Stellt euch vor, sanfte Musik im Hintergrund, alle mit einem Glas in der Hand oder vor sich auf einer Ablage, nicht gerade fröhlich, aber doch in alltäglicher Stimmung in Gespräche vertieft. Als ich an der Tür nach dem Nachbarn fragte, um ihn zu sprechen, hatte jemand etwas Witziges erzählt, ein großer Lacher schallte herüber.«

Dann hatte Farina Timmermann Ingo Kutscher in die Diele gebeten und die Tür zum Wohnzimmer hinter ihm geschlossen.

»Die Blicke, die beide miteinander tauschten, hättet ihr sehen sollen, für mich steht fest, dass die ein Verhältnis miteinander haben. Kutscher gab an, er habe nichts bemerkt, es sei noch dunkel gewesen, als er sich morgens auf den Weg machte. Er muss zur Arbeit nach Duisburg-Ruhrort, da müsse man momentan eine Dreiviertelstunde Verzögerung einrechnen wegen Baustellen und Umleitungen, und er könne sich keine Verspätungen leisten. Farina Timmermann hielt sich im Hintergrund, ging in die Küche, aber glaubt mir, die hat ganz genau zugehört.«

Burmeester schaute auf, wunderte sich über Gero von Aha, der zehn Minuten zu spät den Besprechungsraum betrat, bemerkte sofort, dass sein Kollege sehr schlecht aussah, blass und eingefallen, und dass seine Chefin erst auf die Uhr, dann auf ihn blickte, sich jedoch jeglichen Kommentar sparte.

Und dann unterlief Burmeester ein Fehler, den er nicht sofort als solchen erkannte, er tat den berühmten Schritt ins Fettnäpfchen. »Gero, was ist hier los, gibt es keinen Kaffee?«

Gero von Aha wechselte die Gesichtsfarbe, Karins Gesichtsausdruck wurde eine Spur strenger, und Jerry schien sich hinter seinem Laptop in Sicherheit zu bringen, duckte sich und rief aus dem Untergrund »Die Kaffeemaschine ist kaputt«, wodurch er eine kurze Attacke ausgewachsenen Grolls von Gero von Aha über sich ergehen lassen musste.

»Das ist ein Automat, ein Kaffeeautomat, sage nie wieder Kaffeemaschine!«

Karin schrie ihn an, ob er von allen guten Geistern verlassen sei, er solle sich auf die Arbeit konzentrieren, und es sei völlig egal, wie dieses Gerät korrekt bezeichnet würde. »Das geht einfach nicht, Gero, du musst dich beherrschen.«

Burmeester versprach kleinlaut, am nächsten Tag zumindest für einfachen Ersatz zu sorgen, und blickte von Aha kritisch an.

»Sag mal, kann das sein, dass du einen richtigen Hype auf Kaffee hast?«

Von Aha, wieder beruhigt, aber noch mit hochrotem Kopf, nickte leicht. »Sorry, Leute, da stehe ich neben mir. Immerhin habe ich es geschafft, das Rauchen aufzugeben.«

Burmeester setzte sich in seine Nähe, signalisierte, alles sei okay. Karin sprach von Aha auf erste Ermittlungsergebnisse an.

»Ich, ja, also, ich habe einerseits hausintern Anfragen zum Opfer und zu den Familienmitgliedern gestellt. Weder der Tote noch seine Frau sind in unserem System, aber der Filius, Felix Timmermann, ist erst vor einem halben Jahr wegen einer Anzahl von kleineren Delikten zu Sozialstunden verurteilt worden. Lauter Kleinscheiß, den man einem Sohn aus besserem Hause nicht zutraut, Ladendiebstahl, Schwarzfahren, er ist nachts wegen Vandalismus mit zur Wache genommen worden, weil man ihn beim Herausrupfen frischer Bepflanzung von städtischen Blumenkästen erwischt hat. Wir sollten ihn im Auge behalten.«

Karin fragte, was es über Thorwald Timmermann zu berichten gäbe. Von Aha lehnte sich zurück.

»Das ist ein ganz anderes Thema. Da findest du nichts im Netz, er war ein Geschäftsmann aus Dinslaken, der überall dabei war, im Golfclub in Moyland, bei den Lions, der saß im Elferrat vom Karnevalsverein Blau-Weiß. Versteht ihr? Womit er sein Geld verdiente, außer durch Spekulationen an der Börse, ist nicht zu erkennen. Offenbar konnte Familie Timmermann gut davon leben.«

Ein kurzer Moment der Stille entstand, den von Aha mit einem einzigen Satz unterbrach. »Ein Foto habe ich gegoogelt, das ich nicht ganz verstehe.«

Er rief das Bild auf, es erschien auf der Medienwand und zeigte Timmermann neben einem weiteren Mann. Dem Untertitel nach war er Gast in einer Spielhalle in Hamminkeln, dem Playground. »Was macht so ein gestandenes Mannsbild mit festem Auskommen, Familie, Haus und zig Vereinsmitgliedschaften in bester Gesellschaft in einem Spielsalon?«

Man sah Timmermann in bester Laune vor einer Reihe von

Spielautomaten stehen. Karin schaute sich das Foto aus der Nähe an, wies auf den Mann neben dem Toten. »Den kenne ich. Der war doch vor fünf Jahren in einen Skandal um zwei Spielhallen verwickelt, in denen Minderjährige Sportwetten abschließen konnten.«

Von Aha nickte. »Ja, den habe ich natürlich auch unter die Lupe genommen. Es handelt sich um Achim Schröder, am Niederrhein und bis hinein ins Ruhrgebiet ein amtierender Spielhallenmogul. In Fachkreisen nennt man ihn auch Don Schröder, was immer das uns sagen will. Bislang hat er sich erfolgreich aus allen Verfahren herausgezogen. Alles, was man ihm zur Last legte, hat sich in Luft aufgelöst, ihm waren weder Betrug noch Ausbeutung oder gar Steuerhinterziehung nachzuweisen. Im Endeffekt gab es in jedem Verfahren Bauernopfer, Angestellte, die statt seiner für schuldig befunden wurden. Aber wenn ihr mich fragt …«

Er lehnte sich in altbekannter Art und Weise zurück und nutzte seine rhetorische Pause, um noch einmal tief durchzuatmen.

»… wer sich öffentlich wie ein germanischer Mafioso nennt, der hat garantiert kein Interesse an einem Karnevalsverein, der will auch nicht schlagkräftig Golfbälle in Löchern versenken, der will Macht ausüben, kassieren. Der will gefürchtet sein. Und dabei ist er anscheinend erfolgreich. Don Schröder hat sich vor einem Jahr klammheimlich hier in Wesel niedergelassen. Und ihr werdet nicht glauben, wo er jetzt residiert.«

Von Aha streckte eine Hand aus, nur kurz, spreizte die Finger, Karin erkannte, dass sie zitterten. Von Aha schaute in fragende Gesichter und fuhr fort. »Er hat Haus Konstantin gekauft, umfassend renoviert und ist im Juli dort eingezogen.«

Das Haus, eine ehemalige, sehr beliebte und weithin bekannte Traditionsgaststätte, zwischen Schloss Diersfordt und Bislich malerisch am Wald gelegen, war den Ermittlern ein Begriff durch die Geschichte des vorherigen Nutzers.

»Der ist dort eingezogen? Ich habe im Sommer, als ich von Johanna aus Bislich-Büschken kam, dort Handwerker gesehen und dachte noch, wie schön, endlich kommt neues Leben in das Anwesen, und selbst der große Buddha, der im Vorgarten thront, wirkte gleich wieder ausgeglichen.« Karin schaute auf das Foto und grinste. »Und dann ist es doch so ein halbseidener Geselle, der sich mit Don anreden lässt und Spielhallen betreibt. Ich hätte dem Haus endlich etwas Redliches gewünscht, nach all den Vorfällen der letzten Jahre.«

Burmeester überlegte, kam jedoch nicht darauf, was seine Chefin meinte, und fragte Google auf dem Smartphone. »Ach, in Haus Konstantin war dieses ominöse Balance-Recovery-Life-Center, wo Menschen sich in therapeutischer Absicht in die Hände eines Sektenführers begaben und Heilung suchten.«

Auch Jerry erinnerte sich. »Jetzt, wo du es sagst. Der Kerl ist doch wegen Körperverletzung und Missbrauch an seinen Anhängern verurteilt worden. Eine üble Geschichte.«

Burmeester wies auf sein Smartphone. »Hier steht noch in einem Artikel vom letzten Jahr, dass ein neuer Eigentümer einen Pächter sucht, der die Gastronomie wieder aufleben lässt.«

Er las weiter, starrte plötzlich auf das Gerät, stand auf, ohne den Blick davon abzuwenden. »Das darf nicht wahr sein, das gibt es doch gar nicht. Jetzt nennt die sich Mala und hat anscheinend neue Freunde gefunden.«

Er schaute herum, wollte die fragenden Gesichter nicht sehen, klickte sein Smartphone aus und warf es auf den Tisch vor sich. Karin fragte, was er da gefunden habe, er schüttelte den Kopf.

»Hat nichts mit dem Fall zu tun, rein privat. Ein persönlicher Schock sozusagen. Vergesst es einfach. Und nein, ich will nicht darüber reden, ich werde nichts dazu sagen, spart euch alle Bemühungen. Ich muss mal an die Luft.«

Er stampfte zur Tür, verließ den Raum, und Jerry schaute Karin an, die nickte. Von Aha sah von seinem Laptop auf, er hatte in der Zwischenzeit ebenfalls die Informationen zu Haus Konstantin aufgerufen und war an einer kurzen weiteren Nachricht hängen geblieben. Er drehte den Bildschirm zu Karin.

»Ein kurzer Artikel über die Frau des Don. Gaby Schröder

will aus dem Anwesen ein Haus des Friedens und der Einkehr für Körper und Geist machen. Ihr zur Seite steht Mala Burmeester, spirituelle Beraterin aus Wesel. Sagt mir, ist das seine Mutter, von der er nichts mehr wissen will?«

Die beiden nickten.

»Du hast ja seinen Kampf um die Unabhängigkeit von ihr damals nicht mitgekriegt. Ich hoffe nicht, dass wir uns um die neuen Bewohner von Haus Konstantin bemühen müssen. Und wenn doch, dann lassen wir ihn außen vor, ist das klar?«

Jerry brachte es auf den Punkt. »Ich finde schon, dass der Don uns mal erklären sollte, wie er mit Timmermann aufs Foto kommt. Schröder wird ihn wohl nicht gebeten haben, die Mitgliedschaft bei den Lions zu unterstützen, und Timmermann ist garantiert kein Spieler gewesen. Jedenfalls nicht an Spielautomaten in einer Halle, eher auf dem Börsenparkett. Das ist doch unabhängig von dem Vorhaben seiner Gattin, da eine Art esoterisches Zentrum zu gründen.«

Die Tür sprang auf, Burmeester war wieder da, schien sich beruhigt zu haben. Er schaute sich um, ein leichtes Nicken von Karin hieß so viel wie: Alles ist klar, wir wissen Bescheid.

»Falls wir da ermitteln müssen, dann ohne mich, das muss hier und jetzt geklärt werden.«

»Das haben wir schon besprochen. Wir beide unterhalten uns bitte bei nächster Gelegenheit noch mal darüber, okay?«

»Gut.« Er setzte sich wieder. »Wie geht's weiter?«

Karin hatte ihn schon anders erlebt in Situationen, in denen es um seine Mutter ging. Die Hauptkommissarin hatte vor Jahren dafür gesorgt, dass er aus ihren esoterischen Fängen fliehen konnte, um sich in einem kleinen Appartement unter dem Dach ihrer eigenen Mutter zu verbergen. Mittlerweile war er verheiratet und lebte mit seiner Frau Yasemin in der Nähe des alten Wasserwerks im Weseler Stadtteil Fusternberg.

»Du nimmst dir morgen in Dinslaken Felix Timmermann vor«, wies sie ihn an. »Ich kann mir nicht vorstellen, dass sein Vater seine Straftaten einfach unkommentiert akzeptiert hat. Ich möchte wissen, wie er zu seinem Vater stand und ob er wirklich in der Nacht bei seinem Freund gewesen ist. Und nutze die Gelegenheit, um gleich noch einmal mit der munteren Witwe zu sprechen.«

Burmeester nickte heftig. Er hätte jeden Job angenommen, um seiner Mutter nicht in die Arme zu laufen. »In Dinslaken muss ich nicht mit Mala rechnen. Mala. Wie sie wieder darauf kommt! Nichts hat sich geändert.«

Er sah Karins skeptischen, besorgten Blick, der zwischen Burmeester und Gero von Aha pendelte, als wolle sie sagen, zwei Bekloppte in einem Team, das sei viel zu viel.

»Okay, Karin, sag nichts, ich bin mit meiner Aufmerksamkeit wieder beim Fall. Wirklich.«

»Das hoffe ich sehr, sonst muss ich dich abziehen, Nikolas. Und da ich gerade bei der Predigt ans Team bin: Lasst uns ab morgen gemeinsam dafür sorgen, dass es hier möglichst guten Kaffee gibt. Sprecht euch ab, wer was mitbringt, ich bringe eine Maschine mit.«

Gero von Aha rutschte leicht auf seinem Stuhl hin und her, blieb jedoch gefasst und ruhig.

»Und jetzt weiter. Jerry, wühle dich durch die Vermögensverhältnisse von Timmermann, ist da alles im Lot? Kümmere dich weiter um die Themen Farbe und Aktivisten gegen Schotter. Ich bemühe mich um die Ergebnisse der Spurensicherung, Auswertung von Smartphone und PC des Opfers. Gero, du schaust dir die Spielhalle in Hamminkeln an, in der das Foto entstanden ist, guck dich dort um und suche Achim Schröder auf. Timmermann und er wirken wie Freunde, was verbindet die beiden? Wir müssen uns in alle Richtungen orientieren. So, und jetzt ist Feierabend.«

Bewegung kam ins Team. Jerry schaltete die Technik ab, Burmeester bedankte sich bei seiner Chefin für ihr Verständnis. Die winkte ab.

»Ich weiß noch, was du alles unternommen hast, um dich von deiner Mutter abzunabeln. Aber sei ehrlich, du hast gewusst, dass die Chance besteht, sich zu begegnen, wenn man in derselben Stadt wohnt.«

»Ich hatte es gerade vergessen, einfach nicht mehr daran gedacht. Und dann googele ich ein Foto, und es erwischt mich kalt. Das ist schon krass, dass das seelische Ding mit der Mutter ein Leben lang anhält. Egal, ob im Guten oder im Schlechten, man wird sie nicht los.«

Gero von Aha stieß in der Tür unvermittelt mit dem hünenhaften Staatsanwalt Aaron Nilsson zusammen, was nicht verwunderlich war, da der gebürtige Isländer den Rahmen ausfüllte, seine Frisur die Oberkante streifte.

»Tut mir leid, dass ich so spät komme, ich habe mich total auf einen guten Kaffee zum neuen Fall gefreut.«

Von Aha stand vor ihm, schaute hoch zu dem riesig großen Mann, wollte etwas sagen, schien es sich zu verbieten und lief schnaubend zu seinem Büro. Die Tür fiel mit einem lauten Knall ins Schloss. Aaron Nilsson schaute ihm verwundert nach, und Karin erläuterte die Situation.

»Sein heiß geliebter Kaffeeautomat, Aaron, nenne das Ding bloß niemals Kaffeemaschine, ist defekt, und der Service lässt auf sich warten.« Mit ironischem Unterton fügte sie hinzu: »Der ist voll auf Entzug.«

Der Staatsanwalt kam näher, hockte sich in ihre Nähe. »Tu das mal nicht so lapidar ab, Koffeinismus ist eine ernst zu nehmende Sucht mit allen möglichen Auswirkungen, Unruhe, Kopfschmerzen und Erregung gehören dazu. Willst du ihn in dem Zustand im Dienst belassen?«

Die Hauptkommissarin sah ihn mit großen Augen an. »Natürlich bleibt er im Dienst, was denkst du denn? Und wenn das Gegenmittel ein Becher Kaffee ist, bitte schön, steht ihm ab morgen hier zur Verfügung. Nicht so edel wie seiner, aber kräftig und schwarz.« Sie schaute ihn sehr ernst an. »Soll ich dir vielleicht noch etwas zum aktuellen Fall berichten, oder brauchst du auch eine Ladung Koffein, um zu funktionieren?«

»Ja, klar, darum bin ich hier, aber es geht auch ohne Kaffee.«

»Thorwald Timmermann, Jahrgang 1960, wurde am Morgen tot in seinem ausschließlich mit Steinen gestalteten Vorgarten aufgefunden, mit einem faustgroßen Kiesbrocken erschlagen.

Teilweise war er mit der weißen Farbe von Aktivisten gegen Schottergärten überschüttet.«

***

Gero von Aha stand auf dem Parkplatz vor der Kreispolizeibehörde in Wesel und atmete durch. Scheißlaune. Kein anständiger Kaffee, nirgendwo, alles Plörre, was es an der Tankstelle und im Dönerladen gab, alles ohne Charakter und Aroma. Zuletzt kam noch dieser ekelhaft große und stark wirkende Staatsanwalt, der ihn von der Seite angequatscht hat, so ein Blödmann. Und dann wollte Karin ihre Kaffeemaschine mitbringen. Kaffeemaschine! Kaum ein Wort brachte ihn derartig in Wallung. Da wurde kalkhaltiges Wasser unkontrolliert aufgeheizt und durch ein Filterpapier gejagt, dessen Konsistenz und Eigengeschmack unbekannt waren, gefüllt mit ungeeignet grob oder fein gemahlenem Kaffeepulver schlechter Herkunft und weit über dem Haltbarkeitsdatum.

Es schauderte ihn. Die Hände kalt, der Kopf pochend, ging er zu seinem Wagen und setzte sich hinein. Dies war nicht die Laune, um seiner Marlene zu begegnen, da war Stress vorprogrammiert, sie würde reden wollen. Darüber müssen wir reden, Gero, dein Verhalten von vorhin ist nicht akzeptabel …

Dann würde er eben eine Spätschicht einlegen. Ein Blick in den Rückspiegel signalisierte ihm, dass er lange nicht mehr so schlecht ausgesehen hatte. Richtig heruntergekommen.

»Ein Tag ohne Kaffee, und du gelangst an deine Grenzen.«

Die Sonnenbrille half auch nicht dagegen. Er raufte sich das Haar, schaute erneut in den Spiegel. »Du siehst kriminell kaputt aus, das reicht, um mal eben undercover in die Spielhalle zu gehen und sich umzugucken. Go to Hamminkeln, Gero.«

Er startete sein neues E-Auto, auch eine Idee von Marlene, man müsse schließlich langsam klimaaktiv handeln, und da reiche es nicht, im Bioladen einzukaufen. Sie fuhr jetzt einen Fiat 500 als Faltdach-Cabrio, und er saß in einem ungeliebten Dacia Spring, zwei Steckdosentanker, seiner in elegantem Straßenbelagsgrau.

Schon surrte er auf die Reeser Landstraße, suchte in seiner Musiksammlung nach Rock, etwas, das zu seinen Kopfschmerzen und dem Kaffeemangel passte, und gelangte zu Meat Loaf. »Bat Out Of Hell«, Gero schmetterte mit: »*... there is evil in the air and thunder in the sky ...*«

Blumenkamp, die Schill-Kaserne, alles passierte er in einem seiner Verfassung angemessenen, garantiert zu schnellen Tempo, schaffte gerade noch eine Notbremsung auf das Limit vor dem Starenkasten bei Hamminkeln und bog, immer noch aus voller Kehle mitgröhlend, vor dem Thunderbike Roadhouse rechts ab, um gleich links in die Güterstraße zu gelangen. Der Parkplatz vor der Spielhalle war geräumig, er stellte den Motor ab, nicht ohne seinen durchschnittlichen Verbrauch serviert zu bekommen. Zu schnell, zu oft gebremst, statt vorausschauend zu fahren, mit der verbliebenen Reichweite von hundert Kilometern würde er nach Hause kommen.

Er stieg aus, moserte noch kurz über die ständig präsenten Daten, die die Technik ihm ungefragt darbot. »Schlimmer als Marlene, direkt und nachtragend, diese Karre. Hoffentlich gibt es dadrin einen Kaffee.«

Er zog sein Portemonnaie aus der Hosentasche und zählte den Inhalt durch. Zweiunddreißig Euro und achtzig Cent. »Reicht.«

Nach drei Tassen Kaffee und beiläufigem Geldverlust an einem knallbunten, auffordernd aufblinkenden Automaten verließ der Hauptkommissar in Eile das Haus, kurvte mit seinem Wagen über die Bundesstraße in die Ortsmitte, steuerte die Sparkasse an, parkte seinen Wagen quer vor dem Haus und verschwand im Kassenraum, stürmte innerhalb von vier Minuten wieder raus, keine Zeit, fast wie bei einem Überfall, wendete und fuhr mit Schmackes auf die innerstädtische Kreuzung zu, musste hart bremsen, Vorfahrt gewähren, klopfte dabei ungeduldig auf sein Lenkrad, stieß unsanft auf die Drempel der Dreißigerzone und überquerte letztlich die B 473 fast im Flug, um sein Auto auf exakt demselben Parkplatz wieder abzustellen.

Er würdigte die angegebenen Daten auf dem großen Display, die ihm strafend entgegenleuchteten, keines Blickes und lief zielstrebig zum Eingang. Dreihundert Euro mussten reichen, um einen weiteren Blick auf das Publikum an den Spielautomaten und die Tür zum Chefbüro zu werfen. Und noch einen Kaffee zu trinken, alles passte.

Gero von Aha fühlte sich endlich wieder großartig.

ZWEI

Freitag, der 15. September, zehn Uhr, Bislicher Insel, Tiny House auf dem Anwesen von Bauer Kösters, Streuobstwiese am Eyländer Weg

Arthur Barneby Krause konnte es nicht leiden, wenn Lisa zu den Treffen in seine Hütte kam. Sie verbreitete ständig eine Unruhe, die nicht zu der friedvollen Umgebung passte, in der sich seine Bleibe und seine Seele befanden. Sie gehörte zu den jungen Frauen, die partout die Welt verändern wollten, sich auf alles einließen, wenn es nur der Sache dienlich war. Sie war emsig in der Gruppe, schlug sich manche Nacht um die Ohren, um sich am nächsten Morgen wieder um die Kinder in ihrer Kitagruppe zu kümmern. Ihre Tätigkeit färbte auf ihren Sprachgebrauch ab, jeder Mensch, mit dem sie sich unterhielt, fühlte sich innerhalb kürzester Zeit im besten Fall wohlwollend aufmerksam behandelt oder ansatzweise verarscht, so lieb und betont, so zugewandt, wie ihre Kommunikation war.

Für Arthur war jeder Dialog mit ihr eine Herausforderung für seine Geduld und Toleranz. Außerdem hatte sie ihren Kleinwagen, einen E-Smart in Mädchenrosa, wieder einmal am Straßenrand abgestellt, sodass der Bauer garantiert in wenigen Minuten auftauchen würde, um mit ihr zu meckern. Arthur übernahm das mal vorweg.

»Lisa, bitte beruhige dich, du titschst hier herum wie ein Flummiball, und ich wette, dein Wagen steht schon wieder im Weg. Stell ihn doch beim Naturforum ab, sonst haben wir gleich wieder Kalle Kösters am Hals, weil deine Karre seinen Trecker behindert. Und außerdem ist dein Wagen so auffällig, der wirkt wie ein Hinweisschild zu meinem Domizil, und du weißt, dass mir das nicht gefällt.«

»Oh, entschuldige bitte, wie dumm von mir, ich will dir keinen Ärger bereiten, unsere Mission ist zu wichtig, um sie zu gefährden. Ich dachte nur, wir müssen doch schnell …« Ihr Tonfall war zuckersüß, Mimik und Gestik unterstrichen jedes Wort.

Arthur beherrschte sich, wies nach draußen. »Nix da, du musst deine Karre vom Straßenrand wegfahren. Und danach reden wir. Los, mach schon!«

Widerwillig stand sie auf, verkniff sich ein rüdes Wort und verließ das kleine Haus. Der Kurt schaute ihr nach.

»Die hat sich extra heute krankgemeldet, damit sie am Vormittag hier sein kann, das hat sie mir auf dem Weg durch die Obstbaumwiese erzählt. Warum wolltest du sie dabeihaben? Die quatscht doch wie ein Wasserfall, und wir können nicht wissen, wer gerade unter dem Strahl steht.«

Justin, den jeder Fliege nannte, meinte nur, einer für alle, alle für einen, das wäre doch der Leitspruch der Aktionsgruppe. »Oder? Die gehört dazu, und bis jetzt hat sie doch geschwiegen, wie wir alle.«

Der Kurt holte sein Smartphone hervor, ein gebrauchtes, überholtes, da legte er Wert drauf, und rief eine überregionale Onlinezeitung auf, die ihre Reporter mit dem Näschen für den neuesten Skandal oder die letzte Sensation quer durch die Republik verteilt hatte.

»Da, lest euch das mal durch, ach was, der Aufmacher sagt schon alles. Die Macher der Blödzeitung haben als Erste öffentlich einen Zusammenhang zwischen der weißen Farbe auf dem Toten und den Schottergegnern gestrickt. Da steht es in riesigen Lettern auf Seite eins!« Er hielt das Display so, dass die anderen erkennen konnten, was er meinte.

Fliege zitierte mit zittriger Stimme: »›Toter lag weiß markiert auf seinem Kies! Gegner von Schottergärten jetzt radikal? Eigner von individuell gestalteten Gartenanlagen künftig in Lebensgefahr?‹«

Er schaute auf zu Arthur, der kopfschüttelnd dasaß.

»Sind die bekloppt? Und du kannst nichts dagegen machen, ich meine, wir sind da echt machtlos. Pack das weg, bevor Lisa wieder hier ist, die dreht sonst durch.«

Der Kurt schnaufte kurz. »Das Blatt liegt überall aus, meinst du nicht, dass Lisa es spätestens morgen wissen wird? Sie mag ein wenig naiv sein und herumnerven, aber sie ist nicht dumm. Es ist doch besser, offen miteinander umzugehen, wir müssen gemeinsam da durch und wieder raus, sonst waren die ersten Schritte unserer Aktion echt für den Arsch.«

Lisa zog sich sorgfältig ihre Schuhe aus und betrat den Raum exakt bei den letzten beiden Worten. »Liebe Freunde, es gibt Worte, die unsere Kommunikation nicht bereichern, bleiben wir doch nett und friedlich miteinander. Arthur, was ist der Grund für dieses Treffen außer der Reihe?«

Die drei Männer schwiegen, Fliege rieb sich die Hände, Arthur schaute nach draußen, fixierte den Turmfalken, der über den Obstbäumen seine Runde zog, der Kurt schaute beide an und räusperte sich.

»Es ist nicht besonders gut gelaufen bei unserer letzten Aktion.«

Lisa richtete sich auf. »Was willst du mir damit sagen?«

»Wir mussten den Einsatz in Dinslaken abbrechen. Die Farbeimer, die noch im Kofferraum standen, habe ich gestern zurück nach Bottrop gebracht, mein Freund stellt sie dort in einem Schrebergarten unter.«

Fliege zeigte auf seine Füße. »Neue Schuhe. Unter den alten Tretern haftete noch Farbe, ich habe alles zum Wertstoffhof gebracht.«

Lisa schaute irritiert von einem zum anderen. »Ihr verheimlicht mir etwas, das sehe ich doch. Ich spüre förmlich, dass etwas nicht stimmt. Bitte redet mit mir. Arthur?«

Arthur setzte sich ihr gegenüber und nahm ihre Linke zwischen seine Hände, eine Geste, die er als Kind immer als tröstlich und sicher empfunden hatte. »Lisa, es hat einen Zwischenfall gegeben. Die Farbe ist nicht nur auf dem Kies in einem hoffnungslos versteinten Vorgarten gelandet. Die beiden haben erst im Lichtschein, den ein Bewegungsmelder auslöste, erkannt, dass da jemand lag.«

»Wie, da lag einer?«

Der Kurt platzte fast, es lief ihm alles zu langsam. »Mensch, da lag ein Toter im Vorgarten, und die Farbe, mit Schmackes verschüttet, hat ihn zum Teil überdeckt.«

Lisa sprang auf, entzog Arthur ihre Hand. »Ein Toter? Wer war das? Habt ihr etwas damit zu tun? Wie konnte das passieren? Wir sind doch die Friedlichen, kleben uns nicht einmal auf verdichtete Bodenflächen und achten sogar darauf, dass unsere genutzte Farbe ökologisch abbaubar ist. Und dann das? Ein toter Mann! Was habt ihr gemacht?«

Sie setzte sich wieder, wedelte sich Luft zu, ihr Gesicht war vor Aufregung rot angelaufen.

Flieges Hände flatterten, ein ungelenker Versuch der Beruhigung. »Wir haben nichts gemacht, ehrlich. Der lag da und war tot.«

»Und ihr schüttet einfach die Farbe über den Mann?«

»Wir haben ihn doch nicht gesehen, erst als das Licht ansprang. Zehn Sekunden lang ein Riesenschreck, der lag da, mit starren Augen, überall Blut unter seinem Kopf. Und somit auch unter der Farbe. Ich war wie gelähmt, dann hat der Kurt an meinem T-Shirt gezogen, hat geflüstert, los, renn, weg hier, und wir sind abgehauen.«

Lisa schaute einen nach dem anderen an. »Euch hat niemand gesehen?«

»Nein, alles ruhig auf der Straße, die Laternen waren aus wegen dieser städtischen Stromsparaktion, der sich auch Dinslaken angepasst hat, das Auto stand hinter der nächsten Ecke.«

»Dann ist es ja noch mal gut gegangen.«

Der Kurt schüttelte den Kopf. »Die einen sagen so, die anderen so …«

Er griff nach seinem Smartphone und reichte es Lisa. Zögerlich nahm sie es, schaute auf das Display, ihre Augen weiteten sich.

»Oh du mein Gott! Das ist das Ende unserer Aktion. Bisher gab es nirgendwo öffentliche Berichterstattung, und jetzt stehen wir bundesweit in diesem niveaulosen Blatt! Wenn die uns finden, dann kann ich meinen Job vergessen, der Träger meiner Kita versteht da keinen Spaß.«

Der Kurt nahm ihr sein Telefon aus der zitternden Hand, befürchtete, sie würde es fallen lassen, Arthur ergriff Lisas Hand erneut.

»Da steht nichts von uns, da sind Aktivisten erwähnt, die wissen nichts. Gar nichts. Und Fliege hat mit dem Kurt dafür gesorgt, dass nirgendwo Spuren zu finden sind. Alles ist clean, und wir drei haben in der Nacht von Mittwoch auf Donnerstag hier Skat gespielt.«

Lisa ließ sich nicht beruhigen. »Nichts bleibt verborgen. Die kriegen uns.«

***

Staatsanwalt Nilsson begegnete der Behördenchefin van den Berg auf dem Flur des Kommissariats 1, beide hielten je eine aktuelle Ausgabe der Zeitung mit dem roten Logo in der Hand. Ein Kopfnicken zur wortlosen Begrüßung, sie hatten dasselbe Ziel. Die Tür zum Büro der Hauptkommissarin stand weit offen. Karin saß hinter ihrem Schreibtisch, Jerry Patalon hielt ein weiteres Exemplar in Händen, Nikolas Burmeester stand an dem Fenster mit Blick in die Aue, drehte sich um, Gero von Aha erschien als Letzter, er wirkte als Einziger ahnungslos.

»Oh, Vollversammlung bei der Chefin. Verzeihung, Frau van den Berg, konkret muss es heißen: bei der Chefin des K1. Karin, hast du an die Kaffeemaschine gedacht?«

Von Ahas Satz prallte an den Anwesenden ab, er schaute sich irritiert um. »Was ist falsch an meiner Frage? Kann mir bitte jemand erklären, was hier los ist?«

Erst jetzt fiel ihm die Anzahl gleicher Zeitungen ins Auge, die sich in diesem Raum befanden. Er griff nach dem Exemplar, das auf Karins Schreibtisch lag, blickte ungläubig auf die Schlagzeile des Tages, überflog den Artikel, hielt das Papier krampfhaft in der Hand, es knautschte und raschelte, er wies damit rundum. »Was ist das für ein Scheiß? Wo haben die das her?«

Die Behördenchefin ergänzte. »Unser neuer Fall sorgt für die Schlagzeile in diesem Blatt, wie erklären Sie das, Frau Krafft?«

Karin sprang auf, kam hinter dem Schreibtisch hervor und ging auf van den Berg zu, die plötzlich klein und grau wirkte. Und Karins Tonfall blieb weder freundlich noch leise.

»Was soll Ihre Frage bedeuten? Trauen Sie mir oder einem meiner Leute ernsthaft zu, dieses Blatt zu informieren? Das kann nicht Ihr Ernst sein! Sie wissen genau, dass wir uns stets an den offiziellen Weg über die Pressestelle halten, wenn die Öffentlichkeit informiert werden soll.«

Aaron Nilsson, der Zwei-Meter-Mann, stellte sich zwischen die Frauen, die Arme beschwichtigend ausgebreitet.

»Frau van den Berg, die Hauptkommissarin hat mich gestern Nachmittag ausführlich über den Fall informiert. Wenn Sie den Artikel überfliegen, dann erkennen Sie, dass die Informationsquelle garantiert in Dinslaken liegt, da wird sich ein Nachbar mit der Sensation Geld dazuverdient haben. Auf Seite zwei ist ein Foto, auf dem jemand die Abdeckplane anhebt, damit die unterschiedlichen Flecken auf den Steinen fotografiert werden konnten. Das Gesicht ist nicht zu erkennen, jedoch gibt es eine Tätowierung am Handgelenk, da, schauen Sie. Und ich wollte gerade der Hauptkommissarin vorschlagen, dass bei weiteren Befragungen in der Nachbarschaft ein scharfes Auge auf dieses Muster an einem linken Arm geworfen wird.«

Die van den Berg konnte nicht zugeben, mit ihrer Kritik zu weit gegangen zu sein, das hatte die Behördenchefin noch nie im Programm ihrer Kommunikation, das war Karin Krafft klar, schließlich kannten sie sich schon seit fast zwanzig Jahren. Was nun geschah, schrieb sie der Anwesenheit des hünenhaften, nicht unattraktiven Staatsanwalts zu. Van den Berg drehte sich in Position, nahm Blickkontakt mit den Anwesenden auf und entschuldigte sich, nahm sich Zeit für eine ausführliche Begründung.

»Es hat mir den Zorn ins Gemüt getrieben, als ich dieses Blatt am Morgen auf der Ablage beim Bäcker liegen sah, unten in der Wache kreist ein Exemplar, und wie Sie selber sehen, haben wir heute für einen regionalen Anstieg der Verkaufszahlen gesorgt. Ich weiß doch, dass ich mich auf Sie verlassen kann. Und mir ist auch klar, dass ich regelmäßig in gebührender Form von Ihnen auf dem Laufenden gehalten werde. Schieben Sie meine übereilte Reaktion doch einfach darauf, dass ich nur noch ein halbes Jahr bis zu meiner Pensionierung habe.«

Jetzt lächelte sie sogar in die Runde. »Der Kopf sieht jünger aus als der Geist, der sich hinter der Fassade verbirgt.«

Betretenes Schweigen. Sie verabschiedete sich mit einem wortlosen Nicken, und als erhelle ihn ein Geistesblitz, hastete von Aha ihr nach. Es dauerte nicht lange, und vom Flur her vernahmen die verbliebenen Kollegen und Karin mit besonderem Erstaunen eine Tirade van den Bergs. Offenbar lieferten von Aha und sie sich ein Wortgefecht, das damit endete, dass der Hauptkommissar den Raum mit hochrotem Kopf wieder betrat und die Tür hinter sich zuwarf.

Karin erkannte Handlungsbedarf. »Gero, zum ersten Mal in ihrer Dienstzeit entschuldigt sich van den Berg vor versammelter Mannschaft, und du hast nichts Besseres zu tun, als ihre Stimmung in der nächsten Minute wieder gründlich zu vermiesen. Von null auf hundert in zehn Sekunden. Kannst du mir verraten, wie du das geschafft hast?«

Er druckste herum, schwieg, bis Aaron Nilsson sich in voller Größe mit verschränkten Armen vor ihm aufbaute und mit der Strenge eines Studienrates auf ihn hinabsah. »Beantworte Karins Frage. Es gibt keine Chance mehr für Ausflüchte, diese Ansage ist klar und deutlich.«

Leise, kaum vernehmbar, begann von Aha zu berichten, er sei gestern noch in der Spielhalle in Hamminkeln gewesen.

Burmeester rief vom Fenster her: »Lauter!«

Von Aha schien zu schwanken, wie er reagieren sollte, blickte in Karins Augen, die bedenklich funkelten, entschied sich für angepasst sachliches Vorgehen.

»Also, ähm, ich hatte Ausgaben in der Spielhalle in Hamminkeln und habe nur gefragt, ob ich die auch ohne Beleg als Spesen ersetzt bekomme. Van den Berg erinnerte sich sofort an die Geschichte mit der Rechnung für den ausgeliehenen Luxuswagen, diesen edlen Maserati, den ich für meine Undercover-

Arbeit auf dem Rosenhof in Xanten brauchte, und ist auf der Stelle ausgerastet.«

Karin lehnte sich zurück. »Du weißt doch, wie sie auf deine Anfragen reagiert. Warum hast du das nicht mir überlassen?«

Eine Antwort blieb aus, die Hauptkommissarin beugte sich vor. »Wie viel?«

»Wie? Wie viel?«

»Stell dich nicht blöd. Wie viel?«

»Dreihundertdreißig Euro.«

»So viel?«

»Geht noch, ich wollte nicht ein zweites Mal zum Kassenautomaten fahren.«

»Übertreibe es nicht, Gero!«

»Ja soll ich mich mit einem Kaffee in die Ecke setzen oder mich unter die Kundschaft mischen? Da muss man investieren, um dazuzugehören. Fragen kann ich sowieso erst ab dem zweiten oder dritten Besuch stellen. Zumindest weiß ich, wo der Chef sein Büro hat und welcher Automat so günstig steht, dass ich die Tür von dort im Auge habe.«

Nilsson, Jerry Patalon und Burmeester verließen auf leisen Sohlen grußlos das Büro. Sollten die beiden das doch miteinander aushandeln.

Von Aha blickte auf und fragte erneut nach der Kaffeemaschine. Kein guter Zeitpunkt.

Noch vor dem Aufzug erreichte Aaron Nilsson die lautstarke Reaktion der Chefin des K1. Als die Aufzugtür sich öffnete, rauschte von Aha aus Karins Büro, Karin schrie hinterher, er solle die Tür gefälligst schließen. Von Aha hielt inne, heftig warf er die Bürotür ins Schloss. Der Staatsanwalt machte sich auf dem Weg nach unten Gedanken über das Team.

Und abschweifend über die Haltbarkeit von behördlichen Türblättern und -rahmen.

***

Burmeester hielt mitten in der Bewegung inne, die seine Hand zum Klingelknopf des Timmermann'schen Hauses führte. Zwei Stimmen hinter der massiven Tür in Landhausoptik schienen in einen lauten Streit verwickelt. Zwischen Mutter und Sohn ging es hoch her. Offenbar wollte der Filius ausziehen, Burmeester vernahm Satzfetzen wie:

»... und du bleibst gefälligst bis zu deinem Schulabschluss hier wohnen ...«

»Von dir lass ich mir gar nichts sagen, dich interessiert es doch einen Dreck, was ich mache ...«

»Treib es nicht zu bunt ...«

»Das wollen wir doch mal sehen, wer hier zukünftig das Sagen hat, und bis dahin ziehe ich zu meinem Freund!«

»Ach, der junge Mann verfügt über ein Einkommen, das ihm jetzt schon ein unabhängiges Leben finanziert? Glaube bloß nicht, dass ich das unterstütze, keinen Cent kriegst du, keinen ...«

»Dann werden wir sehen, was Thorwald in seinem Testament verfügt hat. Er hat mir einiges gesagt, was dir nicht gefallen wird, du bist echt so eine Schlampe ...«

Bei diesen Worten öffnete sich die Haustür, und Felix stieß mit Burmeester zusammen, beide gerieten kurz ins Straucheln, Felix fiel der prall bepackte Rucksack von der Schulter.

»Mann, ey, was willst du hier, kannst du nicht aufpassen? Da ist meine gesamte Technik drin, wenn da jetzt was kaputt ist!« Er fuchtelte ungeschickt mit seinen Fäusten vor Burmeesters Gesicht, der zog seinen Dienstausweis und schaute zur Seite.

Im Türrahmen erschien Farina Timmermann und blickte entsetzt auf die Szene. »Felix, nein, mach keinen Blödsinn, der Mann war gestern schon hier, der ist Polizist.«

Der Junge schaute auf, Burmeester antwortete ruhig und mit tiefer Stimme. »Kommissar Burmeester vom K1 Wesel, zuständig für Mord und Totschlag. Du nimmst deinen Rucksack und gehst jetzt in aller Ruhe wieder rein. Ich muss mit dir und deiner Mutter reden.«

»Aber warum denn? Er ist tot, und die war zu Hause, als es geschah! Vielleicht aber auch nicht.«

Felix wartete auf eine Reaktion seiner Mutter, die reagierte nicht, der Kommissar spürte, dass es ihr schwerfiel.

Felix nahm seinen Rucksack auf. »Ich war bei meinem Freund, und da gehe ich auch wieder hin.«

Burmeester wies ihm den Weg ins Haus. »Das kannst du machen, wenn wir dadrinnen fertig sind. Ich ziehe es vor, ohne neugierige Nachbarohren mit euch zu reden.«

Er schloss die Tür hinter den Timmermanns und sich, nicht ohne aus den Augenwinkeln heraus die gegenüberliegenden Fenster zu überprüfen. Natürlich waren da nicht alle zu diesem Zeitpunkt außer Haus, den Mietern in der ersten Etage und nebenan im Erdgeschoss würde er nach diesem Gespräch einen Besuch abstatten. Vielleicht konnten die sich ja heute an Einzelheiten der Tatnacht erinnern. Die aktuelle Auseinandersetzung zwischen Mutter und Sohn hatten sie garantiert beobachtet.

Er fand Mutter und Sohn im Esszimmer. Während Felix mit den Händen in den Hosentaschen, den Rucksack noch auf den Schultern, aus dem Fenster schaute, hatte Farina sich gesetzt, glättete vor sich ein Tischset, indem sie immer wieder von der Mitte nach außen hin mit beiden Zeigefingern darüberstrich. Burmeester bemerkte ein leichtes Zittern, ihre Beherrschung kostete offensichtlich viel Energie.

Felix löste sich aus seiner Starre. »Kann ich jetzt endlich gehen?«

Burmeester schaute ihm in die Augen, nicht einfach, da der Junge versuchte, jeglichem Kontakt auszuweichen. »Wie war dein Verhältnis zu deinem Vater?«

Sekundenschnell blickte Felix auf seine Mutter, ihre Hände verharrten, eine kurze, wortlose Verständigung, dann explodierte er förmlich, baute sich vor dem Kommissar auf. Burmeester ließ ihn auf sich zukommen.

»Was soll das, was geht Sie das an, was zwischen dem und mir war? Das hat niemanden zu interessieren, das lässt sich nicht mehr verändern. Mann, er lebt nicht mehr.«

Burmeester, bereit, dem schmächtigen Jungen den Arm auf den Rücken zu drehen, wenn er sich einen weiteren Zentimeter auf ihn zubewegen würde, wirkte gelassen, während nun Farina Timmermann aufstand.

»Was machen Sie mit meinem Sohn? Sie sehen doch, dass er im Moment nicht antworten kann. Ich, vielmehr wir müssen erst mal verarbeiten, was gestern passiert ist. Felix, komm, setz dich.«

Der Junge drehte sich blitzartig um. »Ach, jetzt sind wir wieder ein Wir? Das hörte sich vorhin ganz anders an. Ich, habe ich da gehört, ich, ich und ich, mich, mir, da war ich für dich Luft, die du nicht sehen, aber atmen wolltest. Erinnere dich. Ich war nicht da und durfte auch nicht zu meinem Freund gehen. Shit, Mom, das ist großer Shit!«

Sie konnte nichts erwidern, er setzte ihr weiter zu, Burmeester ließ es geschehen.

»Und was sollten die Anspielungen über meinen Vater?«

»Ach, Felix, man sagt so viel in solchen Situationen. Verzeih mir und bleib, ja?«

Sie wollte ihm durch das Haar streichen, er wich ihrer Hand aus, trat einige Schritte rückwärts, weit genug für Burmeester, um seine Frage zu wiederholen.

»Noch einmal, Felix, wie war dein Verhältnis zu deinem Vater, gab es da Spannungen? Du bist in einem Alter, da gehen einem die Eltern ziemlich auf den Sack, stimmt's?«

»Jetzt mach hier nicht auf Verständnis, Bulle. Wie mein Verhältnis zu ihm war? Normal, denke ich. Er war schließlich mein Vater.«

Jetzt ging er auf seine Mutter zu und stellte sich genauso provokant vor sie, wie er es zuvor mit Burmeester getan hatte, sagte nur ein Wort. »Oder?«

Mutter und Sohn, stumm und starr voreinander. Was passiert hier gerade?, ging es dem Kommissar durch den Kopf.

»Also, ich kann Sie auch einzeln ins Kommissariat laden oder gleich mitnehmen, dann hole ich einen Einsatzwagen, der wird Sie auch wieder zurückbringen. Wollen Sie Ihren Nachbarn diese Szene wirklich bieten? Ihre Auseinandersetzung vorhin haben eh schon alle mitbekommen, die in nächster Nähe wohnen. Setzen Sie sich bitte, beide.«

Drei Sekunden Pause, beide nahmen weit voneinander entfernt Platz.

»Frau Timmermann, ist Ihnen noch etwas eingefallen, ein Name, ein Umstand, den Sie fraglich fanden, eine Reaktion Ihres Mannes auf ein Telefonat, einen Besuch oder eine Nachricht auf dem PC?«

»Nein, ich kann mich echt nicht erinnern. Er hat das Geschäftliche immer nur mit den handelnden Personen ausgemacht. Mein unsichtbares Personal, hat er immer gesagt. Das waren verschiedene Anlageberater, alles müsste auf dem PC zu finden sein, den Sie oder Ihre Kollegen gestern mitgenommen haben.«

Burmeester wies in den Garten. »Keine Geburtstagsfeiern mit den wichtigsten Geschäftspartnern, keine Gartenparty, kein Who's who?«

Sie schüttelte den Kopf. »Es waren immer nur die Familie und enge Freunde hier, strikte Trennung.«

»Fanden Sie das nicht verwunderlich? Es gab offenbar einen Teil im Leben Ihres Mannes, den er vor Ihnen verborgen hat.«

Farina Timmermann schaute auf und nickte. »Da war er kompromisslos, ich durfte nicht fragen, und wenn ich ihn im Arbeitszimmer stören musste, deckte er das aktuelle Bild auf jedem Bildschirm ab, bevor ich es erkennen konnte. Er arbeitete oft auch nachts, wenn er nicht schlafen konnte, oder war über Stunden unterwegs.«

»Das hat Sie nicht erstaunt oder neugierig gemacht?«

»Nein, es war immer alles in Ordnung. Und er war doch Mitglied bei den Lions, da wird man nur mit tadellosem Leumund aufgenommen. Mein Mann war ein erfolgreicher Geschäftsmann, der sein beträchtliches Erbe als Grundlage nahm, um es zu vermehren. Man müsse es einfach zur Arbeit schicken, statt selber zu gehen, sagte er immer. Mehr weiß ich nicht darüber. Punkt.«

Burmeester hatte von Frauen während des Wirtschaftswunders nach dem Krieg gehört, die daheim den Männern die gute Gattin waren und sich nicht für die Arbeitswelt desselbigen interessierten. Hier saß ihm, anno 2024, eine attraktive Frau gegenüber, die angeblich nicht wusste, was ihr Mann beruflich machte. Irgendwas stimmte hier nicht. Er würde nichts Weiteres von ihr hören, heute nicht.

Er wandte sich dem Sohn zu. »Und, Felix, weißt du, womit dein Vater das Geld für euren Lebensstandard verdient, oder muss ich sagen: vermehrt hat?«

»Nein, warum sollte ich? Hören Sie, ich weiß nicht, was da gerade in Ihrem Kopf herumschwirrt.«

»Na, vielleicht wollte er dir den Weg zeigen, wie du ohne großen Aufwand von daheim aus reich werden kannst, ohne ein Influencer zu werden, den jeder auf der Straße erkennt?«

»So ein Quatsch. Er war Geschäftsmann, hat meine Mutter Ihnen doch gerade wieder bestätigt. Ich hätte auch keinen Bock, mich nur mit Zahlen zu befassen. Ich kann Mathe nicht leiden.«

»Was interessiert dich denn, wo soll es mal beruflich hingehen?«

»Irgendwas Kreatives. Ich kann ziemlich gut malen, Spiele entwickeln und so, das wäre cool.«

Ein Modepüppchen und ein Spieleentwickler unter dem Dach eines »erfolgreichen Geschäftsmannes, Branche unbekannt«, das klang entweder wie eine Märchenwelt oder roch nach Konflikt. Burmeester war neugieriger denn je auf die Auswertungen von PC und Smartphone des Toten.

Er verabschiedete sich, drehte sich kurz vor der Haustür noch einmal um, schaute auf die beiden, die ihm gefolgt waren. »Ach, Frau Timmermann, sagt Ihnen der Name Achim Schröder etwas, kennen Sie den Mann?«

Ein funkelnder Blick zwischen Mutter und Sohn, danach verneinte sie. »Nie gehört. Wer soll das sein?«

»Ein Geschäftspartner Ihres Mannes.«

Sie unterstrich ihre Antwort durch eine weitere Verneinung.

Bei Burmeester hatte sich dieser kurze Blick zwischen den beiden eingeprägt, noch hatten sie nicht alles gesagt, was sie wussten. »Es werden noch weitere Befragungen notwendig sein, rechnen Sie damit, dass ich wiederkomme, und verlassen Sie nicht die Stadt.«

Als er die Haustür hinter sich schloss, blieb es still im Inneren, Felix rauschte anscheinend nicht sofort wieder ab. Burmeester schaute zu den Fenstern gegenüber und machte sich auf den Weg.

Der liebe Gott weiß viel, die Nachbarschaft noch mehr.

***

Die Auswertung des PCs des Opfers bildete für die Fachleute der Kriminaltechnik eine neue Herausforderung. Der Chef der Spurensicherer, Kommissar Heierbeck, bat Karin Krafft noch am Vormittag in sein Labor.

Zwei der speziell ausgebildeten IT-Fachleute saßen vor dem Gerät und starrten auf den Bildschirm. Heierbeck stellte sie vor. »Das sind Corinna und Julius, die beiden knacken eigentlich jedes Passwort und finden alle versteckten Dateien. Nur bei dem Gerät hier stehen sie vor mehreren Rätseln.«

Corinna, eine junge Frau mit mehreren Piercings an Augenbrauen und Lippen, blickte auf, Karin und sie wechselten einen wortlosen Gruß.

»Der Mann ist entweder ein Fachmann gewesen, oder er muss in ständigem Kontakt zu wahren Koryphäen gestanden haben. Das Ding ist besser gesichert als die Nationalbank der USA.«

»Was heißt das im Klartext?«

Julius blickte auf, auch er ein Fan des Körperschmucks, ohne Metall, dafür mit Farbe. Die sichtbaren Partien seines Körpers waren dicht mit dunklen Motiven bemalt, die sich vom Hals her bis in sein Gesicht zogen. Karin musste sich beherrschen, ihn nicht wie ein Kunstobjekt anzuschauen. Er antwortete schnell, spürbar bemüht, einfache, für eine Laiin verständliche Worte zu wählen.

»Er hat ein System aus verschiedenen Sicherungen eingebaut, es reicht nicht, den PC mit einem Passwort zu öffnen. Alles, was hier gespeichert ist, löscht sich, sobald man dreimal das falsche Passwort gewählt hat. Man braucht unendlich viele Passwörter, um zu den Informationen über seine Geschäfte zu gelangen. Eher Belangloses wie sein Kontostand und die Depots mit seinen Aktien sind offen, er war ein Börsianer mit Wissen um die richtigen Käufe und Verkäufe, er konnte vermutlich mit einem monatlichen Gewinn in einer Höhe gehobener Gehälter rechnen.«

Karin hockte sich neben die beiden. »Das war sein Geschäft, Aktien kaufen und verkaufen, Gewinne machen, davon leben?«

Corinna wies auf den Bildschirm. »Das klappt nicht immer, und man muss viel Geld investieren, um monatlich davon zu leben.«

Heierbeck blendete sich ein. »Ich denke an das Haus, die Einrichtung, die Frau in eleganter Kleidung, wertvollen Schmuck. Da reicht so ein Gehalt nicht aus, da muss mehr Geld hereinkommen. Und da, schauen Sie.«

Julius hatte mehrere Geräte mit der Suche nach den einzelnen Passwörtern beschäftigt, hatte für eine Datei anscheinend wieder ein falsches eingegeben, die Datei löschte sich innerhalb kürzester Zeit.

Corinna stand genervt auf. »So ein Mist. Es ist, als wenn dieses System sich im Rahmen bestimmter Zeitspannen von selber erneuert. Man glaubt, einen Weg gefunden zu haben, und wenn man ihm zu lange folgt, verzweigt er sich wieder, und man braucht einen anderen Zugang.«

Karin blickte zu Heierbeck. »Warum installiert jemand ein derartiges Sicherheitssystem? Was oder wen verbirgt er da?«

Julius schaute Karin an, ein Schlangenkopf erschien hinter seinem rechten Ohr und schien sich zur Stirn zu schlängeln. »So etwas habe ich noch nicht gesehen. Wir sind hier bemüht, nicht alles zu verlieren, was da gespeichert ist, versuchen die Clouds zu finden, speichern die gesicherten Dateien immer wieder neu ab. Um sie nicht zu verlieren, trennen wir die Verbindungen jedes Mal, wenn wir ein Passwort ausprobieren, es ist echt crazy. Ich wüsste gerne, wer hier gearbeitet hat, von dem kann man lernen.«

Corinna murmelte etwas, Julius hakte nach, sie wiederholte ihre Worte. »Von derjenigen. Das Ding ist so kleinschrittig angelegt, so was kann sich nur eine Frau ausdenken, glaube mir.«

Heierbeck stöhnte auf, Karin lächelte in seine Richtung. Ihr war klar, dass er nichts von der Welle des Genderns hielt.

»Egal, seht zu, dass ihr vorwärtskommt, mir ist wurscht, wer von euch den Zugang findet und wer dahintersteckt.« Er wies Karin zu einem anderen Arbeitstisch.

»Ich habe mich mit der Frage beschäftigt, in welchem zeitlichen Abstand Blutaustritt und Farbauftrag erfolgten. Natürlich können wir die Fähigkeiten von KI einsetzen, um die Trocknungsgrade bei unterschiedlichen Temperaturen, sprich Außengrade und Körperwärme, zu bestimmen, da bleiben jedoch noch Fragen übrig. Es handelte sich schließlich nicht um einen säuberlichen Anstrich, sondern um eine mit Wucht ausgeschüttete unbekannte Menge, die sich dementsprechend auch in unterschiedlicher Dicke verteilt hat. Ich habe Feldversuche angeordnet, nebenan haben wir mit Tierblut und Farbe gearbeitet, Blut in halbstündigem Abstand wüst mit weißer Farbe beschüttet, das Ergebnis ist eindeutig.«

Die Hauptkommissarin stand neben ihm, starrte auf die beiden Bildschirme, die nebeneinander auf dem Tisch aufgebaut waren, wartete, stützte sich auf, trommelte mit den Fingern einen willkürlichen Rhythmus. »Mensch, Kollege Heierbeck, wir kennen uns schon so lange, und Sie merken sich immer noch nicht, dass ich Ihre rhetorischen Pausen nur schwer ertragen kann. Wie lautet Ihr Ergebnis?«

War das ein kleines Grinsen auf dem Gesicht des ernsthaften Mannes?

»Nun, wir können noch nichts vorweisen, das gerichtsverwertbar wäre. Es gibt so viele unterschiedliche weiße Wandfarben, manche haben die gleiche Zusammensetzung bei unterschiedlichen Herstellern, es gibt aber auch gravierende Unterschiede. Wirklich sicher können wir erst sein, wenn wir den Hersteller der verwendeten Farbe haben, und das ist bei der Vielzahl der Angebote nicht einfach.«

Karin konnte ihre Enttäuschung nicht verbergen, ein Nichts hätte er auch telefonisch mitteilen können. Sie wandte sich um, hob eine Hand zum Gruß.

»Warten Sie, Frau Krafft, das ist noch nicht alles.«

»Ich höre.«

»Eines steht fest. Mord und Farbauftrag geschahen nicht unmittelbar nacheinander, wir sind uns nur nicht schlüssig darüber, ob der Abstand eine oder mehrere Stunden lang war.«

Das war eine Aussage, die sie umkehren ließ. »Das ist also definitiv? Zum Zeitpunkt des Todes wurde er nicht mit der Farbe überschüttet, sondern mindestens eine Stunde später?«

»Genau, sonst hätten sich Blut und Farbe wesentlich intensiver vermischt. So wirkt es wie eine Schicht, die sich, zwar mit Wucht aufgetragen, aber dennoch aufgelegt hat. Und es kann kein Blutaustritt mehr erfolgt sein, der hätte sich mit der Masse zumindest ansatzweise vermischt. Wenn Julius und Corinna mit diesem PC fertig sind, werden wir im Rahmen der digitalen Forensik zu einem verwertbaren computergenerierten Ergebnis kommen.«

»Okay, das ist ein Wort. Ich zähle auf Sie.«

Zurück auf ihrer Etage, folgte die Hauptkommissarin ihrem Impuls, noch einmal mit Gero von Aha zu sprechen, und klopfte an seine Tür.

»Jaa.«

Er saß hinter seinem Schreibtisch wie ein mürrisches Häufchen Elend, vor ihm auf der überfrachteten Tischplatte standen und lagen mehrere Pappbecher, offenbar hatte er sämtliche Angebote für einen Coffee to go getestet.

Still nahm sie einen Papierstapel von dem Stuhl davor, versuchte ihn auf den Tisch zu legen, es wollte nicht gelingen, legte ihn auf den Boden und setzte sich. »Was ist los, Gero? So kenne ich dich gar nicht.«

Ein langer Seufzer entfuhr ihm, bevor er sich aufrichtete und sie aus dunkel umrandeten Augen anschaute.

»Das sagt Marlene auch. Und sie droht schon wieder damit, dass sie mich rauswirft. Wäre ich doch bloß nicht zu ihr ans Ende der Welt gezogen. Und nicht einmal Kaffee gibt es bei ihr. Das sei Ausbeutung von Böden und Menschen, ungesund, alles schlecht. Verstehst du? Hier ist mein Kaffeereich, und dann gibt dieser verdammte Automat auf.«

Sie nickte. »Und ich vergesse die Kaffeemaschine, die ich als Ersatz mitbringen wollte, das tut mir leid.«

Er schaute zur Seite. »Ich kann mich ja selber nicht leiden und weiß keinen Rat, was los ist, ich habe Kopfschmerzen, Herzrasen, das kenne ich gar nicht.«

»Gero, geh doch zum Arzt, lass dich durchchecken und beraten, ich glaube, du bist suchtgefährdet. Koffeinabhängig.«

Er schaute auf. »So ein Quatsch, das gibt es doch gar nicht.« Karin nickte nur, er schüttelte vehement den Kopf, bis er sich mit schmerzverzerrtem Gesicht an die Schläfe fasste. »Das habe ich noch nie gehört.«

Sie wies auf seinen Bildschirm, der genauso mit Infos vermüllt war wie der Schreibtisch, nur waren es dort Post-it-Zettel. »Schau, da findest du alles, was du uns im Moment hier bietest.«

»So ein Unsinn, ich brauche eben nur eine anständige Portion …«

»… guten, sehr starken italienischen Kaffee, ich weiß. Merkst du was?«

Unsicher schaute er sie an, nahm die Brille ab, rieb sich die Augen. »Nein, du, ich mache meinen Job, ich fahre nachher wieder nach Hamminkeln und setze mich in die Halle. Die haben halbwegs akzeptablen Kaffee da. Ich schaffe das, und am Montag kommt der Monteur, und dann ist die Welt hier wieder in Ordnung.«

Karin sah ihn streng an. »Ich überlege, ob ich nicht lieber Jerry in die Halle schicken soll, du gibst –«

Er fiel ihr ins Wort. »Nein, nein, auf keinen Fall. Die haben den Stoff, den ich brauche, und ich verspreche, ich werde mich beim Spiel beherrschen. Lass mich wieder dahinfahren, ich habe die Tür zum Chef im Blick und werde einen Weg dort hineinfinden. Ansonsten lohnt es sich, das Reinigungspersonal zu belauschen, eine Frau wies eine andere ein, dabei wurde, quasi beim Durchwischen, gefachsimpelt, ich zitiere wörtlich: ›Die einen gehörn den Chef, und die anderen sind in Kommission.

Und dat ärgert den Chef, dat er auf die Kisten aufpassen soll. Der sacht immer, da geht ihr nur mit kölschen Wisch drüber, dahinten anne Wand.‹ Karin, da stimmt was nicht, und ich bin dadrin, du musst mich dort weiter ermitteln lassen. Und am Montag bin ich wieder der Alte, bestimmt!«

»Ey, ich bin deine Chefin und trage Verantwortung für jeden Einzelnen des Teams, so auch für dich. Dir geht es beschissen, du hast eine Scheißlaune und legst dich mit der Behördenchefin an, das endet nicht gut.«

Gero von Aha strich sich an den buschigen Augenbrauen entlang und setzte seine Brille wieder auf, sammelte sich. »Karin, ich werde das bis Montag durchhalten und mich beherrschen, versprochen. Alles, was ich brauche, ist ein guter Kaffee …« Er fegte mit einer Armbewegung die leeren To-go-Becher vom Tisch. »… und nicht so eine Plörre.«

Die Hauptkommissarin wollte ihm glauben, er hatte in den letzten Jahren bereits einige schwierige Lebenslagen gemeistert. Ihr war wichtig, dass von Aha es erneut zu hören bekam. »Gut, wir beide sind am Wochenende im Dienst. Ich denke an die Kaffeemaschine, und du besorgst den legalen Stoff.«

Sein Gesicht erhellte sich. »Das ist ein Wort, ich hätte sonst bei ›Ich-liefere-dir-alles‹ eine gute Maschine bestellt.«

Karin stand auf, drehte sich an der Tür um. »Das brauchst du nicht. Und denke daran, dein Geld nicht sinnlos zu verprassen, ohne Quittung gibt es normalerweise nichts zurück. Bis zu einem gewissen Limit werde ich die Summe einfordern können, wenn eine besondere Begründung vorliegt. Du musst das Formblatt Nummer 16 –«

Von Aha schlug sich vor die Stirn. »Na klar, jetzt, wo du es sagst, Formblatt 16, Schrägstrich 14, für die van den Berg in doppelter Ausführung. Gut, dass du mich erinnerst.«

»Sei trotzdem umsichtig mit deiner Kohle.«

»Jaa!«

***

Jerry war im Flow, alles lief gut. Der Staatsanwalt hatte ihm, ohne zu zögern, die offiziellen Papiere ausgestellt, die er bei der Bank und beim Hausarzt des Toten vorweisen musste, um ungehindert Informationen einzufordern.

Das Katasteramt in Dinslaken war auch ohne Vorlage von Ermächtigungen behilflich. Jerry wollte wissen, wie es um das Haus auf der Agnesstraße stand, wer als Eigentümer eingetragen war. Die zuständige Angestellte wusste sofort, worum es dem Kommissar ging, als dieser sich legitimiert und die Adresse genannt hatte.

»Furchtbare Geschichte mit dem Herrn Timmermann. So ein zuvorkommender Mann, wissen Sie, ein echter Oldschool-Gentleman war das. Warten Sie, alles ist digitalisiert, aber die alten Pläne werden auch noch archiviert. Und wenn es Sie interessiert, dann suche ich auch noch eben die anderen Grundstücke von ihm heraus.«

Natürlich war er interessiert.

Das Haus, vor dem er gefunden wurde, gehörte ausschließlich ihm. Nicht einmal seine Frau war als Miteigentümerin eingetragen. Merkwürdig. Und dann wurde es spannend. Drei weitere Objekte fand die fleißige Frau und gewährte Jerry Einblick: ein Mehrfamilienhaus in der Dinslakener Innenstadt und ein großes Einfamilienhaus in Eppinghoven, eingetragen war Thorwald Timmermann gemeinsam mit Tatjana Timmermann.

Bei der Information wurde der Hauptkommissar hellhörig. Wer war diese Frau? Eine Ex? Und warum war dann die jetzige, Farina, nicht als Eigentümerin oder zumindest Miteigentümerin beim Objekt Agnesstraße vermerkt?

Es ging weiter mit erstaunlichen Informationen. Im Gewerbegebiet Otto-Brenner-Straße, nahe beim Bowlingpark Dinslaken, gehörte Timmermann ein Gelände mit XXL-Garagen.

Jerry verließ das alte Rathaus am Stadtpark und beschloss, sich die Anwesen gleich einmal anzuschauen. Das Mehrfamilienhaus lag unweit in der Roonstraße, fußläufig in wenigen Minuten erreichbar. Nicht schlecht, dachte Jerry, als er vor einem alten, auf den ersten Blick sehr gut gepflegten Haus mit vier Wohnungen und garantiert beachtenswerten und zuverlässigen Mieteinkünften stand. Niemand daheim, er fotografierte die Klingelschilder und würde später am Tag telefonisch versuchen, die Mieter nach Timmermann zu befragen.

An der Otto-Brenner-Straße staunte der Hauptkommissar auch nicht schlecht, er parkte auf einem riesigen Gelände mit haushohen Garagen, die für die Einlagerung von Möbeln, Material oder die Überwinterung von Fahrzeugen genutzt wurden. Er stieg aus, niemand in der Nähe, umschritt die Reihen. Das schien eine weitere zuverlässige Einnahmequelle des Geschäftsmannes zu sein. Vierzig dieser Garagen standen hier in Zehnerreihen, die Zwischenräume waren straßenbreit, um gut rangieren zu können. Auf einem Schild an der Einfahrt war zu lesen, es gäbe freien Platz, darunter eine Handynummer. Jerry holte erneut sein Smartphone hervor und machte ein Foto. Danach wählte er die angegebene Nummer.

»Stachowiak, hallo.«

»Patalon hier. Ich lese Ihre Telefonnummer in Dinslaken bei den Garagen. Sagen Sie, die gehören doch dem Timmermann, oder?«

»Genau. Ich bin der Verwalter.«

»Ich würde mir gerne einen Raum anschauen, könnten Sie herkommen?«

»Klar doch, ich wohne um die Ecke, bin in fünf Minuten da. Sie haben Glück, es sind gerade noch zwei XXLer frei.«

***

Burmeester saß in einer modernen Küche mit Blick auf das Haus der Timmermanns. Von hier aus wirkte der steinerne Vorgarten mit der weißen Folie und dem Flatterband gespenstisch, passte nicht zu der gärtnerischen Gestaltung vor den Nebenhäusern, die, teilweise auch mit Steinen, jedoch durchsetzt von Pflanzen und Gartenkunstobjekten, auf ihre Art dekorativer wirkte.

Der Mieter, Gerhard Schuster, ein durchtrainierter Ruheständler, dem man sein Alter nicht ansah, bot ihm Platz und einen Kaffee an. Burmeester nahm beides gerne.

»Sie haben doch bestimmt einiges mitgekriegt da drüben.«

Schuster setzte sich ihm gegenüber an den Tisch, der unter dem Fenster stand. »Wissen Sie, normalerweise sitze ich hier zu den Mahlzeiten, da ist da drüben nicht viel los. Gestern, ja, da habe ich den Logenplatz genutzt und fand mich am Mittag als fieser Voyeur nahezu widerlich. Da ist schließlich jemand ums Leben gekommen. Es war aber interessant, den ganzen Ablauf, den man sonst immer nur stückweise in Krimis sieht, mal verfolgen zu können. Sie habe ich auch gesehen, und jetzt sind Sie wieder hier unterwegs.«

Mit einem Griff hinter sich nahm er eine Tasse Kaffee von der Maschine und schob sie zu Burmeester, stellte hernach eine weitere Tasse parat und drückte auf den Knopf. »Milch und Zucker?«

»Nein danke. Informationen über Ihre Nachbarn, wenn's geht.«

Schuster lachte auf. »Da sind Sie bei mir beim Falschen gelandet. Ich verbringe meine Tage nicht in der Küche, sondern bin viel draußen unterwegs oder mit kleinen Gruppen auf Bildungsreise. Ich weiß, dass da der Timmermann mit Frau und Sohn lebt, Pardon, er lebte, die anderen sind noch da. Ein kleiner Großkotz, der Filius, der stellt schon mal seine Mutter öffentlich bloß, dann wird es laut, und er macht schnell einen Abflug.«

Schuster griff erneut hinter sich, gönnte sich einen Schuss Milch aus dem Kühlschrank, den er ebenso bequem im Sitzen erreichen konnte. »Und wenn Sie mich fragen, dann sollten Sie sich mal um den Nachbarn zur Linken kümmern.«

Jerry musste grinsen. »Ach, Sie schauen ja doch manchmal aus dem Fenster, auch wenn kein Blaulicht aufblinkt.«

Schuster hob den Zeigefinger und wies nach draußen. »Sehen Sie das Fahrzeug unter dem Carport? Das ist Timmermanns Tesla. Wenn er da ist, dann steht dieses Auto dort, meist an die Ladestation angeschlossen. Wenn es nicht dort steht – Moment, kleine innere Korrektur. Wenn es nicht dort stand, dann war er unterwegs. Das konnte tagsüber sein, aber auch nachts. Und dann hatte es eine Regelmäßigkeit. Dienstags und freitags war der Wagen ab dreiundzwanzig Uhr unterwegs, da konnte man den Kalender nach stellen. Kaum war er weg, dann ging beim Nachbarn, da, Nummer sechzig, die Tür auf, und der gute Kutscher schlich rüber zu Timmermanns. Ich hatte es einmal per Zufall beobachtet, weil ich um die Uhrzeit immer ein Glas Mineralwasser ins Schlafzimmer hole. So habe ich die Regelmäßigkeit bemerkt, Wetten mit mir selber abgeschlossen. Ich habe immer gewonnen. Und wenn Sie mich fragen, dann gab es dort bestimmt keine Bibelsprüche mit Mitternachtssüppchen.«

»Wie lange geht das schon so?«

Schuster lehnte sich zurück. »Meine Frau hat mich vor drei Jahren vor die Tür gesetzt, zum Glück habe ich diese Wohnung schnell gefunden. Bemerkt habe ich die nächtlichen Geschehnisse aber erst ungefähr vor einem Jahr. Ich kann Ihnen also nicht sagen, wie lange das da drüben schon so geht.«

Er schüttelte versonnen den Kopf, blickte in seine Tasse, die er in den Händen hielt. »Wissen Sie, das Irre an der Geschichte ist ja, dass meine Frau es mit ihrem Gspusi ähnlich gehalten hat. Der kam immer ins Haus, wenn ich auf Dienstreise war. Und jetzt hat der Frau und Haus am Hals, und ich gucke hier aus dem Fenster und denke mir, sind doch alle gleich, die Frauen, und freue mich über mein Singleleben.«

Burmeesters erster Impuls war, dieses Resümee nicht stehen zu lassen, er entschied sich jedoch für eine Rückkehr zu seinem Ermittlungsauftrag und zog eine Vergrößerung des Zeitungsfotos mit der Tätowierung auf dem Handgelenk hervor. »Sie haben eine gute Beobachtungsgabe. Vielleicht können Sie mir noch ein Stück weiterhelfen und wissen, wem diese Körperzeichnung gehört.«

Schuster nahm das Foto in die Hand und verneinte. »Dazu kann ich nichts sagen. Aber ein Stück weiter auf der Amalienstraße gibt es Mietobjekte, in denen manchmal zwielichtiges Volk wohnt. Da ist eine hohe Fluktuation, weil es immer wieder

Stunk und Streit gibt, vielleicht schauen Sie sich da mal um. Es ist nicht weit, Sie werden erkennen, was ich meine.«

Burmeester stand auf, bedankte sich für den Kaffee und verließ das Haus mit neuen Erkenntnissen. Farina und ihr Nachbar, soso. Vielleicht stand der Fall jetzt, am Folgetag, bereits kurz vor der Aufklärung. Und er, Nikolas Burmeester, wäre die Spürnase des Monats. Vielleicht.

Voller Energie überquerte er die Straße und begab sich zum Nebenhaus des Tatortes. Er klingelte. Natürlich gehörte auch der gute Herr Kutscher zur Gruppe innerhalb der arbeitenden Bevölkerung, die morgens das Haus verließ.

Die Zwischenzeit konnte er gut nutzen, um auf der Amalienstraße eine Befragung zu der Tätowierung durchzuführen. Das im rechten Winkel gebaute Haus, das Schuster meinte, fiel ihm sofort ins Auge, der Eingang auf der Hofseite offenbarte ihm, dass es zwanzig Wohneinheiten gab. Nach den ersten beiden Mietern, die er antraf, wurde ihm klar, dass niemand das Muster am Handgelenk erkennen würde und der Träger dieses Körperkunstwerks längst gewarnt war und sich nicht zeigen würde. Resigniert lief er zurück zur Agnesstraße.

Burmeesters auftrumpfender Erfolg musste warten, er setzte sich in sein Auto und griff nach dem Smartphone. Zumindest konnte er seine Vorgesetzte schon mal darüber informieren, dass er noch in Dinslaken bleiben würde.

»Karin? Ich habe hier noch zu tun. Mach dich auf eine Überraschung am Nachmittag gefasst … Nein, das kann ich dir noch nicht sagen … Ich handle nicht eigenmächtig, das ist doch Gero vorbehalten … Nein, das war nicht ironisch gemeint … Bis nachher, ich melde mich.«

Vorsorglich kontrollierte er seine Handschellen, die hatte er lange nicht mehr benutzt. Er nahm sie aus der ledernen Gürteltasche, angelaufen wirkten sie, ein vernachlässigtes Stück Ausrüstung, da war Abhilfe gefragt. Er ließ die Zahnrasten sein linkes Handgelenk passgenau umschließen. Vernickelter Stahl, ziemlich stumpf und fleckig. Doppelte Kontrolle hält besser.

Während er das Haus der Timmermanns und das Nebenhaus

fest im Blick hatte, klickte er die andere Zahnraste um sein Lenkrad. So gestrafft, polierte er das Metall mit einem Microfasertuch, das noch vom letzten Durchgang in der Waschanlage in seiner Mittelkonsole lag. Alles ruhig draußen, drinnen blitzte der Stahl in neuem Glanz. So, jetzt nur noch aufschließen und wieder in der Gürteltasche verstauen.

Das jedoch gestaltete sich nicht so einfach, wie er es sich gedacht hatte. Das mindestens zehn Jahre nicht mehr genutzte Schloss wollte nicht nachgeben. Keiner der Schlüssel bewegte die Zahnrasten auch nur einen Millimeter. Burmeester sank in den Sitz. Schlamperei bei der Ausrüstung rächt sich immer – an den Satz eines seiner Ausbilder musste er nun unweigerlich denken.

Was sollte er tun? Nach Wesel fahren und sich dem Gespött der Kreispolizeibehörde aussetzen? Da musste eine andere Lösung her.

Er sah sich um. Nichts los in Dinslaken auf der Agnesstraße.

***

Stachowiak brauchte eine halbe Stunde, die Jerry in seinem Auto verbrachte, um die letzten Nachrichten aus seinem Herkunftsland Haiti zu beantworten. Er selbst, bei Adoptiveltern in Wesel aufgewachsen, hatte seit Langem den Kontakt zu seiner Familie aufgenommen und organisierte immer wieder Hilfstransporte in unterschiedlicher Größe, je nach Bedarf. Das Leben dort war nicht einfach, der Inselstaat wurde immer wieder von putschartigen Unruhen oder Naturkatastrophen heimgesucht, die Menschen waren dankbar für die Unterstützung des »Weißgestreiften«, wie sie ihn wegen seiner Lebensgeschichte nannten.

Stachowiak zog in einem roten Opel Manta um die Ecke, stieg in über dem Bauch gestrammtem T-Shirt mit Pilotensonnenbrille und einer Vokuhilafrisur aus. Da fehlte nur der Fuchsschwanz. Jerry bemerkte, dass der Mann einen Schritt rückwärts tat, als er ausstieg. Sein Blick sagte: Keine Dunkelhäutigen auf meinem Boden. Da half nur Offensive.

»Hauptkommissar Patalon, Kommissariat 1 in Wesel, Herr

Stachowiak? Wir haben miteinander telefoniert. Sie verwalten diese Anlage?«

»Jau, kann man so sagen.«

»Sie haben von Thorwald Timmermanns Tod gehört?«

Stachowiak verschränkte die Arme. »Mein Kevin kam damit aus der Schule, und gelesen hab ich et, inner Zeitung.«

»Herr Timmermann war Ihr Chef?«

Eine Hand des Mantafahrers wies drohend auf Jerry. »Ey, ich bin mein eigener Chef. Und wer hier nicht pariert und Ordnung hält, der fliegt zum nächsten Ersten.«

Der Hauptkommissar blieb gelassen. »Ja, mir ist schon aufgefallen, dass hier alles picobello ist. Sie sagten, dass es freie Garagen gibt?«

»Wat willst du? Eine mieten? Mensch, klau mir nich meine Zeit, für dich gibbet hier nix.« Er wollte einsteigen in seinen roten Oldtimer.

»Herr Stachowiak, wir sind beim Sie und bleiben bitte auch dabei, ich ermittle zum Mordfall Timmermann. Und wenn ich hier keine ordentlichen Antworten auf meine Fragen bekomme, dann kann ich Sie auch eben mit einer Streife zum Kommissariat bringen lassen, und wir reden dort in aller Ruhe.«

Jerry griff zu seinem Smartphone, Stachowiak wirkte plötzlich eingeschüchtert, wurde leiser, nahezu kleinlaut. »Is ja schon gut. Wat willse … wollen Sie wissen?«

»Die Mieten gehen auf ein Timmermann'sches Konto?«

»Der hat ein Geschäftskonto, ja. Meistens sind an die dreißig Garagen vermietet, manche für länger, manche werden nach kurzer Zeit geräumt. Nur die von ihm selber, die sind von Anfang an durchgehend besetzt.«

Ein interessanter Satz, Jerry horchte auf. »Was hat er denn hier eingelagert?«

»Wat weiß ich? Der hat die beiden hinteren, neununddreißig und vierzig.«

»Können Sie die mal öffnen?«

»Nee, ich hab für alle Tore einen Zweitschlüssel, nur nicht für seine. Kein Schimmer, wat dahinter lagert.«

»Haben Sie die Schlüssel dabei?«

Stachowiak öffnete den Kofferraum und entnahm ihm eine Schachtel, darin eine Vielzahl von Schlüsseln mit Kunststoffanhängern, darauf Nummern. Jerry fotografierte den Inhalt, Stachowiaks Widerstand flammte erneut auf.

»Wat soll dat?«

»Ich werde im Hause Timmermann nach einem ähnlichen Schlüssel suchen, um die Tore zu öffnen. Wir müssen jedem kleinen Hinweis nachgehen, der zum Täter führen könnte, und fangen mit der Suche im Umfeld des Opfers an.«

Jerry ließ den Mann grußlos stehen und stieg ein, telefonierte mit Karin und berichtete kurz von seinen Erkenntnissen. Stachowiak schien nur darauf zu warten, dass er losfuhr. Jerry sah keine Veranlassung, sich zu beeilen.

»Der Verwalter hier mag offenbar keine Menschen mit anderer Hautfarbe, der steht an seinen Manta gelehnt und möchte mir nachwinken ... Ja, ein Opel Manta in Rot, der Klassiker ... Nein, kein Fuchsschwanz, nur ein schlecht gelaunter Stachowiak in engem T-Shirt mit einer verwaschenen AC/DC-Aufschrift ... Nein, ich provoziere nicht ... Gibst du mir eben die genaue Adresse der Timmermanns durch? ... Danke, habe ich notiert ... Ach, Burmeester ist noch dort? Vielleicht treffe ich ihn, ich will dort nach Schlüsseln für die Tore suchen.«

Jerry konnte es nicht lassen. Er stieg nach dem Telefonat noch einmal in Seelenruhe aus, entledigte sich seiner Jacke, hängte sie sorgfältig an den Haken beim Rücksitz und präsentierte auf diese Weise dem stoisch glotzenden Stachowiak Holster nebst Waffe und die Gürteltasche mit den Handschellen. Er reckte sich, bevor er wieder einstieg und die Adresse in sein Navigationsgerät eingab. Es war nicht weit bis zur Agnesstraße.

***

Nach dem ausgiebigen Frühstück verschwand Achim Schröder in Richtung Arbeitszimmer. »Ich will in den nächsten beiden

Stunden nicht gestört werden, sag das der Putzfrau, sonst war das ihr letzter Tag hier.«

»Jaja, sie ist einfach zu emsig, die Gute, ich weise sie auf deinen Wunsch hin«, sagte seine Gattin.

Achim Schröder drehte sich mit finsterer Miene um. »Das ist kein Wunsch, das ist eine Anweisung. Du hast hier das komplette Haus zu organisieren, mit Ausnahme meines Bereichs. Dort hat nur Zutritt, wen ich einlasse, und das gilt auch für die Putzfee, ist das klar?«

Gaby Schröder war diese Ansprache gewohnt und schaute sich nicht einmal um. »Du verbreitest wieder eine schlechte Aura. Ich spreche mit ihr, bestimmt.«

Sie ließ sich nicht aus der Ausgeglichenheit bringen, saß, immer noch in leichtem Morgenmantel, am Tisch und blickte mit einem versonnenen Lächeln in den malerischen Garten von Haus Konstantin. Sie sah im Geiste ihre Pläne Wirklichkeit werden, die Frauen in lockerer Entspannungskleidung auf sie zukommen, denn dieser große Tisch würde während der Kurse mit veganen Köstlichkeiten und Getränken gedeckt sein. Im großen Nebenraum, in dem gerade der Parkettboden verlegt wurde, würden Mala und sie selbstreinigende Praktiken anbieten, Kundalini-Meditationen und ganzkörperliches Atmen.

Als sie den großen Buddha mit seinen Feldblumen in den Handflächen im Vorgarten des ehemaligen Restaurants gesehen hatte, wurden die ersten Pläne für dieses Anwesen in ihr geboren, und sie wuchsen so lange, bis Achim es ihr schließlich, nicht ohne Widerstand, kaufte. Für sie tat sich damit ein Himmel auf, er musste sich an die ländliche Stille und an die verlängerten Wege bis weit ins Ruhrgebiet, dem Einzugsbereich seiner Geschäfte, erst gewöhnen. Das war Gaby völlig egal. Sie hatte beim ersten Betreten des Gartens gespürt, dass ihre Seele genau hier zur Ruhe käme und sie den Ort gefunden hatte, an dem sie ihre Ideen verwirklichen konnte. Ein Ort des Friedens und der Beschaulichkeit, im Hintergrund der Wald, unweit die malerischen Freizeitseen und der Rhein, ihr Kraftfluss.

Und kaum waren sie in den hinteren Gebäudetrakt eingezogen, hatte sie die Frau bemerkt, die dem Buddha offenbar öfter frische Blumen in die Hände legte. Sich lächelnd in die Augen zu schauen, das war, wie eine Seelenverwandte zu treffen, auf die sie lange gewartet hatte. Mala nannte sie sich, erleuchtet in einem Ashram in Goa, viel älter als sie selbst, von innerer Strahlkraft und mit umwerfender Aura. Die Frau lebte im nahen Wesel und hatte seit Auflösung der Sekte, die einst dieses Haus besetzt hatte, immer wieder Gebäude und Garten von der schlechten Aura befreit, indem sie Räucheropfer brachte und frische Blumen für Buddha.

Mala Burmeester und Gaby Schröder waren nun Freundinnen im Geiste und planten hier ein Retreat Center, ein Zentrum für buddhistischen Frieden und innere Säuberung, Urlaub vom Alltag, Erholung für Geist, Seele und Körper.

Achim hätte am liebsten gesehen, dass sie hier allein lebten, ihm gefielen Gabys Pläne nicht unbedingt. Fremde Leute auf das Gelände und ins Haus zu lassen, der Gedanke kostete ihn Überwindung. Schließlich hatten sie sich geeinigt, das Gebäude so zu nutzen, dass sein Bereich völlig abgeschottet wurde, nicht einmal vom Garten aus sichtbar oder begehbar war. Er zog mit seinen Geschäften in die erste Etage, ließ eine Sicherheitstür anbringen, die sich, genau wie die Eingangstür an der Rückseite, mit einer Magnetkarte oder von ihm per Knopfdruck öffnen ließ.

Sie würde den Auftrag erteilen, dass keine der flott wechselnden Reinigungskräfte ihn je wieder stören sollte, weil die Karte für den Hausservice eingezogen würde. Selbst solche Entscheidungen überließ er ihr, er hatte einfach immer viel zu tun, der Gute. Gaby störte es nicht, dass sein Ruf in der Öffentlichkeit nicht der beste war, selbst die Polizei kam ab und zu ins Haus, um dann unverrichteter Dinge wieder zu verschwinden. Achim hatte ihr versichert, dass seine Geschäftspartner zwar manchmal zwielichtig waren, er aber immer eine weiße Weste behalten würde.

Sie liebte ihn, ihren Don, diesen vor Kraft und Autorität strotzenden Mann, der sie auf Händen trug. Okay, dass manchmal auch eine andere Frau darauf Platz nahm, störte sie nicht weiter. Don Schröder kehrte immer wieder in ihr Bett zurück und ermöglichte ihr ein prachtvolles Leben.

Gaby stand auf und öffnete die Terrassentür, ließ den Duft der letzten Blüten aus den Sommerrabatten hinein, schloss die Augen und nahm einen tiefen Atemzug, spürte, wie dieser Duft sie durchströmte, breitete die Arme aus und verharrte.

Ommmm.

***

Jerry erkannte Burmeesters Auto sofort und parkte hinter dem Kollegen, der ihn erst gar nicht bemerkte. Mit Erstaunen und augenblicklich professionell erhöhter Aufmerksamkeit sah der Hauptkommissar, dass Burmeester mit Handschellen ans Lenkrad gefesselt war, zückte seine Waffe, sah sich sichernd um. Es war niemand zu sehen, nur der mit der rechten Hand nestelnde Kollege in seinem Auto.

Jerry klopfte an die Scheibe, Burmeester schreckte aus seiner verzweifelten Aktion auf und blickte zunächst mit starrem Blick, dann mit erwachender Erleichterung ins Gesicht seines Teamkollegen, bis dieser die Tür öffnete und zu einer Frage ansetzte.

Burmeester kam ihm zuvor. »Frag nicht, bitte.«

Er stotterte vor Aufregung, als er versuchte, seine missliche Lage zu erklären. Jerry ging in die Hocke, grinste breit, während er sich die Schlüssel geben ließ. Aus dem Grinsen wurde ein Glucksen, bis es schallend aus ihm herausbrach.

»Du wolltest diese verstaubten Handschellen für deinen ganz persönlichen Ermittlungserfolg auf Hochglanz bringen und kettest dich damit ans Lenkrad? Ich fasse es nicht.«

»Wieso? Alles wäre gut gegangen. Hast du irgendwas im Auto, am besten WD-40-Spray oder meinetwegen Olivenöl? Ein paar Tropfen würden reichen.«

Jerry wies mit der Hand rundum. »Wir können ja mal bei den Nachbarn fragen. Vielleicht versorgen die dich auch noch mit einer Stulle und Kaffee.«

»Menno, mach auch noch Witze!«

Jerry entschied, beim nächstgelegenen Supermarkt Öl zu kaufen, und verabschiedete sich lachend. »Mach keinen Blödsinn, Kumpel, bleib schön sitzen.«

Burmeester schrie ihm nach, er solle mal hübsch nett bleiben, fingerte mit der rechten Hand über seinen Körper hinweg nach dem Türgriff, zog die Tür heran, blickte dabei in die Augen zweier Kinder, die mit ihren Rädern vor dem Auto standen.

»Guck mal, der Mann hängt am Lenker fest.«

»Komm, das erzählen wir der Mama.«

Die ordentlich behelmten Mädchen stratzten los, Burmeester versank erneut in seinem Sitz.

***

Gero von Aha hatte sich fest vorgenommen, seine Observation dieses Mal vorsichtig anzugehen. Nur fünfzig Euro, nicht mehr. Und dieses Mal würde er sowieso gewinnen, nach so viel Verlust war man mal dran.

Zumindest den Starenkasten an der B 473 zwischen Wesel und Hamminkeln nahm er wieder in gemäßigter Geschwindigkeit, bremste für den ersten Kaffee im Country-Gastro. Auch nicht das Wahre, aber immerhin eine Ladung Koffein, er trank hastig, verbrannte sich die Zunge, fuhr weiter.

Auf dem Parkplatz an der Spielhalle bemerkte er ein besonderes Elektroauto, einen Porsche Taycan. Sein Traumauto, ein Turbo S, Höchstgeschwindigkeit zweihundertdreißig Kilometer pro Stunde, dreihundert Kilowatt, in vier Komma acht Sekunden von null auf hundert. Gleich fiel ihm ein, weshalb er es nicht besaß, Kostenpunkt circa einhunderttausend Euro. Er parkte lässig neben dieser Rakete auf Rädern.

Was hieß es, dieses kostbare Fahrzeug hier auf dem Parkplatz der Spielhalle nahe dem Hamminkelner Bahnhof vorzufinden? Genau. Der Chef war anwesend. Gero von Aha warf einen prüfenden Blick in den Rückspiegel, glättete sein störrisches Haar mit etwas Spucke und klopfte sich auf die Wangen, streifte seine

Weste zurecht, erhob sich lässig, beide Beine auf dem Boden, stieg wieder ein und fuhr doch erst in den Ort. Zur Sparkasse. Fünfzig Euro, ein nahezu lächerlicher Einsatz.

Er erkannte Don Schröder an der Kaffeetheke, dieses markante Gesicht, die hohen Wangenknochen, die schmalen Lippen und das zurückgekämmte Haar, eindeutig. Von Aha scharwenzelte an einzelnen Spielautomaten vorbei und setzte sich mit dem Rücken zu Schröder, der sich mit einem anderen Mann in Anzug und Krawatte angeregt unterhielt, und bestellte sein Leibgetränk. Er lauschte angestrengt, darauf eingestellt, dass hier in der Öffentlichkeit nicht über Interna diskutiert wurde.

Interessant war es dennoch, Don Schröder besprach den Austausch von bestimmten Spielautomaten, als Ersatz sollten andere aus einem Betrieb in Duisburg geholt werden, und zwar zackizacki, so schnell wie möglich.

Und dann erkannte Gero von Aha den Zusammenhang mit dem kölschen Wisch der Reinigungskräfte. Schröder wies exakt zur selben Wand wie die Frau, die am Vortag eine neue Kollegin eingearbeitet hatte. Leider fielen bei diesem Treffen keine Namen, von Aha hätte zu gern aus dem Mund des Chefs gehört, wem diese Automaten gehörten. Und offensichtlich war Don Schröder in übergeordneter Funktion da, von Aha musste also recherchieren, wie viele Spielhallen ihm gehörten. Der Mann neben Schröder war der Chef dieser Filiale und hatte anscheinend nicht viel Entscheidungsfreiheit.

»Ist klar, Don Schröder, werde ich morgen veranlassen.«

»Morgen? Nein, heute, ich will Klarheit in den Hallen, es darf keinen Ärger geben, hast du verstanden, Micha?«

Micha hieß er also. Jetzt drehte sich von Aha um, damit er die Reaktion vom Hallenboss beobachten konnte. Der schien zu schwitzen, während Schröder ihn nicht aus den Augen ließ.

»Ist klar.«

Sollte er seinen Ausweis zücken? Zu spät, Don Schröder verabschiedete sich. Das war nicht die Situation, in der der Hauptkommissar sich outen wollte. Es stand nun fest, wer nicht nur in dieser Halle über Art und Aufstellung der Automaten bestimmte. Wie passte da ein Geschäftsmann wie Thorwald Timmermann ins Bild? Und warum musste die reinigungstechnisch vernachlässigte Reihe von Automaten an der hinteren Wand ausgetauscht werden?

Er würde sich heute mal exakt mit diesen Kästen beschäftigen. Und Micha würde ihm nicht davonlaufen.

Noch ein Kaffee.

***

Im Rückspiegel sah Burmeester, dass die beiden Kinder mit einer Frau, vermutlich ihrer Mutter, alle auf Rädern, wieder in seine Richtung kamen. Die Mädchen wiesen auf das Auto, die Mutter ließ sie im Abstand halten und klopfte an seine Scheibe. »Ist alles in Ordnung bei Ihnen?«

»Äh, ja, alles ist gut.«

»Und wieso sind Sie dann an das Lenkrad gefesselt?«

»Das ist ein Missgeschick, mein Kollege ist gleich wieder da und hilft mir, wissen Sie, ich bin Kriminalbeamter.«

»Ach, soso, Sie sind Polizist und an ein Lenkrad gefesselt, und ein Kollege holt Hilfe?«

»Ja, vermutlich Olivenöl aus dem Supermarkt.«

»Das glauben Sie doch selber nicht. Ich bringe die Mädels jetzt nach Hause und schicke Ihnen ein paar echte Kollegen.«

Sie ließ sich nicht dadurch aufhalten, dass er ihr hinterherrief, alles wäre okay, sie solle nicht bei der Wache anrufen, er könne die Handschellen nur nicht öffnen, weil die Schlösser klemmten. Zeitgleich öffnete sich die Timmermann'sche Tür, und Felix kam langsam und mit einem breiten Grinsen auf seinen Wagen zu, beugte sich hinab, erkannte die Sachlage und lachte.

»LOL, du bist echt ein Spacko. Du hast bestimmt jemandem Fragen gestellt, die ihm nicht gefielen, richtig? Oder warst du beim Liebhaber meiner Mutter, dem aalglatten Ingo? Dem würde ich Handschellenspiele zutrauen.«

»Ach, du weißt vom Verhältnis deiner Mutter?«

Aus der Ferne ertönte die Sirene eines Polizeiwagens, Felix lief zu seinem Fahrrad. »Das wusste hier jeder, und ich weiß noch viel mehr.«

Er fuhr los, als der Einsatzwagen von der Amalienstraße her einbog und mit Blaulicht und Musik vor Burmeesters Wagen stoppte. Die Besatzung stieg sichernd aus, ein Uniformierter behielt die Umgebung im Auge, während der andere die Wagentür öffnete.

»Polizeihauptmeister Mertens. Können Sie mir erklären, was das hier zu bedeuten hat?«

»Ich bin so froh, dass Sie da sind, ich bin Kommissar Burmeester vom Kommissariat 1 in Wesel und habe eine Funktionsprüfung durchgeführt, die danebengegangen ist.«

Mertens grinste. »Soso, Sie sind Kommissar und haben sich selber festgenommen?«

»Quasi, ja.«

»Und das soll ich Ihnen glauben?«

In der Zwischenzeit traf der Nachbar der Timmermanns ein. Ingo Kutscher blickte durch sein Wagenfenster auf das Geschehen am Straßenrand und bog in seine Einfahrt.

»Hören Sie, Herr Mertens, genau diesen Mann muss ich sprechen, der da gerade gegenüber in der Einfahrt parkt. Haben Sie nicht so etwas wie WD-40-Spray im Wagen? Ein Tröpfchen würde reichen.«

»Moment, erst mal lasse ich mich mit dem K1 verbinden, ich muss Ihre Identität überprüfen.«

Als Jerry wieder in die Straße einbog, hatte sich um die beiden Fahrzeuge eine riesige Menschentraube gebildet. Einige der Gaffer hatten ihr Smartphone auf die Szene gerichtet, ein Beamter telefonierte.

»So ein Mist.« Eilig stieg Jerry aus, eine Flasche Olivenöl in der Hand, und bahnte sich den Weg durch die Menge. Er hielt seinen Ausweis hoch, damit die Besatzung des Streifenwagens erkennen konnte, wer auf sie zukam. Er bestätigte mit wenigen Worten Burmeesters Situation und bat um Auflösung des Menschenpulks, während er seinem Kollegen half. Burmeesters

Telefon klingelte, er nahm es zur Hand und erkannte Karins Nummer. Nein, darauf hatte er jetzt keine Lust.

Mertens hielt Jerry davon ab, die Olivenölflasche zu öffnen. »Was wollen Sie damit? Salat anrichten? Warten Sie, ich habe Schmieröl beim Material im Kofferraum.«

Er ging zum Einsatzfahrzeug und begann, einige der Fächer und Kisten zu durchsuchen. In der Zwischenzeit stieg Ingo Kutscher mit einem Stapel Papieren unter dem Arm wieder in seinen Wagen, Burmeester sah die Rücklichter aufleuchten und versuchte Kontakt mit Jerry aufzunehmen, der jedoch neben dem Polizeihauptmeister stand.

»Jerry, halte das Fahrzeug auf, ich muss mit dem Mann sprechen, Jerry, hörst du!«

Kutscher fuhr los, Mertens fand die Schmieröldose und kam mit Jerry zurück zum gefesselten Kommissar. Die Menschenmenge begann sich zögerlich aufzulösen, die Männer und Frauen in der ersten Reihe mussten mehrfach aufgefordert werden.

Zwei Tröpfchen reichten wirklich, um die Schlösser wieder gängig zu machen, Burmeester rieb sich das linke Handgelenk und stieg aus, die Gaffer grölten und applaudierten aus der Ferne.

Na prima, er war die Lachnummer »auffe Agnes«. Und Karin wusste auch schon Bescheid, die gesamte Polizeibehörde würde von diesem Einsatz erfahren, er würde für die nächsten Betriebsfeiern den Hampelmann geben, wie damals, als die Kollegen ihn auf einem Überwachungsvideo entdeckt hatten, weil er sich vor dem Dienst im Auto umgezogen hatte.

Jerry erahnte Burmeesters Gedanken und klopfte ihm auf die Schulter, während der Einsatzwagen weiterfuhr. »Du wirst es überleben.«

Burmeester schaute ihn an. »Wieso bist du eigentlich hier?«

Jerry erzählte von seinen Erkenntnissen und dass es um die Schlüssel für zwei XXL-Garagen ging, die Timmermann gehörten. »Ein Haus in Eppinghoven gehört ihm zusammen mit einer Tatjana Timmermann, es könnte von Interesse sein, ob es sich da um eine Ex-Frau handelt.«

»Ach, schau an, die ist im Grundbuch eingetragen und Farina Timmermann nicht? Höchst interessant.«

Jerry schaute seinen Kollegen an, blass wirkte er, zittrig. »Mensch, das hat dich ja echt umgehauen!«

Burmeester schüttelte den Kopf. »Wie kann man auch so dusselig sein und sich ans Lenkrad ketten, ohne die Schlösser vorher zu testen.«

»Beruhige dich, so schlimm war das doch gar nicht. Komm, wir machen das hier gemeinsam, ich habe für heute noch die Bank und das Zeitungsarchiv auf dem Plan.«

Wie ein Lichtblitz kehrte der Auftrag in Burmeesters Kopf zu völliger Klarheit zurück, er berichtete von dem Gespräch mit dem Nachbarn Schuster und dessen nächtlichen Beobachtungen. Jerry meinte, da gebe es jetzt zunächst eine Menge Fragen an Farina Timmermann.

Gemeinsam überquerten sie die Straße. Zwei erfahrene Kriminalkommissare bei der Ermittlungsarbeit, stark und stets besonnen.

***

Damit hatte Arthur nicht gerechnet, Lisa klopfte schon wieder an seine Tür. Er sah ihren gestressten Gesichtsausdruck, sie wartete darauf, dass er öffnete. Das passte ihm gar nicht. Er hatte seine Kamera eingepackt und wollte dem Turmfalken auflauern, der garantiert ganz in der Nähe seinen Nachwuchs versorgte. Statt erholsamer Ruhe und spannender Naturbeobachtung nun Aufregung und Aktion.

»Lisa, was willst du?«

»Ich muss mit dir reden.« Schon streifte sie ihre Schuhe von den Füßen und trat ein.

Arthur war nicht begeistert und drückte es auf vielfältige Weise aus. Er bot ihr weder Platz noch Getränk an und blieb mit verschränkten Armen neben der Tür stehen, während sie wild gestikulierend drauflosredete.

»Ich habe Kopfkino, ich kann es nicht abschalten, alles kreist in mir, und ich kann doch mit niemandem sonst sprechen, ich muss es loswerden.«

»Worum geht es?«

»Arthur Barneby Krause hat immer alles unter Kontrolle, denke ich mir, ich kann ihm vertrauen, obwohl das mit dem Vertrauen Männern gegenüber nicht so meine Stärke ist, ich bin da echt total enttäuscht worden. Aber in unserer Gruppe geht es mir gut, ich kann was richtig Sinnvolles tun und vertraue dir. Jedenfalls mehr als den anderen. Fliege ist mir zu oberflächlich. Und der Kurt kann manchmal richtig phlegmatisch sein, so meinungslos, verstehst du? Aber Fliege plappert einfach nach dem Mund von dir oder dem Kurt, der will dir gefallen und macht dafür alles. Und diese Geschichte, dieser Tote in Dinslaken, unsere Farbe auf dem Körper, ich dreh durch, wenn ich nur daran denke. Und ich muss ständig daran denken, seit ich vorhin deine Hütte verließ.«

Sie tigerte durch den Raum, drei, vier Schritte in Richtung Küche, dann zurück zur Treppe zur Schlafempore, hin und her. Arthur ließ sie gewähren, er kannte Lisa, wusste um ihre Nervosität, die in gleichem Maße vorhanden war wie ihre Energie und Kreativität. Sie brannte förmlich für alles, was sie voller Überzeugung in die Hände nahm. Lisa blieb vor ihm stehen und schaute zu ihm hoch, atmete durch.

»Ich weiß nicht, wie ich es sagen soll, weil es voller Misstrauen steckt und ich diese Worte, die ich jetzt sagen werde, echt nicht leiden kann. Ich will diese Gruppe nicht verlieren, die Aktion ist einfach zu wichtig, und nichts darf sie gefährden.«

Arthur war genervt, sollte sie endlich rausrücken mit ihren Gedanken, statt ihn zu mustern.

Sie gab sich einen Ruck. »Wie kannst du dir so sicher sein, dass Fliege und der Kurt nichts mit dem toten Mann in Dinslaken zu tun haben? Bist du dir hundertprozentig sicher, dass sie wirklich nur zur falschen Zeit dort gewesen sind, oder nicht?«

»Was? Du bist ja völlig durchgedreht, wie kannst du so etwas auch nur denken?«

»Entschuldige, ich sage doch, dass es in meinem Kopf kreist.

Du hast meine Frage nicht beantwortet, was hat das zu bedeuten?«

»Meine Güte, Lisa, komm wieder runter von deinem Wahn, das ist krank, hörst du? Diese Verdächtigung, die du gerade ausgesprochen hast, ist einfach ungeheuerlich! Wir haben uns ein festes Ziel gesetzt, hier geht es um Bewusstmachung, um die Öffnung von versiegelten Flächen, um Artenvielfalt, um den Fortbestand von Insekten, von Schmetterlingen, Käfern, es geht um Lebenswelten. Und du bezweifelst, dass die Männer die Wahrheit erzählen? Hast du nicht gesehen, wie verstört die sind?«

Lisa wandte sich ab. War das Schamesröte in ihrem Gesicht?

Doch sie ließ nicht locker. »Ich wusste, dass du so reagieren würdest, ich habe geahnt, dass dir nicht gefällt, was ich sage, aber überlege doch mal. Was ist, wenn der Mann sie überrascht hat? Was ist, wenn er ihnen gedroht hat, die Polizei zu holen? Oder vielleicht hat er einen von beiden erkannt? Arthur, unsere Farbe auf einem toten Mann, Schlimmeres konnte nicht passieren. Diesen Weg in die Öffentlichkeit hast du nicht gewollt und ich auch nicht. Wir waren so verunsichert, weil in keiner regionalen Zeitung, einfach nirgendwo über unsere Aktionen berichtet wurde, nur mal ein fieser Satz über ›die Spinner‹ auf Facebook. Und jetzt haben sie uns auf dem Plan, jetzt sind wir aufgeschmissen, verstehst du? Egal, wann wir weitermachen, in zwei Monaten oder im nächsten Jahr, es wird heißen, ach, da sind sie wieder, passt gut auf, liebe Niederrheiner, sie verschütten nicht nur Farbe auf Steine, sie bringen um, wer ihnen in die Quere kommt.«

Was sollte Arthur darauf antworten? Die Verdächtigungen ließen sich nur schwer entkräften, doch wollte und konnte er sich nicht vorstellen, dass der Kurt und Fliege … Nein, er konnte sich nicht einmal vorstellen, dass einer von ihnen im Affekt auf einen Menschen losgehen konnte.

»Lisa, in einem gebe ich dir recht. Wir werden es zukünftig mit einer anderen öffentlichen Meinung oder Akzeptanz zu tun haben. Aber nur so lange, bis die Polizei den Mörder gefasst hat. Und das ist weder Fliege noch der Kurt. Ich glaube den beiden, das sind zwei grundgute Gesellen, die ein Stückchen der Welt retten wollen, nicht mehr. Vor meinem geistigen Auge sehe ich beide im Schweinsgalopp davonlaufen, wenn jemand sie entdecken sollte, was nicht der Fall sein kann, weil sie immer umsichtig handeln, um in Deckung zu bleiben. Die haben nichts mit dem Toten zu tun, hörst du, Lisa, denk so etwas bitte nicht länger. Das sind nur zwei friedfertige Idealisten.«

Die junge Frau wurde zusehends ruhiger, drehte sich wieder zu Arthur, schaute ihn an, weder nickte sie, noch schüttelte sie den Kopf, aber etwas war anders. Sie war für mehrere Sekunden sprachlos. Dann drängte sie an ihm vorbei zur Tür. »Du glaubst ihnen, richtig? Ich kann dich nicht verstehen, Arthur, du glaubst ihnen einfach so.«

Sie zog hastig ihre Schuhe an. »Du konntest meine Zweifel leider nicht ausräumen. Ich plädiere für eine weitere Sitzung am morgigen Samstag. Und ich setze hiermit den Einsatz in Dinslaken auf die Tagesordnung. Der Kurt und Fliege sollen noch einmal plausibel versichern, dass sie nichts mit dem Toten zu tun haben. Und dann, nur wenn ihnen das glaubhaft gelingt, wenn sie mich überzeugen, dann nehme ich den nächsten Punkt wieder von der Tagesordnung.«

Arthur überlegte kurz. »Welchen zweiten Punkt meinst du?«

Plötzlich schien Lisa völlig rational und ruhig. »Sollte es ihnen nicht gelingen, mir ihre Version glaubhaft zu berichten, dann werde ich mich bei der Kriminalpolizei melden und eine Aussage machen.«

Arthur lief hinter ihr her, tippte ihr auf die Schulter. »Das kannst du nicht machen, allein schon dein Misstrauen treibt einen Keil in die Gruppe. Was meinst du, was du anrichten würdest, wenn du zur Polizei gehst? Das ist das Ende! Lisa, das geht nicht!«

Sie drehte sich zu ihm, ihr Gesichtsausdruck wirkte fremd. »Sag den Freaks, ich darf nicht an ihnen zweifeln. Andernfalls kann ich es nicht weiter mit meinem Gewissen vereinbaren zu schweigen. Bis morgen, du schreibst bitte, wann und wo wir uns sehen, wie immer.«

Arthur sah ihr erstaunt nach. Hatte dieses Gespräch gerade stattgefunden? War das die Lisa, diese redselige, hektische, leicht naive Lisa, die er kannte? Was sollte aus dieser Gruppe werden, wenn es dem Kurt und Fliege nicht gelingen sollte, sie für sich zu gewinnen? Jetzt geriet er ins Grübeln, nicht gut, gar nicht gut.

Sie war noch in Sichtweite. »Lisa, warte!«

***

Farina Timmermann war nicht gewillt, die beiden Kommissare in ihr Haus zu lassen. »Haben Sie einen Durchsuchungsbefehl?«

Burmeester schüttelte den Kopf. »Durchsuchungsbeschluss. Nein, haben wir nicht und brauchen wir auch nicht, es geht doch nicht um Beweissicherung, sondern um Durchsicht zur Ermittlung etwaiger Motive.«

Jerry setzte noch eins drauf. »Aber wenn Sie gerne einen Beschluss haben wollen, dann rufe ich den Staatsanwalt an, und der lässt ihn mit einer Streife vorbeibringen. Moment, geht bestimmt schnell.«

Er nahm sein Smartphone zur Hand und suchte in seinen Kontakten, drei, vier, zehn Sekunden lang, das war genug. Farina trat zur Seite.

»Na, bevor hier schon wieder ein Streifenwagen hält, kommen Sie herein und machen Sie Ihren Job. Ich habe gerade mit einem Gartenbauunternehmen telefoniert, ich will diese unselige notdürftig abgedeckte Fläche im Vorgarten richten lassen, ich kann es nicht mehr ertragen. Haben Sie denn noch keine Spur von diesen Spinnern, die Farbe auf ordentliche Steine kippen? Die sind bestimmt für den Tod von meinem Mann verantwortlich, ich verstehe das alles nicht.«

Burmeester erklärte, dass es einen zeitlichen Abstand zwischen dem Tod ihres Mannes und dem Auftrag der Farbmasse gegeben habe. »Diese Aktivisten waren nur für die weiße Farbe verantwortlich, Ihr Mann starb zu einem früheren Zeitpunkt.«

Sie blickte beide skeptisch an. »Und was suchen Sie jetzt schon wieder im Haus?«

Jerry berichtete von seinem Besuch bei den XXL-Garagen unweit der Agnesstraße und dass ihr Mann zwei dieser Räume selber nutzte. »Wir hätten gerne die Schlüssel zu diesen Garagen, um zu schauen, ob es dort Hinweise auf bislang unbekannte Geschäftspartner gibt.«

Farina Timmermann gab sich erstaunt. »Riesengaragen, und die gehören meinem ... Ich meine, die gehörten meinem Mann?«

Jerry blieb vor ihr stehen. »Wussten Sie denn nichts von diesem Geschäftszweig?«

»Nein, ich habe doch schon gesagt, dass er mir nie etwas erzählt hat. Damit hat er sein Geld verdient?«

»Ja, und es gibt Mieteinnahmen aus einem Mehrparteienhaus in bester Lage in der Dinslakener City, ein aufwendig saniertes Gebäude aus der Gründerzeit. Und da wäre noch etwas. Sagt Ihnen der Name Tatjana Timmermann etwas?«

Sie schaute ihn mit weit geöffneten Augen an und hielt inne. »Wer soll das sein?«

»Es gibt auch noch ein Einfamilienhaus im Stadtteil Eppinghoven, das ihm gemeinsam mit besagter Tatjana Timmermann gehört.«

»Das gibt es doch gar nicht! Woher haben Sie diese Informationen? Wer ist die Frau, und wo steht dieses ominöse Haus?«

Jerry sah sie mit ernster Miene an. »Die Immobilien sind im Grundbuch eingetragen, man kann Einsicht nehmen. Sehen Sie, es gibt eine Menge offener Fragen, und je mehr wir über Ihren Mann in Erfahrung bringen, desto näher kommen wir dem Täter. Lassen Sie uns durch zu seinem Arbeitszimmer. Oder gibt es einen Schlüsselkasten im Haus, in dem alle Schlüssel zu finden sind?«

»Nein, er fand so etwas immer zu miefig und piefig, wie er es nannte. Gehen Sie nur, Sie kennen ja den Weg.«

Beide durchquerten die Diele, Burmeester war am Vortag bereits in dem Raum gewesen, Jerry folgte ihm. Farina blieb zurück, sie wirkte konsterniert, schien nachzudenken, rief ihnen schließlich nach: »Wer ist diese Tatjana Timmermann? Ich google den Namen gleich mal.«

Jerry antwortete, das habe er schon getan, es sei im Internet nichts zu finden.

»Wo ist das Haus?«

Der Hauptkommissar ging noch einmal zurück zu der Frau, die, wie umgewandelt, plötzlich verunsichert wirkte. »Das nützt Ihnen doch nichts, wenn ich Ihnen die Adresse nenne. Lassen Sie uns mal unsere Arbeit machen. Es hätte ja sein können, dass es sich um eine Ex-Frau handelt, von deren Existenz Sie schon lange wissen.«

»Nein, ich weiß nichts von einer Tatjana, was ist denn das überhaupt für ein Name? Tatjana. Sagen Sie, stehe ich denn bei diesem Haus mit im Grundbuch?«

Jerry sparte sich zunächst eine Antwort, sah es in ihren Augen aufblitzen. »Haben Sie irgendetwas unterschrieben, was mit diesem Haus zu tun hat? Und wissen Sie, ob er ein Testament hinterlegt hat?«, fragte er.

Farina wirkte nahezu weinerlich. »Nein, ich habe Ihnen doch schon gesagt, er hat sich um alles gekümmert. Ich habe meine Bankkarte, die Kreditkarten, das ist alles. Sorge dich um nichts, hat er immer gesagt. Du bist die Mutter meines Sohnes, du sollst es gut haben und dein Leben an meiner Seite genießen.«

Burmeester hörte im Hintergrund zu, während er den Schlüssel für die Schreibtischschubfächer suchte. Er saß auf einem erhabenen Schreibtischstuhl, fernab des Budgets für behördliche Objektmöbel, und schaute auf die bestmöglich aufgeräumte Schreibtischplatte, die er je gesehen hatte. Ein Bildschirm, eine Tastatur, eine Maus, ein Stiftständer und ansonsten glänzend poliertes Eichenholz.

Sie hat echt keinen Schimmer, dachte er. Ob der Sohn sein ganzer Stolz ist und er sie nur geheiratet hat, weil er Vater sein wollte? Das Kind, ein Sohn, sein Wunschkind?

Jerry kam zurück, flüsterte fast. »Jetzt sitzt sie im Esszimmer und heult. Wie kann man so naiv sein? Wie alt ist dieser Felix?«

»Siebzehn.«

»Die hat all die Jahre ihren Gatten machen lassen und sich um nichts gekümmert. Und jetzt steht sie da und weiß über nichts

Bescheid. Wenn das Konto auf seinen Namen läuft, wird es bald gesperrt sein. Nicht einmal das Haus gehört ihr, da wird es erst Klarheit geben, wenn ein Erbschein ausgestellt wird. Mindestens siebzehn Jahre ohne eigenes Einkommen, Einzahlungen in die Sozialkasse, Rentenkasse, sie hat sich blind darauf verlassen, dass sie durch ihren wohlhabenden Ehemann abgesichert ist.«

Burmeester hielt mit einer Portion Finderstolz einen kleinen Schlüssel in der Hand, während Farina im Hintergrund telefonierte. Ihre Stimme verklang in einem weiteren Tränenschwall.

Die Kommissare schauten sich nur kurz an, Burmeester hielt Jerry davon ab, zu ihr zu gehen. »Warte noch, vielleicht hat sie mit einer Freundin telefoniert, und die steht gleich vor der Tür.«

»Die tut mir echt leid.«

»Mir auch, irgendwie. Schau her.« Er wies auf den kleinen Schlüssel. »Man kann sich immer auf die einfachsten Verstecke verlassen, im Stiftständer, darunter oder, wie dieser hier, unter dem Ständer des Bildschirms.«

Die oberste Lade sprang auf, Büromaterial, fein säuberlich sortiert, füllte einzelne Fächer. Drei weitere Laden ließen sich öffnen, eine Reihe ordentlich beschrifteter Mappen lag darin. Burmeester nahm sie alle heraus, legte sie auf die streifen- und staubfreie Tischplatte, fragte, wieso die Spurensicherung diese Mappen nicht mitgenommen hatte.

Jerry verschaffte sich einen oberflächlichen Überblick. »Das kann ich dir nicht sagen. Schau mal hinter dir in das riesige Regal, das ist leer, die werden mit den ganzen Aktenordnern genügend zu schaffen haben. Hast du in der oberen Lade nach Schlüsseln geschaut?«

Er zeigte Burmeester das Foto von Stachowiaks Schlüsselkiste, damit er eine Ahnung von der gesuchten Schlüsselform bekam. Der verneinte, zog die schmale Lade hervor, aber nichts dergleichen.

»Frau Timmermann, könnten Sie kurz herkommen?«, bat Jerry.

Sie schlurfte durch die Diele, hatte nicht die Energie aufgebracht, die Spuren ihrer Tränen zu verbergen, schaute die beiden mit schwarz unterlaufenen Augen an, wies auf das Smartphone in ihrer Hand. »Die Bank sagt, ich kann kein Geld mehr abheben, weil er das Konto eröffnet hat und ich nur als Nutzerin mit eingetragen bin. Was soll ich denn jetzt machen?«

Jerry bot ihr den Stuhl vor dem Schreibtisch an. »Alles wird sich finden. Frau Timmermann, wissen Sie, wo Ihr Mann seine Schlüssel deponiert hat? Wenn er nachts auch nur kurz das Haus verließ, dann hat er doch bestimmt Schlüssel mitgenommen, oder?«

Sie nickte heftig. »Er hatte immer viele Schlüssel dabei, die legte er abends auf den Nachttisch. Ich habe oft mit ihm geschimpft, weil alle rechten Hosentaschen regelmäßig von den scharfen Kanten zerrissen waren. Egal, wie teuer die Hosen sind, das ist eine Schwachstelle, sagte er immer. Wenn die Schlüssel weg sind, hat vielleicht der Mörder sie mitgenommen und kann einfach ins Haus, oh Gott, ich halte das echt nicht aus!«

Jerry lief in die Küche, öffnete Schranktüren auf der Suche nach einem Glas und reichte Farina Wasser. »Beruhigen Sie sich, alles wird sich klären.«

Schon hatte Burmeester sein Smartphone in der Hand und telefonierte mit dem Kollegen Heierbeck von der Spurensicherung. »Haben Sie bei Thorwald Timmermann Schlüssel sichergestellt?«

»Da muss ich eben bei den Asservaten nachschauen, Moment.«

Es war viel los in Heierbecks Arbeitsbereich, Burmeester hörte ihn mit Kollegen sprechen, während Tüten knisterten. Er erzählte irgendwem, er hätte den Meister in der Leitung, der sich selbst an sein Lenkrad gefesselt hatte, es folgte Gelächter. Den Rest verstand Burmeester nur schlecht, er hörte nur noch ein »Ja, da sind sie«, und dann war Heierbeck wieder am Hörer.

»Ich habe hier einen Schlüsselring mit … warten Sie … neun Schlüsseln.«

»Gut, den brauchen wir, bitte lassen Sie ihn hochbringen zu Karin Krafft, ich weiß nicht, wann wir aus Dinslaken zurück sein werden, danke.«

Heierbecks letzte Worte, bevor er die Verbindung kappte: »Jetzt spricht der auch noch von sich selber in der Mehrzahl, die Krafft sollte auf ihn aufpas…«

Burmeester starrte auf den Hörer. Offenbar war er in kürzester Zeit zum Depp vom Dienst aufgestiegen, er konnte sich vorstellen, was in der Kreispolizeibehörde von Abteilung zu Abteilung schlich. Burmeester, weißt du noch, der schräge Vogel, das Video damals, als er sich in seinem Polo auf dem Fahrersitz umgezogen hat, jaja, mit Cowboystiefeln, genau, der vom K1, der ist jetzt total durchgeknallt.

Jerry holte ihn aus seinen Gedanken zurück. »Und? Sag schon, haben sie Schlüssel gefunden?«

»Was? Jaja, er bringt sie rauf zu Karin.«

Er schaute auf die Frau, die ihm in desolater Verfassung gegenübersaß. »Sobald wir die Schlüssel nicht mehr brauchen, bekommen Sie sie zurück, aber erst mal bleibt zu überprüfen, auf welche Schlösser sie passen.«

Jerry holte eine Klappkiste aus seinem Wagen, die Mappen wurden eingepackt. Beim Hinausgehen blickte Burmeester zurück, sah, wie Farina mit ihrem Halstuch über die Schreibtischplatte wischte, die Schubladen schloss. Alles musste seine Ordnung haben.

Vor dem Haus besprachen Jerry und Burmeester, dass sie nun zunächst die andere Timmermann, Tatjana, aufsuchen würden. Burmeester folgte Jerry in seinem Wagen, es war nicht weit nach Eppinghoven, einem gediegenen Stadtteil in Rheinnähe. Das Haus, ein solides Einfamilienhaus in einer kleinen Seitenstraße, war leicht zu finden. Sie parkten gegenüber am Straßenrand, in der Einfahrt stand ein gepflegter Kleinwagen, ein üppig mit Stauden bepflanzter Vorgarten blühte in der letzten Pracht des Sommers.

Beide stiegen aus, klingelten, eine Frau, ungefähr im gleichen Alter wie Farina Timmermann, nur wesentlich einfacher gekleidet, öffnete mit einem sympathischen Lächeln die Tür. Sie schaute auf die Ausweise, die die Kommissare hervorgeholt hatten, und bevor einer von beiden auch nur ein Wort gesagt hatte, sprach sie.

»Ich habe gestern schon mit Ihnen gerechnet, bitte, kommen Sie herein.«

***

Anweisungen von Don Schröder wurden in dieser Halle sehr ernst genommen. Gero von Aha saß auf einem Hocker vor dem kleinen, bunten, grell leuchtenden Wandautomaten und bemerkte, dass unweit von ihm der erste Standautomat vom Netz genommen und von zwei kräftigen Jungs auf eine Sackkarre verfrachtet wurde und durch die Tür, die er für das Chefbüro hielt, verschwand.

Er warf Münzen nach, er wollte mit den beiden ins Gespräch kommen und wartete außerdem noch auf die Ausschüttung des Tages, er war heute dran mit dem Jackpot, das wusste er genau. Die Tageszeit? Egal, hier drin gab es künstliches Licht, und wer wissen wollte, was die Uhr schlug, musste schon auf sein Handy schauen. Hier drin sollte man die Zeit vergessen, einfach immer weitermachen, so wie er jetzt, auf den Gewinn hoffen, darauf, dass der Automat, an dem er auf einem unbequemen Dreibein hockte, nun endlich auskotzte, womit er unermüdlich gefüttert wurde.

Gero von Aha schaute sich um. Die Wand, an der er sich an einem Automaten festgebissen hatte, sah anders aus als der Rest der Halle, hier reihten sich die Höllenmaschinen gedrängt aneinander. Er behielt das Display mit den rollenden Symbolen im Blick und befragte zeitgleich Google. Wie stand es um die Aufstellung von Spielautomaten im Allgemeinen?

Ah, es gab eine räumliche Vorgabe, jede dieser Spielkisten brauchte zwölf Quadratmeter, und maximal zwölf Automaten sollten in einer Halle stehen. Er schaute sich um, konnte natürlich seinen Hocker nicht verlassen, zwei Plätze weiter wurde der nächste Standautomat vom Stromnetz getrennt und recht umständlich von den beiden Gehilfen aus dem Raum bugsiert.

Von Aha schloss kurz die Augen. Zweimal schon war er durch die Halle gegangen, er hatte ein ziemlich gutes räumliches Gedächtnis, rief sich den Weg in Erinnerung.

Das waren mehr als zwölf Geräte, so viel stand fest. Nur wenn die emsigen Helfer, denen man ihre Schlichtheit im Geiste ansehen konnte, weiter für den Abtransport sorgten, dann würde die Anzahl der gesetzlich vorgeschriebenen Automaten bald stimmen. Er las weiter, während es vor seinem Kopf blinkte und surrte und wieder stoppte, weiterhin kein Erfolg, er musste nachlegen.

Was stand da? Selbst das Finanzamt verdiente an jedem Automaten eine Pauschale von vierhundert Euro, das machte bei zwölf Geräten viertausendachthundert Euro. Und dann kam es noch darauf an, ob sie gekauft oder gemietet waren. Pro Monat kosteten sie zwischen zweihundert und zweihundertfünfzig Euro Miete, also waren Minimum zweitausendvierhundert Euro pro Gerät jährlich an einen Eigner zu entrichten, das machte bei der Höchstzahl von einem Dutzend Automaten achtundzwanzigtausendachthundert Euro. Liebe Lotte, das war mal eine Zahl, das musste erst mal verdient werden.

Die Ziffern und Summen sausten ihm um die Ohren, vermischten sich mit den halbwegs melodischen technischen Geräuschen um ihn herum, fast überhörte er das ersehnte Gerassel der Münzen, die nun statt eines angebotenen weiteren Spiels aus dem Automaten quollen, die Mulde zum Auffangen übersprangen und zu Boden kullerten. Von Aha vermochte sie nicht aufzufangen. Er wirkte wie Dagobert Duck im Comic, der in den goldenen Talern seines vollen Geldspeichers herumschwamm und Kopfsprünge vollführte. Ein Mann zwischen Glück und Gier. Da lag er vor seinen Füßen, der ersehnte Gewinn, beäugt von Spielern aus den anderen Reihen.

Die Gehilfen erschienen wieder.

»Kumma, der hat Jackpot.«

»Komm, ich helf dir aufheben.«

Gero von Aha blinkte beide böse an. »Untersteht euch! Hände weg, macht euren Job, los!«

Er beeilte sich, die Münzen vom Boden aufzuklauben. Die Taschen seiner Weste reichten nicht, standen überfüllt vom Körper ab, zogen das Kleidungsstück unförmig nach unten. Hastig trank er den letzten Schluck Kaffee aus dem To-go-Becher und schaufelte die Eurostücke dorthinein, bekam einen zweiten leeren Becher angeboten, nahm ihn dankbar an.

»Glückwunsch, du bist der Gewinner des Tages.«

Da sollte einer sagen, es herrsche nur Missgunst unter den Gleichgesinnten! Er blickte auf und sah Gesichter, die ums Eck schauten und ihn anstrahlten, die freuten sich echt über den Gewinn, seinen Gewinn. Und bestimmt war der Einsatz des Tages wieder drin.

Dachte er. Und dann begann dieser sehr sympathische Novoline-Automat ihn erneut anzublinken, er lächelte förmlich, sendete ihm aufreizende Signale, schaute ihn an. Gero von Aha spürte deutlich, wie eine magische Kraft ihn dazu aufforderte, seinen Platz nicht zu verlassen, diesen Automaten als Partner zu betrachten, der nicht nur nahm, sondern auch gab. Wie lange war er schon hier? Egal.

Und was machten die einfach strukturierten Gehilfen des Spiele-Satans? Oh, sie hatten mittlerweile auch auf seiner anderen Seite zwei Geräte entfernt. Wie war das noch, wie lange war er schon hier? Komm, du niedlicher Glücksbringer, ich füttere dich gleich noch einmal. War das sein Smartphone, das in der hinteren Tasche seiner Jeans herumplärrte? Auch egal. Und wie gut, dass er das Holster mit der Waffe im Wagen gelassen hatte, sonst wäre er spätestens jetzt, mit der unförmig hochgerutschten Weste, unangenehm aufgefallen.

Selbst die Tatsache, dass er keinen Kaffee mehr hatte, störte den Hauptkommissar im Dienst nicht, er befand sich auf der Siegerstraße und hatte keineswegs vor, sie zu verlassen, bis er alles aus diesem ansprechenden Automaten herausgepresst hatte, was drin war.

Sein Smartphone ließ nicht locker, vibrierte an seiner rechten Pobacke, nix da, lasst mich alle in Ruhe, fuhr es ihm durch den Kopf, ich muss mich konzentrieren.

Schließlich bekam die nette Spielhallenaufsicht Mitleid mit ihm und kam mit einem Becher Kaffee vorbei. »Auf den nächsten Gewinn, ich setze ihn auf deine Rechnung. Du bist echt ein Glückspilz.«

Kurz kehrte der Kriminalist zurück in diesen Körper, streifte den Geist. Nach zwei Tagen und einem Gewinn war er hier so bekannt, dass ihm ein Kaffee auf die Rechnung gesetzt wurde.

Er schüttelte sich, als müsste er die Fangarme des kleinen, gierigen Miststücks vor ihm abwehren, und wandte sich der freundlichen Aufsicht zu. »Sag mal, an dieser Wand wird alles rundherum abgebaut, dieser Automat bleibt doch, oder?«

Sie verneinte. »Tut mir leid, der ist nur gemietet und muss zurück. Wir warten noch, bis du dein Spiel beendet hast.«

Welch grausame Auskunft. Er würde sich im Laufe des Tages – oder war es schon Abend? – von dem Gerät verabschieden müssen. »Weißt du, wem die Reihe hier gehört? Vielleicht wird er ja woanders aufgestellt, und ich kann diesen heißblütigen Münzenfresser dort wiedertreffen.«

Er erhielt ein weiteres Nein. »Ich kann dir nicht sagen, wohin die gehen, das weiß vielleicht der Micha.«

Gero von Aha warf wieder ein, drückte, wählte, schaute. »Kannst du dem Micha sagen, dass ich ihn gerne sprechen würde? Du siehst, dass ich hier nicht wegkann.«

Die Aufsicht zögerte und erntete einen gekonnten Augenaufschlag von ihm.

»Bitte. Sei so gut. Hol mir den Micha her.«

Sie hob die Schultern, ein kleines Lächeln umspielte ihren Mund. »Ich schau mal, ob er Zeit für dich hat. Er ist immer so beschäftigt, weißt du?«

Micha ließ auf sich warten. Der erste Kaffeebecher war bereits wieder leer, Gero von Aha füllte die Münzen aus seinen Westentaschen dorthinein.

Ich knack dich, du kleines Biest.

***

Tatjana Timmermann bat die beiden Kriminalbeamten, am Esstisch Platz zu nehmen, und bot Kaffee an, den sie dankend annahmen. Gemütlich war es bei ihr, kein Vergleich zu dem kühlen, stylish eingerichteten Haus auf der Agnesstraße.

Die Frau kam mit einem Tablett aus der Küche und verteilte drei Becher, stellte Milch, Zucker und eine Warmhaltekanne dazu, setzte sich.

Jerry stellte die erste Frage. »Wieso haben Sie gestern schon mit uns gerechnet?«

»Es hat sich schnell herumgesprochen, was dort im Bruch passiert ist. Ich habe damit gerechnet, dass Sie Thorwalds Unterlagen durchschauen und meine jahrelange Existenz im Verborgenen entdecken. Wie haben Sie mich gefunden?«

»Sie sind im Grundbuch als Miteigentümerin eingetragen. Die freundliche Angestellte der Stadt hat mir alle Immobilien herausgesucht, die jemals auf den Namen von Timmermann eingetragen waren oder es aktuell sind.«

Sie goss das Heißgetränk ein und nickte. »Der gute Thorwald hat sich meinen Rückzug und mein Schweigen etwas kosten lassen.«

Burmeester fragte nach, wie sie das meinte, sie wirkte erstaunlich entspannt und erzählte.

»Wir haben früh geheiratet, die erste Liebe ist meist eine unsterbliche. Das dachten wir jedenfalls. Thorwald hatte reichlich geerbt, ein Haus auf der Roonstraße und eine Menge Geld auf diversen Konten, wir heirateten ohne große Feier, lebten fürstlich, machten in den Flitterwochen eine Segeltour durch die Karibik. Er überhäufte mich mit kleinen und großen Geschenken. Von Anfang an planten wir, Kinder zu haben, das wollte im ersten Jahr überhaupt nicht klappen. Im zweiten entschlossen wir uns zu umfangreichen Untersuchungen, es stellte sich heraus, dass ich nie Kinder bekommen könnte.«

Sie nahm ein paar Schlucke Kaffee, ehe sie fortfuhr.

»Jeder von uns ging anders damit um. Ich musste verstehen und akzeptieren, dass ich nie eigene Kinder haben würde, und während ich bemüht war, nicht in meiner Traurigkeit zu versinken, entwickelte er sich damals zum Draufgänger, der es mit der ehelichen Treue nicht mehr so genau nahm. Für Thorwald war klar, dass er einen Sohn brauchte. Wie sein Vater den angehäuften Reichtum an ihn weitergegeben hatte, sollte dies später bei ihm geschehen.«

Tatjana Timmermann blickte die beiden Männer an, die gebannt auf die Fortsetzung ihrer Geschichte zu warten schienen. Sie lächelte.

Burmeester schaute irritiert. »Das war ein übler Schicksalsschlag, wie haben Sie den verkraftet? Sie wirken ausgeglichen und zufrieden.«

»Warum sollte ich das nicht sein? Ein Leben ohne Kinder kann gelingen, wenn es andere sinnvolle Inhalte bekommt. Und für Thorwald sollte der Wunsch ja in Erfüllung gehen. Irgendwann gestand er mir, dass er eine Frau geschwängert hatte, bot mir eine lebenslange finanzielle Unterstützung und dieses Haus an. Es solle mir auch weiterhin an nichts fehlen, wenn ich den Platz neben ihm schnellstmöglich freigeben würde. Ich zog umgehend aus, war enttäuscht und habe mir mein Leben von ihm bezahlen lassen, drei Monate im Steigenberger Hotel in Scheveningen, eine Suite mit Meerblick, bis er dieses Haus gefunden hatte und ich einziehen konnte. Er hielt Wort, allerdings habe ich es abgelehnt, hier zu hocken und nichts zu tun. Ich habe mir noch ein Studium von ihm finanzieren lassen und bin seit vielen Jahren als Psychologin tätig. Ich verdiene mein Geld zum Leben selber.«

Jerry gab sich erstaunt. »Ich bin neugierig. Da war niemals Groll oder Hass in Ihnen? Wie haben Sie das verkraftet, gehen zu müssen, weil eine andere seinen Wunsch erfüllte?«

Tatjana lehnte sich zurück. »Die drei Monate am Meer haben mir damals gutgetan. Das Meer hat heilende Kräfte, ich bin täglich draußen gewesen. Ich konnte Freundinnen einladen, die bei mir in der Suite übernachteten, wir haben viel geredet. Und Thorwald kam mich besuchen, hatte Pläne und Kataloge unter dem Arm, wir suchten gemeinsam die Bleibe für mich aus, er beauftragte Handwerker, kaufte, und ich muss sagen, mit Feingefühl und Geschmack, die Grundausstattung.«

Burmeester meinte, da hätte sie großes Glück gehabt.

Sie lachte auf. »Ja, ich hatte wirklich Glück. Wissen Sie, er hat eigentlich nie aufgehört, mich zu lieben. Er war immer wieder zu Besuch, das konnte er einfach nicht lassen. Erst letzte Woche war er zum Abendessen hier.«

Irgendetwas störte Jerry, er unterbrach sie. »Und Sie selber? Leben Sie in einer Beziehung?«

»Nein, nicht dauerhaft, ich liebe meine Unabhängigkeit. Ich habe einen Liebhaber, der regelmäßig herkommt, wir erleben sehr schöne, warme Stunden miteinander, und es ist gut so. Ich liebe meine Arbeit, sie lastet mich aus, ich vermisse nichts.«

»Wie lief das mit Ihrer Scheidung?«

»Wir hatten einen gemeinsamen Anwalt gleich nach meinem Auszug, es gab eine gütliche Trennung, schließlich lag ein schwerwiegender Grund vor. Das ging ganz schnell, bestimmt hat einer von seinen einflussreichen Bekannten daran gedreht. Eine Woche nachdem wir die Scheidungspapiere in der Hand hielten, hat er seine Farina geheiratet, und Felix kam knapp zehn Tage später zur Welt. Wissen Sie, Thorwald hat immer darauf geachtet, dass alles seine Ordnung hatte. Er konnte, egal, wo, nicht mit ungeklärten Situationen umgehen. Der war ein ganz Lieber.«

Burmeester schwirrte der Kopf. So viel Einigung und Verständnis bei einer Trennung schien ihm unglaubwürdig. Die Geschichten, die er aus dem Bekanntenkreis seiner Frau kannte, liefen stets anders ab. Es gab Verletzungen, Wut, Trotz, Streit, von alldem zu viel, von Wohlwollen und Zufriedenheit zu wenig.

»Wie ist denn Ihr Verhältnis zu Farina Timmermann?«

Tatjana überlegte kurz. »Ich würde es auf keinen Fall Verhältnis nennen. Wir kennen uns überhaupt nicht. Das ist Teil der Vereinbarungen mit Thorwald, ich halte mich von der Familie fern, und sie weiß nichts von mir. Damit mein Name hier nicht offiziell in Dinslaken auftaucht, arbeite ich in Oberhausen.«

»Das ist auch ein Teil der Vereinbarungen?«

»Genau, Thorwald meinte, Felix solle völlig unbelastet aufwachsen, und das könne nur geschehen, wenn seine Mutter frei von Eifersucht und Zweifel bliebe. Er hat ein perfektes Nest für seinen Nachwuchs gebaut. Ob er das emotional auch so vermitteln konnte, das weiß ich nicht. Thorwald hatte manchmal aktuelle Fotos dabei und erzählte mir regelmäßig, wie Felix sich entwickelte und wie seine Mutter schonungslos damit beschäftigt war, sein Geld auszugeben, und ihn abends beschnüffelte, um festzustellen, ob er nach einer anderen Frau riecht. Ich habe Farina das eine oder andere Mal in der Stadt gesehen, immer aus der Ferne, und das soll bitte auch so bleiben, verstehen Sie?«

Burmeester nickte. »Wenn Sie das weiterhin so handhaben wollen, okay, dann ist das Ihre Entscheidung. Von uns erfährt sie nichts.«

»Ich will sie nicht kennenlernen, das würde diese Frau bestimmt verunsichern. Sie scheint mir sehr naiv.«

Jerry stellte seinen Becher auf den Tisch. »Darf ich Ihnen eine ganz persönliche Frage stellen?«

»Ja, nur zu.«

»Haben Sie nie daran gedacht, Ihren Mädchennamen wieder anzunehmen?«

Sie sah ihn eine Weile an, schien nachzudenken. »Mein Mädchenname ist Poletnischek. Seien Sie ehrlich, dagegen klingt Timmermann doch gediegen. Timmermann, doppeltes M, doppeltes N, ganz einfach, das verstehen sogar die Leute im Callcenter der Telekom.«

Da musste der Hauptkommissar ihr zustimmen. Er schaute sie an, hakte noch einmal nach. »Das ist aber nicht der einzige Grund, oder?«

Erst zierte sie sich, schaute die beiden abwechselnd an, bevor sie antwortete. »Er war doch meine erste Liebe. Auch wenn wir uns nur kurz hatten, war das eine schöne Zeit.«

Burmeester stutzte. Eine gute Zeit, die ein jähes Ende fand. Hatte es wirklich nur »Goodwill« über den ganzen langen Zeitraum gegeben? »Verzeihen Sie, aber ich muss Sie das fragen. Wo waren Sie in der vergangenen Nacht, Frau Timmermann?«

Sie schaute entsetzt, Jerry ergänzte die Frage seines Kollegen. »Es ist üblich, allen diese Frage zu stellen, die in einem Bezug zu Thorwald standen, und offenbar gehören Sie zum engeren Kreis des Opfers.«

»Was soll ich sagen, ich war hier, den ganzen Abend und die Nacht. Alleine. Und? Was bedeutet das jetzt?«

»Wir nehmen es zur Kenntnis.«

Burmeester schaute Jerry an, nickte kurz, der deutete es als Aufforderung, sich auf den Weg zu machen. Er legte seine Karte auf den Esstisch. »Falls Ihnen noch etwas einfällt, können Sie mich jederzeit anrufen.«

Tatjana Timmermann begleitete die Kriminalbeamten zur Tür, sie verabschiedete sich ebenso freundlich, wie sie die beiden eingelassen hatte.

Jerry wollte sich mit den neuen Unterlagen aus der Agnesstraße auf den Weg nach Wesel machen, während Burmeester noch einen Versuch bei Farinas Nachbarn Ingo Kutscher starten würde. Noch standen sie vor Tatjanas Haus, und beiden fiel es schwer zu verstehen, was sie gerade gehört hatten.

War es möglich, so viele Jahre in einer so diffizilen Eintracht zu leben? Sie war doch Psychologin, wusste sie nicht, wie wichtig die Wahrheit für Erwachsene und Kinder war? Und wusste Farina wirklich nichts von Tatjanas Existenz?

Burmeesters Gedanken gingen noch in eine andere Richtung. »Und was ist mit Felix? Kinder sind immer neugierig. Ob er etwas herausgefunden hat? Und wenn ja, was macht es mit ihm?«

Er erinnerte sich an die nicht gerade friedliche Szene, die er beobachtet hatte, Mutter und Sohn im Disput, es brodelte zwischen ihnen.

»Wir sollten mal mit Felix alleine sprechen«, sagte Jerry.

***

Lisa kam zögerlich zurück, wollte erst nicht in Arthurs Hütte eintreten. Er überzeugte sie mit dem Argument, dass heute eine Begehung der Streuobstwiese stattfinden würde, die sei dieser Tage angekündigt worden. Man wolle Menge und Qualität der unterschiedlichen Sorten sondieren, um sie bei der Safterei anzumelden, und niemand solle hören, was er zu sagen habe.

Lisa betrat schließlich das kleine Haus und wollte sich intuitiv wieder umdrehen und gehen. »Das gefällt mir nicht, Arthur, es fühlt sich nicht gut an.«

»Du musst das verstehen, Lisa, ich will dich nur auf unsere Gruppe einschwören. Was du vorhast, grenzt an Verrat. Bitte lass uns darüber reden, so lange, bis du deinen Plan der Selbstanzeige aufgibst.«

Lisa schwitzte, ihr Blick wurde unstet, sie suchte einen Ausweg. »Ich bin nicht einverstanden mit eurer Entscheidung, daran wirst du nichts ändern.«

»Ich will nichts alleine entscheiden.«

Sie stellte sich vor ihn, blickte ihm in die Augen. »Dann gehe ich jetzt.«

Arthur hielt sie davon ab, verschloss die Tür. »Ich werde die anderen beiden herholen, und wir besprechen genau und verbindlich, wie wir jetzt weiter vorgehen.« Er griff nach seinem Handy. »Du kannst nicht einfach zur Polizei gehen, Lisa. Wir haben mit dem Toten in Dinslaken nichts zu schaffen, außer das Fliege und der Kurt unvorsichtig waren und nicht genau darauf geachtet haben, wo sie die Farbe hinschütten.«

Lisa war empört, auf ihre Art, hektisch, sie wählte die Worte mit Bedacht und mit einer Stimme, die immer ein wenig den beruhigenden Singsang für Kinder enthielt. »Du kannst mich nicht einfach hier einsperren, Arthur, ich möchte gehen.«

»Erst, wenn wir das alles noch einmal durchgegangen sind.«

»Das interessiert mich nicht. Ich will nicht zu einer Aktionsgruppe gehören, die für den Tod eines Menschen verantwortlich ist.«

Arthur musste schwer atmen, zwang sich, ebenfalls ruhig zu bleiben, jedoch befand sich seine Stimmlage zwischen Verzweiflung und Wut.

»Mensch, die waren das nicht. Die beiden sind viel zu gutmütig, um ein Leben auszulöschen. Überlege doch mal, die essen weder Fleisch noch Fisch, und das aus Überzeugung und

Würdigung allen Lebens. Lisa, bitte, du musst mir versprechen, dass du uns nicht verpfeifst. Unsere Aktion wäre damit beendet, weil wir bekannt sind, verstehst du? Und das so knapp vor dem ersten Ziel, du weißt doch, dass das Verbot für Schottergärten in Nordrhein-Westfalen kurz vor der Verabschiedung steht.«

Lisa ging zur Tür. »Öffne die Tür. Ich kann nichts dafür, aber eine meiner Regeln, auch auf der Arbeit, ist, immer für Recht und Gerechtigkeit zu sorgen. Und das Recht sagt, Fliege und der Kurt waren dort, und niemand außer den beiden weiß, was da wirklich passiert ist. Vielleicht hat der Mann sie erwischt und wollte sie anzeigen, ein Foto von ihnen machen, was auch immer, und einer von den beiden ist durchgedreht. Du kennst doch Fliege, wenn der unter Stress steht, dann muss man ihm aus dem Weg gehen. Gib mir den Schlüssel!« Sie hielt Arthur auffordernd die Hand entgegen, doch der reagierte nicht.

»Nein, Arthur, wir beenden diese Aktion, das Gesetz wird auch ohne uns verabschiedet. Die beiden sollen der Polizei schildern, wie es sich zugetragen hat, und die oder notfalls ein Gericht soll entscheiden, ob sie unschuldig sind.«

Arthur stellte sich dicht neben Lisa. »Du bist verbohrt. Ich habe dich lange in Schutz genommen, die anderen haben nie verstanden, warum ich dich aufgenommen habe. Deine Beharrlichkeit gefiel mir. Ich hätte nie gedacht, dass du einem von uns so eine Tat zutrauen würdest. Echt …«

Es klopfte an der Scheibe, draußen stand Fliege und deutete auf die Tür. Arthur schloss auf.

In dem Moment drängte sich Lisa an ihm vorbei, rief ungewöhnlich laut: »Lass mich durch!«

Arthur schrie: »Halte sie fest, die will unsere Aktion verraten!«

Lisa: »Du bist ja verrückt, ihr seid völlig verblendet!«

Fliege: »Ey, was geht hier ab?«

Dann ging alles ganz schnell. Fliege, auf der oberen der beiden Stufen, ging arglos ein Stück vor, sie zwängte sich an Arthur vorbei, geriet ins Straucheln, fiel, landete neben dem Kurt, der gerade in dem Moment an dem kleinen Haus auftauchte. Lisa fiel ihm quasi vor die Füße, ihr Kopf schlug mit einem unguten Knacken auf der Kante der unteren Stufe auf. Sie rührte sich nicht mehr.

Unter ihrem zurückgekämmten Haar, bei dem sich der Pferdeschwanz malerisch um ihr Gesicht gelegt hatte, bildete sich eine Blutlache, sich zusehends vergrößernd. Die drei Männer verharrten starr in ihren Positionen, blickten mit entsetzter Miene auf die junge Frau, die reglos vor ihnen lag. Zwischen den gelösten Haarsträhnen erkannten sie ein lebloses Auge. Kein Zweifel, Lisa lebte nicht mehr.

***

Um siebzehn Uhr zur kleinen Lage waren alle wieder eingetrudelt, alle außer Gero von Aha. Karin ärgerte sich innerlich, ließ es die anderen nicht merken. Sie hätte ihm nicht erlauben sollen, weiterhin zur Spielhalle zu fahren, wusste sie doch, dass er sich in bestimmten Situationen bedingungslos verbiss.

Jetzt war es wieder so weit, ihre Geduld wurde erneut auf die Probe gestellt. Und da saß der andere Ausnahmekommissar, der frühere Paradiesvogel, der immer für eine Überraschung gut war. Sie schaute ihn an, und Burmeester wusste genau, dass sie seine Selbstfesselungsaktion kommentieren würde.

»Karin, sag besser nichts, bitte.«

Seine Chefin lächelte. »Vielleicht wird dein kleines Intermezzo ja wieder im Rahmen eines kurzen Berichtes in der ›Lokalzeit Duisburg‹ erwähnt, es würde mich nicht wundern. Ein Kollege aus dem Team und die Besatzung eines Streifenwagens waren im Einsatz, um dich vom Lenkrad zu befreien, das ist eine stramme Leistung, mein Guter.«

Burmeester hielt sich die Hände vor das Gesicht. »Ich weiß, das war einfach nur bescheuert. Unten in der Wache haben sie schallend gelacht, als ich reinkam, und winkten mit ihren Handschellen. Das werde ich nie wieder los.«

Jerry klopfte ihm auf die Schulter. »Doch, glaube mir, das geht vorbei. Ein Gag von dir lebt nur so lange, bis du den nächsten fabrizierst.«

Selbst Burmeester musste darüber laut lachen. Er fragte, ob sie noch auf Gero warten sollten, es gäbe viel zu berichten.

Karin schaute auf die Uhr, ahnte Böses. War das ein von ihr bewusst beauftragter Undercovereinsatz, oder sollte er nur die Lage sondieren? Das bedurfte einer Klärung. »Wir fangen an. Bringt mich auf den neuesten Stand.«

Jerry berichtete von Thorwald Timmermanns Immobilien, dem Haus auf der Agnesstraße, dem Mietshaus auf der Roonstraße und den XXL-Garagen in der Otto-Brenner-Straße, die garantiert monatliche Erträge brachten, die den Timmermann'schen Lebensstil auf legalem Weg ermöglichten.

»Da kommt das Geld her, von dem die Familie lebt, selbst wenn der DAX mal wieder ins Minus rast. Außerdem habe ich eine Kiste mit geschäftlichen Unterlagen mitgebracht, die wohl gestern übersehen wurden, ich bin gespannt, was sich dort finden lässt.«

Karin fragte nach, wo die Unterlagen herstammten, Burmeester antwortete: »Auf der Suche nach zwei Schlüsseln für XXL-Garagen in Eigennutzung haben wir in die Schubladen geschaut.«

Er berichtete von der Auseinandersetzung zwischen Mutter und Sohn, in die er bei seiner Ankunft geraten war, und der Andeutung des Juniors, dass er noch wesentlich mehr wisse. »Und es gibt da noch wen, auf den Jerry bei der Ermittlung gestoßen ist, das soll er dir selber erzählen.«

Jerry schrieb gerade die Adressen der Immobilien an die Infowand, Tatort, Mietshaus, XXL-Garagen, und fügte eine vierte hinzu. »Irkensbusch 74, ein Einfamilienhaus in Eppinghoven, idyllisch in der Nähe des Rotbachs gelegen.«

»Das Haus gehört auch ihm?«

»Er zahlt alle anfallenden Kosten, aber das ist nicht das Interessante. Eingetragen ist es auf seinen Namen und den einer Frau.« Er schrieb den Namen neben die Adresse.

Karin stand auf, um sich zu vergewissern, dass sie den Namen richtig gelesen hatte. »Tatjana Timmermann? Wer ist das, seine Schwester?«

»Da kommst du nie drauf. Das ist Thorwalds Ex-Frau.«

»Wie, Ex-Frau?«

»Das war seine erste Frau. Die war jedoch aus gesundheitlichen Gründen nicht in der Lage, ihm seinen Lebenswunsch zu erfüllen, ihm den ersehnten Nachwuchs zu schenken. Aus Frust hat er sich durch die Gemeinde gevögelt und eine andere Frau, Farina, geschwängert.«

Karin lehnte sich zurück. »Nein, du erzählst jetzt nicht, er hat diese Tatjana in die Wüste geschickt, um mit Farina sein Kind großzuziehen.«

Burmester nickte. »Genau das hat sie uns erzählt. Eine sympathische Frau, sie ist diplomierte Psychologin mit eigener Praxis in Oberhausen, damit ihr Name nirgendwo in Dinslaken auftaucht. Timmermann stand die ganzen Jahre über mit ihr in Kontakt und hat regelmäßig aktuelle Fotos seiner kleinen Familie gezeigt. Sie, also Tatjana, sagt, sie habe nie Kontakt zu Farina oder Felix aufgenommen, das war Teil einer Vereinbarung mit Thorwald, und sie will weiterhin in ihrer Tarnung bleiben.«

Karin konnte es nicht fassen. »Eine verlassene Liebe, die für ihren Abtritt ausgezahlt wurde? Wie lange lebt sie schon in Deckung, wie alt ist Felix?«

Jerry wies auf die Infowand. »Der ist siebzehn, wird im nächsten Monat volljährig. Und ich bin echt gespannt, wie er im Testament seines Vaters bedacht wurde. Farina geht vermutlich leer aus, die steht jetzt schon ohne Kontenzugriff da.«

Burmeester ergänzte noch, dass Felix Farina in ihrer Mutterrolle nicht ernst nehme und mache, was er wolle.

Die Tür sprang auf, Gero von Aha steuerte grußlos einen Platz an, alle verstummten. Er blickte sich um, erkannte, dass es eventuell besser wäre, etwas zu sagen. »Sorry, habe mich leicht verspätet. Aber besser spät als nie.«

Karins Stimme spiegelte die Strenge, mit der sie ihn anschaute. »Es ist gleich achtzehn Uhr, dir ist klar, dass wir dich vor einer Stunde hier erwartet haben?«

Er reagierte unwirsch. »Ja, verdammt, ich weiß, aber ich war so im … also, ich hatte eine Glückssträhne, und dann wartete ich noch auf den Chef der Halle, den konnte ich nicht einfach stehen lassen, ich muss da doch authentisch auftreten.«

Karin beugte sich vor, aufgestützt auf die Tischkante, kaum noch den Sitz ihres Stuhles berührend. »Wir zwei werden uns am Wochenende mal intensiv über deinen Zustand, deine Arbeitsmoral und deinen Auftrag unterhalten.«

Wesentlich freundlicher wandte sie sich an die anderen Kollegen. »Habt ihr noch mehr Infos, oder können wir für heute Schluss machen?«

Sie ignorierte Gero von Ahas wildes Gestikulieren, schloss die Besprechung und verließ den Raum.

Jerry folgte ihr. »Du, ich habe noch was.«

»Ja?«

»Könnt ihr morgen noch einmal bei der Witwe reinschauen? Es geht um die Schlüssel zu den riesigen Garagen, es wäre doch interessant zu erfahren, was er dort, angeblich verborgen vor seiner Familie, lagert. Ich schaue gleich noch durch die Mappen, die wir mitgenommen haben. Falls ich etwas von Interesse finde, schreibe ich dir eine E-Mail, falls es nichts gibt, findest du die Kiste in deinem Büro, die kann dann zurück. Das könnte ein Türöffner und auch ein Aufheller für Farinas Stimmung sein.«

Gero von Aha stellte sich zwischen die beiden. »Karin, was soll das, wieso brichst du die Lage ab, ohne mich anzuhören?«

Karin verabschiedete sich von Jerry, der eine weitere Auseinandersetzung vorausahnte und in seinem Raum verschwand, und bat von Aha in ihr Büro.

»Setz dich.«

Er blieb lieber stehen. Sie wandte ihm ihren Rücken zu und schaute mit verschränkten Armen aus dem Fenster der Kripozentrale hinaus in die Aue. Runterkommen.

Von Aha schien sich ungerecht behandelt zu fühlen und setzte erneut an. »Karin, du führst mich vor, und ich verstehe nicht, warum. Ich mache meinen Job, mache da sogar Überstunden, und du weigerst dich einfach zu hören, was ich zu sagen habe!«

Das war zu viel. Karins Puls beschleunigte sich. Sie zwang sich zu einer weiteren Minute Ruhe. Durchatmen, nicht aufregen, in der Ruhe liegt die Kraft, langsam umdrehen, hinsetzen. Sie schaute ihn an, bat ihn mit einer Geste, sich zu setzen. Er blieb stur.

»Komm, setz dich, wir reden auf Augenhöhe«, sagte sie.

Gero von Aha gab nach, sie lehnte sich bequem in ihren Schreibtischstuhl.

»Wie viel Geld hast du heute ausgegeben?«

»Nein, du, ich habe gewonnen, über zweihundert Euro hat der Automat ausgespuckt, das klimperte nur so zu Boden, als die Ablagemulde voll war.«

»Wie viel hast du hineingeworfen, bis er die Münzen auswarf?«

Von Aha zögerte, Karin blieb hartnäckig. »Wie viel?«

Er nuschelte, er sei mit dreihundert Euro losgefahren.

»Wie viel hast du noch in deinem Portemonnaie?«

Seine Antwort war leise, Karin verstand dennoch das kurz ausgeworfene »Nichts«.

Er blickte auf. »Willst du gar nicht hören, was ich in Erfahrung gebracht habe?«

Sie ignorierte die Frage. »Ich habe gerade ausgerechnet, dass du innerhalb von zwei Tagen sechshundertfünfzig Euro dort gelassen hast. Das überschreitet das Budget eines ermittelnden Hauptkommissars um einiges. Da wird auch das Formblatt 16 nicht reichen, um eine Anerkennung als Spesen zu begründen. Gero, das geht so nicht. Du verlierst nicht nur Kohle, du drohst abzurutschen. Merkst du das nicht?«

Er protestierte, er müsse doch wie ein echter Kunde dort auftreten, da könne er nicht einfach an der Kaffeetheke sitzen bleiben. Mit seiner Strategie wäre er ein Stück weitergekommen, sie solle sich das anhören.

Karin verweilte in ihrer entspannten Haltung. »Hast du einen potenziellen Tatverdächtigen ermittelt?«

»Äh, nein.«

»Besteht in Hamminkeln Gefahr im Verzug?«

»Auch nicht.«

Sie fixierte ihn mit ihrem Blick. »Dann wirst du gleich in einem Protokoll deine Neuigkeiten festhalten, wir besprechen das morgen. Ich erwarte dich um neun Uhr pünktlich zum Dienst, und wir beide werden nach Dinslaken fahren und uns gemeinsam noch einmal bei den Timmermanns umschauen. Klar?«

»Aber …«

Karin Krafft schüttelte nur den Kopf und stand auf. »Nein, Gero, genau so. Und ich mache jetzt Feierabend, meine Familie wartet. Beeile dich mit dem Protokoll, dann fahr heim zu Marlene, die wartet bestimmt schon auf dich. Tschüss, Gero.«

Sie bat ihn hinaus, nahm Jacke und Rucksack und strebte zum Treppenhaus, hörte, dass er stehen blieb. Karin drehte sich noch einmal um, bevor sie die Tür zum Treppenhaus aufstieß. Er stand da mit hängenden Armen, ein Häuflein Elend auf zwei Beinen. Nein, sie würde nicht zurückgehen. Klare Kante war jetzt gefragt.

»Ich denke morgen an die Kaffeemaschine, versprochen.«

Vom Parkplatz aus schaute sie noch einmal nach oben, erkannte ihn hinter der Scheibe in der obersten Etage, er blickte ihr nach. Sie griff nach ihrem Smartphone und wählte seine Nummer, er zögerte, nahm das Gespräch an.

»Ja?«

»Gero, du hältst dich an meine Anweisungen, ja?«

»Ich? Jaja, mach ich.«

»Bis morgen.«

***

Karin fand ihren Maarten daheim im Garten. Er saß unter dem Apfelbaum, den sie bei ihrem Einzug vor mehr als zehn Jahren gepflanzt hatten, damals schon stattlich, weil sie nicht Jahrzehnte auf eine Ernte warten wollten. Maarten hielt eine Tasse in der Hand und streckte das Gesicht der Abendsonne entgegen.

Karin entschied sich für eine Apfelschorle, lief hinaus und setzte sich neben ihn. »Schöne Aussichten, mein Lieber.«

Er blickte auf und lächelte. »Ja, es ist meine liebste Perspektive auf den See, und jetzt gibt es auch noch einen Grund zum Küssen. Schön, dass du da bist.«

Sie fragte nach seinem Tag und wo Hannah sei. Er war zufrieden mit seiner heutigen Arbeit, ein neues Ausgrabungsfeld wurde gerade von ihm und seinem Team auf dem Fürstenberg erschlossen, es sei immer interessant, außerhalb des archäologischen Parks zu graben.

»Hannah ist bei Luise, die planen eine Umweltaktion in Xanten.«

Karin blickte auf. »Die werden sich nicht auf die Bundesstraße kleben, oder?«

Maarten schaute sie ernst an. »Das will ich nicht hoffen. Ich bin froh, dass sie sich engagiert, und bisher ist von einem Infostand in der Stadt die Rede. Beide sind fasziniert von einem jungen Künstler aus Haffen, Thomas Heweling, der mit seinem Projekt ›Eisbärinderstadt‹ mittels einer abgemagerten Eisbärfigur auf die schmelzenden Pole aufmerksam macht. Sie denken an alles, bis hin zur Anmeldung beim Ordnungsamt. Das wird schon. Und du? Wie war dein Tag?«

Kurz berichtete Karin über den neuen Fall in Dinslaken, lange sprach sie über Gero von Aha und ihre Befürchtung, dass er in eine Spielsucht verfallen könnte.

Maarten bewies auch hier eine Gelassenheit, die Karin so gut an ihm gefiel. »Hast du in deinen Dienstaufträgen vermerkt, dass er in Hamminkeln ermitteln soll?«

»Ja, das steht im Protokoll von gestern.«

»Schreibe dir per E-Mail eine Aktennotiz über dein heutiges Gespräch, damit sie vorliegt, und er soll das morgen unterschreiben. Füge hinzu, dass du dir Sorgen machst und bei Zuwiderhandeln die Behördenchefin informierst.«

Karin hielt inne. »Puh, das klingt hart.«

»Willst du, dass er dem offiziellen Auftrag nachkommt oder dass er das Ding nach seinen Regeln durchzieht? Karin, wenn der unter dem Deckmantel der Ermittlungen in eine Spielsucht abrutscht, dann kannst du ihn als aktiven, tüchtigen Kollegen vergessen.«

Karin blieb nachdenklich. »Du hast recht, aber ich werde morgen eher ins Büro fahren und alles dort erledigen. Das wird ein Aktenvermerk, den kann er gleich zur Kenntnis nehmen. Und auf dem Weg nach Dinslaken haben wir Zeit zum Reden. Während der Fahrt kann er mir nicht ausweichen.«

Sie schaute Maarten von der Seite an. Bald waren sie seit zwanzig Jahren unzertrennlich, waren älter geworden, Fältchen, Falten, erste graue Haare, bei ihm wuchs der Bauch. Karin lächelte. Wie gern sie ihn anschaute, wenn er, wie jetzt, zufrieden in die Ferne blickte.

»Und was gibt's zum Essen?«

Er stand auf und nahm Karins Hand. »Komm …«

Sie folgte ihm in Richtung Terrassentür.

»Ich habe bemerkt, wie du mich gerade angeschaut hast. Was hältst du von einem geduschten Mann als Vorspeise? Zum Hauptgang fahren wir dann mit den Rädern nach Xanten, und ich lade dich ins Gotische Haus ein.«

»Ein echter Maarten-de-Kleutje-Plan. Wie wunderbar.«

***

Arthur wiederholte mehrmals, immer mit den gleichen Worten, wie Lisa sich durch die Tür gedrängt hatte, wie er sie fallen sah, unfähig, ihr auf die Schnelle eine Hand zu reichen oder sie an der Kleidung zu fassen. Eine graue Plane lag über dem leblosen Körper der jungen Frau, die drei Männer hatten sie vor das Haus gelegt, Regenwasser aus der Tonne geschöpft, um ihr Blut von der Steinstufe zu schrubben und den Bereich der Wiese davor so zu wässern, dass das Gras wieder grün war.

All das war wortlos geschehen, nachdem sie sich nacheinander davon überzeugt hatten, dass sie nicht mehr atmete, kein Puls zu spüren und das Leben aus ihren Augen gewichen war. Mit heiserer Stimme hatte Arthur Flieges Impuls, die 112 anzurufen, entkräftet.

»Nein, das können wir nicht machen, glaube mir, das zieht einen Rattenschwanz von Konsequenzen nach sich. So ein riesiges Unglück, das konnte keiner ahnen, dass sie so ungeschickt stürzt. Verdammt!«

Fliege meinte, alle könnten bezeugen, dass es ein Unfall war. »Wir sind alle hier gewesen, als es passierte. Wir haben uns nichts vorzuwerfen.«

Arthur blickte auf die Plane und verschränkte die Hände vor dem Gesicht. »Damit wird sich ein Notarzt wahrscheinlich nicht zufriedengeben. Er hat die Pflicht, in so einem Fall die Polizei dazuzuholen. Das ist ein ungeklärter Todesfall. Ein Rettungswagen, ein Notarztwagen, eine Streife und Wagen von der Kriminalpolizei, alle stünden sie auf der engen Straße gegenüber der Hofeinfahrt. Die gesamte Bauernschaft würde sich einfinden und darüber mokieren, was da bei dem Öko los ist. Und zum Abschluss würde die Polizei bemerken, dass hier im Obstbongert niemand wohnen darf. Das hat unweigerlich zur Folge, dass ich mir mit meinem Tiny House einen neuen Platz suchen muss, weil der Bauer mir von Anfang an gesagt hat, es dürfe keinen Ärger, keine Lärmbelästigung, nicht viel Rennerei in der Wiese geben.«

Er wies auf Lisas verdeckten Leichnam. »Glaubt mir, größeren Ärger kann es nicht geben, hier würde innerhalb einer halben Stunde alles geschehen, was meine fristlose Ausweisung aus dem Bongert zur Folge hätte. Der Rettungsdienst und die Polizei kämen mit Blaulicht und viel Lärm, und wie viele Menschen sich den Weg durch die Wiese bahnen müssten, ist nicht auszudenken. Ich mache mir solche Vorwürfe, weil ich sie zurückgerufen habe und festhalten wollte, damit wir gemeinsam auf sie einwirken. Sie sollte ihre Meinung überdenken und ändern.«

Der Kurt goss sich zum wiederholten Male eine Kanne Wasser über die Hände, als könnte er das Geschehene wegwaschen wie lehmige Erde.

Fliege lehnte an einem Apfelbaum und wies mit dem Kinn auf die Plane. »Sie muss weg. Und ihr Auto ebenfalls, es steht auf dem Parkplatz am Naturzentrum.«

Arthur war entsetzt über seine Wortwahl, Fliege wehrte sich. »Du willst nicht, dass dieser Unfall mit Todesfolge offiziell wird, also, was hast du vor? Du wirst keinen Bestatter finden, der sie ohne Papiere abholt, und hier kann sie nicht liegen bleiben. Wir müssen rasch darüber nachdenken, was jetzt geschehen soll.«

Er schaute die beiden Männer auffordernd an. »Was ist? Hat jemand von euch eine bessere Idee?«

Das Schweigen war greifbar, nur das schrille Pfeifen des Turmfalken durchzog für Sekunden die Luft.

Der Kurt durchbrach die Wortlosigkeit, leise. »Wenn ihr mir helft, dann bringe ich sie fort. Es gibt da in Duisburg eine riesige verlassene Industriebrache, gut eingezäunt, da treibt sich niemand herum. Ich habe die Schlüssel zum Tor und zu einigen Gebäuden, weil ich den Auftrag habe, das Gelände monatlich ornithologisch zu dokumentieren. Einer von euch muss mitkommen, mir nachfahren, damit ich von da wieder fortkomme.«

Arthur fragte, ob es sicher sei, dass niemand dort herumstromere. Sonst würde man sie schnell entdecken.

Der Kurt schaute erst ihn, dann die gewölbte Plane an. »Dagegen helfen vier Grillanzünder.«

Es dauerte, bis der Plan in Flieges Hirn sackte, dann schrie er auf. »Nein, du willst sie nicht anzünden, das machst du nicht!«

»Doch, das werde ich machen, ein Anzünder auf jedem Reifen dürfte reichen. Es wird dauern, bis das Feuer lodert, wir werden nicht mehr in der Nähe sein. Nur so wird nicht nachweisbar sein, wer das Auto gefahren hat und auf welchem Untergrund die Lisa jetzt gerade liegt. Verstehst du, alles hinterlässt Spuren, nur ein Feuer kann sie vernichten.«

Er stockte einen Moment. »Ich hoffe nur, dass die Vogelwelt dort nicht verrücktspielt, sonst kann ich mit meinen Aufzeichnungen von vorne beginnen.«

Arthur gab ihm einen Klaps auf den Hinterkopf. »Du denkst nicht wirklich an die Vögel in der Brache, wenn du gleichzeitig eine Leiche, ich meine, die Lisa verbrennst?«

Der Kurt nickte versonnen. »Doch, da gibt es einen eigenen Kosmos. Ich denke an die Vögel und an den Boden. Das Gelände steht quasi auf einer Betonwanne, wie sie früher für chemische

Anlagen gebaut wurde. So werden die Rückstände der Batterien aus ihrem Auto das Grundwasser nicht verunreinigen. Das ist noch ein Aspekt, weshalb mir diese Lösung gerade als sehr praktikabel erscheint.«

Er schaute die beiden an. »Wenn einer eine andere Lösung hat, bitte, ich höre.«

Natürlich hatten weder Fliege noch Arthur eine andere Idee. Schließlich wurde man nicht täglich mit der Aufgabe konfrontiert, eine Leiche verschwinden zu lassen.

***

Farina Timmermann schreckte hoch, lauschte irritiert. Da war jemand im Haus. Sie blickte auf den Wecker, ein Uhr neunundvierzig. Ihr Sohn konnte es nicht sein, der übernachtete zum wiederholten Mal bei seinem Freund Kevin und lag mit ihr in einem ziemlich ernsten Clinch.

Der Junge war ihr in den Jahren der Pubertät immer fremder geworden. Thorwald konnte einfach besser mit ihm umgehen, sie hatte oft bemerkt, dass ihre beiden Männer gemeinsam Zeit im Arbeitszimmer verbrachten und Felix im Anschluss mit erhobenem Kopf an ihr vorbeilief, denn für sie selbst war der Raum tabu. Sie nannte das despektierlich Männerwirtschaft, war andererseits froh, dass Felix so entspannt mit seinem Vater Zeit verbringen konnte.

Farina richtete sich auf, horchte, tatsächlich, es gab Geräusche im Erdgeschoss. Was sollte sie machen? Die Polizei anrufen? Nicht schon wieder. Die gingen seit Donnerstag hier ein und aus, Farina empfand das als peinlich.

Sie bewegte sich leise, schlüpfte in den Jogginganzug, der parat lag, hielt ihr Smartphone einsatzbereit in der Linken, nahm eine gläserne Bodenvase mit der rechten Hand auf, würde damit werfen oder zuschlagen, atmete tief ein und aus, sammelte ihren Mut, öffnete die Tür und schlich ins Treppenhaus. Nichts war zu sehen. Herzklopfen bis zum Hals. Den Lichtschalter finden. Das Treppenhaus lag taghell vor ihr.

»Hallo? Ist da jemand?«

Nichts zu hören. Langsam, Stufe für Stufe, bewegte sie sich nach unten, mit jedem Schritt wuchs sie über sich hinaus, traute sich den nächsten zu, drückte unten an der Wand den Schalter, die Diele erhellte sich, sie hielt die Vase drohend hoch. Auch hier bemerkte sie nichts Außergewöhnliches, und sie stellte die Vase ab. Auf blanken Füßen lief sie mit kleinen Schritten in Richtung Wohnzimmer und stockte an der Tür zum Keller. Da war etwas, sie legte ein Ohr ans Türblatt, genau, die Geräusche waren nicht sehr laut, aber sie kamen von dort unten.

Sie wählte eine Nummer aus ihrer Telefonliste, es dauerte, bis sich eine Stimme verschlafen meldete.

Farina nahm Abstand von der Kellertür und flüsterte: »Ingo, kannst du schnell kommen …? Da ist jemand im Haus, ich habe Angst … Ja, gut, ich lasse die Haustür offen … Bis gleich.«

Sie schlich zur Haustür, bemerkte, dass sie nicht abgeschlossen war. Hatte sie das nicht am Abend geregelt? Doch, sicher, das war Teil ihres abendlichen Rituals.

Sie räumte Gläser, Schälchen, Schokoladenverpackungen, alles, was nicht ins Wohnzimmer gehörte, in die Küche, schließlich wollte sie in Ingos Augen die ordentliche Hausfrau sein. Als Nächstes überprüfte sie, ob die Terrassentür verriegelt war, und öffnete die Haustür einen Spaltbreit. Mit einem Glas Wasser in der Hand huschte sie zum Treppenaufgang. Ob Felix im Haus war? Um diese Uhrzeit?

Die Haustür schwang auf, Ingo Kutscher hielt den Finger vor die Lippen, wies nach unten, Farina nickte, nahm die Bodenvase wieder auf. Ingo ging zur Kellertür. In dem Moment, als er nach der Klinke griff, sprang die Tür auf.

Mit weit geöffneten Augen, für einen Bruchteil von Sekunden erstarrt, standen sich Felix Timmermann und der Mann aus dem Nachbarhaus gegenüber. Felix mit einem Rucksack in der Hand, Kutscher mit einer Dose Pfefferspray.

Der Junge reagierte zuerst. »Ey, was willst du hier? Das Schlafzimmer meiner Mutter ist oben, du kennst doch den Weg!«

Kutscher trat einen Schritt zurück. »Deine Mutter hat Geräusche gehört und Einbrecher im Haus vermutet, du Hirni. Bitte erkläre ihr, was du um diese Uhrzeit hier machst!«

Er rempelte den Nachbarn mit der Schulter an, als er zur Haustür strebte. »Ich wohne zufällig hier, im Gegensatz zu dir, du Arschloch.«

Farina fasste ihn am Ellenbogen. »Was hast du im Keller gemacht?«

»Lass los, du Schlampe!«

Mit dem Kinn wies er auf Kutscher. »Frag ihn doch mal, ob er die ganze Nacht auf Donnerstag brav in seinem Bett verbracht hat. Kutscher, hast du tief und fest geschlafen oder gegen Mitternacht mit dicken Steinen gespielt?«

Ingo Kutscher wirkte erbost, hielt sich zurück. »Mit dir diskutiere ich nicht, nur eines sollst du wissen. Ich habe nichts mit dem Tod deines Vaters zu tun.«

Felix schmiss die Tür hinter sich ins Schloss.

Ingo Kutscher umarmte Farina, beide beruhigten sich langsam.

»Was hatte dein Sohn da unten zu suchen?«

Sie löste sich aus seinen Armen, setzte sich auf die Treppenstufe. »Ich habe keine Ahnung. Bleibst du heute hier?«

Er hockte sich neben sie, legte einen Arm um ihre Schulter. »Gerne. Und morgen schaust du nach, was er im Keller gemacht hat.«

Sie nahm ihn bei der Hand, gemeinsam gingen sie hinauf. »Das ist doch egal. Er wird nicht mehr lange hier wohnen.«

Ingo Kutscher legte Farina Timmermann eine Hand auf das Hinterteil. »Umso besser.«

***

Es war nicht der schlechteste Platz, den die beiden Obdachlosen Oscar und Django gewählt hatten. Das marode Gelände des seit Jahren geschlossenen Betriebes, in dem einst Düngemittel hergestellt wurden, lag weit von der Duisburger Innenstadt entfernt. Sie mussten durch ein kleines Loch im Zaun klettern, das blickgeschützt auf der hintersten Seite der Brache lag. Es führte ein ausgekundschafteter Weg in eine der Hallen, und dort hatten sie es sich in der oberen Etage, im ehemaligen Büro, gemütlich gemacht. Zumindest waren sie hier allein, konnten ihre Habseligkeiten tagsüber stehen lassen und bei verdunkelten Fenstern auf kleinen Gaskochern Dosensuppen erwärmen.

In dieser Nacht wachten sie auf, da waren unbekannte Geräusche, da waren Lichtimpulse auf dem Gelände. Beide schreckten hoch, Oscar lugte durch eine winzige Lücke zwischen Fensterrahmen und Pappe, die zur Abdunkelung diente.

»Kannste was erkennen?«, fragte Django.

»Zwei Autos, weit voneinander entfernt abgestellt, das kleinere ohne Licht, da steigt ein Mann aus. Zwei weitere Männer klettern aus dem anderen Auto.«

Django drängte sich hinter ihn. »Lass mal gucken.«

Sie wechselten die Plätze. Im Scheinwerferlicht erkannte er, dass einer der Männer sich an dem kleinen Auto zu schaffen machte.

Oscar wurde ungeduldig. »Und? Wat passiert da draußen?«

»Ich kapiere et nich. Da geht einer um die kleine Karre und macht wat an den Reifen. Jetzt rennen die zu dem anderen Auto und, da, du hörst et ja, brausen mit Karacho weg.«

»Lass ma sehen. Dat kleine Auto is noch da?«, fragte Oscar und schaute durch die Lücke in die Dunkelheit. Was war das? Licht an dem Auto? Klein, flackernd? Er drehte sich zu Django. »Los, komm, die wollen die Nuckelpinne abfackeln, da liegt Feuer auf den Reifen.«

»Und wat stellste dir vor? Sollen wir dat auspinkeln?«

Oscar nahm sich eine Wasserflasche und eine Bierdose. »Los, wir löschen. Wenn dat Ding lodert, kommt die Feuerwehr, dann die Polizei, und garantiert durchsuchen sie auch die Hallen. Du weißt, wat dat heißt.«

Das war ein Argument. Beide machten sich, so schnell es ging – gar nicht einfach mit Rheuma in den Knochen –, auf den Weg nach draußen. Da lagen brennende Würfel auf den Rädern, mit Drahtstücken stießen sie die von den Reifen, löschten das

Gummi mit Wasser und Bier und den linken vorderen auch mit einem dünnen Strahl Urin.

»Scheiße, dat waren Grillanzünder. Warum stellen die Idioten hier eine kleine Karre mit Kennzeichen ab und wollen, dat die brennt?«

Oscar betätigte den Türgriff, im Wageninneren ging das Licht an. Vom Beifahrersitz aus starrten tote Augen aus einem blutverschmierten Gesicht in seine Richtung. Er wich zurück. »Scheiße, da sitzt eine, und die ist tot!«

»Du spinnst. Siehste wieder weiße Mäuse wegen zu viel Sprit? Du sollst nich so viel saufen.«

Er blickte selbst in den Wagen, schreckte zurück, schmiss die Wagentür zu.

Dunkelheit umgab beide, als sich die Innenbeleuchtung ausschaltete. Sie standen nebeneinander, ratlos, reglos. Ein fremdes Auto mit einer Leiche stand auf ihrem Terrain, sie hatten gerade noch verhindern können, dass es in Flammen aufging. Oscar meinte, es wäre vielleicht besser gewesen, das Feuer nicht zu löschen.

Django hatte einen anderen Gedanken. Beherzt öffnete er erneut die Tür und schaute sich um. Auf der hinteren Ablage lag ein kleiner Rucksack. Er öffnete ihn im Lampenschein, durchsuchte ihn mit flinken Fingern, fand eine Geldbörse, öffnete sie. »Da, guck ma. Karte und Geld. Und hier, in einem Fach, die Nummer für die Karte. Verflixt, Alter, ich hab eine Idee.«

Er nahm das Portemonnaie und schloss die Autotür, machte sich auf den Weg zum Eingang ihrer Behausung, sein Kumpel folgte ihm. Oben angekommen, erläuterte Django seinen Plan. »Mensch, Oscar, die Chance kriegste nur einmal. Komm, pack die Sachen, wir müssen weg, bevor jemand die Karre entdeckt.«

»Wat? Hier weg? Dat geht gar nich.«

Django winkte im kleinen Lichtschein einer Kerze mit der Geldbörse. »Wir müssen flott sein. Wir räumen in der Nacht dat Konto, von eine Bank zur anderen. Und morgen kaufen wir Grillanzünder.«

»Warum?«

»Damit verwischen wir alle Spuren, auch unsere an der Autotür. Wir führen zu Ende, wat die Kerle da begonnen haben. Danach werden hier Leute auftauchen, und solange die hier allet auffen Kopp stellen, schlafen wir woanders. Mensch, wenn die Kohle auffem Konto hat, dann gönnen wir uns ma Fahrkarten. Wir gucken auffen Fahrplan und suchen uns en Ziel aus. Wir kaufen neue Klamotten und übernachten in ein nobles Hotel. Mit Sekt zum Frühstück.«

Oscar schien nicht abgeneigt. »Du biss en Teufelskerl, Django.«

Beide packten ihre Habseligkeiten, Schlafsäcke, den Gaskocher, die Kartusche, löschten als Letztes die Kerze und machten sich auf den Weg.

Im Dunkeln war die Lücke im Zaun nicht einfach zu finden, doch auf der abgelegenen Straße war niemand unterwegs. Im Licht der alten Laternen schlurften zwei Obdachlose in Richtung Innenstadt.

DREI

Samstag, der 16. September, zehn Uhr zweiundzwanzig, B 8, Willy-Brandt-Straße, auf der Lippebrücke in Richtung Dinslaken

Burmeesters Blick fiel auf das Flussdelta am Restaurant Lippeschlößchen, das sie in gebremstem Tempo passierten, es herrschte viel Verkehr an einem Samstagvormittag. Er saß still ergeben neben seiner Chefin, die immer noch damit haderte, dass sie ihn aus dem freien Wochenende geholt hatte, weil der Kollege, der mit ihr zusammen Bereitschaft hatte, nicht zum Dienst erschienen war.

Sie zeterte ununterbrochen, eine Mischung aus Enttäuschung und Sorge lag in ihren Worten.

»Wenn ich Gero in die Finger kriege, der soll sich hüten! Einfach krankmelden, am Montag die Krankschreibung nachreichen, der war gestern noch putzmunter. Dem hat nicht gefallen, dass ich ihn heute mit nach Dinslaken nehmen wollte. Du, bestimmt ist der heute wieder in der Spielhalle. Wenn wir mit unserem Programm durch sind, fahren wir hin und schauen nach, ja?«

Burmeester lehnte ihren Vorschlag ab.

Sie hakte nach. »Das musst du mir erklären.«

»Na, er hat dort den Status eines neuen Spielers. Du würdest seine bisherige Ermittlung völlig boykottieren, wenn du ihn aus der Halle holst oder wie eine saure, enttäuschte Ehefrau vor Ort mit ihm diskutierst.«

Karin schaute ihn von der Seite an. »Wie kommst du darauf, dass ich ihm in der Halle eine Szene machen würde?«

Burmeester lächelte. »Ich kenne dich schon lange, ich weiß, dass du dich schlecht beherrschen kannst, wenn etwas nicht so läuft, wie du es willst.«

»Bin ich echt so schlimm?«

Er verneinte halbherzig. »Wenn jeder von uns seinen Job macht, dann geht's.«

Karin war nicht zu halten, beugte sich über das Lenkrad. »Hast du gesagt, es geht? Was soll das heißen? Bin ich so ungenießbar geworden?«

»Nein, das meine ich nicht. Du bist nur gradliniger und eine Spur strenger als früher. Ich denke, das ist gut so.«

In Höhe des Ortsausgangs Friedrichsfeld wurde die Hauptkommissarin langsam ruhiger. Burmeester meinte, sie müssten herausfinden, bei wem Felix in der Tatnacht geschlafen hatte.

Karin nickte. »Das sehe ich auch so. Wir müssen alle noch einmal genauer beleuchten, auch diesen Nachbarn, den Liebhaber, wie heißt der noch?«

»Ingo Kutscher.«

»Ja, und diese Ex-Frau Tatjana. Deren Geschichte klingt viel zu glatt. Gibt es so etwas wie das einvernehmliche Ende einer Beziehung, wenn man gegen eine schwangere Konkurrentin ausgetauscht wird? Auch wenn die Psychologin ist, bedeutet das noch lange nicht, dass sie erstens emotional mit dem Ex im Reinen oder zweitens der gesamten Situation gegenüber völlig ausgeglichen ist. Zumal er sie ja noch immer besuchte und fleißig zahlte.«

In Dinslaken bog Karin hinter der Gaststätte Ortmann rechts in die Dianastraße ab, um über die Helenen- zur Agnesstraße zu gelangen. Burmeester bemerkte, wie nett diese Frauennamen seien.

Karin parkte gegenüber von Timmermanns Einfahrt. Den Anblick der mit Flatterband eingezäunten Folie auf den Steinen fand sie scheußlich. Burmester meinte, am Montag würde ein Gärtner die Fläche wiederherrichten.

Er stieg aus, als zwei Mädchen mit Rädern an ihnen vorbeifuhren, von denen eine mit dem Finger auf ihn wies. »Guck mal, da ist der Mann wieder, der im Auto gefesselt war.«

»Ja, und Mama hat ihn gerettet.«

Karin musste schmunzeln. »He, mit deinem Missgeschick hast du hier einer Mutter den Heldinnenstatus ermöglicht, gratuliere.«

»Jaja, lästere du nur.«

Sie standen vor der Tür, klingelten mehrmals. Aus dem Haus

drangen Geräusche, jemand lief auf der Holztreppe eilig nach unten, Karin meinte auch Stimmen zu hören.

»Ob Felix wieder da ist?«

Noch bevor Burmeester antwortete, öffnete sich die Tür, ein Mann blickte abwechselnd von ihm zu Karin. Burmeester erkannte ihn.

»Ach, guten Morgen, Herr Kutscher, bleiben Sie doch gleich da, mit Ihnen möchten wir auch sprechen.«

Wortlos wich er zurück, im Hintergrund sahen sie Farina, an das Treppengeländer gelehnt, ihre Wangen überzogen mit einem Hauch Röte. Schamesröte, dachte Karin, die frische Witwe fühlt sich ertappt. Karin sah eine Chance, sie sehr direkt zu befragen, vielleicht machte Scham sie gesprächiger.

»Alles ist gut, Frau Timmermann, wir sind doch alle nur Menschen. Und dass Herr Kutscher Sie regelmäßig besucht, das wissen sogar Ihre Nachbarn. Ich glaube, wir setzen uns besser und unterhalten uns ein wenig. Ist Ihr Sohn zufällig auch im Haus?«

»Nein, der ist doch beim Kevin.«

Farina und Kutscher tauschten einen kurzen Blick, der Karin nicht entging. »Frau Timmermann, machen Sie uns doch eben einen Kaffee.«

Ohne Widerstand verschwand sie in der Küche, wie eine Frau, die gehorcht, wenn man ihr etwas sagt. Karin wandte sich an Ingo Kutscher, der sich sichtbar unwohl fühlte. »Wie lange geht das schon mit Ihnen beiden?«

Er antwortete schnell, schaute in Richtung Küche. »Ich wohne nur wegen ihr hier im Bruch. Als das Haus nebenan frei wurde, haben wir das gefeiert.«

»Wie lange, Herr Kutscher?«

»Seit acht Jahren.«

Karin wies mit einer kurzen Geste Burmeester an, in die Küche zu gehen, er nickte und stand auf. Sie wandte sich an Kutscher, der sie selbstbewusst anschaute. »Was hat Herr Timmermann dazu gesagt?«

»Was meinen Sie?«

»Na, hat er von Ihrem Verhältnis mit Farina gewusst?«

Er schwenkte den Kopf leicht hin und her, bevor er antwortete. »Ich weiß es nicht genau. Er hat mich auf jeden Fall nie darauf angesprochen, wenn wir uns begegnet sind.«

Man sah Karin an, dass ihr die Antwort nicht gefiel. »Acht Jahre Liebe inkognito, Herr Kutscher, ich halte das für unwahrscheinlich.«

»Dann hat er es wahrscheinlich akzeptiert. Wissen Sie, es ging ihm doch immer nur um seinen Sohn. Farina fühlte sich völlig vernachlässigt. Der hat seinem Felix den Hintern nachgetragen, für den Jungen gab es keine unerfüllten Träume. Während Farina hier alleine saß, ist er mit ihm zu Formel-1-Rennen gefahren, hat ihn auf Schalke mitgenommen, bei den Lions eingeführt. Der macht gerade seinen Führerschein mit siebzehn, und irgendwo steht schon ein kleiner Flitzer für ihn bereit. Verstehen Sie? Sie war nur die Mutter von seinem Wunschkind.«

»Und warum ist sie bei ihm geblieben?«

Kutscher vergewisserte sich, dass Farina noch in der Küche war, und rückte ein Stück näher. »Er hat sie fürstlich für die Erfüllung seines Wunsches entlohnt. Schmuck, Kleidung, regelmäßige Einkaufstrips nach Düsseldorf und mal nach Florenz oder Paris. Das kann ich ihr nicht bieten. Dafür bekam sie von mir Nähe und Sex, all das, was er ihr nicht mehr gab. Glauben Sie mir, das hier ist eine Win-win-Situation.«

Die Hauptkommissarin ließ den letzten Satz unkommentiert stehen. »War es das auch für Felix? Ich meine, hat er auch von Ihrer Anwesenheit in Farinas Leben profitiert?«

Er brauchte lange für eine Antwort, bevor er sie aussprach, fragte sie weiter. »Weshalb gab es vorhin diesen Austausch der Blicke, als ich fragte, ob Felix im Haus sei?«

Er beugte sich noch weiter zu ihr vor, flüsterte. »Sie hat mich in der Nacht angerufen, weil jemand im Haus war. Felix kam aus dem Keller, hat sie, hat mich wie üblich beschimpft und ist gleich wieder verschwunden. Der Timmermann hat ihr keine Chance gelassen, eine anständige Beziehung zu ihrem Sohn zu entwickeln. Der macht schon lange, was er will.«

»Ach so, und dann sind Sie gleich hiergeblieben.«

Er nickte.

»Haben Sie nachgeschaut, was er im Keller gemacht hat?«

»Sie wollte das nicht. Ich habe keine Ahnung, ich bin noch nie im Keller gewesen und weiß nicht, was sich dort befindet.« Kutscher schaute auf.

Farina trug ein Tablett mit Tassen und einer Warmhaltekanne herein und stellte es ab. »Sie bedienen sich bitte.«

Sie setzte sich Kutscher gegenüber, der nahm über den Tisch hinweg ihre Hand. »Farina, jetzt ist es vorbei, wir müssen uns nicht mehr verstecken. Ich habe der Kommissarin erzählt, seit wann wir uns kennen. Und ich habe auch erzählt, dass Felix in der Nacht hier gewesen ist. Weißt du, was er im Keller gesucht hat?«

Sie schüttelte den Kopf. »Da unten steht nichts, was ihn interessiert. Es gibt aber den verborgenen Schrank, ich weiß nicht, was dadrin ist. Thorwald hat gedacht, dass ich ihn nicht entdecke.«

Karin meinte, es gebe vieles, wovon sie nichts wisse, und beobachtete ihre Reaktion. Farina schaute nur auf. »Ja, Frau Timmermann, allein die Tatsache, dass Sie nicht wissen, womit er sein Geld verdiente, macht mich stutzig«, beharrte Karin. »Und das ist wie mit dem verborgenen Schrank. Sie wissen, dass er da ist, kümmern sich aber nicht darum, was drin ist. Mir ist nicht klar, ob Sie für uns die Naive inszenieren oder ob Sie wirklich so eine unterwürfige Ader haben und sich an festen Regeln und Verboten orientieren müssen.«

»Was soll das heißen? Ich bin nicht unterwürfig, ich habe nur auf Thorwald gehört, das ist doch üblich, dass eine Frau auf ihren Mann hört.«

Die Hauptkommissarin atmete durch, hier eine Diskussion über das menschliche Miteinander zu führen war nicht ihre Aufgabe und schien auch sinnlos. »Dann gehen wir jetzt mal in den Keller, und Sie zeigen uns diesen Schrank.«

»Ja, kommen Sie. Ich weiß aber nicht, wo der Schlüssel dazu ist.«

Unten gab es in einem Kellerraum eine Wand, die sich zur Hälfte zur Seite schieben ließ. Auf den ersten Blick war dieses Versteck nicht zu erkennen, der verschiebbare Teil verschwand hinter einem anderen Schrank, der genau an der Kante stand und damit den Abstand zur realen Wand verdeckte. Dahinter kam eine Nische zum Vorschein, darin ein unscheinbarer Stahlschrank, eine Art Spind mit einfachen Bügelschlössern, beide eingerastet.

»Burmeester, du bist doch der Fachmann für Schlösser«, meinte Karin. Der fand es nicht lustig, und so war es auch nicht gemeint. »Schau dich mal um, ob du einen Seitenschneider findest oder einen Kuhfuß, die Dinger kriegen wir geknackt.«

Er machte sich trotz des halbherzigen Protestes von Farina auf den Weg, fand eine Werkbank mit ordentlich sortiertem Werkzeug und kehrte mit einem blitzblanken Seitenschneider zurück, setzte ihn an. Die Bügel der Schlösser zersprangen.

Die Anwesenden staunten nicht schlecht über den Inhalt, der fein sortiert in den einzelnen Fächern lag. Karin streifte sich Einweghandschuhe über. Da waren samtausgeschlagene Kästen mit Goldmünzen in durchsichtigen Schutzhüllen, in Reihen gelegte Goldarmbänder, in einem gab es winzige Dosen mit durchsichtigen Deckeln, darin unterschiedlich große Schmuckbrillanten, in zwei Fächern lagen alte Kameras der Marke Leica, auf den ersten Blick entdeckte Karin auf zwei der schwarzen und benutzt wirkenden Apparate eingravierte Namen. Bestimmt handelte es sich um Einzelstücke berühmter Fotografen.

Niemand sagte ein Wort, alle standen starr vor Erstaunen vor diesem Schrank, dieser verborgenen Schatztruhe, jedes Behältnis, das Karin zur Betrachtung entnahm, offenbarte etwas anderes von Wert. Es gab noch Uhren bekannter teurer Marken, altmodische Wertpapiere, und der letzte Kasten war nahezu randvoll gefüllt mit gebündelten Geldnoten, Hunderter und Fünfziger. Karin brachte alles in den Urzustand zurück und wandte sich um.

Farina traten die Tränen in die Augen. »Das … das ist ja ein Vermögen. Und mir hat er nichts davon gesagt.«

Ingo Kutschers Blick ging von Kasten zu Kasten, für ihn tat sich hier ebenfalls eine Schatzkammer auf. Es bedurfte einer

Ansprache der Chefin des K1, sie schloss die Schranktüren und stellte sich davor.

»Herr Kutscher, Frau Timmermann, da wir nicht wissen, ob dieser Inhalt den Weg in diesen Keller rechtmäßig gefunden hat, werde ich zur Untersuchung die Spurensicherung herrufen, alles ist zunächst konfisziert.«

In der stillen Witwe bäumte sich Widerstand auf. »Bestimmt gehört das alles Thorwald und damit auch mir. Da liegt Geld, das ich nutzen kann, bis die Sache mit dem Konto geklärt ist.«

Karin schüttelte den Kopf, während Burmeester schon mit der Spurensicherung telefonierte.

»Alles wird dokumentiert, Sie erhalten einen Beleg darüber, dürfen aber nichts nutzen, bis die Besitzverhältnisse geklärt sind. Und jetzt verraten Sie mir, wo Felix sich aufhält, ich denke, er wird sich bei dem Geld bedient haben, und ich wüsste gerne, in welchem Umfang und was er damit vorhat.«

Burmeester schaute erneut durch den Schrank. Nirgendwo gab es Schlüssel, es fehlten noch immer die zu den Großgaragen.

Im Beisein aller Anwesenden klebte Karin drei Polizeisiegel auf die geschlossenen Türen. »Das reicht, die Kollegen sind unterwegs.«

Farina setzte zu weinerlichem Widerstand an, Karin ließ ihre Art an sich abprallen.

»Wenn geklärt ist, dass es sich hier nicht um Hehlerware oder Diebesgut handelt und Sie die Erbin sind, dann können Sie darüber verfügen. Bitte, und jetzt gehen wir alle zusammen wieder nach oben.«

Kutscher tröstete Farina, sie solle sich keine Sorgen machen, die Frau von der Kripo habe recht, erst mal alles überprüfen, und dann sei sie eine reiche Frau. »Und wenn du nicht an das Konto kommst, dann leihe ich dir Geld, du kannst meine Karte haben, das regeln wir alles am Montag mit meiner Bank. Schatz, alles wird gut.«

Wanzte sich der Nachbar, indem er sich unentbehrlich machte, noch näher an Farinas Seite?

Es dauerte, bis der Witwe der Nachname von Kevin einfiel.

»Stachowiak, genau so heißt er. Ich fand den Namen immer schwierig, deshalb habe ich mir immer nur den Vornamen gemerkt. Das ist der einzige Freund von Felix, bitte tun Sie nichts, was diese Verbindung in Gefahr bringt, das müssen Sie mir versprechen. Das sind gute Jungs.«

Bei Burmeester klingelte etwas im Kopf, er erinnerte sich an die Informationen von Jerry. Was hatte der am Vortag über die Riesengaragen erzählt? Vierzig Stück an der Otto-Brenner-Straße. Und der Verwalter, der ihm Auskunft gegeben hatte, hieß wie? Genau, Stachowiak.

Drei Kollegen von der Spurensicherung erschienen mit voller Ausrüstung, Heierbeck selbst hatte frei. Karin wies sie in den Umfang der Aufgabe ein und zeigte ihnen den Weg.

»Bitte alles dokumentieren, haarklein, Fotos, Beschreibungen, ganz detailliert bitte, da gibt es große und winzige Kostbarkeiten. Ich will wissen, ob die irgendwo entwendet wurden oder ob es Nachweise über den Erwerb gibt. Alles sicherstellen, da oben warten die Geier.«

***

Oscar und Django hatten in der Nacht erfolgreich an unterschiedlichen Kassenautomaten Stopp gemacht, in jeder Jacke waren zweitausend Euro verborgen. Es lebte sich trefflich gut mit diesem Polster.

Sie liefen in die Innenstadt. Erst mal neue Klamotten kaufen, nichts Teures, ganz einfache Hosen, Shirts, Unterwäsche, Schuhe. In einfachen Umkleiden bei einer Billigmodekette zogen sie sich um, packten das alte Zeug in ihre alten Taschen und legten die übrigen neuen Sachen in die nagelneuen Rucksäcke. Bis auf den Körpergeruch, gegen den sie auch noch angehen würden, die unrasierten Gesichter und das strähnige Haar fühlten sie sich nach einer Stunde wie neue Menschen, beäugt von den einzelnen, in der Innenstadt an unterschiedlichen Stellen hockenden Gleichgesinnten, die mit leeren Pappbechern vor sich auf dem Pflaster dasaßen und auf Kleingeld hofften.

Oscar und Django in neuer Kluft. Da war etwas geschehen mit den beiden, sie fühlten, wie die Augen der anderen ihnen hinterherblickten. Es galt, die City, so schnell es ging, hinter sich zu lassen.

Oscar wurde es unheimlich. »Dat geht nich gut. Hier kennt uns jeder.«

»Komm, erst mal noch zu dm, Seife und so 'n Zeug besorgen, und dann gehen wir in et Schwimmbad zum Waschen und Rasieren. Einer nach dem anderen, wir losen aus, wer zuerst geht und wer auf die Klamotten aufpasst.«

»Und dann?«

Django meinte, en bissken Glück täte doch ganz gut, und der nächste Altkleidercontainer würde ihnen bestimmt begegnen. »Da werden wir die alten Taschen los. Haste alles raus, wat wichtig is?«

»Klaro.«

»Ja, dann lass uns zu dm. Nee, warte, du gehst, ich bleib hier und pass auf den alten Krempel auf. Denk an die Grillanzünder.«

Der Gedanke, dieses kleine Auto mit der Toten anzuzünden, behagte Oscar gar nicht. Beklauen ja, aber verbrennen? »Mensch, können wir dat nich lassen?«

»Und dann? Mich haben se gleich auffen Plan, meine Fingerabdrücke musste ich schon mal abgeben. Und die Frau wird auch nich wieder lebendig, wenn wir alles so lassen, wie et jetzt is. Komm, los, einkaufen, waschen, rasieren, Fahrkarten kaufen für 'nen Nachtzug. Ich wollte immer schon ma im Dunkeln durch et Land schuckeln.«

Oscar freute sich wie ein Kind. »Jau, vielleicht mit Schlafabteil oder so.«

Django schaute sich sichernd um, kein Kollege in Sicht. »Los, erst einkaufen. Und wenn et dunkel is, zünden wir die rosa Karre an.«

***

Der Blick in die Meldedatei verriet die Adresse der Stachowiaks, unweit vom Standort der Garagen. Karin und Burmeester machten sich auf den Weg, der rote Manta vor dem Mehrfamilienhaus verriet ihnen, dass sie hier richtig waren.

Der Verwalter öffnete die Wohnungstür, sie wiesen sich aus.

»Ist Felix Timmermann bei Kevin, sind beide anwesend?«

»Ach, et geht immer noch um Timmermanns. Nein, die Jungs sind unterwegs.«

»Wissen Sie, wo ich die beiden antreffen kann?«, fragte Karin.

»Nee, die müssen sich hier nicht abmelden, die haben heute frei und sind bestimmt in die Stadt gegangen, abhängen im Park oder so.«

Zwischen Tür und Angel standen sie, Stachowiak machte keinerlei Anstalten, sie hereinzubitten, lehnte sich mit verschränkten Armen an den Rahmen. Nun gut, dachte Karin, dann eben hier im Treppenhaus.

»Wie lange ist Kevin schon mit Felix befreundet?«

»Kann ich gar nicht so genau sagen. Jetzt sind sie in der Zwölften, bestimmt seit der achten Klasse oder so. Dieser Junge ist so was wie ein armes Würstchen aus reichem Haus, der hat hier schon sein eigenes Bett. Der fühlt sich wohl bei uns. Was wollen Sie von ihm?«

»Felix war bislang sehr wortkarg uns gegenüber. Können Sie bestätigen, dass er in der Nacht auf Donnerstag hier gewesen ist?«

»Sicher war der hier, meine Frau hat einen leichten Schlaf, die hört alles, die wird immer wach, wenn sich jemand in der Wohnung bewegt.«

»Ist sie da, können wir mit ihr sprechen?«

»Nee, die ist zum Wochenmarkt, einer muss doch dafür sorgen, dass die Meute satt wird.«

»Und das übernimmt Ihre Frau, Einkauf und Kochen?«

Stachowiak schaute sie irritiert an. »Natürlich.«

»Ach, weil Sie sagten, einer muss gucken, dass alle satt werden, dachte ich, Sie sind hier der Koch.«

Stachowiak brüstete sich. »Hier wird nicht gegendert, hier

wird geredet, wie uns der Schnabel gewachsen ist. Und jetzt ist die Fragestunde vorbei, ich muss nämlich los, ich verdiene das Geld, mit dem die Frau den Einkauf bezahlt. Okay?«

Burmeester meinte, dann würde man sich ja gleich treffen. »Sie fahren doch bestimmt zu den Riesengaragen, oder?«

Karin ahnte, dass dem Mann mit der Vokuhilafrisur jetzt Fragen auf der Zunge lagen, die er zurückhielt.

»Ja, genau. Ich muss noch fegen.«

Burmeester legte nach. »Dann bis gleich.«

Er schob Karin an der Schulter zur Treppe, erst unten raunte er ihr zu, sie sollten sich beeilen. »Ich könnte wetten, dass die Jungs dort sind, und er wird sie jetzt per Smartphone warnen. Komm, wir müssen schnell sein.«

Rasant wendete sie und raste, dank der grünen Welle auf der B 8, zur Otto-Brenner-Straße, kurvte mit Tempo auf das Gelände, hielt vor den letzten Garagen in der dritten Reihe, dort, wo zwei Jugendliche gerade auf ihre Räder stiegen.

Burmeester öffnete die Tür.

»Halt! Stehen bleiben, absteigen, Jungs, wir müssen mit euch reden!«

Felix lachte auf. »Der Spacko schon wieder.«

Kevin schaute zu ihm. »Das ist der Superbulle, der sich ans Lenkrad gekettet hat?«

Sie lachten laut, achteten nicht auf Karin, die langsam ausgestiegen war und sich vor den beiden Rädern postierte, während die Jungen sich in der anderen Richtung über Burmeester amüsierten. Erst als sie losfahren wollten, schauten sie Karin an.

»Absteigen und die Räder abstellen. Und schön gehorchen, ihr wisst, dass der Superbulle frisch geölte Handschellen dabeihat und sie garantiert auch nutzt.«

Felix protestierte in seiner ausfallenden Art, in der es Schimpfworte hagelte, jedoch an Argumenten fehlte.

Karin wurde erneut deutlich. »Schnauze halten! Was meint ihr eigentlich? Wir sind nicht zum Spaß hier!« Sie ging auf Felix zu. »Ich bekomme deinen Rucksack.«

Sie streckte die Hand aus, Burmeester baute sich hinter ihm auf, er hatte keine Chance, dieser Situation zu entkommen.

»Was soll das, du alte Schlampe!«

Karin drehte ihn blitzschnell um, zog beide Rucksackriemen von seinen Schultern, ließ das Behältnis auf den Boden rutschen, bevor sie ihm einen Arm auf den Rücken drehte. Alles geschah so schnell, dass er nichts dagegen tun konnte, nur aufschrie.

Karin ließ nicht locker. »Du kannst jetzt wählen, ob wir uns in aller Ruhe unterhalten oder ob ich dich und deinen Freund mit aufs Revier nehme.«

»Das darfst du nicht, du verdammte Sau.«

Karin zog an, während Burmeester den Rucksack öffnete und durchsuchte.

»Kommissar Burmeester, Sie sind Zeuge für die vielfältigen Beleidigungen, die dieser strafmündige Junge hier von sich gibt. Ich brauche Ihre Aussage nachher für die Anzeige, die ich stellen werde. Reichen Sie mir Ihre Handschellen bitte.«

Felix wurde ruhiger. »Ist ja schon gut, ich sage nichts mehr.«

Burmeester wedelte mit einem Schlüsselbund. Kevin stand wie versteinert neben seinem Fahrrad, griff zum Lenker, bis der Kommissar sich bückte und die Luft aus dem Vorderreifen ließ. »Und du bleibst auch hier.«

Karin ließ locker, Felix rieb sich den Arm.

»Wir beginnen unsere kleine Unterhaltung noch einmal von vorne.« Sie wies auf die Schlüssel in Burmeesters Hand. »Die gehören zu den beiden Garagen, richtig?«

Felix nickte.

»Was habt ihr hier gemacht?«

Kevin meldete sich wie in der Schule, indem er ein Handzeichen gab. »Sein Alter hat ihm ein Auto gekauft. Bis er den Führerschein hat, steht es hier. Wir wollten es nur mal sehen. Ein gebrauchter Ford Escort, wir haben überlegt, den Lack aufzupeppen.«

Karin nahm Burmeester die Schlüssel aus der Hand. »Dann schauen wir doch mal nach, was sich noch alles in den XXL-Garagen befindet.«

Stachowiak kam auf sie zugerannt. »Kevin, Felix, ist alles in Ordnung?«

»Papa, die wollen in die Garagen gucken.«

»Dürfen Sie das? Einfach überall reinschnüffeln? Brauchen Sie dafür nicht –«

Die Hauptkommissarin unterbrach ihn grob. »Nein, brauchen wir nicht. Und wenn Sie nicht wollen, dass wir eine Streife herholen, die hier den gesamten Bereich für Stunden absperrt, dann lassen Sie uns jetzt unsere Arbeit machen. Los, nehmen Sie die Jungs und halten Sie Abstand, das hier ist eine Amtshandlung!«

Nach einem kurzen Gespräch mit ihr stellte sich Burmeester zu den dreien, damit Karin sich in aller Ruhe hinter den Toren umschauen konnte. Sie brauchte nicht lange, winkte Burmeester heran, flüsterte. »Links stehen das Auto und eine Reihe von noblen Rennrädern, Ausrüstungen für den Golfplatz, das wirkt alles harmlos. Rechts sieht es anders aus. Das ist ein Lager für Spielautomaten.«

»Echt?«

»Ja, hier könntest du eine akzeptable Halle betreiben. Lass uns nicht über Einzelheiten reden, wir brauchen schnell eine Strategie. Wir könnten das hier erst mal sichern, denn ich bin davon überzeugt, dass es sich um illegale Geräte handelt. Wir können aber auch die Schlüssel zurückgeben und das Gelände im Auge behalten, um zu ermitteln, wer sich für die Garagen interessiert.«

»Kriegen wir das durch? Eine Überwachung ist personalintensiv, da wird die van den Berg wieder meckern.«

Karin schaute über seine Schulter zu den Jungs, die sich mit dem Aufpumpen des platten Reifens an Kevins Rad beschäftigten, während Stachowiak die Kriminalbeamten nicht aus den Augen ließ.

Karin wies auf die Garage hinter ihr. »Wir haben ein Foto von Timmermann mit Don Schröder, hinter mir befindet sich Material, das garantiert dem Schröder gehört. Die materiellen Werte in dem verborgenen Schrank sind bestimmt nicht versteuert, und wir wissen noch nicht, ob es da einen kriminellen

Hintergrund gibt. Verstehst du, hinter mir liegt unter Umständen die Schnittstelle zwischen Timmermann und Schröder, und der wird sich diese Geräte nicht nehmen lassen.«

Burmeester hatte verstanden, was sie meinte. Man müsste ihm Gelegenheit geben, dieses Lager aufzusuchen, dann könnte man ihm so etwas wie eine illegale Aufstellung von Automaten nachweisen.

Er suchte noch nach Argumenten. »Das eine ist der Betrug. Das andere der Mord.«

Karin nickte heftig, tippte ihm auf die Brust. »Genau, wenn meine Vermutung stimmt, dass hier Schröders Geräte lagern, dann wird er sie abholen. Und was ist, wenn Timmermann sie hier versteckt hat? Weil Schröder ihm Geld schuldete? Weil, weil, weil … Ich will wissen, ob meine Theorie Hand und Fuß hat. Wir geben die Schlüssel zurück und warten ab, was in den nächsten Tagen passiert.«

Burmeester nickte. »Okay. Schau mal nach oben in den Baum.« Er wies auf das Nachbargrundstück, eine alte Eiche ragte mit ihren Ästen über das Gelände, genau in Richtung der dritten Reihe.

»Und?«

Burmeester lächelte. »Wie wäre es, ohne Brimborium, Erklärungen und offiziellen Auftrag dort eine Wildkamera zu installieren? Dafür brauchen wir keine Genehmigung, wenn es um die Beobachtung von Füchsen in der Stadt geht. Wir könnten aus der Ferne abrufen, was hier los ist. Im Ernstfall informieren wir die Kollegen der hiesigen Wache, die sind schneller hier als wir und halten alles auf, bis wir eintreffen.«

Karin strahlte ihn an. Sie lief auf Stachowiak und die Jungs zu. »Alles klar, Felix, hier sind die Schlüssel. Was wir sicherstellen müssen, sind die Geldbündel aus deinem Rucksack, denn die stammen garantiert aus dem versteckten Schrank in eurem Keller.«

Felix nahm wieder Anlauf, um sich aufzuregen, Stachowiak hielt ihn zurück.

Burmeester und Karin spürten ihre Blicke im Nacken, als sie in ihren Wagen stiegen und langsam davonrollten.

Burmeester war voller Tatendrang. »Ich kümmere mich darum, lass mich in der Innenstadt raus, ich finde einen entsprechenden Laden und komme später mit der Bahn zurück nach Wesel.«

»Wie kommst du auf das Nachbargrundstück und auf den Baum?«

Er grinste in sich hinein. »Ich schaffe das, keine Sorge.«

Zufrieden fuhr Karin Krafft allein nach Wesel. Das war doch mal eine klassische Aktion. Der Nachbar nahm die Witwe in die Arme, ein Verwalter adoptierte den reichen Sohn, eine umfangreiche geheime Wertrücklage wurde gerade untersucht, und in einer der riesigen Garagen gab es einen beeindruckenden Bestand an garantiert illegalen Spielgeräten.

»Wenn das mal nicht ein guter Vormittag war.«

***

Die Hauptkommissarin wurde beim Betreten der Kreispolizeibehörde vom Wachhabenden darüber informiert, dass im Nebenraum die Mutter einer jungen Erzieherin saß, die seit dem Vortag vermisst wurde.

»Seit wann werden Vermisstenfälle bereits nach weniger als vierundzwanzig Stunden bearbeitet? Und sind Sie sicher, dass dies ein Fall für mich ist? Ich bin vom K1, zuständig für Mord und Totschlag, nicht für Gesuchte oder Verschwundene.«

Der Wachhabende musste zurück zum Desk, an dem die Notrufe eingingen. »Gehen Sie einfach nach nebenan und sprechen Sie mit der Frau, ich glaube, es gibt Verbindungspunkte zu Ihrem aktuellen Fall. Es stand doch schon in der Zeitung, worum es geht. Ich sage nur ›weiße Farbe‹.«

Er setzte sich das Headset auf und nahm einen Anruf entgegen. Karin ging in den Nebenraum und stellte sich vor, setzte sich. Die Beamtin, die auf ihrem Laptop Daten und Anlass der Vermisstenanzeige aufnahm, nannte Namen und Dienstgrad und erläuterte den Sachstand mit wenigen Worten.

»Mir gegenüber sitzt Frau Döpker. Sie vermisst seit gestern

Nachmittag ihre fünfundzwanzigjährige Tochter Lisa, die bei ihr im Haus wohnt. Lisa ist sehr zuverlässig und hatte zugesagt, nach Feierabend, gegen siebzehn Uhr, mit ihrer Mutter gemeinsam Himbeergelee zu kochen. Sie ist nicht heimgekommen und ist auch auf ihrem Smartphone nicht erreichbar.«

»Sie haben bestimmt schon alle Freunde von ihr angerufen, oder?«

»Natürlich, alle, die ich kenne, sind informiert, keiner hat sie gesehen.«

Frau Döpker, eine schlanke Frau Anfang der Fünfziger, richtete sich auf und berichtete, Lisa sei Erzieherin, eine ganz zuverlässige, die hielt, was sie versprach.

»Da muss etwas passiert sein. Lisa hätte mich angerufen, die sagt schon Bescheid, wenn sie nur fünf Minuten zu spät kommt. Mach dir keine Sorgen, Muttchen, sagt sie dann, auch Engel stehen im Stau. Und dann so etwas. Sie hat sich gestern in ihrer Kita krankgemeldet, ich habe mit einer Freundin von ihr gesprochen, die in derselben Einrichtung arbeitet. Verstehen Sie, Lisa ist morgens aus dem Haus gegangen wie immer. Ich habe gehört, wie sie losfuhr. Ich kann mir das alles nicht erklären.«

Die Kollegin ergänzte Frau Döpkers Aussage. »Die Beschreibung des Wagentyps sowie das Kennzeichen habe ich schon an die Streifenwagen durchgeben lassen, bislang gab es keine Meldung.«

Karin fragte, ob die Mutter der jungen Frau eine Vermutung habe, wo sie an dem Tag hingefahren sei. Es sprudelte aus der Frau heraus.

»Nein, ich weiß es nicht. Lisa ist Veganerin und umweltbewusst. Ihr Auto ist ein kleiner, effizienter E-Wagen, sie trägt nur zertifizierte Bio-Kleidung, und ihr Smartphone ist ein überholtes, gebrauchtes Gerät. Sie hat in ihrer Einrichtung durchgesetzt, dass Spielzeug und Malfarben, Papier, alles, womit die Kinder direkt in Berührung kommen, ebenfalls biozertifiziert sind. Sie ist da sehr straight, und deshalb gehört sie auch zu einer kleinen Gruppe von Aktivisten, die sich gegen Schottergärten auflehnen.«

Jetzt verstand Karin den Hinweis des Diensthabenden, sie beugte sich vor. »Sie meinen die Gruppe, die nachts Farbe in die Vorgärten schüttet, in denen es Steine statt grünem Bewuchs gibt?«

»Jaja, genau, sie hat mir erst davon erzählt, als sie schon eine Weile dabei war. Wissen Sie, unsere Nachbarn haben jetzt auch so eine leblose Fläche vor dem Haus, Lisa hat versucht, die Rodung zu verhindern, sogar angeboten, den Vorgarten zu pflegen. Sie fand kein Gehör. Man muss etwas dagegen tun, hat sie gesagt. Und im letzten Jahr hat sie diese Gruppe gefunden. Sie ist ganz euphorisch, wenn sie über die nächtlichen Einsätze spricht. Ich soll nicht zu viel erfahren, weil es ja eigentlich verboten ist, Farbe in fremde Gärten zu kippen.«

»Wissen Sie, wie wir Kontakt zu der Gruppe aufnehmen können? Oder hat Lisa Namen, eine Adresse erwähnt?«

Frau Döpker reagierte mit Kopfschütteln. »Alles ist streng geheim, Muttchen, hat sie gesagt. Sie ist so froh über diese Aktionen, sie lebt richtig auf, ich merke das abends immer, wenn sie selber in der Nacht unterwegs sein wird. Dann zieht sie sich schwarz an, von oben bis unten, und verlässt das Haus eine Stunde vor Mitternacht. Manchmal kommt sie heim und weicht ihre Kleidung gleich im Keller ein, weil noch weiße Farbe daran haftet, das sehe ich dann morgens. Und wissen Sie was, Frau Kommissarin? Dann bin ich irgendwie stolz auf sie und stecke die Sachen mit dem Vorwaschgang in die Maschine. Wenn mein Mädchen heimkommt, liegt alles schon wieder parat für die nächste Aktion.«

Sie zitterte, Tränen liefen ihr über die Wangen. »Da ist etwas passiert, ich spüre das. Bitte finden Sie mein Kind.«

Karin wartete, bis sie sich wieder beruhigt hatte. »Sie haben bestimmt Zugang zu ihrem Zimmer, oder?«

Die Frau schnäuzte sich, trocknete das Gesicht und schaute sie ernst an. »Sie lebt bei uns in einer Einliegerwohnung, sie ist schließlich alt genug. Ich habe einen Schlüssel, ja, für Notfälle.«

Karin stand auf. »Dann kommen Sie, ich möchte mich in Lisas Wohnung umsehen, sie hat bestimmt einen PC oder führt ein Tagebuch, vielleicht gibt es ein Adressbuch. Sie haben Ihre Handynummer dabei?«

»Ich … ja, habe ich. Ich verstehe nicht ganz …« Frau Döpker nahm ihr Smartphone, rief eine Nummer in der Telefonliste auf und schob das Gerät über den Tisch, die Kollegin notierte sich den Kontakt.

Karin schaute sie an. »Die Handynummer geben wir zur Überprüfung an unsere Fachleute, die können herausfinden, in welcher Sendezelle es zuletzt eingeschaltet war.«

Die Beamtin nickte und verließ den Raum, Frau Döpker stand ebenfalls auf.

»Wir brauchen konkrete Hinweise, die uns zu den anderen Mitgliedern der Gruppe führen«, sagte Karin. »Vielleicht wissen die, wo Lisa sich aufhält. Kommen Sie, können Sie selber fahren?«

»Natürlich, ich bin nur ein wenig aufgeregt.«

»Dann folge ich Ihnen.«

***

Burmeester klingelte bei den Nachbarn der Großgaragen, in deren Garten er die große Eiche vermutete. Er gab sich nicht als Kommissar aus, sondern als Beauftragter der Stadt zur statistischen Erhebung von Wildtieren, um mögliche Schäden in den umliegenden Grundstücken zu regulieren.

Der alte Mann, dem die Brille schief auf der Nase saß, lachte laut auf. »Ach, jetzt nach Jahren will die Stadt sich endlich mal mit den Ratten beschäftigen?«

Ratten? Bislang hatte Burmeester Füchse im Kopf. »Äh, ja, Ratten. Die machen die großen Garagen auf dem Nebengrundstück unsicher, wissen Sie, die vermehren sich da ungehindert. Ich würde gerne die Wildkamera in Ihre Eiche hängen, damit wir einen Überblick erhalten.«

Er zeigte dem Mann das Päckchen mit dem elektronischen Gerät, die Kabelbinder für die Befestigung und die dazugehörigen Batterien. »Haben Sie eine Leiter, die ich nutzen kann?«

»Natürlich, junger Mann, oder meinen Sie, die Dachrinnen hier würden sich von alleine reinigen? Ich mache alles noch selber. Gehen Sie am Haus vorbei nach hinten, ich zeige Ihnen, wo Sie die Leiter finden.«

Burmeester hatte inzwischen die App auf dem Smartphone installiert, mit der er die Kamera überwachen würde. Sie ordentlich auf das Nebengelände auszurichten war nicht so einfach. Es zeigte sich, dass immer wieder Äste und Blattwerk die Sicht auf die Garagen versperrten.

Der Hausbesitzer bemerkte sein Problem und reichte ihm eine Astschere. »Wenn es notwendig ist, schneiden Sie sich die Sicht frei. Ich unterstütze alles, was hilft, diese Viecher zu bekämpfen.«

Als Burmeester wieder Gartenboden unter den Füßen hatte, klopfte er dem Mann auf die Schulter. »Ich werde Ihre Kooperationsbereitschaft lobend in meinem Bericht erwähnen. Darf ich wiederkommen, um die Batterien zu wechseln, wenn es notwendig ist?«

»Natürlich dürfen Sie das, wie war noch Ihr Name?«

»Burmeester, Nikolas.«

Der Mann wollte die Leiter aus dem Baum heben, Burmeester nahm ihm die Arbeit ab und legte die Leiter unter das Vordach des Schuppens. Er rief die App auf, nichts.

Der Mann schaute skeptisch auf das Display. »So ein moderner Kram, damit habe ich nichts zu tun.«

Der Bewegungsmelder der Kamera reagierte laut Beschreibung auch nachts. Ein Auto fuhr auf den Garagenhof, das Bild sprang an. Gemeinsam standen die beiden Männer unter der Eiche, Burmeester machte einen inneren Freudensprung, weil sein Plan anscheinend funktionierte, und der alte Mann bewunderte die Technik, von der er nichts verstand.

»Und alles gegen die Ratten?«

»Na klar, ich schaue mir an, wie viele es sind, und dann ergreife ich entsprechende Maßnahmen.«

Gemeinsam liefen sie in Richtung Haus, an der Tür wurde Burmeester das Du angeboten, zusammen mit einem Kurzen. »Ich heiße Willy.«

»Ich bin Nikolas. Den Kurzen muss ich ablehnen, Willy, ich bin doch im Dienst.«

Auf dem Weg zum Bahnhof dachte er darüber nach, wie problemlos dieser Coup gelaufen war. Der Mann war weder an einer Legitimation noch an einer Telefonnummer interessiert gewesen. Super, und jetzt schnell zurück nach Wesel.

Das dachte er. Die Bahnverbindung war wegen Bauarbeiten an der Betuwe-Linie gesperrt, der Schienenersatzverkehr kam in einer halben Stunde. Da könnte er längst wieder in Wesel sein, wenn ihn jemand mitnehmen würde.

Ach nein, er setzte sich auf dem Bahnhofsvorplatz auf eine Bank und beobachtete über die neue App die XXL-Garagen. Völlig illegal, weil Informationen, die durch nicht genehmigte Überwachungstechnik erlangt wurden, nicht genutzt werden durften. Burmeester war das egal, schließlich wollte er mit dieser Maßnahme erwischen, wer auch immer sich für die Spielautomaten interessierte.

Rattenüberwachung. Er schmunzelte bei dem Gedanken mit großer Zufriedenheit.

***

Im Haus Konstantin ging es geschäftig zu. Achim Schröder hatte durch seine vielfältigen Geschäftsbeziehungen einen Stamm emsiger versierter Handwerker für dieses Wochenende eingekauft, die seit dem Morgen den Parkplatz mit ihren Fahrzeugen und Anhängern besetzten, mit Material und Werkzeug zur Tat schritten. In verschiedenen Räumen bewegten sich Männer und Frauen, sägten, klebten, strichen, verlegten Bodenbeläge, bohrten Löcher für Gardinenstangen, bauten Möbel auf, rückten sie an die vorgesehenen Standorte, verrückten sie wieder, drapierten Stoffe, Glasobjekte, Klangschalen und Sitzkissen. Bis zum Abend sollte es in Gabys Haushälfte aussehen wie in einem Paradies für esoterisch lebende Menschen, die sich in Malas Hände begeben wollten. In einen Retreat, einen Rückzug zu ihrem inneren Kind.

Auch im weitläufigen Garten sorgten fleißige Hände für beschauliche Plätze, malerische Aussichten, verteilten bequeme Möbel auf lauschigen Terrassen.

Gaby und Mala standen da und hatten nichts weiter zu tun, als zu dirigieren und die Umsetzung ihrer Pläne zu bestaunen. Mala war glücklich.

»Hier ist eine unbeschreibliche Energie, dieser Ort ist wie geschaffen für innere Entspannung und Erholung. Ich bin so froh, dass du hier eingezogen bist, Gaby, und dass dein Mann es schafft, alles auf den Punkt genau zu organisieren, ist phantastisch. Du hast Glück mit so einem Goldstück an deiner Seite. Er fragt nicht, was es kostet, er erfüllt dir jeden Wunsch.«

Mit Tränchen in den Augenwinkeln betrachtete Gaby die teure Musikanlage, die sich, äußerlich bescheiden und klein, den Gegebenheiten anpasste und mit ihrem Sound die Räume flutete. »Ja, er ist ein Schatz.«

»Gaby, nur eines ist noch zu ändern.«

Gaby schaute sich um, suchte nach Punkten, die Mala kritisch betrachten könnte, fand jedoch nichts. »Was meinst du?«

Mala stellte sich eng neben ihre neue Freundin. »Ich heiße eigentlich Avida Mala, *the one who knows*. Du heißt Gaby. Erkennst du den Unterschied im Klang? Vielleicht sollten wir für dich einen angemessenen Namen suchen. Ich kann dich taufen, das ist kein Problem, ich bin zur Sannyasin geweiht, damals noch durch Bhagwan. Den Namen Mala, meiner hundertachtperligen Kette, nutze ich, um die Lehre zu leben und weiterzugeben.«

Sie stellte sich vor Gaby Schröder, berührte deren Stirn und schloss die Augen. »Ich nenne dich hiermit Ashni, die von mir Gesegnete.«

Gaby blickte auf. »Ashni Schröder? Wie soll ich das dem Don erklären?«

»Gar nicht, für ihn bleibst du Gaby, und nur in den Flyern, die wir entwickeln, bist du Ashni. Und glaube mir, dein Yogaangebot wird damit gleich etwas interessanter. Ab jetzt bist du hier Ashni und niemand sonst.«

Hinter ihrem Rücken räusperte sich jemand bewusst laut. Don Schröder stand mit verschränkten Armen hinter den

Frauen. »Was soll das? Ashni, das hört sich an wie: Arsch, nie! Gaby, du wirst dir in meinem Haus nicht die Regie aus der Hand nehmen lassen. Ich finanziere den ganzen Quatsch, weil es dir gefällt, aber irgendwo ist Schluss!«

»Aber, Schatz, sie hat doch recht. Zu der gediegenen Atmosphäre hier gehört ein passender Name, das macht viel aus.«

Sein iPhone klingelte, er nahm das Gespräch an. Mala flüsterte in Gabys Ohr, man müsse tüchtig mit Räucherwerk dafür sorgen, dass die schlechten Energien die Räume verließen. »Morgen bringe ich Thymian, Bergsalbei und Rosmarin mit. Und es ist verboten, hier zu telefonieren. Spürst du nicht, wie er die Luft verspannt?«

Gaby schien zu überlegen, nachzuspüren. Verspannte Luft?

Schröder drehte sich zu ihr um, nahm sie bei der Hand und führte sie hinaus in den Garten. »Hör mal, ich finde Yogakurse von Gaby Schröder klasse. Lass dir von der Alten nichts erzählen. Ich bin noch einmal unterwegs, da ist ein Begleiter für eine Fracht nach Dinslaken ausgefallen, ich werde einspringen.«

»Aber …«

»Kein Aber, Schatz, mein Geschäft muss weitergehen, sonst können wir deinen Palast hier bald wieder verkaufen.«

Er verließ den Gebäudeteil, nicht ohne Mala Burmeester einen wütenden Blick zuzuwerfen und kopfschüttelnd vor ihr stehen zu bleiben. Mit einer Spur Verachtung sagte er laut und deutlich in ihre Richtung: »Arsch, nie. So ein Quatsch!«

***

Burmeester saß mit geschätzt zehn weiteren Personen in einem riesigen Gelenkbus, der sich auf der B 8 im Verkehr eines schönen Spätsommertages in Richtung Wesel bewegte. Angekündigt waren noch Stopps an den Bahnhöfen von Voerde und Friedrichsfeld, er würde am Weseler Hauptbahnhof aussteigen.

Seine Chefin rief an. »Wann kannst du hier sein?«

»Mit zwei Zwischenstopps und bei dem Verkehr schätzungsweise in einer Stunde.«

»Das ist zu lange, ich brauche dich im Einsatz. Es gibt Neuigkeiten. Ich weiß, wo wir die Umweltaktivisten finden, und will da nicht alleine auftauchen. Wie weit ist es noch bis Voerde?«

»Vielleicht eine Viertelstunde.«

»Gut, ich starte gleich und hole dich dort ab.«

»Wo müssen wir denn hin?«

»Auf die andere Rheinseite zur Bislicher Insel.«

»Das musst du mir erklären. Wie bist du an diese Informationen gelangt?«

Sie erzählte von dem aufmerksamen Wachhabenden, der den Zusammenhang zwischen einer vermissten jungen Frau und der Aussage ihrer Mutter über deren Nähe zu einer Aktivistengruppe erkannt hatte.

»Da hat einer mitgedacht. Gibt es schon Namen und eine Adresse?«

»Da gibt es einen Haken. Ich habe mich in der Wohnung der jungen Frau umgesehen, spartanisch eingerichtet, Ökomöbel und eingerahmte Fotos von Walen auf hoher See. Erst dachte ich, dort sei nichts zu finden, dann habe ich zwischen ihren Büchern eine Art Tagebuch entdeckt. In Bildbänden über Schottergärten hat sie immer wieder Notizen eingefügt, Daten mit Namen und Beschreibungen, Kommentare. Warte, ich habe es mitgenommen und zitiere: ›Auch hier werden die Menschen zukünftig über die Nutzung der Erde nachdenken und erkennen, dass es keinen Honig gibt, weil Bienen an Steinen keinen Nektar finden.‹«

Karin machte sich in der Dienststelle offenbar auf den Weg, Burmeester hörte, wie sie durch das Treppenhaus lief, ihre Schritte hallten, während sie weitersprach.

»Da sind durchaus poetische Beiträge zu finden, zwischendurch wieder eingefügte Zeitungsausschnitte zu den gesetzlichen Regelungen einzelner Städte und Bundesländer in Bezug auf Schottergärten. Da gibt es Bestimmungen für Neubaugebiete bis hin zu finanziellen Beteiligungen bei der Renaturierung.«

Sie lief über den Parkplatz und startete ihren Wagen, während er in dem warmen Bus saß, der so roch, wie immer wieder oberflächlich geputzte Fahrzeuge nach Menschen und deren Gepäck riechen. Am Abzweig zum Tenderingssee gab es eine Verzögerung, da viele Fahrzeuge zum Badesee abbogen. Er lauschte seiner Chefin mit sinkender Laune.

»Mir ist vorhin bewusst geworden, wie verbreitet diese Art der Gartengestaltung geworden ist und was das für die Insektenwelt und die pflanzliche Artenvielfalt bedeutet. Diese junge Erzieherin, Lisa Döpker heißt sie übrigens, hat durch ihre Dokumentation nicht nur die Einsätze der Aktivisten kommentiert, das Buch bietet auch eine aufschlussreiche Übersicht über die übelsten Frevel an der Natur. Sie beschreibt ihre gleichgesinnten Mitstreiter sehr genau, ohne Namen zu nennen.«

Burmeesters Aufmerksamkeit kehrte zu dem Telefonat zurück, als der Bus auf dem Abbieger nach Voerde stand. »Wie, es gibt keine Namen?«

»Nein, das ist es ja. Ich habe keine Namen erfahren und auch keine genaue Adresse. Das Wichtigste ist der Hinweis auf den Turmfalken, der auf der Bislicher Insel wohnt.«

Der Kommissar richtete sich auf, schaute aus dem Fenster. In Kopfhöhe bemerkte er den Abdruck eines nicht gerade frisch gewaschenen Haarschopfes, der wohl lange an der Scheibe gelehnt hatte. Ekelhaft. »Was? Karin, sag das noch mal. Du sammelst mich ein, damit wir raus ins Grüne fahren, um einen Turmfalken zu suchen? Das ist nicht dein Ernst!«

»Es geht nicht um den Vogel, Burmeester, dort wohnt jemand, der so genannt wird. Es gibt nicht viele Häuser und Gehöfte dort, jemand wird ihn kennen. Versteh doch, wir sind kurz davor herauszukriegen, wer in der Nacht zum Donnerstag in Dinslaken tätig war und ob der- oder diejenigen mit dem Tod von Timmermann zu tun haben. Ich habe dich eingeholt und bin hinter dem Bus. Die Luft dadrinnen mag ich mir nicht vorstellen.«

Wenige Minuten später stieg Burmeester mit hochrotem Gesicht aus, lief zu Karins Wagen und stieg ein.

»So wie du aussiehst, hat dir die Busfahrt große Freude bereitet«, bemerkte sie.

»Boah ey, der Rattenfänger von Dinslaken jetzt auf dem Weg, den Turmfalken zu finden.«

»Was?«

»Wie, was?«

»Na, was heißt das, der Rattenfänger von Dinslaken?«

Er lehnte sich zurück, öffnete das Fenster, hielt die Hand in den Fahrtwind.« »Das erzähle ich dir unterwegs.«

Niemand kannte einen Mann, der Turmfalke genannt wurde, jedenfalls nicht die Leute, bei denen sie anklingelten oder die sie auf der Straße trafen. Auch im Naturforum, in dem sich eine Ausstellung zur Tierwelt in der Aue befand, wusste niemand, wer nach dem Greifvogel benannt war.

Burmeester und Karin gönnten sich einen Kaffee mit Kuchen im nebenan gelegenen Auen-Café, um ihr weiteres Vorgehen zu überdenken. Man hatte ihnen gesagt, der Falke lebe in der Streuobstwiese und sei oft zu sehen und zu hören. Das nützte ihnen wenig.

Burmeester wollte vermeiden, rechthaberisch zu klingen, es wollte ihm nicht gelingen. »Sag mal, bist du den spätpubertären Aufzeichnungen einer Idealistin aufgesessen?«

Karin blieb bei ihrer Theorie, einen Hinweis auf die Aktivisten gefunden zu haben. »Die junge Frau ist verschwunden, und sie ist zweifelsohne Mitglied dieser Gruppe. Ich hoffe, dass sie bald wieder auftaucht und uns erklären kann, was sich hinter ihren Worten verbirgt.«

Burmeesters Smartphone meldete sich, dieser Klingelton signalisierte ihm, dass der Bewegungsmelder die Aufnahme aktiviert hatte. Er starrte auf das Bild. »Hier, die Wildüberwachung funktioniert. So ein Mist, wir sind hier am Ende der Welt, und bei den Garagen tut sich was.«

Karin rückte näher. Ein Transporter stand vor dem linken Tor, der Fahrer stieg aus und noch jemand, beide nur schlecht zu erkennen.

»Sollen wir die Wache in Dinslaken darüber informieren, dass offenbar auf diesem Gelände etwas nicht mit rechten Dingen zugeht?«, fragte Karin.

Burmeester meinte, sie sollten abwarten. »Schau mal, die

haben einen Schlüssel. Und da, guck, die holen nichts da heraus, die tragen etwas hinein.«

»Das sind Spielautomaten, als wenn sie dort das Lager auffüllen. Sag mal, ist das nicht der Schröder? Kannst du das Bild vergrößern?«

Beide hingen sie im Auen-Café mit den Köpfen über dem Smartphone.

»Nein, darauf habe ich keinen Einfluss. Ich kann aber einen Screenshot machen, wenn das Gesicht erneut ins Blickfeld gerät, und dann schauen wir mal. Außerdem werden die Aufzeichnungen eine Zeit lang gespeichert und sind wieder abrufbar. Ich kenne mich noch nicht ganz mit der App aus, aber guck, die fahren wieder. Es ging nur darum, die Geräte dort abzustellen.«

Karin bestätigte die Deutung dessen, was sie gerade beobachtet hatten. »Wenn das wirklich Achim Schröder war, dann wissen wir jetzt, dass es eine Verbindung zwischen ihm und Timmermann gibt, die immer noch genutzt wird. Er hat dort ein Lager.«

»Aber Felix besitzt ebenfalls einen Schlüssel. Der Don hat den Raum nicht selbst gemietet, da gibt es bestimmt eine andere Vereinbarung.«

Karin schaute auf. »Du bist echt ein Freak. Wie bist du eigentlich so schnell an eine Wildkamera gekommen?«

»In der Stadt gibt es einen Laden für Jagdbedarf, Gewehre und so. Die hatten auch diese Kameras. Ich habe den Bon aufbewahrt.«

Sie musste lachen. »Und dem Nachbarn hast du erzählt, es ginge um die Feststellung der Rattenpopulation auf dem Gelände? Genial, einfach genial. Komm, Schluss für heute. Ich fahre morgen in der Frühe gleich wieder hierher, es ist ja nicht weit. Irgendwas muss doch dran sein an Lisas Aufzeichnungen.«

»Vielleicht ist sie ja auch morgen wieder da, hatte sich nur freigenommen, ohne der Mama Bescheid zu sagen.«

Karin kramte in ihrem Rucksack nach dem Portemonnaie. »Hoffen wir mal, dass sie bald wieder da ist. Wir müssen los, ich lade dich ein und bringe dich zurück zum Kommissariat.«

Sie fuhren über Ginderich, Werrich und Perrich zurück, der

Kommissar genoss den Blick über die weite Landschaft. »Eigentlich lasse ich mich gerne von dir durch die Welt fahren.«

***

Burmeester konnte nicht gleich nach Hause fahren, hockte unschlüssig hinter seinem Steuer. Er musste an Gero von Aha denken. Der saß ganz bestimmt nicht mit Schnupfen oder Bauchweh daheim auf dem Sofa, das war nicht seine Art. In all den Jahren war sein Kollege ein einziges Mal aus gesundheitlichen Gründen ausgefallen, nachdem ein Wahnsinniger versucht hatte, ihm mit einer Axt eine Hand abzuhacken. Mit einem Fixativ am Arm war er im Kommissariat erschienen, hatte während seiner ambulanten Rehamaßnahme stets den Kontakt zum Team gehalten. Gero von Aha konnte nicht einfach zu Hause bleiben.

Burmeester redete mit sich selbst. »Der Kerl ist nicht krank, der ist wieder mal obsessiv unterwegs. Dieses Mal nicht wegen einer Frau, garantiert sitzt der mit glasigen Augen in der Spielhalle und füttert einen Automaten.«

Er musste hinfahren, mit ihm reden, Gero von Aha retten.

Aber erst mal rief er seine Yasemin an. »Ich kann noch nicht Feierabend machen, ich muss noch einen Auftrag in Hamminkeln erledigen. ... Was? Nee, das meinst du nicht wirklich. Echt?« Auf YouTube gab es ein Video von seiner Entfesselung in Dinslaken. »So ein Mist, das werde ich nie wieder los. Darf man das überhaupt hochladen, ohne meine Zustimmung? ... Ich werde mich darum kümmern, wenn dieser Fall gelöst ist.«

Auf dem Weg nach Hamminkeln kamen ihm Zweifel an seiner Aktion. Was, wenn er von Aha wirklich dort antraf? Würde er dessen verdeckten Status gefährden? Blödsinn, er würde ihn wie einen alten Kumpel begrüßen, den man zufällig trifft. Vorsorglich wählte er noch einmal dessen Nummer, bevor er seinen Wagen startete. Nichts, das Smartphone war nicht im Netz, das war kein gutes Zeichen.

Die Sonne ging langsam unter, die Fahrt in der Dämmerung mit dem malerischen Himmel im Westen nahm Burmeester nicht wahr, in wenigen Minuten war er vor Ort. Er musste die Halle gar nicht betreten, sondern fand seinen Kollegen an einen Baum gelehnt auf dem Parkplatz davor, er rauchte mit gierigen Zügen eine Zigarette, schien nicht einmal erstaunt darüber, ein bekanntes Gesicht zu sehen.

»Mensch, Gero, was machst du? Und seit wann rauchst du?«

Von Aha schaute zu ihm auf, weder seine Mimik noch seine Körperhaltung änderten sich, nichts an ihm verriet, was er davon hielt, dass Burmeester hier auftauchte.

»Ich ermittle hier. Undercover, weißt du doch. Und jetzt bleibe ganz genau hier stehen, das ist ein toter Winkel für die Überwachungskamera, das habe ich herausgefunden, für den Fall, dass ich schnell telefonieren muss. Verschwinde besser, bevor uns jemand sieht, der dich erkennt. Ich spiele mich hier um Kopf und Kragen, weil ich Einblick in den Inner Circle erlangen will, und du bist die regionale Witzfigur von YouTube, der Bulle, der sich selber ans Lenkrad fesselt.«

»Ist ja gut, ich bleibe trotzdem. Gero, wieso hast du dich krankgemeldet?«

»Na, weil die Chefin heute mit mir nach Dinslaken fahren wollte. Sie hätte mich im Auto zugequatscht, und ich hätte in der Zeit hier meine Position verloren, verstehst du? Wer einmal so richtig spielt, der muss immer wieder da sein.«

Burmeester wollte einen Schritt zur Seite machen, von Aha hielt ihn schroff zurück. »Stopp, bewege dich nur aus dem Schatten dieses Baumstammes heraus, wenn du einsteigen und fahren willst.«

Nebenbei ließ er die Zigarette vor seine Füße fallen und trat die Glut hastig aus. »Ich rate dir, schnell wieder zu verschwinden. Lass mich hier meinen Job machen.«

Burmeester sah ihn entsetzt an, solche Töne waren nicht üblich unter ihnen, er trat noch einen Schritt auf seinen Kollegen zu. »Wie viel Geld hast du schon hiergelassen?«

»Hör auf, was soll das! Ich bin dir keine Rechenschaft schuldig.«

»Wie viel?«

»Scheiße, ja, zu viel. Aber dafür weiß ich inzwischen, wie das hier läuft. Die tauschen ständig eine gewisse Anzahl von Automaten aus. Es dauert angeblich lange, bis die überprüft werden, bis dahin werden wieder neue hier installiert.«

Burmeester rief die Galerie auf seinem Smartphone auf und zeigte von Aha den Screenshot von den Aufnahmen der Wildkamera. »Und ich weiß, wo die Automaten hingebracht werden und wer daran beteiligt ist.«

Von Aha starrte auf das kleine Bild, erkannte Don Schröder, schaute seinen Kollegen an. »Wo ist das, und wie bist du an das Foto gekommen? Der Don lässt sich doch niemals irgendwo filmen, der hat einen Parkplatz nebenan beim Club, kommt und geht durch die Hintertür.«

Burmeester erklärte seinen Coup mit der Wildkamera und wo diese Ladung Automaten abgeladen wurde.

»Mensch, ich sitze hier und halte Augen und Ohren offen, und du gehst mal eben so ein Teil kaufen, hast bestimmt sogar den Bon für die Spesenabrechnung in der Tasche. Du hast das Bild und kriegst die Kohle ersetzt. Irgendwas läuft für mich gerade mal völlig daneben.«

Jetzt geriet Burmeesters Laune an den Siedepunkt. »Du tust dir nicht gerade selber leid, oder? Alter, brich das Ganze ab und fahr nach Hause. Dein Job hier ist gemacht, wir kennen die Zusammenhänge zwischen dieser Halle und dem Lager in Dinslaken, wir kriegen Don Schröder anders zu fassen.«

Von Aha zündete sich eine weitere Zigarette an, inhalierte hastig, antwortete kleinlaut. »Ich kann nicht nach Hause. Marlene hat mich vor die Tür gesetzt, inzwischen wird sie meine Sachen in ihre Garage geräumt haben. Ich soll ins Hotel ziehen.«

»Was ist passiert?«

»Ich habe mit ihrer Karte Geld von ihrem Konto abgehoben. Meine Karte ist eingezogen worden.«

Burmeester spürte den Impuls, den Kollegen links und rechts zu ohrfeigen, krampfte seine Hände zu Fäusten. »Du Idiot!«

Von Aha warf die Fluppe weit von sich auf die Fahrbahn. »Ja, verdammt, es läuft nicht gut.«

Burmeester schrieb eine Nachricht in sein Smartphone. »So, ich habe Yasemin geschrieben, dass ich dich gleich zum Übernachten mitbringe. Und morgen musst du deine Angelegenheiten klären, hörst du? Mit Karin, mit Marlene und vor allem mit dir selber. Los, komm, fahr hinter mir her.«

Mit hängendem Kopf und ohne Widerspruch stieg er ein, Burmeester sah ihn im Rückspiegel. Tiefer konnte von Aha nicht sinken. Das Einzige, was noch geschehen konnte, wäre ein Rausschmiss aus dem Kommissariat.

Wenn das mal gut ging.

***

Oscar und Django waren wieder auf dem Weg zu ihrem Schlupfloch im Zaun, als das kleine Auto zu lodern begann. Oscar hatte das komplette Paket Grillanzünder verbraucht, die Würfel einzeln angesteckt und in den Wagen geworfen. Im Nu hatte das Feuer alles angefressen, was im Wageninneren brennbar war. Django mochte sich nicht umdrehen, der Gedanke, dass dort eine Leiche in Flammen aufging, behagte ihm nicht.

Zurück auf der Straße drehte sich Oscar noch einmal um. »Mensch, den Feuerschein kannste bis hier sehen, komm inne Hufe, wir beeilen uns. Et is besser, im Bahnhof zu warten, bevor hier die Feuerwehr und die Bullerei mit Geheule und Blaulicht vorbeirasen.«

In der Bahnhofshalle angekommen, hörten sie den Großeinsatz, der auf dem Weg war, Django schwitzte. Oscar wollte ihn beruhigen, zog die Fahrkarten aus seinem Rucksack.

»Da, guck, in drei Stunden sitzen wir im ICE 921 nach München. Wir müssen nur in Köln umsteigen, und um neun sind wir inne Hauptstadt vom Weißbier. Da ist schon Oktoberfest, und in dieset Jahr mit uns. Und jetz gehen wir erst mal zu McDoof und fressen uns durche Karte.«

Während die beiden mehrmals abwechselnd zur Theke gingen, um sich noch einen Big Mac zu bestellen, blieben sie nicht unentdeckt. Von außen beobachteten einige andere Obdachlose im Vorbeigehen, wie Oscar und Django sich, sauber eingekleidet, mit neuen Gepäckstücken neben sich, in bester Laune auf der Bank nebeneinanderhockend, den Bauch vollschlugen. Erst als sie das Schnellrestaurant wieder verließen, kam ein Alter auf sie zu.

»Bei euch is was los, Feuerwehr und Polizei, alle sind da. Aber so wie ihr ausseht, wollt ihr nich zurück in die Brache, oder?«

Django meinte, er könne ihren Platz haben, und verriet ihm den geheimen Eingang. »Und wenne nich wills, dat die ganze Platte da pennt, dann passte gut auf, dat keiner dir hinterherläuft.«

»Und ihr? Geerbt?«

»Kannse so nennen, aber behalt et für dich.« Oscar fischte einen Zwanziger aus seiner Hosentasche und drückte ihm den Geldschein in die Hand. »Damitte auch ma wieder satt wirs.«

Django zog seinen Kumpel vorwärts. »Wir müssen.«

Zwei Gleisaufgänge weiter zischte er ihm ins Ohr. »Du kanns doch hier nich die Kohle verschenken, die nehmen uns auffem Bahnsteig aussenander, wir haben noch eine Stunde, bis der Zug kommt.«

Oscar sah das alles nicht so tragisch. »Dann passen wir eben auf uns auf. Komm, wir holen noch 'ne Dose Bier, is so trocken, die Luft hier.«

VIER

Sonntag, der 17. September, sieben Uhr drei, Xanten, Ortsteil Lüttingen, Fischerstraße, Blick aus der ersten Etage auf den Südsee

Völlig irritiert hatte Hauptkommissarin Karin Krafft den Anruf in der frühen Morgenstunde angenommen. Ein Kollege aus Duisburg, Hauptkommissar Römer, berichtete von einem makabren Fund auf einer unzugänglichen Industriebrache.

»Gegen Mitternacht ist die Leitstelle der Feuerwehr über Feuerschein auf der Brache informiert worden. Die Zufahrt war vorschriftsmäßig mit einem vernickelten Stahltor verschlossen und mit Ketten gesichert. Die Besatzung hat wichtige Minuten gebraucht, um auf das Gelände zu gelangen, und fand einen lichterloh brennenden Smart. Da es ein E-Wagen ist, hatte die Besatzung lange zu tun. Die haben aber zum Löschen von E-Fahrzeugen ausgebildete Leute im Einsatz. Noch in der Nacht sind wir hinzugerufen worden, denn die Reste der Kennzeichen stammten aus dem Kreis Wesel und sind dem Wagen einer Frau zuzuordnen, die am Vortag bei Ihnen als vermisste Person gemeldet wurde.«

»Oh nein, Lisa Döpkers Auto?«

»Genau.«

»Und sie selber?«

»Das ist noch ungeklärt. In dem Wagen ist eine Person verbrannt. Da die Hitzeentwicklung aufgrund der integrierten Batterien sehr hoch war, können Sie sich vorstellen, dass die Identifikation nicht einfach ist, unsere Fachleute müssen warten, bis die verkohlten Überreste abgekühlt sind.«

Karin war inzwischen aufgestanden und in die Küche gegangen, setzte die Kaffeemaschine in Gang. »Lässt sich schon etwas zur Brandursache sagen?«

»Wir gehen davon aus, dass der Wagen mit Grillanzündern in Brand gesetzt wurde.«

»Das kann jetzt schon so genau bestimmt werden?«

»Ja, aber nicht aufgrund der Untersuchungen, sondern weil ein leeres Paket in der Nähe gefunden wurde.«

»Gibt es Zeugen?«

»Tja, also ...« Da brauchte der Kollege, der die Fakten so präzise geschildert hatte, plötzlich eine Pause. Er räusperte sich und nahm einen neuen Anlauf.

»Die Frage kann ich noch nicht beantworten. Ich weiß nur, dass in der Ausnüchterungszelle zwei Männer, die uns aus der Obdachlosenszene bekannt sind, ihren tiefen Rausch ausschlafen. Die zwei sind in der Nacht in Bahnhofnähe dadurch aufgefallen, dass sie Lokalrunden bezahlt haben. Zu fortgeschrittener Stunde legte der Ältere eine EC-Karte auf den Tresen und wollte damit bezahlen. Da die Karte einen Frauennamen trug, hat der Wirt auf der Wache angerufen.«

»Nein, Sie erzählen mir jetzt nicht, dass es sich um die Karte von Lisa Döpker handelt, oder?«

»Leider doch. Wir werden aber erst morgen überprüfen können, ob die sich an dem Konto bedient haben. Es ist jedoch davon auszugehen, da sie neu eingekleidet und mit praktischen Rucksäcken ausgestattet sind. Ferner befanden sich zwei Fahrkarten nach München in ihrem Gepäck, erste Klasse, ICE, mit reservierten Plätzen. Es war ein Nachtzug, den sie verpasst haben.«

»Gut so, sonst müssten wir sie auf dem Oktoberfest einsammeln.«

»Wir verstehen nicht, was da geschehen ist. Die beiden Männer gelangen regelmäßig mal in eine Überprüfung oder hier in die Ausnüchterung, daher kennen wir sie. Das sind im Grunde zwei gutmütige Kerle, die nie strafrechtlich in Erscheinung getreten sind. Keine Anzeige wegen Schwarzfahren, keine Klopperei, mal ein kleiner Ladendiebstahl, weshalb wir auch die Fingerabdrücke von Oscar gespeichert haben. Die haben außer gelegentlichen Saufgelagen oder Ruhestörungen nichts in unseren Unterlagen stehen und leben seit Jahren in der Stadt. Ich bin gespannt, was sie uns erzählen. Wir können uns aber erst am Vormittag mit den Kerlen unterhalten, ich dachte mir, dass Sie vielleicht dazukommen möchten.«

Karin schaute auf die Uhr, sieben Uhr dreiundzwanzig. »Gegen zehn Uhr?«

»Um die Uhrzeit müssten die beiden wieder denken können. Bis dann.«

Karin Krafft hatte Burmeester auf den Stand gebracht und darüber informiert, dass sie nun auf dem Weg nach Duisburg war. Burmeester wirkte irgendwie anders, sie hatte den Eindruck, er wolle ihr etwas erzählen. Auf die Nachfrage, was denn los sei, antwortete er nur lapidar, nichts, ihm fehlten Schlaf und ein freier Tag.

»Setz dich auf dein Rennrad und fahr zur Bislicher Insel, die Tour entlang den Wiesen und Weiden hat dir gestern so gut gefallen. Klopfe noch einmal an die Türen, ich glaube nicht, dass Lisa sich die Dinge ausgedacht hat. Der sogenannte Turmfalke muss doch zu finden sein. Wir treffen uns gegen Mittag im Café am Naturforum. Wenn ich aus dem Pott komme, brauche ich ein Stück ländliche Idylle.«

***

Sie wurde bereits erwartet, Hauptkommissar Römer führte sie zu dem Vernehmungszimmer. Davor, an die Wand gelehnt, standen zwei praktische Rucksäcke der Marke Wolfskin, robust, höhenverstellbar, neue Schlafsäcke an der Vorderseite untergeschnallt.

»Das ist ihr Gepäck? Sie sprachen von Obdachlosen, nicht von Wanderern. Sieht aus wie frisch aus dem Outdoorladen.«

»Ja, und in jeder Innentasche befindet sich noch eine Geldreserve, zusammen mit dem Geld aus den Hosentaschen trägt jeder noch einmal ungefähr tausend Euro mit sich herum. Der Ältere, Oscar, hat wahrscheinlich nur deshalb die EC-Karte auf den Tresen gelegt, weil er nicht vor allen anderen in seinem Rucksack kramen wollte. Dass das verbrannte Auto und die Karte im Zusammenhang zu sehen sind, ist uns erst nach der Halterabfrage bewusst geworden.«

Karin sah die Männer durch die Spiegelglasscheibe, sie saßen mit Kaffeebechern in den Händen stumm nebeneinander, unrasiert, mit strubbeligem Haar, Hosen und Shirts wie nach einer durchzechten Nacht, nicht mehr ganz dem durchschnittlichen Bekleidungsanspruch entsprechend.

Römer stellte sie vor. »Links, der Ältere, ist Oscar, der andere wird Django genannt, wir bleiben bei den Vornamen, da beide keine gültigen Ausweispapiere haben. Die nennen auch ihre Nachnamen, so sind sie ja auch bei der Tafel registriert und in der Unterkunft. Die Namen passen aber seit Jahren in keine aktuelle Melde- oder Suchdatei.«

»So kriegt man doch weder Unterstützung, geschweige denn ein Konto, Wohnung oder gar Arbeit. Was sagen die beiden dazu?«

»Es ist ihnen egal, sie leben auf der Straße und werden dort auch sterben.«

Karin wusste, dass es viele gab, die ähnlich dachten und nicht mehr in ein geordnetes Leben zurückfinden würden. Sie schaute ihren Kollegen an. »Dann mal los, Römer und Krafft verhören Oscar und Django.«

Römer fragte sie, was passiert war. »Wie kam das Auto auf das Gelände, habt ihr Schlüssel, um das Tor zu öffnen?«

Oscar erzählte ausführlich, dass sie in der Nacht zu Samstag wach wurden, weil zwei Autos auf das Gelände fuhren. »Drei Männer, einer stellte dat rosa Auto ab, wir haben allet ganz genau gesehen von oben. Im Scheinwerferlicht von dem anderen Auto haben die erst geredet, und dann is einer um dat kleine Auto und hat wat Brennendes auf die Reifen gelegt. Die drei sind mit dem anderen Auto weg.«

»Habt ihr das Kennzeichen erkannt?«

»Nee, war zu dunkel.«

»Die Marke?«

»Hat mich noch nie interessiert, weiß ich nich.«

»Was ist dann passiert?«, erkundigte sich Karin.

Django meinte, sie hätten gesehen, dass es auf den Reifen brannte, das konnten sie nicht zulassen, sonst wäre jemand darauf aufmerksam geworden, und sie hätten ihre geheime Bleibe aufgeben müssen.

»Wie seid ihr denn überhaupt auf das Gelände gekommen?«

»Geheimer Zugang vonne Rückseite, im Zickzack durch et Gebüsch, Zaunelement zu zweit gespreizt und wieder dicht gemacht. Daher war dat eine sichere Bleibe.«

»Ihr seid also runter zu dem Auto. Aber es brannte erst in der Nacht zu heute.«

Oscar lehnte sich zurück und erklärte, sie hätten es zunächst gelöscht. Mit Bier und Wasser. »Mit Draht die brennenden Klötzkes runtergeschoben. Und den letzten Reifen hab ich ausgepinkelt. Und als nix mehr brannte, hab ich die Tür geöffnet. Licht ging an, und da glotzt uns eine Frau an. Nee, wir haben sie angeglotzt, die war nämmich tot.«

Römer und Karin Krafft schauten Oscar an, Römer hakte nach. »Da bist du sicher?«

»Na klar, die war schon tot. Die Männer wollten se auf dem Gelände verschwinden lassen. Und wir haben et verhindert.«

»Und wieso ist der Wagen heute Nacht abgebrannt?«

Sie gestanden abwechselnd, dass sie Geld und Karte aus dem Rucksack der Frau genommen hätten. »Mit de Karte haben wir noch ma Geld nachgeholt. Und dann eingekauft.«

»Und wichtig waren neue Grillanzünder. Weil doch der Oscar mit seinen Fingern überall am Auto dran war und die schon hier bekannt sind.«

Oscar ließ den leeren Kaffeebecher über den Tisch rollen. »Wir haben die Karte genommen, ja, und Geld geholt und eingekauft. Und dann wollten wir einmal im Leben mitten Nachtzug fahren.«

Django ergänzte grinsend: »Nach München, auffet Oktoberfest, da –«

Oscar unterbrach ihn. »Und dann haben wir nix anderes gemacht als die drei Kerle inne Nacht zuvor. Wir haben den Wagen in Brand gesetzt und uns dann flott vonne Brache gebracht.«

Django nickte eifrig. »Genau, so war et. Mit der Toten haben wir nix zu tun.«

Römer schlug mit der Hand auf den Tisch, der umgedrehte Becher hopste auf den Boden, der Hauptkommissar wurde laut. »Ihr habt eine Leiche verbrannt und damit alle Spuren, die uns die Geschichte ihres Todes erzählt hätten. Wie kann man nur so blöd sein? Wisst ihr, wie alt sie war? Blutjung, fünfundzwanzig Jahre, eine junge Frau. Könnt ihr die Männer wenigstens beschreiben?«

Die beiden nickten synchron.

»War ja hell im Scheinwerferlicht.«

Karins Smartphone meldete den Eingang einer Nachricht. Sie holte es hervor. Burmeester hatte ihr ein Foto geschickt. Untertitel: »Das ist Arthur Barneby Krause, der Turmfalke. Ich warte mit ihm zusammen im Café auf dich.«

Sie schrieb zurück, sie müsse erst zu der Mutter der Vermissten, um ihr zu sagen, dass man das Auto ihrer Tochter ausgebrannt gefunden hatte, darin eine Leiche.

Burmeester: »Steht fest, dass sie es ist?«

Karin: »Nur durch DNA-Abgleich zu ermitteln. Aber die Wahrscheinlichkeit ist groß. Bis nachher, ich beeile mich.«

Sie legte das Smartphone auf den Tisch, das Foto des Turmfalken noch sichtbar. Römer ließ die beiden Männer abführen. Das reichte dieses Mal für einen längeren Aufenthalt in Gewahrsam. Beim mühseligen Aufstehen erblickte Oscar das Foto auf dem Smartphone, bückte sich, um es näher zu betrachten.

Karin bemerkte ihren Fehler, doch gerade als sie das Display ausschalten wollte, rief Oscar: »Dat isser, dat is einer von denen. Django, guck mal.«

Auch Django beugte sich vor, nickte. »Dat ging aber schnell, Frau Kommissarin, dat Se den schon haben.«

Karin starrte überrascht auf ihr Smartphone. »Und das ist sicher? Das ist einer von den Männern, die in der Nacht zum Samstag versucht haben, das Auto auf der Brache in Brand zu setzen?«

Beide gaben sich überzeugt. Das sei einer von denen gewesen, und die anderen beiden würden sie auch wiedererkennen.

Auf dem Flur rief sie Burmeester an. »Hol eine Streife, die Krause mitnimmt, ich will ihn gleich im Kommissariat sehen.«

»Wieso?«

»Es gibt hier neue Erkenntnisse. Das erzähle ich dir nachher.«

***

Zu zweit in die Vernehmung zu gehen war eine der Absprachen, die Karin mit Burmeester traf. Er hatte dem Mann, den Lisa als »Turmfalken« bezeichnet hatte, nichts von den Ergebnissen erzählt, die die Hauptkommissarin aus Duisburg mitgebracht hatte.

»Wir lassen ihn erzählen, was ihm der Name Lisa Döpker sagt, wo er Freitagnacht gewesen ist, wer noch zu der Gruppe gehört. Zu den anderen gibt es keine Informationen in Lisas Aufzeichnungen, hoffentlich ist er kooperativ. Kannst du dir ein mögliches Motiv vorstellen, weshalb sie Lisa – ich weiß nicht, wie ich es nennen soll – in der Brache entsorgen wollten?«

Burmeester schien nicht bei der Sache zu sein. »Was, wie, entschuldige, ich habe einen Moment nicht zugehört, kannst du das wiederholen?«

Karin gab sich erbost, was war los in ihrem Team? »Ja, klar, ich kann das Rezept für Apfelringe im Blätterteig wiederholen, über das ich gerade sprach.«

Er schaute sie mit großen Augen an. »Ich habe einen Augenblick lang nicht aufgepasst, Karin, bitte vergiss nicht, dass du mich aus meinem freien Wochenende geholt hast. Wenn wir das hier gut hinkriegen wollen, musst du ein wenig Nachsicht mit mir haben.«

Karin schwieg, Geduld war nicht ihre Stärke.

»Sorry, ich bin noch bei meinem Besuch bei Frau Döpker. Die schien zunächst ganz gefasst, hat sich aber, als ich ging, dem Notfallseelsorger zugewandt, den ich angefordert hatte. Sie hatte sich gedacht, dass ihrer Tochter etwas Schlimmes passiert ist. Mütter spüren das, sagte sie. Ich habe so lange nicht an Moritz gedacht, fiel mir auf der Fahrt hierher ein. Wie es meinem Großen wohl geht? Und dann hörst du mir nicht einmal zu. Erzähle mir, was dich gerade beschäftigt, damit wir konzentriert in die Vernehmung gehen.«

Er berichtete von seinem Treffen mit von Aha und dass er ihn zum Übernachten mit nach Hause genommen hatte. »Heute Morgen war er einfach verschwunden. Und in meinem Portemonnaie fehlt ein Fünfziger.«

»Bist du sicher?«

»Versteh bitte, dass ich an mir und an ihm zweifle. Du kennst das vielleicht, dass du nicht glauben willst, dass dich jemand betrogen oder beklaut hat. Der Fuffi ist weg, vielleicht habe ich ihn auch gestern beim Kauf der Wildkamera gewechselt. Der Verdacht bleibt, und Gero ist nicht erreichbar. So, nun kennst du meine krausen Gedanken, ich regle das selber, mische dich da nicht ein.«

Karin willigte ein. »Ich werde abwarten, ob er am Montag eine Krankmeldung nachreicht. Und dann müssen wir weiterschauen. Der ist voll in einer Spielsucht gelandet. Wie schnell das geht, ist erstaunlich.«

Sie schaute Burmeester kritisch an. »Was meinst du, Kollege mit den krausen Gedanken, kriegen wir das Verhör mit Krause hin?«

Burmeester war da zuversichtlich. Langsam erzählen lassen, kein Täterwissen verraten. »Alles steht auf Anfang.«

Er streckte ihr eine Hand entgegen, sie klatschte ab, beide standen auf und betraten den Vernehmungsraum, Karin stellte sich vor und startete die videoüberwachte Aufnahme.

»Sie heißen?«

»Arthur Barneby Krause.«

»Wo wohnen Sie?«

Er zögerte sekundenlang, schaute zu Burmeester, der den Weg durch die Streuobstwiese zu seinem winzigen Haus gefunden hatte. »Ich lebe bei einem Freund auf dem Bauernhof beziehungsweise auf seinem Grund und Boden in einem Tiny House im Obstbongert.«

Karin fuhr fort. »Wieso nennt man Sie Turmfalke?«

Es schien ihn zu amüsieren, er lächelte. »Nennt man mich so? Ich weiß es nicht. Oder doch, es lebt ein Turmfalkenpaar in jener Wiese, ich sehe einen von beiden häufig und höre sie, wenn sie sich rufen. Wer nennt mich so?«

»Dazu komme ich später. Herr Krause, Sie sind Mitglied einer Aktivistengruppe, die gegen Schottergärten vorgeht, indem sie nachts weiße Farbe über die Steine schüttet.«

Sie sah es in seinen Augen aufblitzen, er schaute abwechselnd von ihr zu Burmeester, blieb stumm.

»Sollen wir erst Spuren der Farbe in Ihrem Häuschen finden? Kein Problem, unsere Leute sind schon dabei, es wird bestimmt nicht lange dauern.«

»Ich … wieso? Was heißt das, Ihre Leute sind dabei?«

»Ich habe die Spurensicherung hingeschickt, die nehmen Ihr Tiny House gerade auseinander. Es ist ja zum Glück sehr überschaubar, wir warten auf erste Ergebnisse. Und? Reden wir jetzt über die Aktivistengruppe? Wer gehört alles dazu?«

Der Turmfalke sank erst in sich zusammen, richtete sich dann wieder auf, blieb ruhig und gelassen. »Ich werde hier nichts sagen. Das müssen Sie schon selber herauskriegen.«

Burmeester schaute Karin an, deren Geste deutete er als »Abwarten«.

»Herr Krause, Sie besitzen keinen Wagen, das haben wir überprüft. Haben Sie sich in der Nacht zu Samstag ein Fahrzeug ausgeliehen?«

»Ich? Nein.«

»Aber Sie besitzen einen Schlüssel zu einer Industriebrache in Duisburg-Wanheimerort, oder?«

Das schien ihn zu irritieren. Alles an ihm geriet in Anspannung. »Wie kommen Sie darauf?«

Die Hauptkommissarin wurde streng. »Ich stelle hier die Fragen und erwarte von Ihnen Antworten. Haben Sie einen Schlüssel zu dem Tor, ja oder nein?«

»Ich sage hier nichts mehr.«

»Wir haben Zeit. Die Ermittlungen laufen. Bis die Ergebnisse vorliegen, bleiben Sie auf jeden Fall hier in Gewahrsam.«

»Warum? Weil ich in einer Streuobstwiese wohne? Das ist doch lächerlich.«

Karin schaute ihn zermürbende Sekunden lang an. »Sie stehen unter Verdacht, an zwei Todesfällen beteiligt zu sein. Es geht um den gewaltsamen Tod von Thorwald Timmermann in der Nacht zum 14. September.«

»Das ist doch lächerlich. Wer ist das?«

»Ich bin noch nicht fertig. Und es geht weiter um den Tod von Lisa Döpker, vermutlich am Freitag, dem 15. September, in der Zeit bis nach Mitternacht.«

»Aber ich …«

Karin ließ nicht locker, jetzt tischte sie ihm den Trumpf auf. Sie stand auf und lief einige Schritte hin und her, blieb ihm gegenüber stehen und stützte die Hände auf die Tischplatte. »Sie sind gesehen worden, ein Zeuge hat Sie eindeutig erkannt, als Sie versuchten, Lisas Fahrzeug mutwillig in Brand zu setzen.«

Jetzt schaute er verblüfft und sank in sich zusammen, verbarg sein Gesicht in beiden Händen.

Burmeester schlug ihm vor, einen Anwalt hinzuzuholen. Krause schüttelte den Kopf. »Nein. Ich brauche niemanden. Ich habe nichts mit dem Tod dieser beiden Menschen zu tun.«

Karin nahm ihr Smartphone zur Hand und rief den Kollegen an, der auf der Bislicher Insel offensichtlich noch immer nach Spuren suchte. »Hauptkommissarin Krafft hier, haben Sie Neuigkeiten für mich?«

»Ich habe schon von meinem Chef gehört, dass Sie ungeduldig sind. Geben Sie mir Zeit bis morgen, ich muss doch alles erst mal auswerten.«

»Was müssen Sie auswerten?«

»Fingerabdrücke von mindestens vier Personen und einen großen Blutfleck auf der Treppenstufe vor dem Haus.«

»Wie groß?«

»Sehr groß.«

»Danke.«

Sie beendete das Gespräch und wandte sich an Burmeester, zeigte auf Krause. »Es gibt eine Reihe von interessanten Spuren in seinem Haus. Fingerabdrücke von mindestens vier Personen. Ob Lisa Döpkers dabei sind, lässt sich leicht abgleichen mit denen aus ihrer Wohnung. Aber es wird noch besser.«

Burmeester schaute sie an, beide ignorierten den zum Bersten angespannten Krause. »Erzähl, was haben sie noch gefunden?«

»Blut, Kollege, sie haben eine Menge Blut nachweisen können auf der Treppenstufe vor dem Haus. Der Spurensicherer sprach von ›viel Blut‹. Weißt du, was das heißt?«

»Ja, klar. Lisa ist in der Streuobstwiese umgebracht worden, und in der gleichen Nacht hat dieser Herr Krause versucht, ihre Leiche samt Wagen zu beseitigen.«

Jetzt hielt es Krause nicht mehr auf seinem Sitz, er stand ungelenk auf, der Stuhl polterte hinter ihm auf den Boden. »Ich, nein, ich habe sie nicht umgebracht. Das war ein Unfall, ein dämliches Unglück.«

Die Hauptkommissarin schaute ihn an, er schwitzte, rieb sich den Mund, als könnte er wegwischen, was er gerade gesagt hatte. Karin sprach weiter, leise. »Setzen Sie sich wieder hin.«

Sie schaute Burmeester an. »Besorgst du uns ein Glas Wasser? Herr Krause sieht aus, als könnte er eins gebrauchen.«

Sie wartete, bis er mit drei Bechern wieder den Raum betrat. Krause trank hastig.

»Und jetzt erzählen Sie uns, was da passiert ist und wer die beiden Männer sind, die mit Ihnen zur Brache nach Duisburg gefahren sind.«

***

Es dauerte bis in die Nacht hinein. Justin Zapatka, genannt »Fliege«, und Kurt Kremer, genannt »der Kurt«, redeten wie Wasserfälle, gaben die Aktion in Wanheimerort zu, distanzierten sich jedoch von Timmermanns Tötung und ebenso vom Tod der jungen Frau. Sie waren sich einig, als eingeteiltes Duo in Dinslaken Farbe verteilt zu haben, auch auf dem Grundstück an der Agnesstraße und somit leider über dem Toten, den sie vorher nicht bemerkt hatten.

Fliege versuchte zu argumentieren, ihm standen Schweißtropfen auf der Stirn, seine Hände zitterten. »Mal ehrlich, Frau Kommissarin, Sie rechnen doch nicht damit, dass jemand tot in seinem Vorgarten liegt, wenn Sie abends mit dem Hund noch eine Runde machen. Seit der Sache traue ich mich nachts nicht mehr alleine vor die Tür. Die letzten Tage waren der Horror für mich. Ey, ich bin Friedens- und Klimaaktivist.«

Es wäre ein Schock für beide gewesen, ihn zu entdecken, und ihnen sei nichts anderes eingefallen, als schnell abzuhauen. »Ab ins Auto, langsam anfahren, bloß nicht auffallen«, sagte der Kurt.

Fliege fuhr fort. »Und dann die Lisa. Ich hätte schreien können, als ich sie bei der Hütte liegen sah, der Arthur war ganz blass, als würde er gleich umfallen, wir standen fassungslos vor ihr. Wir haben gleich gewusst, dass sie nicht mehr lebte, und waren starr vor Schock. Echt, erst der Mann in Dinslaken, und dann liegt Lisa zu unseren Füßen. Das waren die ersten Toten, die ich je in meinem Leben gesehen habe. Mehr schlechtes Karma geht nicht, dachte ich. Und dann kam der Kurt mit der Idee, sie wegzuschaffen in diese Industriebrache nach Duisburg. Er selber hat den Wagen gefahren, Arthur und ich sind mit seinem hinterher, Blut und Wasser haben wir geschwitzt, eine Polizeikontrolle hätte alles auffliegen lassen.«

Er unterbrach seine Ausführungen, die einer Lebensbeichte glichen, er musste sich jetzt und hier alles von der Seele reden, damit ihm wieder leichter wurde.

»Am schlimmsten war die Idee, dieses Auto auch noch anzuzünden. Da saß doch unsere Lisa drin. Es war schwer genug gewesen, sie auf den Beifahrersitz zu bugsieren, versuchen Sie das mal mit einem leblosen Körper, da mussten wir gemeinsam asten. Und das im Dunkeln, da auf dem platten Land, damit niemand Verdacht schöpft.«

Er bat um Wasser, schüttelte den Kopf, selbst seine Stimme bekam ein zittriges Timbre, als er fortfuhr. »Der Kurt hatte Grillanzünder im Wagen. ›Die legen wir brennend auf die Reifen‹, sagte er, ›und wenn wir wieder weg sind, wird es der Karosserie langsam heiß.‹ Ich konnte das nicht, konnte mir das nicht einmal vorstellen, wie unsere Lisa … In dem Auto …«

Wie er auf die Idee mit der Brache gekommen sei, wollte Karin noch von Kurt Kremer wissen.

»Da leben viele unterschiedliche Wildvogelarten, die ich einmal im Monat dokumentiere. Mir ist nie jemand begegnet, das Tor ist durch den Stacheldrahtaufsatz nicht zu überwinden, und ich habe die Schlüssel von dem Verwalter. Die Brache ist vorbildlich eingezäunt, man will sich nichts nachsagen lassen und hofft immer noch, einen Investor zu finden, der alles übernimmt. Wären mir Spuren von Menschen, Vandalismus oder wilder Müll aufgefallen, hätte ich es melden müssen. Damit der Boden wieder genutzt werden kann, muss die Fläche komplett und tief abgetragen werden, die Kosten bindet sich niemand ans Bein in der heutigen Zeit. Also schirmt man das Gelände ab und überlässt es der Natur. Ich hoffe, die Vogelwelt erholt sich von der Aktion und dem ganzen Einsatz.«

»So ein scheinheiliger Naturschützer«, sagte Karin später zu Burmeester, »zählt die Vögel auf dem Gelände, zündet dann vor Ort einen Wagen mit einer toten Frau an und denkt dabei doch letztlich wieder an die arme Vogelwelt.«

Staatsanwalt Nilsson wurde noch am Abend informiert und ließ sich auf den neuesten Stand bringen.

»Ob die Frau wirklich bei einem Sturz ums Leben kam, muss die Gerichtsmedizin, soweit das noch möglich ist, klären. Und die beiden Farbverschütter geben sich gegenseitig ein Alibi?«, fragte er.

»Es klingt glaubhaft. Morgen knöpfen wir uns alle noch einmal vor, mal schauen, ob es Abweichungen in ihren Schilderungen gibt.«

»Gut, ich ordne Untersuchungshaft an, morgen wird die Prüfung sein.«

Nilsson erhob sich zu voller Größe – Karin fand es immer wieder imposant, wie lang ein Mensch sein kann. »Toller Einsatz, ich gratuliere den werktätigen zwei Fünfteln des K1-Teams zu diesem Erfolg. Und jetzt macht mal Feierabend. Die Protokolle könnt ihr auch noch morgen schreiben, ist ja alles auf Band gespeichert«, verabschiedete er sich.

Als er fort war, raunte Burmeester seiner Chefin zu: »Dass ich der Rattenfänger von Dinslaken bin, verschweigen wir lieber.«

»Und wie willst du dann die Wildkamera abrechnen? Mensch, ist das alles kompliziert bei diesem Fall. Weltretter und Tote und Ausgaben, die keiner ersetzt bekommt. Dazu noch ein abtrünniger Kollege. So ein Durcheinander.«

Beide verließen das Kommissariat gegen einundzwanzig Uhr. Draußen war dämmriges Spätsommerlicht.

Was beide nicht bemerkt hatten, waren die leisen Geräusche in Gero von Ahas Büro. Kein eigenes Bett, kein Geld, kein Hotelzimmer. Da musste eine alte Campingliege hinter seinem Schreibtisch reichen. Dem Wachhabenden, einem alten Hasen, hatte er erklärt, es handele sich um ein Beweisstück, was dieser mit einem Ausdruck abgenickt hatte, der besagte: Einer von denen da oben spinnt immer.

Socken und Slip würde er gleich im Waschbecken des Herrenklos auswaschen, sich selbst etwas Wasser und Seife gönnen. Er rieb sich über seinen Drei-Tage-Bart, verdammt, nicht einmal einen Einwegrasierer hatte er. Ein frisches Hemd fand er in seinem Schrank, immerhin. Das Hemd für alle Fälle. Damit könnte er sich am Montag wieder in der Spielhalle blicken lassen, schließlich hatte er sich als Hilfskraft verdingt, angeblich, um etwas Geld zum Weiterspielen in seine schmale Kasse zu bekommen, was tendenziell auch stimmte. Hauptsächlich aber, um seinen Einblick ins System zu erweitern.

Er stellte den Wecker auf seinem Smartphone auf sechs Uhr. Bis zum Eintreffen der Chefin und der Kollegen müsste er eine Entscheidung treffen, eine sehr gute. Es ging darum, entweder mitsamt der Liege verschwunden zu sein oder den Mut zu haben, sich der Situation zu stellen. Noch nie war er hier in der Provinz, die ihm ans Herz gewachsen war, so tief abgerutscht. Seine Lage erschien ihm aussichtslos.

Scheißspiel. Im wahrsten Sinne des Wortes.

FÜNF

Montag, der 18. September, sieben Uhr, Reeser Landstraße, Parkplatz der Kreispolizeibehörde in Wesel

Hauptkommissar Tom Weber hatte sich beim Einparken extra beeilt, um seinen Wagen schnell verlassen zu können. Leider hatte sein Kollege von Aha ihn anscheinend nicht bemerkt und war vom Gelände gebraust, da half auch kein Hinterherwinken, der war fort. Tom machte sich noch seine Gedanken über einen effektiven Ermittlungseinsatz am frühen Morgen, als er das Gebäude betrat.

Er fühlte sich großartig, konnte sich nicht daran erinnern, wann er zum letzten Mal so erholt und entspannt zum Dienst gefahren war. Die Zeit mit Alice Karun schien ihm die beste seines Lebens zu sein, der Urlaub, der mit dem heutigen Tag endete, war geprägt von Harmonie, ähnlichen Bedürfnissen und Vorstellungen, und das Schönste war festzustellen, dass sie beide sich bereits Pläne zurechtgelegt hatten, wie sie ihre Berufstätigkeit an einem einzigen Ort bündeln konnten, Düsseldorf oder Wesel. Tom überlegte, sich beim LKA in Düsseldorf zu bewerben, und Alice Karun hatte vor, sich nach Wesel versetzen zu lassen. Karriere hin oder her, die Fahrtzeit zwischen Arbeit und Freizeit sollte sich minimieren, koste es, was es wolle. In der nächsten Woche wollten sie eine Entscheidung treffen, wo es endgültig hingehen würde.

Der Wachhabende schaute zweimal hin, ehe er den Hauptkommissar erkannte. »Was ist passiert? Jemand, der so strahlt, wenn er das Gebäude betritt, ist selten geworden in letzter Zeit. Urlaub oder Lottogewinn?«

Tom lachte laut. »Ja, so etwas wie ein Lottogewinn.«

»Da geben Sie Ihrem Kollegen, der gerade das Gebäude verlassen hat, mal ein wenig von Ihrer guten Stimmung ab, der hatte die Mundwinkel auf dem Kinn liegen und sah irgendwie gehetzt aus. Sich mit einer Campingliege unter dem Arm so abzumühen, das kostet bestimmt Energie.«

Tom Weber ließ die Bemerkung so stehen und nahm sich vor, gleich in die Protokolle zu schauen, um auf dem neuesten Stand zu sein, bevor die Chefin eintraf.

Er wollte den Dienst mit einer Tasse Kaffee beginnen. In der Küchennische fand er eine simple Kaffeemaschine, neben von Ahas noblem Automaten, an dem ein Schild prangte mit der Aufschrift »Defekt!«. Nirgends war Kaffeemehl zu finden, auch kein Pulverkaffee. Er wunderte sich, blieb bei Mineralwasser und fuhr seinen PC hoch.

Ein Fall in Dinslaken beschäftigte das Team, ein Geschäftsmann, der erschlagen in seinem Vorgarten lag, besudelt mit Acrylfarbe, wie sie von Umweltaktivisten in Schottergärten verteilt wurde. Um eine weitere Tote, eine fünfundzwanzigjährige Frau, die offenbar in ihrem Wagen verbrannt war, kümmerten sich die Kollegen in Duisburg.

Nach vagen Notizen der Chefin zu urteilen, saßen in Duisburg zwei Obdachlose fest, die den Wagen in Brand gesetzt hatten. Hier jedoch saßen drei Männer in Untersuchungshaft, weil sie für den Tod der jungen Frau verantwortlich waren und das Auto nach Duisburg kutschiert hatten. Das las sich sehr obskur, ihm fehlten die Details. Es musste spät geworden sein am Vortag, die Protokolle dazu würden sie sicher heute anfertigen.

Er schaute auf den Dienstplan. Karin und von Aha hatten Wochenenddienst. War von Aha deshalb so schnell abgerauscht vorhin? Von ihm stand allerdings nichts in den Notizen zu den Ermittlungen, dafür tauchte Burmeesters Name auf.

Karin begrüßte Tom freudig, eine Weile unterhielten sie sich über den Urlaub, er erzählte von den Plänen des Paares, sich für einen Ort zum Leben und eine Dienststelle zum Arbeiten zu entscheiden.

Karin schrak auf. »Nein, nein, nein, du wirst doch nicht nach Düsseldorf wechseln wollen, oder? Ich finde, Alice passt vorzüglich zu uns hier ins Team. Ihr habt im Fall um den ermordeten Starkoch vom ›Schwan‹ im letzten Jahr hervorragend zusammengearbeitet, das hat mir gefallen. Ich würde beantragen, dass hier eine weitere Planstelle eingerichtet wird.«

»Echt? Das schreibe ich ihr nachher. Aber sag mal, was ist hier los? Ich war gespannt auf dein Protokoll, da muss sich ja einiges am Wochenende ereignet haben. Leider habe ich Gero nur knapp verpasst heute Morgen, sonst wäre ich schon auf dem Stand.«

Karin schaute erstaunt auf. »Wie, du hast Gero verpasst?«

»Na, der brauste vom Parkplatz, als ich gerade ausstieg. Und der Diensthabende in der Wache meinte, er sei mit schlechter Laune unterwegs. Und mit einer Campingliege unter dem Arm.«

Karin stand auf und ging rüber in Gero von Ahas Büro. Alles wie immer, der Papierberg auf dem Tisch hatte sich nicht bewegt, nur hing ein offensichtlich feuchtes Hemd über dem Bürostuhl. Karin schaute zu Boden, es hatte eine Abtropfspur hinterlassen. Er hatte sich hier aufgehalten, vermutlich auf einer Gartenliege geschlafen. Sie würde am Abend auf ihn warten, ihr Auto hinter dem Kreishaus abstellen, damit er glaubte, die Luft wäre rein.

Zurück in ihrem Büro, erzählte sie Tom von Gero von Ahas Auftrag und der Misere, die sich ganz schnell daraus entwickelt hatte.

»Ich weiß momentan nicht, ob er überhaupt an die Ermittlungen denkt, er hat sich am Samstag krankgemeldet und müsste heute den Schein nachreichen. Angeblich spielt er sich in der Spielhalle in den Inner Circle der Betreiber, um Informationen zu Don Schröder zu sammeln. Auf dem Weg will er erfahren, in welchem Zusammenhang Schröder mit dem Toten in Dinslaken steht.«

Tom verstand, wie verfahren die Situation für Gero von Aha sein musste, er tat ihm fast leid. Er schaute seine Chefin an, und ihm wurde klar, dass sie genau von diesem Mitgefühl gerade nichts hören wollte. »Was hältst du davon, wenn ich im Laufe des Tages mal zu der Halle fahre und mit ihm rede?«, schlug er vor. »Ich meine, falls die Ermittlungsarbeit es zulässt.«

»Nein, wir sollten uns von der Halle fernhalten. Ich überlege, ihn am Abend hier zu abzupassen, um in aller Ruhe mit ihm zu reden. Vielleicht reicht er ja wirklich die Krankmeldung nach, ansonsten muss ich schauen, ob und wie ihm zu helfen ist.«

»Falls du Unterstützung brauchst, kannst du auf mich zählen.«

»Vielleicht ist das keine schlechte Idee, ich werde darüber nachdenken. So, und jetzt zu unserer Arbeit. Wir fahren zunächst zu dem Kollegen Römer nach Duisburg, ich hoffe, er hat erste Erkenntnisse zur Todesursache von Lisa Döpker vorliegen. Die drei inhaftierten Aktivisten behaupten einhellig, es sei ein Unfall gewesen, sie sei im Beisein der drei gestürzt und mit dem Schädel auf die steinerne Treppenstufe gefallen. Sie haben sie in ihrem Auto auf eine Brache nach Wanheimerort gebracht, um dort in der Abgeschiedenheit den Wagen abzufackeln, was zwei Obdachlose zunächst verhindert haben. Nicht ganz uneigennützig, denn sie bedienten sich großzügig an der EC-Karte der Toten, um dann in der nächsten Nacht das Werk der anderen Männer zu vollenden.«

»Die haben das Fahrzeug angezündet? Warum denn?«

»Sie hatten Angst, entdeckt zu werden, weil die Fingerabdrücke des Älteren gespeichert sind. Und weil sie in der Nacht versuchten, die Bankkarte erneut zu nutzen, sind sie verhaftet worden.«

Tom staunte nicht schlecht. »Da bin ich einmal im Urlaub, und hier gibt es zwei Leichen und fünf Verdächtige in Haft, stramme Leistung.«

Noch bevor Nikolas Burmeester und Jerry Patalon eintrafen, hatte Karin den Plan des Tages bereits festgelegt.

»Jerry soll zum Haus Konstantin fahren, um Don Schröder damit zu konfrontieren, dass er eine XXL-Garage von Timmermann belegt. Wir wissen ja nicht sicher, ob er Miete dafür zahlt. Ich könnte mir vorstellen, dass da ein Deal zwischen den beiden lief, von dem wir noch nichts wissen.«

Tom hakte ein. »Sag mal, Haus Konstantin, du meinst nicht das Anwesen in Diersfordt, auf dem dieser dubiose niederländische Sektenführer ganz eigene Methoden entwickelt hat, um seine Schäfchen von der seelischen Last ihrer Herkunft zu befreien?«

»Doch, genau das Anwesen meine ich. Und es geht noch weiter mit bekannten Namen und Personen. Eine Freundin von Schröders Frau Gaby ist niemand anderes als Burmeesters Mutter. Heute stand in der Zeitung, dass in Diersfordt am nächsten Wochenende ein Retreat Center eröffnet wird, unterschiedliche Meditationstechniken und Yoga werden dort angeboten. Schau mal in die Rheinische Post oder die NRZ von heute, da findest du große Artikel mit Fotos von Gaby Ashni Schröder und Mala Avida Burmeester. Sie geben sich am Samstag die Ehre und führen durch Haus und Park, um ihre Angebote vorzustellen.«

Karin lächelte, während Tom fassungslos dasaß.

»Jetzt guck nicht so ernst. Ich war neugierig und habe kurz die Bedeutung der Namen recherchiert. Ashni bedeutet ›die von mir Gesegnete‹ und Avida ist ›*the one who knows*‹.«

»Anscheinend gibt es bei jedem Aufenthalt in Indien einen neuen Vornamen dazu. Weiß Burmeester Bescheid?«

»Ja, und keine Sorge, ich werde ihn nicht ins offene Messer laufen lassen.«

»Gut. Einer im Team, der nicht auf Spur läuft, reicht auch. Und Jerry ist da ja abgesichert. Ich sage nur: Schutzzauber Voodoo.«

Burmeester und Jerry betraten gleichzeitig Karins Büro, die gemeinsam mit Tom in ausgelassener Stimmung schien.

Ein großes Hallo im Kreise des Teams, in dem nur einer fehlte. Wenn das mal gut geht, dachte Karin.

***

Mit Hauptkommissar Römer zusammen fuhren sie zur Gerichtsmedizin, Karin verzichtete auf einen Blick auf Lisas Überreste. Bei Brandleichen, die dauerhaft hohen Temperaturen ausgesetzt und bis zur Unkenntlichkeit verkohlt waren, konnte nur ein Zahnstatus oder ein Abgleich der DNA Gewissheit über die Identität erbringen. Und der Geruch würde sie wieder tagelang verfolgen.

Ein Röntgenbild des Schädels hing an einer Leuchtwand,

sichtbar wurde ein Bruch im Bereich des Nackens, ziemlich tief, eine komplette Zerstörung des Bereichs, der in die Wirbelsäule überging.

Tom erkannte, worum es sich handelte. »Das ist ein Genickbruch, oder?«

Der Gerichtsmediziner nickte, fasste Toms Vermutung minutenlang detailliert in fachlich brillante Begriffe, wies noch einmal auf das Bild.

»Da können Sie an die gute alte Hutkrempen-Regel denken, das hier ist ein klassischer Bruch unterhalb der gedachten Hutkrempe. Ich gehe tatsächlich von einem Sturz aus. Sie können die Kante einer Stufenecke deutlich erkennen. Da ihr Körper großer Hitze ausgesetzt war, kann ich zum Todeszeitpunkt noch nichts sagen. Wichtig ist noch, dass sie wirklich nicht mehr lebte, als sie dem Feuer ausgesetzt wurde, es finden sich keine Brandgase in ihren Lungen. Ich kann auch nichts dazu sagen, ob sie selber gestolpert ist oder ob durch einen Stoß nachgeholfen wurde. Da ist nicht mehr genug Material an den Oberarmen, um Griffspuren nachzuweisen. Tragisch, das alles, sehr tragisch. Je jünger mein Besuch hier ist, desto mehr fasst dessen Schicksal mich an. Ich werde von Jahr zu Jahr dünnhäutiger.«

Es bestätigten sich somit die Aussagen aller Beteiligten, die heute in Haft aufgewacht waren. Dort würden sie auch bleiben, bis ein Haftrichter weiter entschied. Hier ging es um die Beseitigung einer Leiche bis hin zum Verbrennen selbiger in ihrem Fahrzeug.

Bei Oscar und Django kam noch der Diebstahl dazu. Bei den Aktivisten war weiterhin offen, ob sie mit dem Tod von Thorwald Timmermann in Verbindung standen.

Kaum wieder auf dem Weg zur Kreispolizeibehörde, erreichte Karin auf der B 8 in Dinslaken ein Anruf von Burmeester, der während der Stallwache an den Protokollen arbeitete und offenbar erfolgreich weiter zum Fall recherchierte.

»Ich habe mal den Namen Tatjana Timmermann in die Therapeutenliste des Dachverbandes der Psychologen eingegeben.«

Er schwieg einen bedeutenden Moment, Karin konnte diese

aufmerksamkeitheischende Art nicht ertragen. »Ich habe den Lautsprecher an, Tom hört auch zu, also los.«

»Tja, ich kann sie nicht finden. Sie ist nicht in dieser Liste der Therapeuten, die mit den Krankenkassen abrechnen können.«

»Vielleicht hat sie den Status einer Heilpraktikerin und ist Psychotherapeutin.«

Burmeester schien auf diese Frage gewartet zu haben. »Jaaa, das habe ich mir auch gedacht. Ich habe daraufhin ihren Namen gegoogelt. Da kommt nichts, Karin, kein Foto, kein Eintrag, keine Homepage, nichts. Es hatte mich schon leicht verwundert, dass sie uns keine Karte in die Hand gedrückt hat, wie es Menschen mit gut ausgebuchten Praxen gern tun. So nach dem Motto: Hier, das ist mein Leben.«

»Dann machen wir doch zuerst einmal einen Abstecher zu ihr.«

Burmeester gab Karin die Adresse durch, sie waren bereits ganz in der Nähe und bogen in Richtung Eppinghoven ab. Karin berichtete Tom von dem Agreement, das Thorwald Timmermann angeblich mit dieser in völliger Verschwiegenheit lebenden Ex-Frau getroffen hatte, um sein Haus für eine andere Frau zu öffnen, die mit seinem Kind schwanger war.

Der Hauptkommissar konnte ihre so harmonisch und einvernehmlich klingende Geschichte nicht unkommentiert lassen. »Der Knabe ist fast volljährig, und die Vereinbarung soll schon so lange funktionieren? Sie schweigt, weil er zahlt? Krass. Habt ihr sie schon überprüft?«

»Damit hat Burmeester vorhin angefangen. Wir sind auf dem Weg.«

Tatjana Timmermann schien nicht daheim zu sein, jedenfalls reagierte niemand auf das Klingeln und Klopfen. Karin ging am Haus vorbei in den Garten, Tom folgte ihr. Sie schauten in jedes Fenster. In der Küche auf dem Tisch stand eine Tasse neben einem Teller.

Tom flüsterte: »Halb voll und angebissen, daneben die aufgeschlagene Zeitung. Sie öffnet uns nicht.«

Karin klopfte vehement an das Fenster, drinnen blieb es still. Durch die Terrassentür des Wohnzimmers konnten sie einen Blick auf einen Schreibtisch werfen, der auf der linken Seite an der Wand stand. Ein PC, eine Menge aufgeschlagener Bücher, Papiere, darunter ein überfüllter Papierkorb, über der Rückenlehne des Stuhls eine lässig aufgehängte Jacke, der ganze Raum wirkte belebt, als habe jemand sich nicht die Zeit genommen, die Apfelkitsche vom Couchtisch zu räumen, aber nicht unordentlich.

Karin machte sich auf den Weg zum Auto, nicht ohne ihre Karte unter die Haustür zu schieben, mit dem Hinweis, sich bei ihr zu melden.

»Komm, wir lassen ihr Zeit und schauen in einer halben Stunde wieder ganz überraschend hier vorbei. Und zwar gleich an der Terrassentür. Wir fahren rüber zum Hofladen. Der Scholtenhof betreibt ein kleines Café, ich lade dich auf ein Getränk ein.«

Kaum dass die Getränke bezahlt waren und sie auf dem Hof einen schattigen Platz gefunden hatten, klingelte Karins Smartphone erneut. Burmeester rief sie aus dem Auto heraus an.

»Seid ihr noch in Dinslaken? Ihr müsst zur Agnesstraße kommen.«

»Du meinst zum Haus der Timmermanns? Was ist passiert?«

»Dort liegt eine Leiche im Vorgarten.«

***

Keine zehn Minuten später stellte Karin ihren Wagen am Straßenrand ab, stieg aus und betrachtete die Szenerie, konnte für Sekunden nicht glauben, aus einem ähnlichen Anlass am gleichen Ort zu sein wie nur vier Tage zuvor.

Bei genauer Betrachtung gab es Unterschiede. Die Streifenbeamten hatten den Vorgarten erneut, aber wesentlich weiträumiger mit Trassierband abgesperrt. Davor auf dem Bürgersteig stand ein kleiner Container. Daneben, halb auf dem Bürgersteig, parkte der Pritschenwagen einer Gartenbaufirma, beides wirkte von Karins Standpunkt aus wie ein Sichtschutz vor Timmermanns Haus. Zwei Gärtner in grünen Overalls, ein großer und ein kleiner, lehnten mit verschränkten Armen an der Ladefläche, während die Besatzung des Einsatzfahrzeugs damit beschäftigt war, die Schar der Neugierigen auf Distanz zu halten.

Der Tatortwagen der Spurensicherung bog in die Straße ein, auch Burmeester traf ein und parkte seinen Wagen hinter dem weißen Transporter. Langsam ging er auf seine Chefin und Tom zu.

Karin wies mit der Hand rundum. »Burmeester, sag mir, dass das ein schlechter Traum ist.«

»Leider nicht. Die Männer von der Gartenbaufirma haben uns heute informiert. Sie haben den Auftrag, diese Steinfläche komplett abzutragen. Die Auftraggeberin möchte nicht mehr an die tragischen Ereignisse erinnert werden, hier vorne soll es nun grün werden.«

»Das ist ja mal was. Allerdings sollte es nicht zur Sitte werden, dass man zur Neuplanung der Gartengestaltung eine Leiche braucht.«

Burmeester wies auf den Wagen der Gartenbaufirma, gleichzeitig begannen die Kollegen der Spurensicherung die Steine der Anlage in den Container zu werfen, Geräusche, die die gespenstische Stille durchbrachen, die hier herrschte.

»Den Jungs war schon schlecht, als ihnen bewusst wurde, dass es galt, Steine mit getrocknetem Blut abzuräumen. Kommt, wir gehen rüber. Was sie dabei entdeckt haben, können sie uns besser schildern.«

Schildern war ein milde gewählter Begriff, bedeutete, etwas anschaulich mit Worten wiederzugeben. Aus den beiden Gärtnern sprudelte es förmlich hervor, wobei sich der größere von beiden in den Vordergrund schob.

»Stand ja in jeder Zeitung, was in der letzten Woche hier passiert ist, wir haben den Namen und die Adresse auf dem Auftragszettel gesehen und gesagt, ach du Scheiße, einen Tatort abräumen. Dann haben wir den Container abstellen lassen und die Planen entfernt. War ja alles noch als Tatort gekennzeichnet mit dem Trassierband, und wenn man weiß, dass diese braunen Flecken, von denen Fliegen aufsteigen, Blut ist, dann denkt man auch die ganze Zeit daran.«

Der andere unterbrach ihn. »Also meine Handschuhe, die schmeiße ich nachher in den Container.«

»Lass mich mal weitererzählen. Oder willst du?«

Der Kleinere winkte ab.

»Also, wir hauen die ersten Steine in den Container, Mensch, das Blut ist richtig tief bis auf die Unkrautfolie gedrungen, alles versifft. Die ist auch schon an vielen Stellen von den spitzen, kleinen Steinen durchlöchert. Und wie ich so einen dicken Kiesel mit scharfer Bruchkante hochhebe, klafft darunter die Folie auf, ey, das hatte echt das Zeug zu einem Gruselfilm. Du nimmst einen Stein hoch, den du sowieso schon eklig besudelt findest, und darunter wuchert kein blasses Unkraut, es fliehen keine schillernden Käfer, nein, da liegen die Knochen einer Hand! Ich bin zurückgeschreckt und habe mich auf den Arsch gesetzt, eine Knochenhand aus dem Untergrund grapscht nach dir. Da wurde mir anders, ist doch nicht Halloween. Hier, mein Kollege wusste gar nicht, was geschah.«

»Genau, ich dachte mir, was ist denn da passiert, so kenne ich den Langen nicht, der packt sonst alles.«

Um die Folgen seines Sturzes zu verdeutlichen, strich sich der Große über die linke Pobacke. »Da liegt einer, habe ich gesagt, unter der Folie liegt einer. Und dann ist der Kurze gucken gegangen und hat gleich die Polizei angerufen. Die dachten, wir wollen die verarschen, weil ja die Adresse in einem ordentlichen Wohnviertel zum zweiten Mal innerhalb weniger Tage wegen einem Todesfall angefahren werden sollte.«

Er schaute von einer zu den anderen, drei Kriminalbeamte, die vor ihm standen und lauschten, das geschah nicht alle Tage.

»Tja, und jetzt haben wir beide Arbeitsstopp, und ihr buddelt den aus. Das glaubt mir keiner, echt, dass die Polizei das alte Geröll aus dem Vorgarten räumt, um eine Leiche auszubuddeln.«

Karin bedankte sich und gab ihnen eine Karte mit der Aufforderung, sich am Folgetag morgens im Kommissariat 1 in

Wesel einzufinden, damit ihre Aussage protokolliert werden konnte. Sie beauftragte Burmeester, ins Haus zu gehen, um Farina Timmermann zu befragen, und Tom sollte sich unter den Schaulustigen die vornehmen, die schon etwas älter aussahen, vielleicht konnten sie etwas zu der Geschichte dieses Hauses aus den Sechzigern sagen.

»Wozu soll das gut sein?«, fragte er.

»Da unten liegt eine Leiche, die schon verwest ist, es muss also schon mindestens zehn oder zwanzig Jahre, wenn nicht noch länger her sein, dass da wie wild gebuddelt wurde. Vielleicht kann sich jemand erinnern.«

Sie selbst machte sich auf den Weg hinter die Absperrung. Dieses Mal stand sie am Rand einer Grube, von deren Seiten aus sich die Kollegen damit befassten, Steine abzuräumen, um die Folie abheben zu können.

»Wie tief muss die Fläche ausgekoffert worden sein, um jemanden komplett verschwinden zu lassen?«, fragte sie.

Heierbeck schaute ihr über die Schulter, beide beobachteten die in weiße Schutzkleidung gehüllten Kollegen, die zu ihren Füßen Schwerstarbeit leisteten.

»Ich gehe davon aus, dass wir auf zwei Meter Tiefe gehen müssen. Wissen Sie, wenn die Leiche komplett nur mit der Folie bedeckt gewesen wäre, hätte die gesamte Nachbarschaft die Verwesungsgase wahrgenommen. Bestimmt musste es schnell gehen, und die Hand war nur minimal mit Erde bedeckt, bevor die schwarze Folie ausgerollt wurde. Es dauert nicht lange, dann wissen wir mehr.«

Karin hörte Schreie aus dem Haus, begab sich zur Tür. Burmeester forderte gerade über die Leitstelle die Notfallseelsorge an, blickte zu Karin und deutete mit der Hand in das Wohnzimmer, aus dem die Schreie hallten, schüttelte den Kopf. Karin hörte, was er durchgab:

»Eine völlig verzweifelte, zitternde Frau. … Ja, zweiter Todesfall in ihrem Vorgarten.« Er nannte die Adresse und wandte sich an Karin. »Vielleicht kannst du …?«

Die Hauptkommissarin betrat den Raum und setzte sich in

Farinas Nähe, reichte ihr ein Papiertaschentuch und fragte, ob sie ein Glas Wasser holen solle. Zumindest die Schreie verebbten, Farina war wieder ansprechbar und nickte. Karin ging in die Küche und kam mit dem Wasserglas zurück, stellte es auf den Couchtisch. Farina bebte noch, sie nahm es mit beiden Händen.

»Gleich kommt jemand zu Ihrer Unterstützung, bitte nehmen Sie die Hilfe an. Ich komme nachher noch einmal, um Ihnen ein paar Fragen zu stellen. Haben Sie mich verstanden, ist das okay?«

Farina nickte matt und lehnte sich zurück in die Sofakissen.

Im Flur stieß Karin auf Burmeester, der auf sein Smartphone starrte.

»Guck mal, was da gerade an den Großgaragen los ist.« Er hielt ihr das Display in Sichthöhe. Die Wildkamera lieferte vorzügliche Bilder, die manchmal ein wenig schwankten, schließlich hing sie an einem dicken Eichenast, der sich im Wind rührte. Dennoch erkannten beide, was da gerade vor sich ging. Burmeester kommentierte die Szene.

»Den Transporter haben wir gestern schon gesehen, einen der Helfer ebenfalls. Und wenn ich da keinem Trugbild erliege, dann ist der andere Helfer …«

»… niemand anderer als Gero von Aha«, ergänzte Karin.

Burmeester musste seine Lautstärke mäßigen, wies auf das Bild. »Der Teufelskerl hat es geschafft, sich in wenigen Tagen in die Belegschaft zu spielen.« Er schien seinem Kollegen alles andere vergeben zu haben. »Bestimmt bietet er seine Dienste gegen Bezahlung an, die er gleich wieder verzocken kann. Wenn du mich fragst, dann laden die jetzt Geräte ein, um sie neu zu installieren. Ist das der Trick? Immer wieder nicht von der Steuer registrierte Automaten auszutauschen?«

»Das ist nicht weit von hier«, sagte Karin, »fahr dahin und verfolge den Transporter, dann wissen wir, wo es hingeht. Die Bilder von der Kamera können wir nicht verwerten, aber deine Beobachtungen.«

Schon lief Burmeester aus dem Haus, stieg ungeachtet der beiden kleinen Mädchen, die auf dem gegenüberliegenden Bürgersteig standen und ihm zuwinkten, in seinen Wagen und fuhr los.

Tom Weber befand sich in der Nähe der Kinder und hörte, wie eine zur anderen sagte, der Mann mit den Handschellen am Lenkrad käme jetzt öfter. Er wunderte sich, ging jedoch nicht darauf ein.

Seine Befragung am Rande des Geschehens erbrachte kaum verwertbare Informationen, die meisten der Neugierigen wohnten noch nicht lange im Bruch. Eine Frau schlug vor, er solle in den Nebenhäusern einfach mal bei denen mit den konservativsten Gardinen schellen und nachfragen, die könnten vielleicht etwas dazu sagen. Guter Hinweis.

Drei Grundstücke weiter wurde er ins Haus gebeten, eine ältere Frau lotste ihn nach hinten auf die Terrasse.

»Furchtbar, ganz schlimm muss es für die arme Farina sein, dass die Polizei schon wieder da ist. Was ist denn passiert? Irgendetwas mit Felix?«

»Nein, mit ihm ist alles okay. Wie kommen Sie darauf?«

»Ach, die streiten sich schon länger, auch in der Öffentlichkeit, man könnte meinen, der Junge habe keine gute Erziehung genossen, dabei war der Thorwald eigentlich ein ganz Netter. Bis auf den Fimmel mit den Steinen.«

»Und Frau Timmermann?«

»Mit der hat der Junge nicht richtig gekonnt, wissen Sie, der Felix war immer mit seinem Vater unterwegs, und sie hat hier das Leben einer Prinzessin geführt. Mein Mann nennt sie heimlich ›Queen Farina‹.« Sie kicherte, als hätte sie sich selbst dabei erwischt, etwas Verbotenes zu sagen.

Tom wollte sich nicht auf ablenkende Themen einlassen. »Sie haben bestimmt bemerkt, dass wir uns dem Schottergarten widmen. Ich darf Ihnen leider noch nichts dazu sagen. Können Sie sich an die Arbeiten zu der Gartenanlage erinnern, wohnten Sie zu dem Zeitpunkt schon hier?«

»Aber natürlich. Damals zog Thorwald gerade mit seiner Farina hier ein. Das Haus musste an der Frontseite gegen Feuchtigkeit isoliert werden. Thorwald war ein stattlicher Mann, der hat zu Anfang vieles am Haus selber gemacht. Wollte wohl seiner schwangeren Frau zeigen, wie fürsorglich er ist. Tagelang hat er ausgeschachtet, da hat mein Mann ihm geholfen, so ist das bei einer guten Nachbarschaft.«

Sie wirkte nachdenklich, fand aber schnell wieder den Faden. »Die Kellerwand hat er selber gestrichen. Und dann war der Schacht rubbeldiekatz wieder zu, mein Mann meinte noch, der Thorwald hat eine Nachtschicht eingelegt, der Angeber. Und zu unser aller Entsetzen legte er schwarze Folie aus, dieses Zeug, wo nichts durchwachsen kann, und dann kamen ganze Lkw-Ladungen Steine. Da haben wir dann, wie soll ich sagen, Abstand genommen. Mein Mann hat noch mal mit ihm geredet, ganz vernünftig, aber für Thorwald stand fest, da kommen Steine hin, sonst nichts. So ein Frevel. Man kann seinen Vorgarten auch mit wenig Arbeit anders in Ordnung halten, den muss man nicht ohne jedes Grün zuballern.«

Tom machte sich Notizen. Thorwalds Frau war zu dem Zeitpunkt schwanger gewesen. Er würde das genaue Alter des Filius gleich von Karin erfragen. Timmermann selbst hatte ausgeschachtet, die Leutchen, bei denen er gerade saß, hatten nicht mitbekommen, wie die Grube wieder geschlossen wurde, nur dass im Anschluss bergeweise Steine darauf gekippt wurden. Jetzt blieb die Frage, ob Timmermann selbst die Grube wieder befüllt hatte oder ob es jemand anders gewesen war. Das konnte Farina Timmermann bestimmt beantworten, denn auch sie hatte zu dem Zeitpunkt schon hier gelebt.

Tom bedankte sich und wich der Frage aus, was die Polizei dort suchen würde. »Wir informieren die Öffentlichkeit über die Presse. Im Moment lässt sich noch nichts Konkretes sagen.«

Er verabschiedete sich. Die gute Frau würde sich spätestens beim Einkauf im Supermarkt die Antwort auf ihre Frage abholen und dabei gleich von seinem Besuch bei ihr erzählen.

Draußen auf der Straße fand er Karin, die an ihrem Wagen lehnte und telefonierte. Tom warf einen Blick in die Grube beim Haus. Der Arm mit der Hand ragte an einer Erdschicht empor, die Folie darüber war bereits eingeschnitten und zur Seite geklappt. Die Kollegen hoben immer noch Steine aus dem Bereich, unter dem sie den Körper, seitlich liegend, vermuteten. Da würden sie eine ganze Menge Erde zur Seite schaufeln müssen, um ihn zu bergen.

Karin hatte ihr Telefonat beendet, Tom ging zu ihr und berichtete, was er in Erfahrung gebracht hatte. Seine Chefin resümierte:

»Vor achtzehn Jahren also, Klein Felix war noch nicht auf der Welt, und jemand verbuddelt eine Leiche im Vorgarten. Die schwangere Frau wird das wohl kaum gewesen sein. Dazu sind mindestens zwei Leute notwendig, die gut schleppen und schüppen können. Leiche rein, Erde drüber, Folie drauf. Stundenlange schwere Arbeit. Da muss im Jahr 2006 jemand verschwunden sein. Sobald wir wissen, ob Mann oder Frau, werden wir mal die Dateien aus dem Umkreis durchsuchen, vielleicht wurde jemand als vermisst gemeldet.«

Tom schaute rüber und hörte, wic weitere Steine in den Container geworfen wurden. »Vermisst und heute wieder aufgetaucht.«

***

Nikolas Burmeester hatte sein Navi eingeschaltet, er hatte keinen Durchblick mehr, wo er war. Schon einige Zeit fuhr er durch ihm unbekanntes Terrain hinter dem Transporter her. Auf dem Display erkannte er, dass er sich in Duisburg befand, und zwar nicht gerade in sehr vorzeigbaren Gegenden. Der Transporter fuhr eine schier endlose Schleife durch Walsum und Marxloh. Der Stadtteil bot krasse Gegensätze, schicke Läden mit glitzernder Brautmode und verfallende Gebäude. Weiter ging es durch Hamborn, überall waren die Straßen verstopft. Burmeester erinnerte sich an die ganzen Umleitungen, die es gab, weil Brücken marode und Straßen kaputt waren, jeder suchte hier den schnellsten Weg, den tagsüber aber niemand finden konnte.

Letztlich bogen sie ab in Richtung Duissern und Mitte, fuhren auf den Hauptbahnhof zu, nahmen die Parallelstraße hinter der

Bahnanlage. Als Letztes las Burmeester »Tulpenstraße« auf dem Schild, bevor der Transporter bei einer Gaststätte, die »Zum Zug« hieß, durch eine Toreinfahrt in den Hinterhof abbog. Dorthin konnte er ihm schlecht folgen, die Straßenränder waren dicht zugeparkt, und er beschloss, über Blumen- und Kammerstraße ein Karree zu fahren, schön langsam, bis der Transporter den Hof wieder verließ.

Ein Blick auf die Bürgersteige ließ ihn einem spontanen Einfall folgen. Dort standen offenbar geleerte Mülltonnen. Er sprang aus dem Wagen und rollte in Windeseile vier davon vor die Einfahrt, fuhr grinsend davon. Die Männer im Transporter würden jetzt anhalten müssen, um sich den Weg freizuräumen. So könnte er vielleicht einen kurzen Blickkontakt mit von Aha aufnehmen, um ihm zu signalisieren: Ich sehe dich. Wir wissen, was du da machst.

Auf zur ersten Runde. Bei der erneuten Durchfahrt Tulpenstraße sah er im Augenwinkel, dass der Transporter immer noch mit geöffneten Hecktüren auf dem Hof stand. Also noch eine Runde. Erst bei der vierten bog er in dem Augenblick in die Straße, als von Aha gerade zwei der Tonnen zur Seite rollte, sich umdrehte, um die nächsten zu fassen, und dabei seinen Kollegen erkannte. Keine Reaktion, ein schneller Blickkontakt, das musste reichen. Burmeester wartete nicht, sondern fuhr weiter.

Offenbar standen hier die nächsten Automaten, vermutlich aus dem Besitz von Don Schröder, die in Timmermanns Garagen gelagert wurden. Burmeester blieb auf der Kammerstraße kurz stehen, notierte sich den Namen der Straße und der Gaststätte. Er würde sie im Blick behalten.

So, Gero von Aha wusste Bescheid. Und er auch. Hoffentlich kam der Eigenbrötler bald mal zurück ins Team. Karin würde das alles nicht mehr lange verbergen können.

***

Es war gar nicht so einfach, in dem weitläufigen Gebäudekomplex zu Achim Schröder zu gelangen. Erst wurde Jerry von einem älteren Mann aufgehalten, der, seinem grauen Kittel nach zu urteilen, hier eine Art Hausmeister war. Zu Don Schröder? Da müsse er erst einmal telefonieren. Er zog umständlich sein Smartphone aus einer Brusttasche, die noch für kleinere Formate bestimmt war, fingerte dann auf seinem Kopf nach der Lesebrille, um mit angestrengtem Gesichtsausdruck eine Nummer zu suchen.

»Ja, Achim, hör ma, hier is einer für dich.«

Er lauschte und hielt sich anschließend das Telefon an die Brust, um zu fragen, wer Jerry sei. Der hielt ihm seinen Ausweis vor die Brille.

»Ja, Achim, hörste? Da steht Jeremias Patalon, Hauptkommissar, Kommissariat 1, Kreispolizeibehörde Wesel. … Ja? Is gut.«

Ungelenk friemelte er das sperrige Smartphone zurück in seine Kitteltasche und klemmte sich die Brille wieder auf den Schädel. Jerrys Geduld geriet in gefährlich tiefe Zonen, als der Mann ihn anblickte und in völliger Ruhe sagte, sein Sohn komme gleich, er solle hier warten.

So stand er auf dem Vorplatz, die riesige Buddhafigur, die blühenden Rabatten im Blick, als jemand von der Straße aus auf das Gelände zuradelte. Er erkannte die Frau in der orangefarbenen wallenden Kleidung sofort, wandte sich ab. Das war Burmeesters Mutter. Zu spät, sie hielt neben ihm und begrüßte ihn freundlich.

»Du interessierst dich bestimmt für unser Retreat Center, richtig? Am Samstag eröffnen wir, komm doch einfach vorbei, es wird dir gefallen.«

Ihre Hand schnellte hervor und berührte kaum spürbar seine Stirn. »Ich segne dich, bleibe ein guter Mensch.«

In dem Augenblick erschien Don Schröder auf der Bildfläche, glatter moderner Anzug, Hemd, Krawatte, blanke Schuhe, und wies mit einer Hand auf die Frau. »Belästige gefälligst nicht die Menschen, die zu mir wollen.«

Schröder betrachtete Jerry von oben bis unten, diesen Blick kannte er. Hier in der Provinz besagte er so viel wie: ein Farbiger bei unserer Kriminalpolizei?

Jerry zog seinen Ausweis erneut hervor. »Ja, Ihr Vater hat sich meinen Ausweis genau angeschaut, Hauptkommissar Patalon. Ist das okay, wenn wir hier in Ihrem Vorgarten weitersprechen?«

Die Frau in Orange drehte sich abrupt um. »Sie sind bei der Polizei? Dann kennen Sie meinen Nikolas bestimmt. Der arbeitet auch bei Ihnen. Kein gutes Karma, habe ich damals gepredigt, aber Kinder hören nur selten auf ihre Mütter. Geht es ihm gut?«

Was sollte er machen? Jerry breitete die Arme in einer fragenden Geste aus. »Das kann ich Ihnen nicht sagen. Und ich bin jetzt gerade mit Herrn Schröder verabredet, wie Sie sehen.«

»Ach, dann grüßen Sie ihn herzlich und geben ihm etwas von meinem Segen ab. Ich muss mal wieder bei Ihnen vorbeikommen.«

Don Schröder fasste ihn beim Ärmel. »Kommen Sie, wir reden in meinem Büro. Diese Frau ist die Pest. Die hat meine Gaby fest im Griff, und ich weiß nicht, wie ich sie wieder loswerden kann.«

Er drehte sich noch einmal zu ihr um und rief in ihre Richtung. »Hau ab, lass uns in Ruh. Wenn du meinen Besuch noch einmal belästigst, kriegst du Hausverbot.«

Jerry hörte noch den Teil einer Antwort, der mit schlechtem Karma anfing, bevor sich eine schwere Haustür hinter ihnen schloss.

Das Büro des Don lag in der ersten Etage, überladener Protz in Reinkultur. Der Raum enthielt alles, was signalisieren sollte, dass hier viel Geld vorhanden war. Eichenparkett im Fischgrätmuster, ein opulenter Kronleuchter, ein Schreibtisch aus Glas, an dem zehn Kinder bequem sitzen konnten, alle Sitzmöbel und zwei Schränke im Bauhausstil bis auf eine Vitrine mit Matchbox-Autos, vor der Jerry wie angezogen stehen blieb.

Don Schröder lachte. »Da finden sich alle Männer wieder, die mich hier besuchen. Das Kind im Manne, Sie wissen schon.«

Jerry drehte sich um und schaute ihm in die Augen. »Ja, das Spielkind, genau um das geht es hier.«

Schröders Körperhaltung und Mimik wechselten schlagartig von entgegenkommend zu geschäftsmäßig. »Was wollen Sie?«

Jerry setzte sich unaufgefordert vor die breite Schreibtischplatte in Panzerglasstärke. »Es geht um Ihre geschäftlichen Beziehungen zu Thorwald Timmermann.«

»Wie kommen Sie darauf?«

»Es gibt Fotonachweise, auf denen Sie mit Timmermann gemeinsam zu sehen sind.«

»Na und? Die halbe Welt will sich mit Don Schröder ablichten lassen. Was weiß ich, auf wie vielen Handys ich in der Datei zu finden bin, weil jemand ein Foto mit mir machen wollte? Unangenehm, sage ich Ihnen, ganz unangenehm. Mag ich genauso wenig wie Fragen über Fragen.«

Jerry grinste ihn an. »Ich verspreche Ihnen, kein Selfie mit Ihnen zu machen. Es gibt noch eine weitere Verbindung. Sie nutzen seine Großgarage in Dinslaken.«

Da wurde der Mann plötzlich hellhörig, Jerry hielt mit weiterem Wissen hinter dem Berg. »Herr Schröder, Ihnen ist sicher nicht verborgen geblieben, dass Thorwald Timmermann nicht mehr lebt.«

»Wie, was? Er ist gestorben? Wann?«

Jerry nahm ihm diese Ahnungslosigkeit, gepaart mit Überraschung, nicht ab. »Hören Sie auf, mir etwas vorzuspielen. Die Nachricht ging durch alle Medien, selbst in der Blöd-Zeitung hat sie es auf Seite eins geschafft. Wo waren Sie in der vergangenen Woche in der Nacht von Mittwoch auf Donnerstag, Herr Schröder?«

Schröder blieb bei seinem ungläubigen Gesichtsausdruck, protestierte jedoch nicht gegen die Behauptung des Hauptkommissars, blieb stumm, schien nach Worten zu suchen. Eine Spur zu lange, dachte der erfahrene Kripomann.

»Und? Fällt es Ihnen hier und jetzt wieder ein, oder muss ich Sie ins Kommissariat mitnehmen, um Ihrem Gedächtnis auf die Sprünge zu helfen?«

Statt ihm zu antworten, griff Schröder nach seinem Telefon. »Gaby, komm in mein Büro. Nein, nicht in zehn Minuten, jetzt.«

Dem Hauptkommissar sagte er mit einer drohenden Geste

über die blanke Platte hinweg, er würde seinen Anwalt anrufen, wenn er es wagen sollte, ihm noch einmal zu drohen.

»Ich habe Sie nicht bedroht, ich habe Ihnen lediglich das übliche Prozedere zur Wahl gestellt.«

Die Tür sprang auf, Gaby Schröder betrat den Raum nicht einfach, sie schnellte vor zu Schröders Schreibtisch. »Was willst du? Ich hatte ausdrücklich darum gebeten, nicht gestört zu werden, wir sind in der Konzeptarbeit für die einzelnen Treatments.«

Schröder lehnte sich lässig zurück, ganz der Don, und blickte grinsend an ihr vorbei zu Jerry. »Schatz, sag dem Kommissar doch mal eben, wo ich in der Nacht von Mittwoch auf Donnerstag gewesen bin.«

Sie drehte sich um, eine Frau, die ohne den roten indischen Punkt zwischen den Augen die Nachbarin von gegenüber sein könnte, dachte Jerry kurz.

»Mein Mann war hier, das ist doch klar. Wir gehen immer früh zu Bett, guter und ausreichender Schlaf ist wichtig.«

Jerry ließ nicht locker. »Wo genau waren Sie?«

Gaby schaute ihn an. »Was wollen Sie wissen, ob ich oben oder unten war?«

Jerry ging nicht darauf ein. »Ich möchte nur wissen, ob Sie ein gemeinsames Schlafzimmer nutzen und somit verlässlich bezeugen können, dass Achim Schröder gegen Mitternacht in diesem Raum gewesen ist.«

Sie brauchte zu lange für ein ehrliches Ja, schon gelogen, dachte Jerry, als sie versuchte, die Antwort zu retten.

»Natürlich haben wir getrennte Schlafzimmer, aber ich verlasse meinen Schnucki erst in der Nacht, wenn er zu laut schnarcht, dann wechsele ich nach nebenan. Das ist meistens so gegen zwei Uhr.«

»Und da sind Sie sicher, dass es auch in der letzten Woche so gewesen ist?«

»Was soll das? Bezweifeln Sie hier meine Ehrlichkeit? Weshalb stellen Sie mir überhaupt diese Fragen?«

»Es geht um die Ermittlungen zum Todesfall Thorwald Timmermann, da …«

Sie erschrak, offensichtlich war diese Nachricht neu für sie. »Nein, Thorwald ist tot? Schatzi, warum hast du mir nichts gesagt? Das ist ja furchtbar.«

»Ach, Sie kennen ihn?«

»Aber ja, er hat uns bei dieser Immobilie unterstützt. Ohne ihn hätten wir den Kredit nicht gestemmt, und ich wollte doch Haus Konstantin auf jeden Fall haben. Diese Lage, die Aura.«

Interessant, dachte Jerry, und das Karma eines geisteskranken Gurus, ausgetauscht gegen eine durchgeknallte Sannyasin. Und, siehe da, der Mann war hier im Hause kein Unbekannter. »Ach, Herr Schröder, Ihre Frau kannte Timmermann anscheinend besser als Sie.«

Mit diesem Satz hatte er den Don getroffen. »Was wollen Sie damit sagen?«

»Er hat offenbar doch etwas intensiver mit Ihnen zusammengearbeitet und war auch an der Finanzierung Ihres Anwesens beteiligt?«

Erneut griff Schröder zum Telefon. »Das geht hier nicht mehr ohne meinen Anwalt.«

Jerry stand auf und legte seine Karte auf die staubfreie Platte. »Sagen Sie ihm, er kann Sie morgen gerne zur Befragung im Kommissariat 1 begleiten. Ich erwarte Sie um zehn Uhr.«

Er schaute zu Gaby Schröder. »Sie kommen bitte auch mit, wie gesagt, um zehn Uhr in Wesel. Ich finde alleine raus.«

Lockeren Schrittes verließ er das Gebäude. Draußen harkte der alte Schröder den Kies glatt, fast schon meditativ, langsam und ordentlich. Jerry wagte es nicht, auf das neue Muster zu treten. Alles hier schien übertrieben, zu protzig, zu esoterisch, zu aufgeräumt. Es musste an dem Haus liegen.

Dem Buddha lagen frische Blumen in der linken Handfläche, während diese in der Rechten ruhte. Beide wiesen zum Himmel als Zeichen der Meditation und Konzentration. Sein Lächeln wirkte mild, entrückt und voller Gelassenheit.

***

Karin Krafft stand unter dem Pavillon, in dem die sterblichen Überreste auf einer Bahre lagen. Die ersten Informationen zum Leichenfund unter den Steinen gaben bereits Hinweise, mit denen Tom, der gerade noch die Nachbarn im Viertel befragte, das Register der Vermisstenfälle durchgehen würde. Zurzeit war niemand mehr im Kommissariat 1, den sie beauftragen konnte.

Kleidungsreste, besonders die Schuhe, ließen sofort erkennen, dass es sich um einen Mann handelte, einen stattlich großen, bei dem nach Bergung vor Ort überraschenderweise sogar die Todesursache festgestellt werden konnte. Zwischen den entblößten Rippen, an denen noch Erdklumpen und die Fetzen eines Hemdes pappten, fanden die emsigen Kollegen der Spurensicherung die Klinge eines Messers. Edelstahl, eine Schneide, der Länge und Breite nach handelte es sich um ein Küchenmesser.

Der Geruch, der den Pavillon erfüllte, bewegte sie zu einer Frage. »Sagen Sie, wieso haben wir hier nichts gerochen, als wir uns vor vier Tagen um den toten Hausbesitzer bemüht haben? Und wieso sind diese Ausdünstungen nicht in das Haus gezogen?«

Heierbeck wies auf die Grube. »Das war intelligent gemacht, schauen Sie mal genau hin. Der Bereich, in dem er lag, ist zum Haus hin noch einmal mit einer Folie abgedichtet worden. Die Ableitung der Dachrinne führte in der Nähe in den Boden. Er ist auf die rechte Seite gefallen, der linke Arm ragte in der Erde noch empor, vielleicht hatte die Leichenstarre schon eingesetzt, als man ihn dort hineinwarf. Es lag eine Armlänge Erde über ihm, die Hand ist nur zum Vorschein gekommen, weil unter der Last der Steine alles allmählich abgesackt ist. Timmermann muss hier immer wieder zusätzliche Steine aufgebracht haben. Die Leiche war nicht abgedichtet und ist in der Erde, die immer wieder feucht wurde, gut verwest. Was sagte der Kollege Weber, wann ist hier gegraben worden?«

»Eine Nachbarin erinnert sich an Isolierarbeiten in 2006.«

Heierbeck nickte. »Das kommt hin, aber Genaues wird die

Gerichtsmedizin dazu sagen. Und ich sagte ja schon, dass die Schuhe auf jeden Fall einem Mann gehören.«

»Haben Sie an den Kleidungsresten noch weitere Hinweise gefunden?«

»Bis jetzt leider nicht, aber wir konnten auch nicht alles sichten, wie gesagt, der Fachmann in der Gerichtsmedizin wird sich freuen. Mal was anderes.«

»Und können Sie etwas zum Alter sagen? Ja, ich weiß, Genaues gibt es später. Ich bitte um eine ungefähre Schätzung.«

Heierbeck schaute aufmerksam an den langen Überresten des Körpers entlang. »Ich tippe auf plus/minus vierzig.«

Farina Timmermann saß weinend auf der Couch, eine Notfallseelsorgerin sah Karin Krafft an und schüttelte den Kopf. »Im Moment bitte nicht, geben Sie uns noch etwas Zeit.«

Karin hatte keine Zeit, sie hatte eine zweite Leiche an der gleichen Adresse, und nicht einmal der Umstand des Todes der ersten war bislang geklärt.

»Eine Frage nur. Frau Timmermann, haben Sie eine Ahnung, um wen es sich handeln könnte? Es ist ein Mann, das Alter wird derzeit geschätzt auf fünfunddreißig bis fünfundvierzig Jahre. Er war groß, hatte große Füße.«

Es gab einen kurzen nachdenklichen Augenblick, Karin rechnete fast schon mit einer Antwort, dann schluchzte Farina ein lang gezogenes Nein, bevor sie ins Taschentuch schniefte.

Karin blieb unerbittlich, ihre Stimme übertönte den weinerlichen Singsang. »Ich weiß, dass Sie mich hören können. Farina, Sie könnten unsere Ermittlungen um einiges beschleunigen, falls Ihnen etwas zu meiner Frage einfällt. Ich lege Ihnen meine Karte auf den Tisch, Sie können mich jederzeit anrufen.«

Draußen suchte sie nach Tom, die beiden beschlossen, die Zeit zu nutzen und die Adresse der Ex-Frau, Tatjana Timmermann, ein weiteres Mal anzufahren.

***

Was sollte er tun? Dass Gero von Aha sich in der größten Misere seines relativ ausgeglichenen Lebens am Niederrhein befand, war ihm klar. Burmeester hatte ihn bei dieser blödsinnigen Undercover-Hiwi-Tätigkeit gesehen. Das konnte kein Zufall sein, bestimmt war er ihm gefolgt. Woher kannte er diese Route nach Duisburg? Hatte der Kollege ihn beobachtet? Von Aha würde sich genau umschauen, wenn er zurück in Hamminkeln war. Wenn Burmeester, der Schlauberger, sein Auto in der Nähe der Spielhalle postierte, könnte er ihn zur Rede stellen.

Jedenfalls wusste das gesamte K1 jetzt, dass er mit den Jungs durch den Pott fuhr, um Spielautomaten von A nach B zu transportieren, sie in einer Großraumgarage unterstellte, andere wieder einlud. Alles zu Ermittlungszwecken. Und um am Nachmittag ein paar Euro in der Tasche zu haben für einen schnellen Döner und das Spiel. Zumindest klopfte sein dienstlicher Auftrag noch in irgendeiner Ecke seines Kopfes manchmal an die Tür und verlangte nach Aufmerksamkeit.

Fakt war, dass hier alles nach den Anweisungen von Don Schröder geschah, niemand stellte Fragen, der Mann befahl, und alle spurten. Auch zeichneten sich seine Mitarbeiter nicht unbedingt durch hohes Denkvermögen aus oder waren gar kritikfähig. Don hatte sich seine Leute gut ausgesucht. Die mit dem größeren IQ waren in gehobenen Positionen, Hallenaufsicht oder Koordinator, die anderen hatte er auf den Job eingeschworen, den sie machten. Es ging ums Schleppen, Fahren, Abmontieren, Aufstellen, und es ging darum, sich noch dümmer zu stellen, als sie sowieso schon waren, und immer auf den Chef zu verweisen. Das konnten sie. Weiß ich nicht, musst du den Don fragen.

Sie waren auf dem Rückweg nach Hamminkeln, Gero von Aha als Underdog dieser Trotteltruppe. Er musste die Mülltonnen aus dem Weg räumen, er hatte heute Gewichte gehoben wie zum letzten Mal bei seinem Umzug. Neben den beiden zu sitzen, denen es an Bildung und Erziehung fehlte, war kein Vergnügen, und auf der A 3 überholte der Hirni am Steuer zwei Lkw auf der Standspur. Sein Kumpel fand das nur »mega«, die ganze Zeit gab der Sprüche von der »Ey, Alter, einfach mega«-Sorte von sich.

So konnte das nicht weitergehen, er musste raus aus dieser Situation, bevor er noch mehr als seine Beziehung verspielte. Er war doch einer von den Guten, der Hauptkommissar, der manchmal kraus dachte, aber immer seinen Job erledigte. Wenn er noch eine weitere Stunde an der Seite dieser Nullen verbrachte, konnte er für nichts garantieren. Er musste einen Ausweg aus dieser Nummer finden, ganz dringend.

Der Hauptkommissar in ihm betrat langsam und auf Gehhilfen wieder die Bildfläche. »Mensch, fahr gefälligst nicht so wie der letzte Ochse, ich will heute noch ankommen.«

»Bleib mal geschmeidig, du hast hier nix zu melden.«

»Dann lass mich an der Raststätte Hünxe-Ost raus.«

»Willse laufen? Is weit.«

»Besser, als euch weiter zu ertragen«, konterte von Aha. »Mal sehen, was der Boss zu deinem Fahrstil sagt. Mensch, wenn die Bullen dich anhalten, weil du wie ein Bekloppter fährst, dann bist du deinen Lappen los. Und glaube mir, die werden auch einen Blick in den Transportraum werfen und die ausgewechselten Geräte für Hamminkeln entdecken. Ob das dem Don gefallen würde?«

»Große Klappe, oder wat?«

»Fahr einfach flott weiter. Und immer schön auf der Seite überholen, auf der du sitzt. Das mit links und rechts scheint mir zu kompliziert für deinen Kopf.«

Den Spieß einfach umdrehen und die Anweisungen geben. In Höhe der Raststätte waren die beiden stumm, und von Aha hatte das Kommando übernommen. Dieses Problem schien gelöst. Doch da warteten noch andere auf ihn, mit wesentlich mehr Tragweite.

Wie sollte er Karin unter die Augen treten? Das war schwieriger, es sei denn, diese beiden Nullen gaben alles preis, was sie wussten, jede Adresse, die sie jemals beliefert hatten, den Turnus, in dem Automaten gewechselt wurden, alle Einzelheiten. Das wäre bestimmt eine Art Bonus für seine Rückkehr ins geregelte Ermittlerleben.

Wenn da nicht der Spieldruck wäre, die Aussicht, aus seinen

zwanzig Euro das Vermögen des Abends zu machen. Wenn es ihm heute gelingen würde, nicht mehr als zehn Euro auszugeben, bevor er wieder klammheimlich in seinem Büro Quartier bezog, dann hätte er die erste Hürde genommen.

Das dachte Gero von Aha, während der tumbe Junge am Steuer sich wahrscheinlich zum ersten Mal seit seiner Führerscheinprüfung wieder stinknormal an die Verkehrsregeln hielt. Der andere tat keinen Mucks mehr, hatte mehrere Ansätze gewagt. Ein Blick von Gero von Aha hatte gereicht, damit er verstummte.

Morgen. Morgen würde er mit der Chefin reden, ihr alles erklären, sich wieder zum Dienst melden. Die Krankmeldung, Mensch, daran hatte er gar nicht mehr gedacht. Hoffentlich ließ sich das noch geradebiegen.

***

Am Irkensbusch in Eppinghoven angekommen, sahen Karin Krafft und Tom Weber, wie die Ex-Frau des toten Timmermann in ihr Auto stieg. Karin parkte exakt vor der Ausfahrt. Tatjana blieb sitzen und rührte sich nicht, reagierte nicht, als Karin an die Scheibe klopfte, schaute sie erst an, als sie die Tür öffnete.

Ein Blick zwischen Verzweiflung und Resignation traf Karin. »Wir müssen reden, richtig?«

Ein angedeutetes Nicken, Karin trat zurück, damit die Frau aussteigen konnte. »Bei Ihnen im Haus, oder fahren wir gleich zum Kommissariat?«

Tatjana kramte in ihrer Tasche nach dem Hausschlüssel. »Ich habe nichts Illegales getan, ich habe nur ein paar Fakten beschönigt.«

Sie behielt ihre Jacke an und bat beide in die Küche, bot Wasser aus der Leitung an, ließ sich auf einen Hocker fallen, während Karin und Tom sich an den kleinen Tisch setzten.

»Sie wissen, weshalb wir heute wieder hier sind?«, begann Karin.

Kluger Zug, dachte Tom, jetzt kann sie sich überlegen, womit sie beginnt.

Tatjana nahm noch einen Schluck Wasser. »Ich habe keine eigene Praxis und bin auch keine Psychologin. Das war immer mein Wunsch, aber Thorwald meinte die ganzen Jahre hindurch, ich solle den Ball flach halten, ich bekäme schließlich genügend Geld von ihm für ein anständiges Leben, da bräuchte ich kein eigenes Einkommen. Ein ewiger Kampf mit dem Finanzamt. Einkommen ohne Sozialversicherung, eine private Krankenversicherung …«

Ihre Stimme klang rau, sie räusperte sich mehrmals. »Und jetzt stehe ich da und bekomme im besten Fall noch einen Anteil, wenn ich im Testament erwähnt bin. Wenn er keines hinterlegt hat, dann kann ich erst mal das Haus verkaufen und vom Erlös leben.«

Karin beugte sich vor. »Wieso haben Sie sich all die Jahre auf diese Abmachung eingelassen?«

Tränen liefen über die Wangen der Frau, sie wollte nicht weinen oder nicht dabei beobachtet werden, wandte sich ab, fingerte nach der Küchenrolle, riss ein Blatt ab, sprach weiter mit dem Rücken zu Karin. »Er war doch eigentlich immer noch mein Mann, verstehen Sie? Er kam oft vorbei, blieb auch manchmal über Nacht.«

Sie drehte sich wieder um, musste lächeln. »Der war so eifersüchtig auf jeden Mann, der mir nur von der Straße aus einen guten Morgen wünschte, wenn ich die Zeitung aus dem Briefkasten holte. Wenn er das hinter der Gardine mitbekam, ging es ins Verhör. Wer war das? Kennst du den? Was will der von dir?«

Karin fragte, ob sie immer noch ein Paar waren, Tatjana nickte matt.

»Sie haben doch die andere kennengelernt. Was macht denn ein gebildeter, gesellschaftlich anerkannter Mann mit so einem hübsch geschminkten Kleiderständer? Er hat so oft bedauert, wie sich alles entwickelt hat. Nur auf seinen Sohn war er stolz. Felix war sein Augenstern.«

Sie schaute beide abwechselnd an, schien noch etwas sagen zu wollen, etwas, das nicht über ihre Lippen kommen konnte.

Karin ermutigte sie, es sei alles wichtig, was ihr durch den Kopf gehe. Tatjana überlegte einen Moment, bevor sie weitersprach.

»Ja, da ist einiges. Ich habe angefangen zu studieren, will meinen Master in Sozialwesen machen, damit ich vielleicht noch etwas Wichtigeres in diesem Leben schaffe, als meiner großen Liebe nachzuhängen. Wissen Sie, wie das ist? Fast achtzehn Jahre lang die Nummer zwei zu sein, die nirgendwo offiziell auftauchen durfte? Die große Warum-Frage habe ich mir oft gestellt und dann wieder mit Liebe beantwortet. Die Liebe erträgt alles, ja.«

Sie wusste noch nichts von dem Fund auf der Agnesstraße, das wurde Tom klar. Tatjana wollte nur über die Jahre mit Thorwald berichten und ergänzen, was sie so lange verschweigen musste.

Karin würde sie auf den Stand bringen. »Frau Timmermann, es gab da einen Fund bei dem Haus von Ihrem Ex-Mann.«

Sie schaute auf. »Ja, das weiß ich doch. Er lag im Vorgarten.«

»Das ist noch nicht alles. Heute haben Landschaftsgärtner, die den Auftrag hatten, die Steine zu entfernen, darunter eine weitere Leiche entdeckt.«

Tatjanas Augen weiteten sich. »Was sagen Sie da?«

»An der Agnesstraße werden gerade die Überreste einer Leiche geborgen. Anhand von Schuhgröße und Körperlänge geht die Spurensicherung davon aus, dass es ein Mann ist. Das muss die Gerichtsmedizin aber erst einmal bestätigen.«

»Das ist ja furchtbar. Wie geht denn Farina damit um? Die bricht doch schon zusammen, wenn ein toter Vogel auf der Terrasse liegt, der vor die Scheibe geflogen ist. Wer ist das denn? Wissen Sie schon Genaueres?«

»Nein. Vielleicht haben Sie ja eine Idee, wer um das Jahr 2006 herum mit Thorwald zu tun hatte und plötzlich verschwunden ist?«

Tatjana schaute von einem zur anderen, Karin erahnte, wie es in ihrem Kopf spulte, wie sie ihre Erinnerungen durchforstete.

»Wir haben uns ja sofort getrennt, als Farina mit dem Schwangerschaftstest wedelnd vor der Tür stand und Thorwald nur noch sein Kind im Kopf hatte. Das ging alles so schnell. Ich habe ihm erst eine Szene gemacht und bald schon seine Entschlossenheit erkannt. Dann habe ich gebettelt, er solle wenigstens noch abwarten, manchmal kann man erst sicher sein, wenn die ersten Monate vorbei sind.«

Sie stand auf und füllte ihr Glas erneut unter dem Wasserhahn. »Mir blieb damals nur, so schnell wie möglich zu gehen, und das habe ich gemacht, während er sein Nest ausbesserte, sich mit der Gartenanlage verausgabte, nachdem er ein Kinderzimmer eingerichtet hatte. Der war nicht wiederzuerkennen, arbeitete sich zum ersten Mal in seinem Leben Schwielen an die Hände, und dann lagen wir uns abends im Hotel, in das ich gezogen war, heulend in den Armen. Glück und Verzweiflung liegen so nah beieinander, Frau Krafft. Er versprach mir, dass es mir immer gut gehen würde, dass wir uns nicht verlieren würden, dass er immer nur mich lieben wird. Und dieses Kind.«

Karin glaubte ihr, sie hatte die Frau während ihres Berichtes beobachtet, die sich die Arme krampfhaft vor den Bauch hielt, als durchlebe sie große Schmerzen. Da spiegelte sich alles in ihrem Gesicht, während sie erzählte, ein Leben im Verborgenen, sich über so viele Jahre nicht von der großen Liebe lösen können, mit Unsicherheiten in die Zukunft gehen.

Tom holte Tatjana Timmermann thematisch zurück, das hier war keine Therapiesitzung, sondern eine Befragung. »Haben Sie eine Ahnung, wer das sein könnte, der da im Vorgarten an der Agnesstraße unter der Erde lag und verweste?«

»Nein, ich habe keine Ahnung, wen Thorwald da verbuddelt hat.«

Sie schüttelte unablässig den Kopf, sagte nichts mehr, eine völlig verstörte Frau, die ihre große Liebe endgültig verloren hatte.

Erst auf der Weiterfahrt zurück nach Wesel fiel Karin ein, was sie irritiert hatte. »Kannst du dich an den letzten Satz von ihr erinnern?«

»Ja, sie sagte, sie wüsste nicht, wen Thorwald da verbuddelt hat.«

»Genau. Woher weiß sie, dass er es war und nicht jemand anders?«

Tom winkte ab. »Ach, komm, das ist Wortklauberei. Aber er wird es selber gewesen sein. Ich kann mir nicht vorstellen, dass jemand dem Mann eine Leiche untergeschoben hat. Hier, Timmermann, du hast die Grube und ich einen Toten, mach mal. Nein, Karin, das ist echt absurd. Für mich ist der Gedanke entscheidend, dass der Mann im Wahn war. Sein Lebenswunsch wuchs da gerade im Bauch einer Frau heran, dafür hat er die Liebe seines Lebens ausquartiert und wollte ein perfektes Nest herrichten. Lass uns weiter ermitteln, wer um die Zeit als vermisst gemeldet worden ist. Ich glaube, dann werden wir wissen, wer in den großen Herrenschuhen am Haus beerdigt wurde.«

***

Burmeester war sich nicht sicher, wie er mit seiner Beobachtung umgehen sollte. Er wollte doch seinen Kollegen nicht in die Pfanne hauen. Er konnte es aber auch nicht verschweigen. Dass Don Schröder anscheinend ein Imperium bis in den Pott hinein beherrschte oder bediente, das wurde gerade klar. Was ihm mit welchen Konsequenzen nachzuweisen war und vor allem, ob er außer der Nutzung der Großraumgaragen noch intensivere Geschäftsbeziehungen zu Timmermann aufgebaut hatte, das war mit seiner Entdeckung immer noch ungeklärt.

Die einzige wirklich neue Beobachtung war die Beteiligung von Gero von Aha an den Aktionen rund um Schröders Spielautomaten. Und den würde er sich schnappen, bevor er eine Abmahnung erhielt oder gar eine Suspendierung ausgesprochen wurde. Seinen Kollegen, der ihn im letzten großen Fall durch den beherzten Einsatz seiner Waffe vor prügelnden Jugendlichen gerettet hatte, die ihn sonst erbarmungslos zu Tode getreten hätten. Diesen Kollegen, der ihn als freundschaftlich verbundener Emissär bei seiner Heirat in eine kurdischstämmige Großfamilie unterstützt hatte, den konnte er nicht einfach ins offene Messer laufen lassen.

Er fuhr geradewegs nach Hamminkeln und stellte seinen Wagen beim Roadhouse ab, noch pünktlich für einen Workers Lunch, und schickte von Aha eine Nachricht auf WhatsApp. »Bin nebenan im Roadhouse, lade dich zum Essen ein. Komm rüber, wir müssen reden.«

Zwischen all den starken Jungs und Mädels in knirschenden Lederkombis mit Helmen unter dem Arm fühlte sich Burmeester zunächst ein wenig fehl am Platz, beobachtete jedoch ein wohlwollendes, freundliches Miteinander in dieser Community, die ihm fremd war. Sie lachten, fachsimpelten, zeigten sich Fotos, jeder hatte eine Maschine mit den besten Werten, der passenden Ausstattung und fand bei anderen Modellen ganz schnell technische Details, die ihre Mängel offenbarten.

Es dauerte bis zum Dessert, ehe von Aha sich suchend an den Tischen vorbeischlängelte. Er hatte schon Blickkontakt zu Burmeester aufgenommen, als eine kleine Bikergruppe ihn mit einer lautstarken Begrüßung empfing.

»Der Bulle, den wir zurück zum Kommissariat gefahren haben, weil er seine Chefin verärgert hatte. Wisst ihr noch? Bei Nobel Cars in Birten. Die ist einfach abgerauscht. Na, Bulle, erkennst du uns? Wir sind es, die Guten.«

Von Aha blickte irritiert, schaute sich um, begrüßte kurz die Jungs und ging dann weiter zu Burmeester. »Verdammt, hoffentlich zerdeppert ihr alle nicht gerade meinen Undercoverstatus als harmloser Spieler mit leerem Konto. Es kann sein, dass der eine oder andere Spieler auch hier isst. Schau mir mal über die Schulter, beobachtet uns jemand, oder verlässt gerade jemand schnell den Raum?«

Burmeester fiel nichts auf. »Erst mal hallo, du alter Spinner.«

»Eh, ja. Wie hast du mich heute gefunden, lässt Karin mich beobachten?«

»Nein, dich nicht, aber sie ist mächtig angefressen wegen dir. Du musst das alles regeln, unbedingt, und zwar noch heute. Mensch, ich will, dass du im Team bleibst, das geht aber nicht, wenn du hier wie ein einsamer Wolf agierst.«

»Jaja, du hast ja recht, ich habe heute auch schon darüber

nachgedacht. Aber jetzt sag mal, wie hast du mich in Duisburg gefunden?«

»Nicht in Duisburg. In Dinslaken bei den Garagen habe ich eine Wildkamera angebracht, seit klar ist, dass Spielautomaten in der Großgarage stehen. Zunächst war Don Schröder im Bild, damit war der erste Zusammenhang nachgewiesen.«

Von Aha blickte hungrig zum Büfett. Burmeester stand zu seiner Einladung, und sein Kollege lief flott hinüber und kam mit einem voll beladenen Teller zurück. »Ich habe seit Tagen nichts Anständiges mehr gegessen, und ich muss schnell wieder drüben auftauchen.«

Er verschlang seine Mahlzeit in rekordverdächtiger Eile, rülpste anschließend, bekam einen Schluckauf. »Zu schnell.«

Burmeester nickte und blieb bei dem kritischen Blick, mit dem er von Aha bedachte. »Ja, das bist du. Zu schnell, ohne zu überlegen, zu konsequent in deinem Handeln. Du verdammter Dickschädel, wie konntest du dich in so eine verfahrene Situation bringen?«

Noch eine Tasse Kaffee, hier schmeckte er einigermaßen. Von Aha wusste keine Antwort, Burmeester half ihm. »Du steckst mitten in einer Phase der Spielsucht, richtig?«

Von Aha konnte nur halbherzig nicken. »Eigentlich bin ich auch schon auf diesen Gedanken gekommen. Ich will ihn aber nicht haben, ich will es nicht einsehen.«

»Und dann wirst du lieber zum Arschloch und beklaust einen Freund.«

»Ich weiß, das tut mir echt leid, aber ich konnte nicht anders. Und Marlene hat mich auch rausgeworfen, weil ich heimlich Geld von ihrem Konto abgehoben habe. Ihr bekommt das zurück, versprochen.«

Burmeester rückte näher. »Wie viel hast du heute mit dieser Schlepperei verdient? Zwanzig, dreißig Euro?«

Von Aha hob zwei Finger. »An anderen Tagen geht es noch nach Bottrop, Oberhausen und Gelsenkirchen, dann wird es ein wenig mehr, cash auf die Hand.«

»Ach, und wie willst du davon deine Schulden bezahlen,

wenn du deinen Job verlierst? Das wird der Fall sein, wenn du so weitermachst. Überlege gut, was dir dein Leben wert ist, so landest du auf der Straße.«

Gero von Aha nahm den letzten Schluck Kaffee und schaute Burmeester nachdenklich an. »Hätte Karin mich nur nicht hierhergeschickt.«

Burmeester ließ seine Faust auf den Tisch sausen. »Hätte, hätte, so ein Blödsinn. Du bist für dein Handeln verantwortlich. Karin hat nicht gesagt, dass du hier bis zur letzten Konsequenz den Spieler mimen sollst. Die hat gesagt, du sollst dich hier umschauen. Jetzt bist du pleite, hast Schulden, belügst deine Mitmenschen und pennst heimlich im Büro. Mach so weiter, und ich kenne dich nicht mehr!«

Er stand auf, drehte sich noch einmal um. »Und ich werde ihr nachher von unserer Begegnung berichten. Komm wieder auf den Boden, Gero, und nimm Unterstützung an, du bist auf dem Weg in den Ruin. Wenn du hier nicht bald wieder wegkommst, kannst du früher oder später in die Industriebrache nach Wanheimerort ziehen, da sind gerade gemütliche Plätze frei geworden.«

Burmeester bezahlte und verließ das Restaurant, ohne sich noch einmal umzudrehen.

***

Erneut wurde Karin beim Betreten der Polizeibehörde vom Diensthabenden zu sich gerufen. Was hatte er jetzt schon wieder? Tom ging nach oben, während sie die Wache betrat.

Der Mann hielt einen Briefumschlag hoch. »Ihr hattet Besuch aus Italien.«

»Jetzt auch noch die Mafia?«

Er lachte herzhaft. »Nein, ein ganz lustiger Geselle. Er zeigte eine Auftragsbestätigung zur Reparatur des Kaffeeautomaten oben im K1.«

»Ach ja, das wollte der von Aha organisieren.«

»Ihr wart nicht da, und ich wollte den nicht alleine auf eurer

Etage hantieren lassen. Der hat drei Stunden unter polizeilicher Aufsicht ausgebaut, gereinigt, geleert, ausprobiert, wieder geschraubt, noch einmal probiert. Der Kollege, der zur Aufsicht abgestellt war, meinte, der Kaffee sei vorzüglich, als er mit dem Clown wieder runterkam. Ich soll dir die Rechnung geben. Der wollte eigentlich Karte oder cash, ich habe gesagt, dies sei eine deutsche Behörde, da ginge nichts mal eben so.«

Karin öffnete den Umschlag, entnahm das Papier und versuchte zu lesen, was dort stand. Italienisch konnte sie leider nicht, sie blätterte um und las das Wichtigste, den Betrag. Das ging auch auf Deutsch. »Vierhundertachtundsiebzig Euro? Unglaublich!«

Der Beamte lachte laut. »Ja, und du solltest besser zusehen, dass es bezahlt wird, bevor er wirklich seine Freunde von der Mafia herschickt.«

»Ich kläre das.« Sie bedankte sich und nahm die Rechnung an sich.

»Och, dafür nicht. Wir wissen doch inzwischen alle, dass die außergewöhnlichen Ereignisse immer mit euch da oben zu tun haben. Das Video mit eurem Entfesselungskünstler machte auch schon die Runde und hat für vergnügliche Minuten gesorgt. Da kann ich nur sagen: Weiter so.«

Immer das K1, dachte Karin auf dem Weg nach oben, wir sind die Outlaws.

In der Teeküche, aus der es verführerisch nach Kaffee duftete, traf sie auf Tom und Jerry, die bereits im Austausch waren. Die Rechnung sollte nicht zum Thema werden, sie würde in Karins Ablage landen.

Tom hob seinen Kaffeebecher. »Es roch so gut, als wir hier eintrafen, die Maschine ist wieder fertig.«

Karin korrigierte lächelnd. »Der Automat, Tom, der multifunktionale Kaffeeautomat.«

Auch Jerry nippte an seinem Becher. »Egal, endlich wieder ein feines Heißgetränk, und der Eigner weiß nichts von seinem Glück. Wo ist der eigentlich?«

Tom äußerte seine Vermutung. »Der wird am späten Abend wieder hier auftauchen. Oder, Karin?«

»Wahrscheinlich, denn er hat momentan kein Zuhause mehr. Lasst uns gemeinsam drüber reden, wenn Burmeester auch da ist. Wir schreiben gleich die Protokolle, sonst geraten wir in Verzug. Tom, schau du in die Vermisstendatei. Jerry, ich bin gespannt, was es im Hause Schröder gab. Ich werde Tatjanas Aussage dokumentieren und den Fund auf der Agnesstraße. Wo ist Burmeester?«

Achselzucken. »Noch unterwegs.«

»Wir treffen uns wie üblich um siebzehn Uhr zur kleinen Lage. Einer von euch schreibt ihm bitte, ich will nicht noch einen Kollegen auf Jück haben.«

In ihrem Büro fuhr Karin den PC hoch und schaute in die E-Mails, eine von der Behördenchefin van den Berg fiel ihr gleich ins Auge, versendet mit dem Betreff »Gesprächsbedarf«. Sie traute sich nicht, diese zu öffnen. Prioritäten setzen, erst die Arbeit, dann der Anschiss.

Es brauchte nicht lange, und der Sachstand floss in die Datei. So merkwürdige Geschichten hatten sie aus Dinslaken mitgebracht, ein Toter auf dem Schotter, einer darunter beim Hause einer jungen Witwe. Die hatte ihren Platz nur durch die Geburt ihres Kindes erobert, wodurch die große Liebe des Kindsvaters verdrängt wurde. Und es gab noch einen fast achtzehnjährigen Jungen, der seine Mutter nicht ernst nahm und statt im elterlichen Eigenheim lieber in der Mietwohnung bei der Familie seines Schulfreundes lebte, sich jedoch frei an Vermögen und Eigentum seines Vaters bediente.

»Einer, der nichts verlangt, dafür ungefragt nimmt, was er haben will. Den hatten wir noch gar nicht auf dem Schirm, ich werde ihn morgen aufsuchen.«

Es klopfte, Tom betrat ihr Büro, blickte sich irritiert um. »Hast du mit dir selber gesprochen?«

»Das passiert schon mal. Was gibt es?«

»Meine Suche in der Region war erfolgreich. Da gibt es gleich zwei Vermisste, deren Daten mit der vagen Beschreibung von Heierbeck übereinstimmen könnten. Dazu hat der Gerichtsmediziner das Geschlecht bestätigt, es ist ein Mann, Todesursache ein Stich mit dem Messer, dessen Klinge noch im Opfer steckte. Und er hat das Foto einer Halskette gesendet, die war uns verborgen geblieben. Aber wir haben den Kerl auch nicht von den restlichen Kleidungsfetzen befreit und von allen Seiten betrachtet, das wäre bei einem fast komplett skelettierten Menschen nicht ohne Schaden geblieben. Da, schau, eine goldene Kette mit einem Marienanhänger. Du kennst das?«

»Das ist die heilige Maria aus Kevelaer, das ist die mit dem ausgebreiteten Mantel. Als Medaillon gar nicht so selten, allerdings werden bestimmt die aus Silber öfter verkauft. Sind irgendwelche Gravuren erkennbar?«

»Leider nicht.«

»Um wen handelt es sich bei den Vermissten, lebte einer davon vielleicht in Kevelaer oder in der Nähe?«

Tom berichtete von zwei Männern, einer aus Sonsbeck, der andere aus Wesel. Sie waren zum Zeitpunkt des Verschwindens vierunddreißig beziehungsweise zweiunddreißig Jahre alt.

»Der jüngere der beiden, Frank Adler aus Wesel, lebte noch im Haus seiner Eltern, der andere aus Sonsbeck, Darian Schwendner, wurde damals von seinem Vermieter als vermisst gemeldet, bei ihm wurden keine Verwandten ermittelt.«

»Dann sollten wir doch mal in Erfahrung bringen, ob die Eltern von dem Adler noch leben, und sie mit dem Foto der Kette konfrontieren.« Karin unterbrach sich, schien einem Gedanken zu folgen.

»Nein, wir werden morgen auch nach Sonsbeck fahren. Finde heraus, ob der Vermieter noch unter der bekannten Adresse lebt. Dem könnte so ein Anhänger auch aufgefallen sein, man kennt diese Darstellung in der Region.«

Tom verließ den Raum, steckte noch einmal den Kopf durch die Tür. »Ich habe Burmeester erreicht, er wird pünktlich da sein.«

»Gut, da bin ich beruhigt. Ich habe hier eine E-Mail von der Behördenchefin, sie signalisiert Gesprächsbedarf.«

»Hast du eine Ahnung, um was es geht?«

Karin lehnte sich zurück und lachte. »Es gibt aktuell mehrere

Themen, die sie kritisch beurteilen könnte. Ich werde mir morgen erst durchlesen, worum es geht. Vielleicht weiß der Staatsanwalt mehr, der wird nachher dazukommen.«

***

Gaby Ashni Schröder verabschiedete Mala Avida Burmeester herzlich, die beiden Frauen waren sich in den letzten Wochen sehr nahegekommen. Mala hatte ihr unter Tränen erzählt, wie sehr sie ihren Sohn vermisse, der bei der Polizei arbeite, so wie der »farbige« Junge, der am Morgen im Haus Konstantin gewesen war.

»Sie haben schlechten Einfluss auf ihn ausgeübt, er ist damals in einer Nacht-und-Nebel-Aktion ausgezogen, mein Junge, ohne mir mitzuteilen, wo er wohnte. Er aß plötzlich nichts Gesundes mehr, immer nur noch diese Fertiggerichte für unterwegs. Er kleidete sich wie ein Papagei und machte in allen Lebensbereichen genau das Gegenteil von dem, was er in Indien gelernt hatte. Und in all den Jahren habe ich mich nicht getraut, ihn auf seiner Arbeitsstelle zu besuchen.«

Gaby umarmte ihre Freundin und ermutigte sie. »Geh hin, lass dich zu ihm geleiten, nimm ihn in den Arm. Du predigst doch immer die emotionale Freiheit. Nimm sie dir. Sei mutig, du bist doch Avida, *the one who knows*. Fühle tief in dich hinein und folge dem ersten Impuls.«

Die Burmeester schaute sie an. »Ashni, die von mir Gesegnete, du hast gut gelernt, auch ohne eine Zeit im Ashram.« Sie berührte Ashnis Stirn. »Du musst aber auf dich aufpassen. Sei achtsam, bleibe wahrhaft und gib niemandem die Chance, dich zu verletzen. Auch nicht deinem Mann, hörst du?«

Irritiert löste Gaby Ashni Schröder sich aus der Berührung. »Wie meinst du das?«

»Er tut dir nicht gut, dieser Don. Er ist nicht wahrhaftig, und die Männer, mit denen er sich umgibt, sind schlecht.«

Entsetzen lag in Gabys Stimme, ihre Antwort wirkte patzig. »Er finanziert hier meinen Traum, unser Retreat Center. Ich kann mich nicht von ihm distanzieren, ohne ihn hätten wir nicht diese phantastisch ausgestatteten Räume.«

»Ich spüre es genau, was er macht, geht nicht mit rechten Dingen zu. Wie sollen wir denn hier verletzte oder gehetzte Seelen heilen, wenn er unter demselben Dach in seinen Räumen das Unrecht empfängt?«

Die Schröder wusste nicht, wohin mit ihrer auflodernden Wut. »Am Samstag wollen wir eröffnen, und heute bist du plötzlich so komisch. Was soll das?«

»Dein Don ist ein schlechter Mensch, seine Aura muss jedes Mal aus den Räumen hinausgeräuchert werden, wenn er sie betreten hat. Wie sollen wir das kontrollieren?«

»Du spinnst ja total!«

»Nein, ich spüre nur, wie sehr er dich an der Vollkommenheit hindert, die du brauchst, um authentisch zu sein. Wenn es etwas gibt, das du dem Polizisten verschwiegen hast, dann solltest du es loswerden. Oder korrigieren. Ich habe dich heute erlebt, bevor der Kommissar mit dir sprach und danach. Du warst nicht mehr bei dir, und da stand etwas zwischen uns. Glaube mir, die Wahrheit wird dich erlösen.«

Sie ordnete ihren orangefarbenen Umhang, schlang ihn fest um sich, damit er nicht beim Radfahren störte. »Ich werde jetzt meinen Jungen besuchen. Das lastet auf meiner Seele. Wenn wir uns morgen sehen, dann wirst du den Unterschied erkennen. Ashni und Avida müssen sich auf ihre Aufgabe vorbereiten, ich beginne heute damit. Gib dir einen Ruck, du wirst sehen, wie gut es tut, achtsam mit sich selber zu sein.«

Mala Avida Burmeester berührte die Stirn ihrer Freundin erneut und ging zu ihrem Rad, warf milde lächelnd einen Blick zurück.

Sie radelte los, die künstlichen Blumengirlanden um Lenker und Gepäckkorb bewegten sich im Fahrtwind. Sie würde heute ihren Sohn sehen. Om.

***

Aaron Nilsson wirkte besorgt, so hatte Karin Krafft ihn noch nie erlebt. Wie sich in einem kurzen Gespräch in der Teeküche, die mit seiner hünenhaften Person überfüllt wirkte, herausstellte, lebte ein Teil seiner weitläufigen Verwandtschaft in Island in dem kleinen Fischerdorf Grindavík, das von einem Vulkanausbruch teilweise zerstört und vor dem Ausbruch evakuiert worden war. Alles lief dort in geordneten Bahnen, es gab kontrollierte Rückführungen zur Bergung von Hab und Gut, es gab Großgaragen am Flughafen zur Unterbringung der Dinge, aber die Lage blieb ungewiss.

»Alles ist dort besser organisiert als der Hochwasserschutz hier im Land. Die Lava sucht sich den Weg an die Oberfläche, und da sind die Menschen meist schon gewarnt und vorbereitet, um sich in Sicherheit zu bringen. Der materielle Schaden bleibt erst mal, und ein Fischer verdient nicht viel, wenn ihm seine Infrastruktur fehlt.«

Er schüttelte seinen roten Schopf, als würde er mit der Bewegung seine Gedankenwelt wechseln. »Sind heute alle an Bord?«

Karin sah zu ihm hoch, während sie Kaffeebecher auf ein Tablett stellte. »Nein, einer fehlt. Das mache ich gleich zum Thema. Nimmst du Milch und Zucker mit?«

Nilsson zeigte sein breites gewinnendes Lachen. »Ach, von Aha fehlt. Bei ihm muss der Kaffee doch immer pur genossen werden.«

Im Besprechungsraum gab es eine Menge Informationen, die thematisch unterteilt an der Infowand zu sehen waren. Jerry hatte sich bemüht, alles den Todesfällen zuzuordnen, um die es sich handelte. Auf einer Wand erkannte Karin das Foto von Lisa Döpker, darunter die Namen der Aktivisten gegen Schottergärten, daneben die Namen der beiden Obdachlosen mit dem Hinweis auf die Kripo Duisburg in Klammern.

Den nächsten Schwerpunkt bildete der Fall Thorwald Timmermann. Da prangte ein Foto von ihm gemeinsam mit Achim, genannt Don Schröder. Das war ihr aktueller Fall vom 14. des Monats, in dem es bislang mehr Fragen als Antworten gab. Vermerkt waren die Namen der Witwe und ihres Liebhabers Ingo

Kutscher, des Sohnes Felix zusammen mit dem Namen Kevin Stachowiak als Freund, bei dem er derzeit lebte, sowie Tatjana als Ex-Frau und Geliebte von Thorwald.

Und dann gab es noch den bis dato unbekannten Toten, der am Vormittag bei den Aufräum- und Umgestaltungsarbeiten im Vorgarten per Zufall gefunden worden war. Vermutlich lag er seit 2006 unter den Steinen, zu dem Zeitpunkt war Thorwald Timmermann im Nestbaufieber für sein Kind und hatte, laut Aussage einer älteren Nachbarin, an der Frontseite die Kellerwand freigelegt, um sie neu zu isolieren. Im Anschluss war er immer wieder damit beschäftigt gewesen, dort Steine aufzuhäufen.

Eine Sparte war frei für Don Schröder und sein Imperium der Spielautomaten, die neben den ordentlich bei der Steuerbehörde angemeldeten Geräten turnusmäßig ausgebaut und ausgetauscht wurden.

Nilssons Augen arbeiteten sich durch die Informationen, er nickte. Setzte sich schließlich und deutete zunächst auf die Namen Arthur Barneby Krause, Justin Zapatka und Kurt Kremer.

Karin erläuterte den Stand der Ermittlungen. »Denen wird kein Tötungsdelikt nachzuweisen sein. Sie bezeugen unabhängig voneinander, dass Lisa Döpker am Haus von Krause mit letaler Folge gestürzt ist.«

Nilsson unterbrach sie. »Warum haben die nicht die Rettungskräfte geholt?«

»Sie wollten den Rettungsdienst nicht verständigen, weil der die Polizei hinzugeholt hätte, wie üblich bei einem ungeklärten Todesfall. Das Tiny House von Krause steht fernab vom Bauland, und er selbst ist dementsprechend nicht dort gemeldet. Unser Einsatz wird ihn seine Bleibe kosten. Der Bauer, dem die Streuobstwiese gehört, wird ihn auf die Straße setzen.«

»Ist die Geschichte glaubhaft?«

»Der Gerichtsmediziner bestätigte eine Verletzung, die vereinfacht Genickbruch genannt wird und unweigerlich zum Tode führte. Alles Weitere, Abwehrspuren an Händen oder Armen, kann aufgrund des Zustands der Leiche nicht festgestellt werden.

Die Hitzeentwicklung des Feuers in ihrem Wagen war zu hoch, es ist nicht viel von ihr übrig geblieben.«

Nilsson ergänzte: »Bleibt noch, den drei Männern Leichenschändung vorzuwerfen. Damit können wir sie aber nicht länger festhalten.«

Jerry wollte wissen, ob die Tatsache, dass die drei den ersten Versuch unternommen hatten, das Fahrzeug mit der Leiche in Brand zu setzen, Grund genug für die Vorführung beim Haftrichter sei.

Nilsson verneinte. »Wir können denen die Tötung, fahrlässig oder geplant, nicht nachweisen. Der Umgang mit einem toten Körper ist ein Offizialdelikt nach Paragraf 168 StGB, sie können mit einer Haftstrafe bis zu drei Jahren oder einer Geldstrafe rechnen. Dafür steckt sie aktuell kein Haftrichter in ein eh schon überfülltes Gefängnis. Aber was haben die drei mit dem Ableben von Thorwald Timmermann zu tun, ist das endgültig ermittelt?«

Karin resümierte, dass es auch hier um eine Aussage ging, die die beiden Akteure, Zapatka, genannt Fliege, und Kremer, genannt der Kurt, gegenseitig bestätigten.

»Auch da können wir nichts nachweisen. Im Gegenteil, sie standen sämtlichen Ermittlungsfragen offen gegenüber, haben uns Quellen ihrer Farbbeschaffung genannt, Schuhe und Kleidung zur Verfügung gestellt, es konnten nirgendwo Blutanhaftungen festgestellt werden. Die haben sich bei allen Aktionen akribisch vorbereitet, sind im Vorfeld die Straßen abgefahren und haben sich die schrecklichsten Vorgärten als Ziele ausgesucht.« Karin nahm einen Schluck Kaffee.

»Sie sind wie in der Vergangenheit immer mit Bedacht vorgegangen. Die Agnesstraße, Hausnummer 58, stand auf ihrem Plan, den Zettel haben wir bei Krause im Tiny House gefunden. Es war kein Zufall, dass sie dort die Farbe auskippten. Sie sind mit sichernden Blicken in alle Richtungen ein Stück den Gehsteig entlanggegangen, um dann zur Tat zu schreiten. Erst als sie mit ihrem Augenmerk dem Farbschwall in Richtung Anlage folgten, haben sie das Dilemma bemerkt. Zunächst ungläubig verharrend und starr vor Schreck, haben sie wortlos beschlossen, die Aktion einzustellen. Ursprünglich geplant war, mit der Farbe ein Kreuz darzustellen, stattdessen haben sie sich aus dem Staub gemacht. Ihnen könnte man allenfalls zur Last legen, dass sie den Fund nicht gemeldet haben.«

»Aber auch das reicht nicht für einen Verbleib in unseren Arrestzellen aus«, kommentierte Nilsson. »Die können noch am Abend gehen, allerdings mit der Auflage, sich an ihren Wohnorten aufzuhalten und für weitere Fragen zur Verfügung zu stehen. Ich veranlasse das nachher.«

Jerry berichtete von dem fadenscheinigen Alibi, das Gaby Schröder ihrem Gatten gegeben hatte. Niemand würde mit Gewissheit sagen können, ob er in der fraglichen Nacht wirklich in seinem Bett gelegen hatte.

Burmeester meldete sich zu Wort. »Karin und ich haben in Dinslaken den Sohn des Toten bei den Großgaragen seines Vaters angetroffen und dabei einen Blick auf den Inhalt werfen können. In einer stehen lauter Spielautomaten. Ich habe daraufhin auf dem Nebengrundstück eine Wildkamera in den Baum gehängt.«

Nilsson horchte auf. »Was hast du gemacht?«

»Ich habe als Angestellter des Ordnungsamtes eine Wildkamera installiert, um den Bestand der Ratten in dieser Gegend zu erkunden. Völlig legal, oder eher ein bisschen, jedenfalls zeigen die Aufnahmen Don Schröder und seine Helfer beim Beladen eines Transporters. Heute hat der Kollege von Aha mitgeholfen, der ja undercover in der Spielhalle in Hamminkeln lebt, ehm, ich meine arbeitet. Und da bin ich ihm nachgefahren.«

Nilsson saß aufrecht und wirkte ernst. »Was sind das für Methoden? Davon können wir strafrechtlich nichts verwenden.«

Burmeester verschränkte seine Arme. »Ich darf eine Wildkamera aufhängen, um Tierbestand zu kontrollieren, und wenn da zufällig Menschen hineingeraten, dann ist das deren Ding. Von Aha wird uns alles liefern, da brauchen wir die Kamera nicht zu erwähnen.«

Karin forderte ihn auf, weiter zu berichten.

»Ich bin dem Transporter nach Duisburg gefolgt, in dem

Viertel hinter dem Hauptbahnhof ist er in einer Hofeinfahrt bei der Kneipe ›Zum Zug‹ verschwunden. Man konnte nur so eben erkennen, dass dort die Automaten aus Dinslaken ausgeladen wurden. Dann habe ich dafür gesorgt, dass Gero mich sieht, damit er weiß, dass ich ihn auf dem Schirm habe.«

Karin nickte, hielt Nilsson davon ab, eine weitere Frage zu stellen. »Hast du nicht mit ihm gesprochen?«

»Doch, später in Hamminkeln habe ich ihm im Roadhouse ein Essen spendiert. Er sagte, dieses System der Rotation der Automaten ziehe sich bis weit in den Pott, es scheint ein einträgliches Geschäft zu sein. Boss ist Don Schröder, so viel steht fest. Ich habe angeboten, Gero zu helfen, wenn er einen ordentlichen Weg zurück hierher findet. Bislang fehlt es ihm jedoch an Einsicht in seine Misere, die ihn sogar den Job kosten könnte. Karin, vielleicht kommt er nachher hier vorbei, ich kann gerne mit dir zusammen auf ihn warten.«

Die Hauptkommissarin nickte nur, während Nilson unruhig wurde und sie ansprach. »Von Aha hat ein ernsthaftes Suchtproblem?«

»Du hast ihn am Donnerstag ohne seinen Kaffee erlebt, das war noch harmlos. Anscheinend ist er dem Spiel an den Automaten erlegen.«

»Das ist ein heißes Pflaster, Karin, du musst den in die Spur kriegen. Am besten mit ordentlicher Unterstützung zur Bewältigung seines Suchtproblems. Ich persönlich habe diese Interna nicht gehört, sonst habe ich die Behördenchefin wieder bei mir auf dem Schoß sitzen. Ist das okay für euch?«

Es gab zustimmende Gesten.

»Dann mal weiter. Was ist mit dieser Ex-Frau, die, wenn ich das richtig deute, gleichzeitig Geliebte des Timmermann war? Hätte sie ein Motiv gehabt, ihn zu töten?«

Karin schüttelte den Kopf. »Man steinigt nicht die Hand, die einen ernährt. Er hat ihr als Abfindung für die überstürzte Trennung das Haus gekauft, in dem sie lebt, und bis zu seinem Tod gab es eine monatliche Zahlung in Höhe von fünftausend Euro. Außerdem kam er in all den Jahren als Geliebter zu ihr, blieb manchmal auch über Nacht. Die Frau ist gerade dabei, sich und ihr Leben neu zu ordnen.«

Der Staatsanwalt klatschte in die Hände. »Das kann unsereiner sich nicht leisten, eine Familie ernähren und gleichzeitig einer Geliebten so viel Geld überweisen.«

Karin ergänzte, dass Tatjana sich dessen bewusst sei, wie großzügig ihr Ex-Mann sie in all den Jahren unterstützt hatte. »Sie wird wohl als Erstes das Haus verkaufen, um von dem Erlös zu leben. Die Geschichte ist ja tragisch, Timmermann hat diese Frau, die er liebte, verlassen für die Frau, die mit seinem heiß ersehnten Kind schwanger war.«

»Was ist das für eine, die jetzige Frau Timmermann?«

Burmeester antwortete, nicht ohne eine Spur Häme in der Stimme. »Das ist ein Luxusweibchen, dem es an Verstand fehlt. Die weiß von nichts, nicht, wie ihr Mann sein Geld verdiente, nicht, dass er mehrere Immobilien in Dinslaken besitzt, die wusste angeblich nichts von dem Inhalt des Stahlschranks im Keller, zu dem Felix einen Schlüssel hat, und sie hat ihren Sohn nicht im Griff.«

Karin ergänzte seine Ausführungen. »Der Junge wurde von seinem Vater in die Geschäfte eingeweiht. In einer der beiden Garagen steht ein Auto, das er, sobald ihm der Führerschein ausgehändigt wird, dort herausfahren kann.« Sie wies auf Felix' Namen an der Infowand.

»Der nimmt Farina Timmermann nicht ernst, noch schlimmer, er scheint sie zu verachten, und sie ist völlig machtlos ihm gegenüber. Den hat sie in ihrer Hilflosigkeit seinem Vater überlassen, und der ist nun tot. Sie hat den Nachbarn als Liebhaber, kurioserweise kam der immer rüber zu ihr, wenn Thorwald garantiert bei Tatjana war. Da hat sie für sich selber gesorgt. Ich gehe davon aus, dass sie in der Nachlassangelegenheit leer ausgehen wird, die hat nicht einmal ein eigenes Konto und kann jetzt sehen, wie sie an Geld kommt, das schließlich immer reichlich vorhanden war.«

Nilsson hatte konzentriert zugehört. »Seine Konten sind überprüft?«

Jerry berichtete, dass Timmermann allein durch Aktienfonds, Spekulationen an der Börse und Mieteinnahmen über ein beträchtliches monatliches Einkommen verfügte. »Alles ist legal, wird ordentlich versteuert, ein Überblick, den ich noch nicht vervollständigt habe, ergibt ein Vermögen von ungefähr anderthalb Millionen Euro.«

Tom stand auf und stellte sich vor die Infowand, wies auf das Foto von Timmermann mit Don Schröder. »Da passt nichts zusammen. Der reiche Saubermann und der Ganove freundschaftlich nebeneinander auf einem Bild. Wenn Timmermann sein Vermögen auf legalem Weg verdient hat, was machen dann die Spielautomaten von Schröder in dessen Großraumgarage? Warum steht der überhaupt mit diesem Mann in Kontakt? Das passt gar nicht zu seinem gesellschaftlichen Stand in der Stadt, da ist doch was faul.«

Die anderen schauten Tom gebannt an, er redete sich in Rage. »Und dann diese rührselige Geschichte mit der ausquartierten Ex-Frau, versteht ihr? Da wird mir zu viel Harmonie geliefert, nach dem Motto: Ach, Schatz, du musst jetzt schnell ausziehen. Da kommt deine Nachfolgerin, die ist schwanger, das kannst du leider nicht, aber ich bleibe dir erhalten und bezahle. Das ist doch widerlich.«

Er zeigte von einem Namen zum anderen. »Der Einzige, der hier in dieser Schmonzette auf den Barrikaden steht, ist Felix. Warum lehnt der seine Mutter so vehement ab? Hat sie ihren Mann erschlagen? Oder kann Felix ihr nicht in die Augen schauen, weil er das gewesen ist? Und dann gibt es noch diese Tatjana, also die ist der Gipfel. Karin, kannst du dir vorstellen, nicht als Hauptkommissarin, als Frau meine ich, in der heutigen Zeit so ein Puppenhausleben zu führen? Die hat jetzt fast achtzehn Jahre lang auf ein selbstbestimmtes Leben verzichtet, eine immens hohe monatliche Abfindung kassiert und ab und zu ihren Ex im Bett gehabt. Dabei wirkt die nicht so einfältig, die studiert Sozialwesen und ist nicht so leicht belichtet wie Farina.«

In Wirklichkeit brauchte er keine Antwort von Karin, seine

Frage war rhetorisch. Sein Schlusswort galt den Aktivisten gegen Schottergärten.

»Die können nun ihre Aktionen einstellen, weil auch das Land NRW ein Verbot für diese Art der Bodenversiegelung ab 2024 beschlossen hat. Das waren rührige Versuche in der Region, die Menschheit aufzurütteln. Mich würde interessieren, ob es die Betroffenen wirklich zum Umdenken bewegt hat. Vielleicht hat diese letzte Aktion ihnen mehr geschadet als genutzt. Ich habe den Bericht in der Zeitung gefunden, da stand ja sogar eine unterschwellige Beschuldigung mit drin. Eine ihrer Aktivistinnen ist tot, einer von denen ist jetzt wahrscheinlich obdachlos. Vielleicht hat die Sache gewonnen, aber die drei Männer haben ganz klar verloren.«

Tom verschränkte die Arme und schaute noch einmal von einem Namen zum anderen, drehte sich dann mit dem Ansatz eines Lächelns um. »Da bin ich einmal in Urlaub, und hier passiert so etwas. Ein Drama in gehobenen Gesellschaftskreisen mit Anschluss an die Ökoszene.«

Zum Ende der Lage wurden wie üblich die Aufgaben für den nächsten Tag neu vergeben. Jerry hatte die Schröders für den Folgetag zur Befragung auf das Kommissariat bestellt, der Don sollte seine Beziehungen jedweder Art zu Timmermann offenlegen und seine Frau noch einmal darüber nachdenken, ob sie ihm wirklich ein Alibi für die fragliche Nacht geben konnte.

Karin würde Felix aus der Schule abholen, entweder würde er freiwillig mitkommen, oder sie würde ihn mit einer Streife holen lassen. Seine Befragung sollte das Verhältnis zu seinem Vater und sein Wissen über dessen Geschäfte beleuchten. Was wusste der Junge, und wieso verfügte er über so viele Kompetenzen, wenn es um die Finanzen ging? Wusste er um die Herkunft des Geldes, das in dem Stahlschrank gelagert war? Waren ihm nicht offizielle Geschäfte seines Vaters, unter anderem mit Don Schröder, bekannt? Was hielt ihn bei den Stachowiaks? Es war doch merkwürdig, dass der Vater seines Freundes auch gleichzeitig der Verwalter der Großraumgaragen war. Profitierte dieser auch von irgendwelchen krummen Geschäften?

Jerry würde sich auf die Suche nach Verwandten oder Vermietern der vermissten Männer aus dem Jahr 2006 machen. Wenn es nicht gelänge, die Kette identifizieren zu lassen, müsste als Nächstes der Zahnstatus der beiden zu einer Lösung führen. Sollte sich dies als aussichtslos erweisen, dann blieb noch die Rekonstruktion des Gesichts mittels der digitalen Bearbeitung. Dies würden beauftragte Forensiker übernehmen.

Tom sollte Tatjana Timmermann erneut befragen, denn ihre Geschichte wirkte wie ein konstruiertes Märchen der Neuzeit, Aschenputtel, deren Fuß nicht in den goldenen Schuh passte, die aber die Mätresse des Prinzen blieb. Er war kritisch genug, um sie zu befragen.

Burmeester würde die Stallwache übernehmen.

Nilsson stand zufrieden auf, er hatte dem nichts hinzuzufügen. »Ihr macht das schon. Ich gebe eben die Anweisung zur Entlassung der drei Männer, wir treffen uns morgen zur gleichen Zeit wieder hier. Und Karin, schau doch gleich noch in die E-Mail von der Chefin, du kennst sie ja, die begrüßt dich sonst morgen in deinem Büro.«

Er reckte sich kurz, mit hochgestreckten Armen durchaus in der Lage, bei normaler Deckenhöhe Leuchtmittel zu wechseln, drehte sich noch einmal um. Zum Glück verfügte dieser Staatsanwalt über eine gehörige Portion Humor. Er grinste Karin an. »Du kannst der van den Berg ja wegen der Arbeit an den laufenden Ermittlungen einen Termin für übermorgen anbieten.«

Auf dem Flur hatte er bereits sein Telefon am Ohr. Die drei Männer würden gleich wieder auf freiem Fuß sein.

***

Kaum wieder im Besitz seines Smartphones, hatte Arthur Barneby Krause einen Freund aus dem Kreis der Naturschützer angerufen und darum gebeten, ihn und seine beiden Freunde an der Kreispolizeibehörde abzuholen.

»Was macht ihr dort?«

»Wir saßen fest, sind gerade wieder frei.«

Der Mann fragte nicht nach dem Grund, er wusste von den Aktionen, die bei Arthur organisiert wurden, und dachte sich, na, die Bullen sollen was erleben, wenn sie Arthur, Fliege und den Kurt einbuchten. Er startete einen Rundruf.

Keine halbe Stunde später wurde das Trio, das solange auf den unbequemen Sitzgelegenheiten aus Blechgeflecht im Entree ausharrte, abgeholt. Nein, besser gesagt, sie wurden in Empfang genommen. Es hatte sich eine überschaubare Anzahl von Menschen vor dem Eingang zur Wache versammelt, sie standen jedoch nicht vor dem Portal, sondern liefen enge Runden über den Parkplatz und skandierten: »Schotter in NRW vor dem Aus, lasst die Aktivisten raus.«

Bei den Wachhabenden diskutierte man darüber, ob dies eine unangemeldete Demonstration sei, der sich immer mehr Leute anschlossen. Als Letzte stellte eine Frau in knalligem Orange ihr buntes, mit Girlanden geschmücktes Rad vor dem Eingang ab und gesellte sich mit tänzelnden Bewegungen zu den Naturschützern.

Arthur versuchte vergeblich, die ungefähr zwanzig Leutchen zu beruhigen, schaute sich immer wieder über die Schulter, auf der Hut vor ausschwärmenden Polizisten, die solche öffentlichen Statements auf ihrem Parkplatz nicht dulden konnten.

Drinnen telefonierte die Wachhabende bereits mit ihrem Vorgesetzten, sie sollte den nächsten Streifenwagen erwarten und mit der Besatzung zusammen dieses Gebrüll beenden.

Draußen murmelte Arthur dem Kurt und Fliege zu, sie müssten weg hier, er hätte keine Lust, noch eine Nacht in der Arrestzelle zu verbringen. Sie schlichen dicht an den Sträuchern vorbei in Richtung Kreishaus und standen bereits an der Ampel bei der Reeser Landstraße, als ein Streifenwagen einbog, drei Leute saßen darin und schauten rüber zum Parkplatz. Ein Beamter holte sein Megafon aus dem Wagen, es quietschte verzerrt bei dem Versuch, sich Gehör zu verschaffen.

In einer Art Trance bewegte sich die Frau in Orange auf die Polizistin zu, die aus dem Gebäude gekommen war, bereit, willens und in der Lage, sie unterzuhaken und tänzelnd zum Mitlaufen zu bewegen.

Der Kurt sah Unheil kommen. »Das gibt Ärger. Nie einen Bullen anfassen. Auch keine Bullin, auch nicht als Frau.«

Von der anderen Straßenseite beobachteten sie noch, wie ihre Freunde auseinandergingen. Nur der, den Arthur angerufen hatte, lief der Beamtin hinterher, die jene unbekannte Frau in Orange in den Schwitzkasten genommen hatte.

»Wer ist die Alte?«

Der Kurt schaute kurz zurück. »So eine kraftvolle Frau, und das in diesem Alter, die muss neu sein. Und dein Kumpel fragt sich bestimmt, wo wir bleiben. Sollen wir zurückgehen und ihn beruhigen?«

Arthur nahm sein Telefon und rief ihn an, er reagierte gestresst. »Wo seid ihr denn?«

»Drüben an der Tankstelle. Du kannst uns doch nicht mit einer Demo an der Wache abholen, bist du bekloppt?«

»Ich dachte ja, es kämen nur zwei oder drei. Ich bin gleich bei euch.«

»Wer ist denn die Frau, die gerade in die Wache geführt wird?«

»Keine Ahnung, die kenne ich nicht.«

Der Anruf aus der Wache unterbrach das Gespräch zwischen Karin und Burmeester, die zurückgeblieben waren, um auf Gero von Aha zu warten.

Sie hatten sich in Karins Büro zurückgezogen, um zu beratschlagen, wie sie auf ihren Kollegen zugehen konnten. Karin informierte sich gerade im Intranet, ob es über den Medizinischen Dienst Möglichkeiten gab, jemanden, der suchtgefährdet war oder sich sogar mitten in einer akuten Suchtphase befand, in eine entsprechende Rehamaßnahme zu vermitteln. Genau an dem Punkt der Information klingelte Burmeesters Telefon.

»Es gab eine nicht genehmigte Ökodemo auf unserem Parkplatz, mit der sich eure drei Entlassenen gefeiert haben. Das Spektakel haben wir natürlich aufgelöst, in Gewahrsam geblieben ist jemand, der permanent nach Ihnen verlangt.«

»Mensch, und das alles nach Feierabend, ich bin gleich unten.«

Die Wachhabende war zu beschäftigt mit dem Ausstellen einer Anzeige, sie teilte ihm nicht mit, um wen es sich handelte.

Burmeester schaute zu Karin, die sich durch die internen Informationen fuchste, ein Stichwort ergab eine Reihe weiterer Möglichkeiten, wo sich wiederum Unterpunkte auftaten. Er wollte nicht stören. »Ich muss kurz nach unten, bin gleich zurück.«

»Ja, beeil dich, ich möchte Gero ungern alleine begegnen. Zu zweit können wir bezeugen, worüber hier gesprochen wurde. Sucht ist so ein komplexes Thema, am besten wäre, er würde einen Termin bei unserem Doc machen.«

Burmeester hatte bereits den Türgriff in der Hand, drehte sich noch einmal um zu ihr. »Ja, aber dazu muss er motiviert sein, verstehst du? Er muss einsichtig sein, selber agieren und dann auch hingehen. Es nützt nichts, wenn er dir das Blaue vom Himmel verspricht, und dann regnet es weiter. Bin schnell wieder da.«

Auf dem Weg nach unten schrieb er seiner Frau, dass es später werden könnte, wunderte sich im Erdgeschoss, dass die ersten Streifenbeamten, die ihm begegneten, ihn fast mitleidvoll anschauten, einer klopfte ihm im Vorübergehen auf die Schulter. »Tut mir echt leid«, sagte er.

Irritiert schaute Burmeester ihm nach. So übel ist das Video doch gar nicht, das unter dem Titel »Gescheiterter Entfesselungskünstler« auf YouTube zu finden ist, dachte er noch, bevor er die Tür zu dem Raum neben der Wache öffnete. Besuch, der nicht angemeldet und durchgeschickt wurde, musste dort so lange warten, bis jemand ihn abholte.

Burmeester hatte keine Chance. Sie fiel ihm unter den Blicken der Kollegenschaft aus der Wache in Sekundenschnelle und mit dem Aufschrei »Mein Junge!« um den Hals und küsste ihn ab, bevor er etwas sagen, geschweige denn reagieren konnte.

Er fasste ihre Hände hinter seinem Kopf und entwand sich der Umarmung, die sein Herz höherschlagen ließ, eine völlig fremde Reaktion, die er lange nicht mehr gespürt hatte, wenn er an sie dachte. Selbst als er ihren Namen im Zusammenhang mit Haus Konstantin gehört hatte, hatte es ihn nicht berührt. Und jetzt tupfte sie sich Freudentränchen aus den Augenwinkeln.

»Setz dich bitte, was machst du hier?« Er wartete, bis sie sich gesetzt hatte, und begab sich auf die andere Seite des Tisches.

Sie erzählte in ihrer blumigen Sprache, dass sie versucht hatte, eine Polizistin zum Mittanzen aufzufordern. »Die hat das falsch verstanden und mich in einen Griff genommen, mein Junge, wenn ihr den alle so gut könnt wie diese Frau, dann kann euch niemand überwältigen. Und jetzt schreibt sie eine Anzeige, und ich weiß gar nicht, warum. Ich wollte doch nur zu dir und bin dann in diese friedliche Gruppe von Leutchen auf dem Parkplatz geraten. Ach, das ist alles nur weltliche Staatsmacht, die kann schreiben, was die will. Hauptsache, ich sehe dich. Ich habe dich so lange nicht getroffen. Und ich muss dir so vieles aus meinem Leben erzählen. Wie lange ist das her?«

Burmeesters Herz klopfte wieder kraftvoll in seinem Rhythmus. »Zwanzig Jahre ungefähr. Und mir geht es gut. Es ging mir in all den Jahren gut, in denen wir nichts miteinander zu tun hatten. Ich möchte, dass das so bleibt.«

»Aber, mein Junge, ich habe damals nicht einmal mit dir über deinen Auszug gesprochen, du bist verschwunden, und das war es. Ich war sehr traurig, meine Meditation und gutes Essen haben mir zunächst geholfen, und dann musste ich doch wieder eine Zeit in Indien verbringen, um meine Mitte zu finden. Die Sehnsucht blieb. Und nun schaue ich dir endlich in die Augen …«

Er stand auf. Es hatte sich nichts geändert. Sie wollte ihre mütterlichen Bedürfnisse befriedigen und sprach nur von sich.

»Man wird dir die Anzeige gleich vorlesen und zur Unterschrift vorlegen, ich denke, dann wirst du wieder gehen können. Du weißt, dass du dich hier auf meiner Arbeitsstelle befindest. Ich bin noch im Dienst und muss zurück ins Büro. Dringender Handlungsbedarf.«

»Ich weiß nicht, woher du diese sachliche Art hast, also von mir nicht, ich bin ja ein emotional aufgeschlossener Mensch, ich kann –«

»Vielleicht habe ich diese gesunde Sachlichkeit von meinem Erzeuger, den du ja nicht mehr in deinem meditativ aufgeräumten Gedächtnis finden kannst. Es fühlt sich nicht weniger verloren an, wenn man in einem Ashram gezeugt wurde, als hier das Produkt eines One-Night-Stands zu sein. Ich habe dir nichts mehr zu sagen.«

Er stand auf, musste an ihr vorbei, sie griff nach seiner Hand. »Ich habe immer nur das Beste für dich gewollt, du solltest frei aufwachsen, losgelöst von konventionellen Zwängen, und dich selber finden.«

Burmeester schüttelte ihre Hand ab. »Ich hatte nie ein eigenes Zimmer irgendwo und sollte ständig neue Leute lieben, bei denen du mich abgeliefert hast wie ein lästiges Gepäckstück, weil du dich mal wieder in Indien finden musstest. Meine Kindheit war nicht der Brüller, und jetzt, wo es mir gut geht, möchte ich nichts mit dir zu tun haben.«

Erneut tupfte sie an ihren Augenwinkeln und legte einen weinerlichen Singsang in ihre Stimme. »Ich dachte, du würdest dich freuen, mich zu sehen. Ich bin in die Stadtmitte gezogen und komme jetzt oft hier vorbei. Ich könnte meine neuen veganen Rezepte ausprobieren und dir ein Mittagessen vorbeibringen, du wirst mögen, was ich koche.«

Eine abschließende Frage, Burmeester hatte sie auf dem Weg zum Ausgang schon auf den Lippen, als ihn die Blicke der Kollegenschaft in der Wache durch die offen stehende Tür zum Dienstraum trafen. Die wusste nun nicht nur darüber Bescheid, dass er Handschellenschlösser falsch einschätzte, sondern auch, wie seine Kindheit ausgesehen hatte. »Ich hörte, du hältst dich in Haus Konstantin auf?«

»Ach, hat dein Kollege dir erzählt, dass ich ihn dort getroffen habe? Ich plane mit Ashni Schröder ein Retreat Center, das sind so schöne Räume, und der Park erst, meine Meditationen werden zur Erleuchtung führen.«

»Jaja, du wirst die Welt retten. Kennst du Achim Schröder?«

Sie wirkte erstaunt, fing sich sofort wieder. »Achim, den Namen nutzt dort kaum jemand. Er wird immer Don genannt, ich habe mich schon gewundert, er wirkt kein bisschen südländisch. Ein Mann mit viel Geld und ganz schlechtem Karma. Wenn der in den Räumen war, die ich nutzen will, muss ich erst mal ausräuchern. Ich sag immer zu Gaby, also Ashni, sie muss sich von seinen Besuchern fernhalten, lauter düstere Gestalten, und sie muss sich auch von ihm distanzieren. Das ist so eine Art von Beziehung, wie ich sie nie wollte. Er hat das Geld, um ihr Leben zu verschönern, und sie zahlt einen hohen Preis dafür. Ich muss mal schauen, ob ich da nichts ausrichten kann.«

Burmeester verabschiedete sich, es war wie immer, sie stand im Mittelpunkt, alles andere war nebensächlich. »Du akzeptierst bitte meinen Wunsch, dich nicht zu sehen. Hast du mich verstanden?«

»Aber ich –«

»Nein, das ist mein Wunsch, mehr gibt es nicht zu besprechen.«

Er nahm den Weg in den Dienstraum und schloss die Tür hinter sich. »Wird der Vorfall strafrechtlich verfolgt werden?«

Die Kollegin, die gerade die Anzeige ausdruckte, verneinte. »Die muss nur wissen, dass man Polizistinnen nicht einfach umarmt, um sie dann mit Vehemenz in einen Rundtanz zu zwingen.«

Burmeester wies zur Tür in seinem Rücken. »Ab jetzt wird die hier öfter auftauchen, ich werde niemals da sein. Nie. Ihr schickt sie auch nicht rauf ins K1, niemals. Zwanzig Jahre ist es gut gegangen, und jetzt hat sie mich überrumpelt. Macht ein Foto von ihr, hängt es für die anderen Schichten auf, sie gilt ab sofort als Persona non grata.«

Er erntete unverständliche Blicke, aus denen er las, so gehe man doch nicht mit der eigenen Mutter um. Er sah sich zu einer Erklärung genötigt, straffte seine Schultern und blickte herum.

»Sie hat mich geboren und anschließend in der Welt herumgereicht, damit sie sich wieder um ihr eigenes Ego drehen konnte, und das macht sie heute noch mit Bravour. Ich verlasse mich auf euch, die Kreispolizeibehörde ist für diese Frau tabu.«

Wieder in der fünften Etage, schlich er an Karins Büro vorbei und setzte sich hinter seinen alten Schreibtisch. Dort fand die Chefin ihn eine halbe Stunde später, still vor sich hin starrend.

»Was ist mit dir?«

Burmeester schaute hoch zu ihr. »Da vermeidest du, mich zu Haus Konstantin zu schicken, damit ich ihr nicht über den Weg laufe, dafür danke ich dir.«

»Sprichst du von deiner Mutter?«

»Genau. Die saß gerade unten wegen einer Bagatelle und drehte sich in jedem Satz wieder um sich selbst. Es hat sich nichts geändert, außer dass die gesamte Wache über meine Herkunft Bescheid weiß. Die schafft es überall, sich in Position zu bringen, um beifallheischend die Welt zu retten. Ich habe sie zur Persona non grata erklärt.«

Er sah so klein und erbarmungswürdig aus, Karin hatte das Gefühl, ihn spontan umarmen zu wollen, ließ es sein. »Kann ich etwas für dich tun?«

»Gib mir ein paar Minuten.«

***

Es war fast Mitternacht, als Karin Krafft ihr Auto in der Einfahrt abstellte und ihren Schlüssel ins Schloss an der Haustür führen wollte. Diese öffnete sich wie von Geisterhand.

Maarten stand in der Diele und betrachtete sie sorgenvoll. »Du siehst müde aus. Hast du etwas gegessen?«

Dankbar ließ sie sich Jacke und Rucksack abnehmen, einen Kuss auf die Wange geben, streifte ihre Schuhe ab. »Nein, du kennst das, keine Zeit.«

»Ich kann dir schnell etwas aufwärmen. Hühnersuppe, frisch vom Mittag, die magst du doch so gerne.«

Immer konnte er sie aufmuntern, mit seinen Sprüchen, exakt dem richtigen Glas Wein, mit etwas, das sie gerne aß, oder mit seiner spontanen Zärtlichkeit. »Was für ein Glück ich mit dir habe. Ich komme mit in die Küche.« Sie fläzte sich auf die Polster der Bank.

»Wie war dein Tag?«, fragte Maarten.

Es sprudelte nur so aus ihr heraus. Noch keine Spur im Fall des ermordeten Geschäftsmannes. Stattdessen der nächste Tote in Dinslaken, unter den Steinen an der Agnesstraße, wo er seit ungefähr 2006 lag, ungeklärte Identität. Die merkwürdige Geschichte der Ex-Frau von Timmermann, die noch immer seine Geliebte war und dafür eine horrende monatliche Überweisung auf ihr Konto annahm. Burmeester, der Gero von Aha bei Hiwi-Arbeiten für Schröders Spielautomatenimperium in Duisburg gesehen hatte und anschließend mit ihm essen war, ihn zu Offenheit verpflichtete. Von Aha, der durch diese Hilfsarbeiten Geld verdiente, damit er unter dem Deckmantel der Undercoverermittlung weiterspielen konnte. Von Aha, der am Abend nicht wie erwartet im Kommissariat erschienen war, um dort auf einer alten Gartenliege zu schlafen. Burmeesters Mutter, die den Sohn auf der Wache heimgesucht hatte.

»Ich habe bis kurz vor Mitternacht mit Burmeester zusammen auf Gero gewartet. Wir haben unsere Autos extra hinter dem Kreishaus geparkt und kein Licht in der Fünften angemacht, nichts. Er kam nicht und ist auch nicht erreichbar. Burmeester war stocksauer, zumal er jetzt wieder an der Begegnung mit seiner Mutter zu knabbern hat, und ich weiß noch nicht, wie ich damit umgehen soll.«

Die Suppe duftete so gut, viel Gemüse, Möhren und Kurkuma verliehen ihr eine warme Farbe, darauf frisch gehackte Petersilie. Karin saß da, schnupperte lächelnd, nahm den ersten Löffel und schloss die Augen. »Das tut so gut.«

Maarten hockte sich neben sie auf die Bank. »Wie soll es weitergehen? Du kannst von Aha nicht ewig ein Schutzmäntelchen umhängen, der ist seit der letzten Woche einfach out of order. Du kannst nicht die Verantwortung dafür übernehmen, das ist nicht gut. Der muss erfahren, dass er sich mit seinem Handeln Konsequenzen einfängt.«

»Das kann ihn anscheinend nicht beeindrucken, seine Marlene hat ihn ja schon vor die Tür gesetzt. Der steht neben sich. Andererseits verspüre ich eher die Tendenz, ihm aus der Misere zu helfen, statt ihn bei der Chefin anzuschwärzen. Der ist ein guter Ermittler.«

Sie reichte ihm die leere Schale, Maarten stand auf und füllte nach. »Dann setze dir ein zeitliches Limit. Wenn du morgen nichts von ihm hörst, dann musst du es melden«, befand er.

Sie nickte, während sie die Petersilienstückchen in die leicht dampfende Suppe mischte, schaute auf. »Wie war euer Tag?«

»Sehr erfolgreich, die neue Grabung auf dem Fürstenberg beginnt, alles ist abgesteckt und das Team gespannt auf das Ergebnis, es kann etwas außergewöhnlich Großes sein, was sich dort verbirgt. Und Hannahs Demo nimmt auch konkrete Formen an. Ich habe ihr geholfen, die Veranstaltung bei der Stadt anzumelden, sie rechnet mit ungefähr fünfzig Teilnehmenden. Im Wohnzimmer liegen ihre Plakate, und Thomas von der anderen Rheinseite stellt uns ein Transparent mit seinem ›Eisbärinderstadt‹ zur Verfügung, ein erbärmlich dürrer Bär auf Nahrungssuche. Die machen das, die Mädels, und ich bin stolz auf Hannah, dass sie sich engagiert.«

Karin legte den Löffel zur Seite und nahm sein Gesicht zwischen die Hände. »Und ich bin stolz auf euch beide. Und danke, du hast mir gerade die Entscheidung im Fall Gero von Aha in die Suppenschale gelegt. Ich werde ihm per WhatsApp ein Ultimatum stellen und, wenn es ohne ihn verstreicht, die Behördenchefin einweihen. Wenn ich dich nicht hätte …«

Nach dem langen Kuss lachte Maarten. »Stimmt, wenn du mich nicht hättest, dann wärst du schon im Dienst verhungert.«

SECHS

Dienstag, der 19. September, ungewisse Zeit, unbekannter Ort, durch einen Spalt in der Holzverkleidung eines Fensters ein winziger Lichtstrahl, also Tag

Gero von Aha atmet, so flach es geht. Ein Aufwachen in schmerzhaftem Dämmerzustand, die Augen öffnen sich verschwollen, widerwillig. Ein winziger Lichtstrahl durchzieht den sonst gespenstisch dunklen Raum, zerschneidet ihn mit einem leuchtenden Dreieck. Winzige Staubpartikel schweben durch den dünnen Streifen, der sich bis auf den Boden zieht, während er sekündlich wandert.

Je mehr Bewusstsein in ihn zurückkehrt, desto dünner wird dieses Quäntchen Licht, bis es gänzlich verschwunden ist. Gero von Aha ist mit einem Mal wieder in der Lage, eine Art Bestandsaufnahme zu machen. Sein Kopf dröhnt, als hätte ihn ein Lkw gerammt. In seinem Mund schmeckt es nach Blut, alle Knochen schmerzen. Er tastet sich ab, er ist bekleidet und nicht fixiert. Er ist nicht in der Lage, sich an das Geschehen, das ihn in diesen Raum gebracht hat, zu erinnern. Er weiß nur, dass er aufstehen muss, raus aus diesem Raum.

Hinter sich ertastet er eine Wand, stöhnt, während er sich abstützt, um auf die Beine zu kommen, die ihn widerwillig und nur zittrig tragen. Sein Kreislauf muss sich an die aufrechte Körperhaltung anpassen, ihm wird schwindelig, er versucht tiefer zu atmen, wobei ihn eine Schmerzwelle im Brustkorb durchfährt.

Sein Smartphone, wo ist das kleine Drecksgerät? Da befindet sich nichts in seinen Taschen, kein Autoschlüssel, kein Smartphone, nicht einmal ein Papiertaschentuch, ein letzter Euro, nichts.

Mit kleinen Schritten schlurft er über den Boden, seinen rechten Arm an der Wand, den anderen ausgestreckt, in der Furcht, an einen Gegenstand zu stoßen. Er spürt, dass er mit den Füßen

Dinge zur Seite drängt, seine Rechte fühlt einen Unterschied zwischen verputzter Wand, einem Türrahmen, einem Türblatt, alt, zusammengesetzt aus groben Latten, Holzsplitter schieben sich in seine tastenden Finger. Die Klinke ist ein einfacher Metallgriff, schwergängig, nur mit Kraft zu bewegen, alles ist Schmerz und kostet Energie. Er drückt ihn nach unten, zieht gleichzeitig. Die Tür öffnet sich, die Latten schrappen über den groben Boden.

Mit letzter Kraft zerrt er die Tür so weit auf, dass er hindurchpasst. Ein Gang, ebenso dunkel wie der Raum, den er verlassen hat. Mit schlurfendem Gang und einer Hand an einer Wand, die mehrmals durch Türblätter unterbrochen wird, erreicht er eine Abzweigung, gelangt zu einer Treppe. Stufen hinaufsteigen, wie soll das funktionieren mit seinem geschundenen Körper?

Es gibt ein Geländer, er greift es mit beiden Händen, versucht einen Fuß auf die unterste Stufe zu setzen, Gero von Aha braucht lange für diese Bewegung. Der andere Fuß muss diesen überholen. Das gelingt nicht, er rutscht ab, stürzt, liegt erneut auf kaltem Boden, ein langer Schmerzensschrei entweicht seiner Kehle.

Die Tür oberhalb der Treppe öffnet sich. Unangenehme Helligkeit trifft seine Augen, er blinzelt. Seine Kehle ist trocken, leise bringt er nur ein Wort hervor.

»Hilfe.«

***

Hauptkommissarin Karin Krafft war auf dem Weg nach Dinslaken, wollte Felix Timmermann in seiner Schule in der Innenstadt aus der Klasse holen, um ihm zu verdeutlichen, dass sie es ernst meinte. Bislang war er ihr schimpfend ausgewichen, oberflächlich und spärlich mit seinen Informationen geblieben. Das sollte sich ändern.

Während sie in die Schillerstraße einbog und Ausschau nach einem freien Parkplatz hielt, klingelte ihr Smartphone. Burmeester meldete sich aufgeregt.

»Ich verlasse die Stallwache und begebe mich gleich zum evangelischen Krankenhaus. Gero ist dort eingeliefert worden und hat eine Krankenschwester gebeten, hier anzurufen. Sie sagte, er befindet sich auf der Intensivstation mit schweren Schlag- und Trittverletzungen. Man hat ihn übel zugerichtet, ein Bauarbeiter fand ihn im Keller eines Abbruchhauses, der kontrolliert wurde, bevor die Abbruchbirne anfing, das Geschoss darüber zu zerlegen.«

»Wie geht es ihm?«

»Sie sagt, es ist kritisch.«

»Verdammt! Wie furchtbar. Wo steht dieses Haus?«

»Am Ortsrand von Ringenberg, unweit von der Spielhalle. Ein altes Bauernhaus, das lange schon vor sich hin gammelte.«

»Man könnte glatt einen Zusammenhang wittern. Wem ist er auf die Schliche gekommen? Oh nein, das hat Gero nicht verdient. Fahre hin, vielleicht ist er schon in der Lage, etwas dazu zu sagen. Ist die Spurensicherung vor Ort?«

»Ja, aber leider zu spät. Als Heierbeck das Grundstück erreichte, kümmerten sich die beiden Beamten, die vor Ort geblieben waren, um einen Verkehrsunfall in der Nähe. In deren Abwesenheit hatte die Abrissbirne bereits ihren Job gemacht. Da ist nichts mehr zu sichern.«

»Na prima! Wenn du aus dem Krankenhaus zurück bist, überprüfe die Abbruchfirma, den Baggerfahrer, den Besitzer des Grundstücks, den Vorbesitzer …«

Burmeester stoppte sie laut. »Karin, komm wieder runter, das läuft schon alles. Jerry hat noch Zeit, bis die Schröders kommen, und übernimmt diesen Teil der Ermittlung.«

Erst am Amtsgericht fand Karin eine Parklücke, stellte den Motor ab und sank mit dem Kopf auf ihre Hände, die auf dem Lenkrad lagen. Schlimmer konnte es nicht kommen. Sie musste Marlene informieren. Nachher.

Erst einmal machte sie sich auf den Weg zur Schule, meldete sich im Sekretariat an. Die Schulleitung zeigte sich kooperativ und stellte einen Raum für das Gespräch zur Verfügung.

»Das geht nur in der Bücherei, da ist im Moment niemand,

ich bringe Sie dorthin und hole ihn aus der Klasse. Felix Timmermann ist schon mehrmals verwarnt worden, weil er impulsiv reagiert, wenn ihm etwas nicht passt. Er wird sich gegen Ihre Befragung wehren, und ich will nicht, dass das im Klassenverband passiert.«

Karin war einverstanden und wartete zwischen den Bücherregalen auf ihn. Natürlich regte er sich wieder auf, als er sie sah, bezichtigte die Scheißpauker des Verrats, wollte wieder gehen.

»Stopp, Felix! Ich kann dich auch von der Besatzung eines Streifenwagens abholen lassen, in Handschellen abgeführt, wenn dir das lieber ist. Wenn du jetzt abhaust, wird das innerhalb der nächsten halben Stunde geschehen, vor versammelter Schüler- und Lehrerschaft, mit Blaulicht und Martinshorn. Ich will nur ganz vernünftig mit dir reden!«

Er hielt inne, kam zurück.

»Setz dich.«

Breitbeinig hockte er sich möglichst weit von ihr weg. Ein hübscher junger Mann mit einem überheblichen Gesichtsausdruck und snobistischem Gehabe.

»Felix, was weißt du über die Geschäfte deines Vaters?«

»Was wollen Sie genau wissen?«

»Gibt es Einnahmen, die er nicht dem Finanzamt meldet? Was ist mit dem Geld aus dem Schrank bei euch im Keller? Das ist ja keine Selbstverständlichkeit, dass so viel Geld privat im Keller lagert.«

»Er sprach immer von Zahltag. Heute ist Zahltag, und dann ist er abends wieder losgefahren und hat morgens den Schrank neu aufgefüllt. Im Laufe des kommenden Jahres wollte er mich mitnehmen und mir zeigen, um was es sich handelt. Ich durfte mich immer bedienen.«

»Das wirkt jetzt so, als wenn du genauso ahnungslos bist wie deine Mutter.«

»Na und? Seine anderen Geschäfte sind mir bekannt. Er hat dafür gesorgt, dass bei den Banken Vollmachten liegen, die mir den Zugriff mit Vollendung des achtzehnten Lebensjahres erlauben. Ich kenne auch sein Testament. Er wollte sichergehen, dass ich so viel wie möglich erbe, um damit seine Geschäfte weiterzuführen. Er wusste ganz genau, dass seine Frau es sinnlos verschleudern würde. Die ist so hohl, die Frau.«

Karin unterbrach ihn. »Dein Verhältnis zu deiner Mutter ist nicht das beste?«

»Ich will nicht über die Frau reden, mit der bin ich durch.«

»Du hast deinem Vater sehr nahegestanden.«

»Na klar, alles, was ich weiß, habe ich von ihm gelernt. Mein Sohn, sagte er immer, es ist zwar nicht einfach, aber wenn du die erste Million zusammenhast, dann geht das Finanzgeschäft fast von selbst. Und das Extrageld im Schrank bezeichnete er als Taschengeld. Da werde ich wohl nicht mehr erfahren, wie und wo er das abgesahnt hat.«

»Hast du eine Ahnung, wer ihn erschlagen hat?«

Er schüttelte den Kopf. »Ich war ja bei Kevin. Ich glaube, dass Farina und ihr Lover dahinterstecken. Ich wundere mich die ganze Zeit, dass ihr die nicht mitnehmt zum Verhör oder so.«

»Wie kommst du darauf?«

»Die beiden sind doch der Grund, weshalb ich schon fast bei Kevin wohne. Ich konnte das nicht länger ertragen. All die Jahre haben die beiden geglaubt, dass ich sie nicht höre. Und wenn Vater dann nach Hause kam, war alles wie immer, Thorwald hier und Thorwald da. Er hat es doch auch gewusst.«

»Er selber hatte auch eine Geliebte.«

Jetzt straffte Felix seine Haltung. »Was sagst du da? Pass auf, was du über meinen Vater sagst, ja?«

»Felix, dein Vater hat die Frau verlassen oder besser gesagt vor die Tür gesetzt, als deine Mutter mit dir schwanger war. Dein Vater hat sich nichts sehnlicher gewünscht als ein Kind. Und schließlich hat er dich über alles geliebt.«

»Wer ist sie, und wo lebt sie?«

»Das kann ich dir nicht sagen, nur, dass dein Vater gut für sie gesorgt hat. Sie haben sich nie richtig getrennt.«

Er stand so ungestüm auf, dass der Stuhl hinter ihm umfiel. »Was redest du da? Das stimmt doch alles nicht. Meine Mutter ist die einzige Schlampe in diesem Spiel.«

»Setz dich wieder.«

Sie wartete, bis er den Stuhl aufnahm und sich auf die Kante hockte. »Es ging immer nur um Liebe, Felix. Dein Vater liebte dich und die Frau, die ihm leider keine Kinder schenken konnte. Er war dir trotz allem ein guter Vater, richtig?«

Kleinlaut erklärte er, er hätte sich keinen besseren Vater wünschen können.

»Gut, dann behalte das in Erinnerung. Und wenn dir noch irgendwas einfällt, das mir helfen könnte, seinen Mörder zu finden, dann meldest du dich bei mir, okay?«

Er nahm die Karte, die sie ihm entgegenstreckte, und nickte.

»Das war ein gutes Gespräch, Felix, ich danke dir.«

Er verließ den Raum, wirkte plötzlich um einiges erwachsener als noch eine halbe Stunde zuvor.

Karin würde Farina erneut befragen und ihren Lieblingsnachbarn ebenfalls, den netten Helfer von nebenan. Es zog sie nach Wesel, nachschauen, wie es von Aha ging, sie wollte nachvollziehen können, was ihm passiert war. Um ein Haar wäre er unter Bergen von Schutt begraben worden, deren Abtragung Tage gedauert hätte. Ob man sein Smartphone orten konnte? Sie rief Heierbeck an und fragte nach.

»Es lässt sich nur orten, wenn es online ist. Ich habe die Überwachung schon geschaltet. Wir sind hier alle völlig entsetzt.«

»Ja. Und danke, dass Sie das Smartphone überwachen.«

»Das ist doch selbstverständlich, er ist doch einer von uns, das geht an keinem hier vorbei. Im letzten Jahr der Kollege Burmeester und heute der von Aha. Wenn Sie mich fragen, da hat jemand genau gewusst, dass dieses Gebäude heute rückgebaut wird, der gesamte Schutt ist auf die Kellerräume gefallen, eine Stunde später oder ohne Kontrollgang läge er jetzt unter Bergen von zerstörtem Mauerwerk. Frau Krafft, das war ein Mordanschlag, man kann nur hoffen, dass er wieder wird.«

»Sie konnten gar nichts sichern, keine einzige Spur?«

»Als Einziges haben wir Gipsabdrücke diverser Reifenprofile von unterschiedlichen Fahrzeugen im Bereich der Zufahrt nehmen können. Das schwere Gerät mit der Abrissbirne stand zu dem

Zeitpunkt schon auf dem Gelände, somit wurden diese Spuren nicht zerfahren. Außerdem haben wir seine Kleidung gesichert, jedes Haar, jede Hautschuppe darauf erzählt uns Geschichten.«

»Wenigstens etwas, Sie geben Fotos und mögliche Reifenhersteller und, wenn sie markant sind, die Nutzer bestimmter Automarken an mein Kommissariat durch, ja?«

»Natürlich, das hat Priorität.«

***

Die Schröders ließen auf sich warten. Prominenz kommt immer etwas später, dachte Jerry mit einem Blick auf die Uhr.

Außerdem wartete er auf Nachrichten von Burmeester, der zum Krankenhaus gefahren war, lief über den Flur und blickte auf den Parkplatz. Die Fahrerin eines schweren brombeerfarbenen Geschützes, ein SUV, genauer ein X7 von BMW, versuchte gerade, das Fahrzeug in nur eine einzige Parklücke zu rangieren.

Jerry staunte nicht schlecht, selbst wenn der nicht brandneu wirkte, war er doch mit neunzigtausend Euro nicht unbedingt ein Wagen, den sich jeder leisten konnte. Als die beiden Insassen ausstiegen, überkam ihn der Vergleich mit einem reichen Paar, das sich bei der Bewältigung seines Alltags seit Jahren in einem Privatsender profilierte. Reich, mit billiger Ausstrahlung und dummen Sprüchen führten sie regelmäßig ihr Luxusleben vor. Jerry war gespannt auf den Auftritt der Schröders, als sein Telefon klingelte.

Karin wirkte abgehetzt, sprach bewusst leise. »Hast du die Schröders schon in der Befragung?«

»Nein, die kommen gerade an.«

»Wenn du einflechten kannst, dass unser Kollege in Ringenberg gefunden wurde und bei klarem Bewusstsein gerade seine Aussage zu dem Vorfall macht, dann beobachte doch mal die Reaktion von Don Schröder.«

»Ich werde die Befragung aufzeichnen, dann können wir uns nachher jede Regung von ihm anschauen. Ich muss Schluss machen, der Aufzug kommt.«

Jerry führte die beiden in den offiziellen Befragungsraum, machte auf die Videoaufzeichnung aufmerksam, bot ihnen Kaffee an. »Der wird Ihnen schmecken.«

Er verschwand für wenige Minuten in der Teeküche, ließ ihnen Gelegenheit anzukommen und kehrte mit einem Tablett voller duftender Becher zurück, hatte eine Mappe unter den Arm geklemmt, die er ordentlich vor seinem Platz ablegte. »Schlechten Kaffee gibt es nur in den Krimis im Fernsehen.«

Die beiden entspannten sich wahrnehmbar, bei Don Schröder verriet die Mimik nicht wirklich, was in ihm vorging.

Jerry wurde sachlich. »Wie lange kennen Sie sich? Ich meine Thorwald Timmermann und Sie?«

Schröder sah seine Frau an, zunächst schienen sie sich unsicher zu sein, Gaby übernahm die Antwort.

»Er weiß es natürlich nicht mehr so ganz genau. Der Thorwald hat uns quasi zusammengebracht, das war damals vor fast zwanzig Jahren bei ›Hinz und Kunz‹, einer Kultkneipe in Dinslaken. Damals war sie noch auf der Bahnstraße.«

Jerry sagte nichts dazu, schaute den Don an. »Ich komme zurück auf Ihr geschäftliches Verhältnis zu Thorwald Timmermann, Herr Schröder, was können Sie mir dazu sagen?«

Er wollte lässig wirken, der Don, lehnte sich in den Stuhl zurück. »Mein Gott, ich weiß nicht, warum Sie um dieses Thema so einen Zirkus machen. Ich habe eine Großgarage von ihm gemietet, na und?«

»Wie viel kostet Sie diese Anmietung monatlich, und gibt es einen schriftlichen Vertrag?«

»Nein, was denken Sie! Unter Freunden genügt ein Handschlag. Und ich weiß nicht genau, was er dafür bekommt, das weiß meine Buchhaltung.«

Das war ein böser Fehler, eine glatte Lüge. Jerry schob ihm das Festnetztelefon über den Tisch zu. »Dann rufen Sie doch bitte eben Ihre Buchhaltung an und fragen nach. Wir sind dabei, die Einkünfte von Timmermann zu überprüfen, und da gibt es einige Ungereimtheiten, obwohl er sogar posthum den Ruf eines ehrenwerten Geschäftsmannes hat.«

Don Schröder rührte sich nicht, dieser überraschende Zug zeigte Wirkung.

»Ich warte. Die Nummer haben Sie doch gewiss auf Ihrem Smartphone gespeichert.«

Mit einer verächtlichen Bewegung schob Schröder das Telefon zurück. »Ich weiß nicht mehr, wie teuer das ist, keine Ahnung.«

»Zahlen Sie bar, oder gibt es einen Dauerauftrag? Dann spreche ich eben mit dem Staatsanwalt, damit wir die Genehmigung bekommen, Ihr Konto zu überprüfen.«

Der Don wurde sichtlich nervös, zwar veränderte er seine Körperhaltung nicht, jedoch blieb es dem Hauptkommissar nicht verborgen, dass sich Schweißperlen auf seiner Stirn bildeten.

Gaby Schröder mischte sich ein. »Also ich dachte, es geht darum, wo mein Mann in der Nacht zum letzten Donnerstag gewesen ist. Ich kann da nur noch einmal bestätigen, dass wir gemeinsam zu Bett gegangen sind und –«

Jerry unterbrach sie unwirsch. »Einen Moment, Frau Schröder, Sie sind gleich dran, vielleicht warten Sie besser draußen auf dem Flur. Den Becher können Sie mitnehmen.«

Jerry stand auf und öffnete ihr die Tür, widerwillig griff sie nach dem Porzellangefäß und richtete sich auf, blickte noch einmal zu ihrem Mann. »Soll ich unseren Anwalt anrufen?«

Der winkte ab. »Ach was, alles heiße Luft hier.«

Jerry fuhr fort, als sie den Raum verlassen hatte, öffnete seine Mappe, durchblätterte sie, griff einen Bogen heraus und las ihn aufmerksam. »Herr Schröder, das sind die Bankunterlagen von Timmermann, und ich kann nirgendwo eine Überweisung von Ihnen entdecken.«

»Sie sind echt lästig, wissen Sie das?« Schröder beugte sich vor, stützte die Arme auf dem Tisch ab, verschränkte die Finger. »Das läuft an der Steuer vorbei, Sie verstehen? Aber ich kann doch nicht meinen alten Freund in die Pfanne hauen.«

»Da läuft anscheinend einiges an der Steuer vorbei, Herr Schröder, zum Beispiel Ihre ewig in der Umzugsschleife befindlichen Spielautomaten, die mal hier in Hamminkeln und dann wieder in Duisburg auftauchen.«

Für diesen Gesichtsausdruck lohnte sich die Arbeit, jetzt lehnte Jerry sich zurück. Er nahm sein Smartphone auf und schien eine Nachricht zu lesen.

»Oh, Entschuldigung, Herr Schröder, das war mein Kollege Burmeester, der hat gerade im Krankenhaus mit Gero von Aha gesprochen. Der ist heute am Morgen übel zugerichtet in Ringenberg gefunden worden. Zum Glück kann er sich daran erinnern, was ihm zugestoßen ist. Burmeester nimmt gerade alles zu Protokoll.«

Don Schröder wechselte erneut die Körperhaltung und den Gesichtsausdruck. Noch bevor er antworten konnte, war für den Hauptkommissar klar, dass er etwas mit dem Vorfall zu tun hatte. Ein Don machte sich die Hände nicht dreckig. Dafür hatte er Personal.

»Fällt Ihnen dazu etwas ein? Sie wirken plötzlich so nachdenklich?«

»Ich habe nichts zu tun mit einem – wie heißt der? Und meine Frau wird bezeugen, dass ich das Haus nur selten verlasse.«

»Oh, sie wird Ihnen alles bezeugen, da bin ich mir auch sicher, eine gute Ehefrau. Nur, wie soll sie vom Park hinter dem Haus her bezeugen, ob Sie auf der anderen Seite das Haus durch den separaten Zugang verlassen oder auch nicht?«

Dem Don verschlug es die Sprache. Diesen Moment nutzte Jerry aus, griff eine Kunststofftüte vom Nebentisch, öffnete sie und hielt sie dem Mann entgegen.

Der schaute entsetzt auf, lachte, eine Spur zu aufgesetzt, viel zu laut. »Eine Kotztüte? Was soll das? So schlimm ist es hier nun auch wieder nicht, ich bin okay.«

Jerry lächelte milde. »Eine Tüte zur Beweismittelsicherung, Ihr Smartphone bitte.«

»Nein, ganz bestimmt nicht.«

»Doch, es ist hiermit zur Überprüfung Ihrer Angaben beschlagnahmt. Sie könnten Ihr Passwort dazugeben, das erspart unseren Fachleuten eine Menge Arbeit.«

Jerry sah ihm an, dass er das Gerät am liebsten geschreddert hätte, stattdessen schaltete er es demonstrativ ab und schob es voller Wut mit Wucht zu ihm. Der Hauptkommissar passte es ab und packte es ein.

»Dann sollen Ihre sogenannten Fachleute mal tüchtig rätseln.«

Jerry stand auf, nahm unter den ungläubigen Blicken des Achim, genannt Don, Schröder das Smartphone und brachte es in den Nebenraum, rief dabei dessen Frau zu, ihm in den Befragungsraum zu folgen.

Sie setzte sich unsicher, Jerry öffnete die nächste Tüte und bat auch sie, ihr Smartphone hineinzulegen.

»Das geht nicht, ich muss noch so viel organisieren bis Samstag, da eröffnet mein Retreat Center.«

»Sie bekommen es zurück, geben Sie mir PIN und Ihr Passwort, dann sind unsere Fachleute schnell mit der Kontrolle fertig, und es steht Ihnen zügig wieder zur Verfügung. Ihr Mann hat sich ja leider für die längere Smartphone-Abstinenz entschieden.«

Sie schaute ihn streng an. »Was soll das? Du kannst Ihnen die PIN ruhig geben und dein Passwort ebenfalls, du hast doch nichts zu verlieren.«

Don Schröder schaute sie nicht an, rückte innerlich wie äußerlich ein Stück zur Seite. Seine Reaktion war der beste Grund für Jerry, die Spurensicherung zur Eile zu bewegen. Er nahm das Telefon und wählte eine interne Kurzwahl.

»Ja, Patalon hier vom K1. Kann einer von euch eben zwei Smartphones zur Überprüfung abholen? Ja, es ist dringend, und ja, alles, was ihr finden könnt. Von einem ist das Passwort da, das andere ist ausgeschaltet. … Schafft ihr? Prima. Was …? Ja, natürlich … Das könnte sein … Gut, mache ich.«

Der Spusi-Kollege hatte das Telefon weitergereicht an Heierbeck. Der fragte, ob es Sinn machen würde, die Reifen der Schröders mit den Abdrücken aus Ringenberg zu vergleichen. Sie bräuchten nicht lange, vielleicht zehn Minuten. Er solle die Befragung so lange fortsetzen.

»So, Frau Schröder, dann erklären Sie mir bitte noch einmal, wie Sie sicher sein können, dass Ihr Mann nicht das Haus verlässt, wenn bei Schnarchattacken unterschiedliche Schlafzimmer genutzt werden.«

»Also, ich bin ja sehr sensibel, fast schon hochsensibel. Ich würde hören, wenn er das Haus verlässt, ich höre ja auch, wenn er nachts zur Toilette geht.«

»Das kann ich nicht als eindeutiges Alibi gelten lassen.«

Jetzt gab sie die Unverstandene, die Weinerliche. »Achim, tu doch was, der glaubt mir nicht. Ich will, dass du unseren Anwalt holst.«

Er schüttelte nur den Kopf. »Nein, das geht nicht.«

»Wieso geht das nicht?«

Jerry freute sich schon auf die Auswertung der Videoaufnahme, ließ beide gewähren, unterbrach sie nicht.

»Weil ... Mensch, der kriegt noch Geld von mir, und das habe ich gerade nicht. Du musstest ja alles vom Feinsten einrichten in deinem Center. Wir können den jetzt nicht anrufen, versteh das doch.«

»Ach, jetzt bin ich wieder schuld, dass du nicht wirtschaften kannst. Immer das Gleiche, und wenn ich dann mal einen Wunsch habe, dann führt der uns glatt in den Ruin.« Sie redete sich in Rage. »Weißt du was? Dann verkauf doch einfach eine von deinen Hallen oder ein paar der Automaten, dann bist du wieder flüssig und kannst den Anwalt bezahlen.«

Er mimte den Coolen, der er längst nicht mehr war, Jerry meinte fast, der Don würde langsam in den Stuhl schrumpfen.

Schröder wurde kleinlaut. »Mir gehört doch nicht mehr viel, ich musste in den letzten Monaten schon alles Mögliche abstoßen. Habe ich dir die letzten Tage nicht gesagt, wir müssen kleiner denken? Aber nein, du musst dieser Mala Abenteuer Dingsbums Burmeester ja versprechen, dass alles ganz groß und glanzvoll wird.«

»Aber Achim? Was sagst du da?«

Jetzt schritt Jerry in diese Paarkommunikation ein. »Tja, Herr Schröder, dann lassen Sie uns doch mal Tacheles reden über Ihre

Geschäfte und Finanzen. Und über Ihre Beziehung zu Thorwald Timmermann.«

***

Das Treffen von Hauptkommissar Tom Weber mit Tatjana Timmermann wirkte zunächst wie eine freundliche Begegnung, blieb auf der Ebene der Informationen, die bereits bekannt waren. Nach einer Viertelstunde formulierte Tom seine Beschreibungen und Fragen in aller Deutlichkeit.

»Ich habe das Ableben zweier Männer aufzuklären, beide sind eines nicht natürlichen Todes gestorben. Der, in dessen Haus und an dessen Seite Sie eine Zeit lang als Ehefrau gelebt haben, ist erschlagen worden. Da bleibt nicht nur der Täter oder die Täterin zu ermitteln, da steht noch im Raum, ob es Totschlag oder ein geplanter Mord war. Der Mann, der unter dem Schottergarten lag, ist nach letzten Ergebnissen der Gerichtsmedizin um das Jahr 2006 durch einen Messerstich gestorben. Die rostige Klinge steckte noch im Brustkorb der stark verwesten, fast skelettierten Leiche.«

Die Frau verzog das Gesicht. »Bah, ersparen Sie mir bitte weitere Details.«

Ungerührt fuhr der Hauptkommissar mit seiner Aufzählung der Fakten fort. »Eine Nachbarin bestätigte, dass der Hausherr, der Tote Nummer eins auf der Agnesstraße, 2006 Isoliermaßnahmen im Bereich des Kellers vorgenommen hat. In ebendiesem Bereich, der damals ausgekoffert war, haben ahnungslose Gärtner den Toten gefunden. Und jetzt meine Frage an Sie. Haben Sie diese Arbeiten am Haus verfolgt?«

»Ich kann mich nicht erinnern. Das war bestimmt in der Zeit nach mir. Wir hatten innen alles nach unserem Geschmack renoviert.«

»Können Sie sich an geschäftliche Kontakte von Thorwald Timmermann erinnern, die er während Ihrer gemeinsamen Zeit pflegte? Waren Ihnen die Geschäfte bekannt, mit denen er sein Geld verdiente? Wovon haben Sie in der Zeit gelebt?«

Tatjana wartete, schien nachzudenken, setzte zu einer Antwort an, blieb still, und mit einem Ruck kam ein ganzer Schwall aus ihr hervor.

»Thorwald hatte geerbt, ein Haus in der Innenstadt, ein Grundstück im Gewerbegebiet, einen Haufen Geld auf diversen Konten, Aktien und Fonds in Depots, Gold in Schließfächern. Als ich ihn kennenlernte, war er schon Privatier, hatte seine Ausbildung als Bankkaufmann beendet, seine Berufstätigkeit an den Nagel gehängt und war überall dort zu finden, wo es ihn hinzog. Auf der Suche nach dem Sinn seines wohlhabenden Lebens haben wir uns verliebt und ganz schnell geheiratet. Ich war stolz, seinen Nachnamen zu tragen, Frau Timmermann ist bis heute noch ein Name, bei dem man hier im Ort aufhorcht. Wir haben wie blöd gevögelt, weil er ein Kind haben wollte. Das war sein größter Wunsch, einst seinem Sohn das Vermögen zu übergeben, ihn einzuführen in die Welt der Reichen. Und wie Sie wissen, klappte es bei mir nicht. Er war ein, wie soll ich sagen, ein potenter Mann, der sich nach den ersten Jahren auch schon mal, sehr dezent und immer inkognito, seine Befriedigung bei anderen Frauen holte. Wissen Sie, wenn Sex nur noch aus einem Grund stattfindet, dann verkrampft man sich, es hat nichts Aufregendes oder Erotisches mehr, jeder Geschlechtsverkehr reduziert sich auf den bloßen Zeugungsakt.«

Tom wollte sie nicht unterbrechen, nahm wahr, dass sie sehr reflektiert und unaufgeregt über ihre Vergangenheit berichtete.

»Eines Tages stand Farina in ihrer schrillen Art vor der Tür. Ich weiß noch genau, dass ich im ersten Moment dachte, mein Gott, was will die mir denn verkaufen? Als Erstes fragte sie, ob Thorwald da sei, ich verneinte. Dann zog sie einen Beutel mit einem Schwangerschaftstest aus ihrer Handtasche, wedelte damit vor meiner Nase herum und sagte nur, sie sei schwanger. Erst wollte mein Kopf nicht verstehen, was sie mir mitteilte, es dauerte einige Sekunden, bis ich verstand. Ich schlug die Tür zu und brach heulend in der Diele zusammen. Dieses Flittchen würde nicht ohne Kalkül an unserer Tür schellen, wenn sie nicht bestens über den Kinderwunsch von Thorwald Bescheid wusste.

Mir war schlagartig klar, dass ich mich auf einer Art Schleudersitz befand. Farina passte seine Ankunft ab, wartete die ganze Zeit gegenüber dem Haus in ihrem Auto, einem pinkfarbenen Corsa mit Wackelblume auf dem Armaturenbrett. Ich hörte die beiden draußen vor dem Haus, und wissen Sie, was mich damals gekränkt hat?«

Tom wartete, bis sie ihre rhetorische Frage selbst beantwortete.

»Thorwald stand in der Einfahrt und freute sich über sein Kind, das im Bauch dieser Frau wuchs.«

»Hat er Sie mit Kenntnisnahme dieser Nachricht umgehend aus seinem Leben ausgeblendet?«

»Sie haben es ganz gut beschrieben. Eine Woche brauchte ich zum Packen meiner Sachen, die ich zunächst im Keller deponierte, ich zog auf seine Kosten in das kleine Hotel am Park an der Althoffstraße, bevor ich mich, während er nach einem Haus für mich suchte, im Steigenberger in Scheveningen einquartierte. Die Trennung hatte nur einen Haken. Er liebte mich, schließlich hatten wir vielfältige und sehr starke gemeinsame Interessen entwickelt, außer das Kamasutra rauf- und runterzuturnen. Manchmal lagen wir einfach eng ineinander verschlungen da, Arme, Beine, alles eins, und streichelten uns gegenseitig, redeten, verstehen Sie? Und diese Verbundenheit konnte er nie lösen, von Beginn unserer Trennung an hat sie ihn dazu veranlasst, mich gut zu versorgen. Natürlich liebte ich ihn auch, gar keine Frage, es war so schön in all den Jahren, dass es immer noch gemeinsame Zeiten und Zärtlichkeit gab. Er kümmerte sich gut um sein Kind. Farina wurde ihm immer lästiger, die war einfach nur schön und dumm, sie glaubte, er habe nicht bemerkt, dass sie mittlerweile mit dem Nachbarn ein Krösken hatte.«

Tatjana hatte die ganze Zeit über aus dem Fenster geschaut, einen Punkt in der Ferne fixiert. Mit sicherem, klarem Blick und einem Lächeln schaute sie nun Tom an. »Thorwald hatte vor, sich von ihr zu trennen, wenn sein Felix sicher auf eigenen Beinen stehen würde. Das war eine lebbare Perspektive für mich.

Er hatte sein Kind aufgezogen, mich nie ganz verlassen, und es gab die Chance, noch einmal durchzustarten.«

Für den Hauptkommissar war noch lange nicht alles klar, es klang wie ein modernes Märchen mit Happy End. »Sie sind niemals richtig wütend auf ihn gewesen? Ich kann das kaum glauben.«

Jetzt lachte sie laut. »Ich war ja selber immer wieder erstaunt über unsere Verbindung, aber ich habe es genossen, von ihm versorgt und verwöhnt zu werden. Ich hatte immer genug Geld, um mir meine Wünsche zu erfüllen. Ich bin um die Welt gereist, ich habe drei Patenkinder in Afrika, die ich unterstütze, und auch die Dinslakener Tafel bekommt regelmäßig einen Obolus überwiesen. Ich habe ein Studium begonnen, dafür ist es auch nie zu spät. Und Ihre Kollegen haben erlebt, wie ich antworte, wenn mich jemand fragt, was ich beruflich mache. Ich variiere dann zwischen der Psychologin mit eigener Praxis, eine Antwort, bei der viele Leute abrücken, weil sie mir den analysierenden Blick zutrauen, oder der Bäckereifachverkäuferin, die die meisten Leute mögen. Es gibt nur einen kleinen Kreis von Menschen, denen die Tatsachen bekannt sind, meine Mutter, mein Bruder, eine Freundin, das reicht doch. Thorwald hat sein Auto immer in eine seiner Garagen gebracht und kam dann mit dem Rad hierher, manchmal sah ein Nachbar einen Radler ankommen oder wieder fahren, manchmal gönnten wir uns auch zwei, drei Tage in einem Hotel, wenn er auf sogenannter Geschäftsreise war. Das wurde allerdings immer schwieriger, weil Farina für Felix keine gute Mutter war. Thorwald wurde oft von seinem Sohn angerufen, der sich verzweifelt über Mama beschwerte. Das war jedes Mal das Ende unseres Ausflugs, er fuhr heim.«

Tom wollte eindeutige Antworten. »Frau Timmermann, ich muss das fragen. Gibt es einen Zusammenhang zwischen Ihnen und dem Tod von Ihrem Ex-Mann Thorwald?«

Sie antwortete mit heiserer Stimme. »Mir würde es gefallen, wenn er noch da wäre, das können Sie mir glauben.«

»Können Sie sich vorstellen, wer ihm nach dem Leben trachtete?«

Die Antwort war begleitet von heftigem Kopfschütteln. »Nein. Ich mache mir Gedanken darüber, seit ich von seinem Tod erfuhr, ich habe keine Ahnung.«

»Haben Sie einen Verdacht, wer der Tote unter dem Vorgarten des Hauses an der Agnesstraße 58 ist?«

Sie schaute wieder hinaus in den Garten. »Auch dazu kann ich nichts sagen, Herr Weber. Ich habe eine Phantasie, aber die ist nicht spruchreif, sagt die erfundene ›Psychologin‹ in mir.«

Jetzt musste Tom lachen. »Lassen Sie sie bitte sprechen. Wir sind für alle Hinweise dankbar, sofern sie überprüfbar sind.«

Sie ließ sich Zeit, Tom blieb geduldig.

»Ich kann mir nur vorstellen, dass er etwas mit Farina zu tun hat. Die war ja kein Kind von Traurigkeit, bis sie auf der Agnesstraße einzog und in arschengen Minikleidchen ihren Bauch zur Schau trug. Mehr weiß ich nicht, und meine innere Psychologin hatte nie die Gelegenheit, mit ihr zu sprechen. Nach der Szene an der Haustür haben wir kein Wort mehr miteinander gewechselt. Ich habe mir vorgenommen, zu Thorwalds Beerdigung zu gehen. Jetzt will ich ihr in die Augen schauen, jetzt kann sie mich nicht mehr als Konkurrenz betrachten.«

»Man kann sich tatsächlich aus dem Weg gehen in dieser Stadt, die nicht gerade die Größe von New York hat?«

»Glauben Sie mir, das geht einwandfrei, wenn man es sich vornimmt. Ich war nie scharf auf öffentliche Konfrontationen, ich konnte mir denken, wie sie auf mich reagiert, denn auch ihr wird nicht verborgen geblieben sein, dass Thorwald mir weiterhin nahestand.«

»Sie meinen, Farina war nicht mehr glücklich in ihrer Ehe?«

»Warum hat sie wohl mit diesem Nachbarn zusammengefunden? Meistens knackt es doch im Gebälk, wenn einer oder beide eine Ergänzung für Defizite in ihrem Leben suchen. In ihrem Fall gab es Felix als Pfand für ein wohlhabendes Leben, da hat sie stillgehalten in all den Jahren.«

Mit zwiespältigen Gedanken verließ Tom Weber dieses Haus am Rande der Stadt. Die saubere Familie des Thorwald Timmermann war ein einziges Konstrukt aus geduldeten Umständen, versteckter Liebe und Betrug. Seine Chefin hatte den Sohn Felix als aufmüpfig und überheblich geschildert. Wie sollte sich in dieser Atmosphäre aus Geheimnissen ein ausgeglichenes Kind entwickeln?

Die Ex-Frau Tatjana wirkte bei Betrachtung aller in dem Fall bekannten Personen eher ausgeglichen, als habe sie trotz allem ihren Weg gefunden.

Reich zu sein war keine Garantie für Glück.

Nachdenklich machte er sich auf den Weg nach Wesel, ließ sich von seinem Navi jedoch, einer spontanen Idee folgend, zunächst zur Agnesstraße lotsen und schellte bei Farina Timmermann. Sie öffnete ihm schwankend, das Haar nachlässig zusammengebunden, und bedeutete ihm ohne Gruß oder Frage, ins Haus zu kommen. »Hier glaubt jeder, dass man ein und aus gehen kann, ich hab hier nichts mehr zu sagen.«

Sie wankte ins Wohnzimmer und griff nach einem halb gefüllten Weinglas, eine halb volle und eine leere Flasche standen neben der Couch.

»Frau Timmermann, kann ich mal eben einen Blick in Felix' Zimmer werfen?«

Nach einem großen Schluck aus dem Glas antwortete sie mit weinerlicher Stimme. »Mach doch, was du willst, ich bin unsichtbar, mich sieht hier keiner.«

Tom traute sich nicht, eine weitere Frage zu stellen, ging rauf ins Obergeschoss und erkannte das Zimmer von Timmermann junior sofort. »Privatbereich. Betreten verboten«, stand mit riesigen Lettern an der Tür. Dahinter herrschte das reine Chaos, es roch nach männlicher Pubertät, ein Mief aus Testosteron, Achselschweiß und getragenen Socken, auf dem Boden verteilt lagen getragene Wäsche, Bücher, Schuhe. Sein Bett wirkte, als habe er im Laufe des Jahres nicht ein Mal die Wäsche gewechselt. Tom verließ den Raum und suchte das Badezimmer.

Hier konnte er sich nicht entscheiden, es gab keine eindeutige Zuordnung von Bürsten, Kamm, Zahnbürsten. Ihm blieb nichts anderes übrig, als Heierbeck anzurufen.

»Weber hier, aus dem Haus der Timmermanns. Wenn ich eindeutige DNA des Sohnes Felix gewinnen will, reicht doch ein einzelner getragener Schuh, oder?«

»Genau.«

»Reicht der Vergleich aus väterlichem Schuhwerk und einem Treter des Sohnes für einen Vaterschaftstest?«

»Haare oder eine Zahnbürste wären besser.«

»Gut, dann sammle ich alles ein, was Haare hat und womit man sich in diesem Haus die Zähne putzt.«

Heierbeck wirkte genervt. »Es ist nicht gerade so, als wenn hier Flaute herrschte, wir haben bergeweise Arbeit. Wollen Sie uns noch etwas draufpacken? Bringen Sie es doch gleich in die Gerichtsmedizin.«

»Gut, das ist die passende Adresse, zumal alle zu vergleichenden Proben dort direkt zu nehmen sind. Ich habe da einen Verdacht.«

Als er wieder nach unten kam, mit einigen Kunststoffbeuteln mit unterschiedlichen Gegenständen und einem Schuh von Felix am Schnürsenkel, lag Farina auf der Couch zur Seite geneigt und schlief tief und fest. So suchte er in der Diele nach einem Schuhschrank, vergeblich, fand eine Art Garderobenraum, in dem es reihenweise edle Paare für Mann und Frau gab. Er schaute sich die Herrenschuhe an und nahm einen, ebenfalls am Schnürsenkel, dessen Fersenraum oft getragen wirkte.

Mit seiner Sammlung machte er sich auf den Weg nach Duisburg.

***

Karin Krafft traf den Kollegen Burmeester auf der Intensivstation, er hatte sich bereits nach Gero von Ahas Zustand erkundigt. Fassungslos standen sie beide vor einem Fenster, dahinter der bewusstlose Kollege, angeschlossen an Schläuche und Geräte, den Kopf bandagiert, ein Bein in hängender Position gegipst, ein Bild des Elends.

Karin traten die Tränen in die Augen, schlagartig war die Erinnerung an ihre mühselige Befreiungsaktion wieder da. Eine Schulfreundin aus Kindertagen hatte sie entführt, weil sie nicht erkannt werden durfte, und in einem verborgenen Bauwagen gefangen gehalten. Diese Frau wurde brutal umgebracht, weshalb Karin in ihrem Verlies tagelang unversorgt blieb. Durstig, hungrig, verletzt, hatte sie mit letzter Energie eine gefährliche Methode erdacht, um sich aus dem Bauwagen zu befreien. Sie hatte ebenfalls die ersten Tage hier verbringen müssen. Damals stand nicht fest, ob ihre Nieren den Mangelzustand überstehen würden, ihre Wunden waren stark infiziert.

»Mich haben sie hier gut wieder auf die Beine gestellt, lass uns ganz fest daran glauben, dass er wieder wird. Haben sie dir Auskunft erteilt?«

»Ja, ich habe mich ausgewiesen, Yasemin hat als Qualitätsmanagerin der Klinik in der Aue hier angerufen und unser freundschaftliches Verhältnis zu Gero bestätigt. Der hat ja keine Verwandten, da bleiben nur wir.«

Karin fischte in ihrem Rucksack nach einem Papiertaschentuch und tupfte sich die Augen. »Und Marlene, die werde ich gleich informieren. Sag, wie geht es ihm?«

Burmeester atmete tief durch. »Wie es so geht mit einem Schädelbruch, da ist eine entlastende OP vorgenommen worden, da der Bluterguss sich nach innen ausbreitete und auf die Hirnhaut drückte. Ferner gibt es drei Knochenbrüche im Gesicht, ein Rippenbruch hat ihm die Lunge gelöchert, diverse Tritte gegen den Körper verursachten innere Blutungen, das Harmloseste sind die Prellungen, und weiter geht es mit einem komplizierten Bruch am rechten Unterschenkel. Er muss versucht haben, sich eine Treppe hochzuziehen, wird abgerutscht sein, und seinen Schmerzensschrei hat einer der Arbeiter gehört, bevor der Baggerfahrer den Motor startete.«

Entsetzt starrten sie wieder durch die Scheibe, hielten einander an den Händen, Karin spürte, wie Burmeester bebte. Auch er hatte Erfahrungen mit Verletzungen durch brutale Tritte, anscheinend suchte ihn gerade die Erinnerung heim, dennoch fuhr er fort.

»Die Schwester berichtete, dass er bei Bewusstsein war, als er eingeliefert wurde, er hat Name, Dienstgrad, Dienststelle und meine Telefonnummer genannt und Anweisungen erteilt. So sollte er nur mit sterilen Handschuhen berührt werden, seine Kleidung musste umgehend eingetütet werden, Kollege Heierbeck musste kommen, bevor man ihm die Hände wusch, und Proben nehmen, und er beschrieb zwei vermummte Angreifer, die ihn auf dem Parkplatz bei der Spielhalle überfallen und traktiert haben. Ab da verließ ihn das Bewusstsein. Bei der Computertomografie kamen die Verletzungen zum Vorschein, und er wurde gleich als Notfall in einen OP-Saal geschoben und am Schädel operiert. Weitere OPs werden folgen müssen.«

Hätte sie einem aus dem Team solch eine strukturierte Vorgehensweise zuordnen müssen, dann hätte Karin als Erstes an Gero von Aha gedacht. In höchster Not, den Kopf unter dem Arm, den harten Kerl markierend.

Sie hielt einen Krankenpfleger an und informierte ihn, dass die Lebensgefährtin des Patienten auch in Bälde käme. Sie musste jetzt gehen, das alles war zu bedrückend.

»Unglaublich, komm, es wird Zeit, wir haben zu tun und müssen zusätzlich herausfinden, wer das hier getan hat. In der Cafeteria gönnen wir uns eine kurze Pause, ich rufe Marlene an. Und dann fahren wir zusammen mit Heierbeck nach Hamminkeln, da wird Geros Auto sichergestellt, und wir knöpfen uns ganz offiziell die Angestellten und die Kunden der Halle vor, volles Programm. Bestimmt gibt es dort eine Überwachungskamera, die Aufnahmen müssen gesichert werden. Du fährst vor und informierst die Spurensicherung. Ich spreche noch mit Aaron Nilsson, das ist wieder ein Fall, der strafrechtlich verfolgt werden muss, es reißt einfach nicht ab.«

Es gab keinen Abstecher in die Cafeteria, beide gingen zügig zum Ausgang, strebten auf dem Parkplatz zu ihren Fahrzeugen. Burmeester telefonierte mit Heierbeck, der offensichtlich schon in den Startlöchern stand, was er Karin durch den gereckten Daumen signalisierte.

Sie wartete, bis er sein Telefonat beendet hatte. »Wir brauchen noch das Go von Nilsson, ich besorge uns den Durchsuchungsbeschluss, dann sind wir auf der sicheren Seite. Den Laden nehmen wir gründlich auseinander.«

Karin wählte die Nummer von Gero von Ahas Freundin, während sie ihre Wagentür öffnete.

»Marlene? Nein, ich … nein. Marlene, bitte höre mir eben zu! Er liegt auf der Intensivstation im evangelischen Krankenhaus. Es sieht kritisch aus, ich denke, er kann momentan jeden Beistand brauchen, den es gibt.«

Mehr Worte brauchte es nicht, Karin hörte, wie die Frau aufstand, noch während sie von Karin Einzelheiten erfragte, sich die Jacke anzog, ihren Autoschlüssel vom Haken nahm und in Windeseile hinter dem Steuer saß.

»Intensivstation, sagst du?«

»Ja, und jetzt fahre bitte vorsichtig.«

Auf dem Weg zum Staatsanwalt drängte sie Jerry, unverzüglich die beiden Adressen der verschollenen Männer aufzusuchen. »Einer aus Sonsbeck und der andere aus Wesel, das ist flott machbar. Vielleicht gibt die Identifikation Antworten auf unsere offenen Fragen.«

Sie würden sich an jedem Strohhalm festhalten.

***

Arthur Barneby Krause hatte die fristlose Kündigung erhalten, seine Freundschaft mit dem Landwirt Kösters, der ihn ungenehmigt in seiner Obstwiese hatte wohnen lassen, erfuhr ein lautes, unfreundliches Ende. Er musste einen neuen Stellplatz für sein Tiny House organisieren, Schluss mit der ländlichen Idylle, er hatte den Standort in der Streuobstwiese so schnell wie möglich zu verlassen.

Im Gewerbegebiet Xanten, auf dem Gelände mit Überseecontainern, die man zum Unterstellen mieten konnte, hatte ihm ein Bekannter einen kurzzeitig nutzbaren Platz angeboten. Das wenige Inventar des Hauses war zu verpacken, der Kurt und Fliege halfen stumm, Teller, Tassen, diverse Bücher und was es sonst noch in den fest installierten Möbeln gab, in Kisten zu verpacken.

Die letzten Tage waren an ihnen nicht spurlos vorbeigegangen, und man merkte Arthur an, dass es ihm schwerfiel, diesen geliebten Ort zu verlassen. Der Tieflader würde am übernächsten Tag durch die hintere Weide kommen, dort mussten die Rinder während der Aktion in der anderen Ecke gesichert werden. Sie waren immer neugierig, wenn etwas geschah, und würden den Abtransport behindern.

Arthur schwitzte heute schon bei dem Gedanken, dass sechzehn Tonnen durch die Wiese bewegt werden mussten. Alles kostete Geld, Zeit, Einsicht, er würde nach diesem Auszug aus dem Paradies so gut wie pleite sein und eine Pause von jeglicher Arbeit für den Natur- und Umweltschutz brauchen.

Allen dreien war bewusst, dass es ein gerichtliches Verfahren wegen ihrer wahnsinnigen Aktion, die tote Lisa verschwinden zu lassen, geben würde. Arthur schämte sich dafür, auch weil er sie letztlich zurückgehalten hatte, um mit ihr zu reden.

Hätte. Wäre. Wenn.

Fliege sprach aus, was wohl jedem von ihnen durch den Kopf ging. »Wir waren total bescheuert. Wie sie auf die Stufe fiel, das war ein furchtbares Geräusch, und wie sie dann mit offenen Augen liegen blieb! Ich sehe das in jeder Nacht vor mir, und dann rast mein Herz.«

Der Kurt ergänzte, dass er noch nie in seinem Leben eine Leiche gesehen hatte und ihn der Moment des Todes, dieses Aushauchen von Atem, verfolge. Er wache manchmal nachts mit Luftnot auf, müsse sich aufsetzen, tief durchatmen.

»Das sind schreckliche Momente. Und dann noch diese völlig hirnrissige Idee, den Wagen mit ihr anzuzünden. Ich muss sagen, dass ich ein wenig erleichtert war zu hören, dass es uns nicht gelungen ist. Die obdachlosen Männer haben es verhindert. Und den Plan letztlich selbst in die Tat umgesetzt.«

Die anderen murmelten Zustimmung, Arthur ließ sich auf einen Stuhl fallen, stützte die Arme auf den Oberschenkeln ab, verbarg sein Gesicht in den Händen.

»Und ich muss hier weg. Ich habe so oft darauf hingewiesen, dass mir der Platz gekündigt wird, wenn es den kleinsten Ärger gibt. Hier wollte ich alt werden, versteht ihr? Zwischen Obstbäumen und mit dem Turmfalken, mit den Wildgänsen im Winter und den kleinen Käuzchen im Sommer. Jetzt gibt es keine Aktionsgruppe mehr, und ich muss meine Hütte bei Seecontainern zwischenparken, bis ich einen neuen Ort gefunden habe. Und bevor das Verfahren nicht abgeschlossen ist, darf ich nicht fortziehen. Aber Turmfalken sind ja eigentlich auch standorttreu.«

Der Kurt räumte eine Kiste auf die nächste und stieß dabei an den Rucksack von Fliege, der polternd umfiel. Eine Menge Zeugs quoll aus der Öffnung, Papier, eine leere Gummibärchentüte, Socken, ein zerknülltes T-Shirt, eine Sonnenbrille, zwei Schlüsselbunde, einer von einer Schnur zusammengehalten, einer mit einem Anhänger in Form eines Golfballes in Silber.

Arthur starrte auf den Berg privater Dinge, der zu seinen Füßen lag, und wies auf den silbern glänzenden Ball, der ins Auge fiel. »Das ist ja Dekadenz pur, weißt du eigentlich, wie klimaschädlich Golfplätze sind? Wieso schleppst du so ein Zeug mit dir herum? Wechselst du etwa das Lager?«

Fliege beeilte sich, alles wieder einzusammeln, der Kurt half ihm dabei, er wusste, dass Arthur Unordnung auf engstem Raum nicht ertragen konnte, es reichte schon bis an den Rand seines Nervenkostüms, dass überall Pappkartons standen. Und er wollte diesen Golfball einmal in der Hand halten.

Er schaute zu Fliege, der seinem Blick offensichtlich bewusst auswich und sich beeilte, eine Rechtfertigung zu formulieren. »Ich habe das Teil gefunden und will es zu einem An- und Verkauf bringen. Das ist Silber, bringt ein paar Euro für unsere Kasse, dachte ich.«

Nach einer Stunde verabschiedeten sie sich von Arthur, der nun zwischen gepackten Kisten und Taschen saß wie ein Häufchen Elend.

»Wird schon.«

Draußen, außer Sichtweite von Arthur, fasste der Kurt den

Kumpel Fliege in den Nacken, erst einer freundschaftlichen Geste gleich, dann übergehend in einen Griff, der so fest wurde, dass Fliege sich wehrte.

»Was machst du da?«

»Sag mal, bist du bescheuert? Der Schlüsselanhänger ist doch aus Dinslaken, stimmt's? Was meinst du, was passiert, wenn die Polizei das Ding bei dir findet?«

Erst zierte sich Fliege, dann nickte er. »Mann, ich passe schon auf, beruhige dich. Das Teil konnte ich doch nicht liegen lassen. Nach alldem.«

***

Aaron Nilsson nickte überzeugt und war nach wenigen Sätzen bereit, den Durchsuchungsbeschluss für die Spielhalle und das Anwesen von Achim, genannt Don, Schröder zu beantragen. Die Fakten, die ihm in Kurzform geschildert wurden, reichten, er machte sich auf den Weg zum zuständigen Richter, während Karin sich ins Kommissariat 1 begab.

Leere Büros, alle waren unterwegs. Nur einer nicht, der lag im Koma auf der Intensivstation. Wo war Tom? Sie rief ihn an, erreichte ihn auf dem Flur der Gerichtsmedizin.

»Ich will einen DNA-Abgleich von beiden Leichen mit dem Material, das ich im Haus an der Agnesstraße eingesammelt habe. Damit es schnell geht, habe ich alles hier abgeliefert«, erklärte er.

»Wie bist du auf diese Idee gekommen?«

»Eine Aussage von Tatjana Timmermann hat mich dazu bewegt. Sie sagte, dass Farina kein Kind von Traurigkeit gewesen ist, und da kam mir der Gedanke, dass Felix vielleicht gar nicht der Sohn von Thorwald ist.«

»Die Idee ist mir auch schon gekommen. Wenn man sich Felix anschaut, dann hat er nicht die Spur von Ähnlichkeit mit Thorwald. Sollte seine Mutter ihn all die Jahre mit dem Wissen um die wahre Vaterschaft aufgezogen haben, nur damit sie selber den Reichtum von Timmermann auskosten konnte? Ist Felix ein Kuckuckskind?«

Tom erzählte von der alkoholisierten Farina, von der er sich nicht einmal verabschieden konnte. »Die tat mir fast leid, wie sie mit verstrubbeltem Haar zusammengesackt auf dem Sofa lag.«

»Sie weiß nichts und kann nichts, da ist Alkohol manchmal der schnellere Trost, wenn der Nachbar gerade nicht in der Nähe ist. Die wird nicht einmal die Beisetzung ordentlich organisieren können, aber das soll nicht unser Problem sein. Ab auf die Straße mit dir, ich brauche gleich einen weiteren Hauptkommissar, wir kriegen Durchsuchungen für Hamminkeln und Diersfordt, die gleichzeitig stattfinden sollen. Die begleitenden Streifenbeamten stehen schon bereit.«

»Habt ihr denn die Beschlüsse?«

»Aaron ist unterwegs und sah sehr entschlossen aus, der wird sie gleich mitbringen. Burmeester und Heierbeck stehen schon parat, die sollen sich in der Spielhalle umschauen, weil Gero ja von einem Überfall auf dem dortigen Parkplatz gesprochen hat. Als er noch sprechen konnte.«

Sie beschrieb seinen Zustand, Tom wirkte betroffen. »Immer muss man sich Sorgen machen, echt. Burmeester oder von Aha, selbst du, einer ist immer dran, aber das ist der Gipfel. Künstliches Koma, Schädelverletzung, sagst du?«

»Ja, man kann noch nichts sagen.«

»Ich beeile mich. Ein Anlass für Blaulicht.«

Kaum hatte Karin das Gespräch beendet, meldete sich ihr Smartphone.

Jerry war laut, wirkte euphorisch. »Der Tote ist Frank Adler. Seine Mutter hat die Kette erkannt.«

»Kein Zweifel?«

»Nein, im Gegenteil, das ist eindeutig. Ich habe Bilder von ihm ausgeliehen, ein großer Mann, diese Kette hatte er zur Firmung von seiner Oma bekommen, die er sehr geliebt hat, und trug sie seitdem ständig. Sein Vater ist 2010 gestorben, vor Gram, weil der Sohn verschwunden blieb. Die Mutter wirkte gefasst, für sie stand schon lange fest, dass er nie mehr nach Hause kommen würde.«

»Konntest du einen Zusammenhang mit Timmermann erkennen?«

»Nein, seine Mutter sagte lediglich, dass er in seiner Freizeit oft in Dinslaken gewesen sei. Aufbewahrt hat sie nur Fotos von ihm. Nach dem Tod ihres Mannes hatte sie sich von den Sachen beider Männer getrennt. Sie hat mir noch zwei Namen von Freunden nennen können, ich denke, wenn wir die finden, werden wir vielleicht mehr über sein Freizeitverhalten erfahren. Der war der gute Junge, anständig und strebsam, der mit zweiunddreißig immer noch daheim lebte.«

Karin gefiel ein Gedanke in Bezug auf die Identifizierung von Adler. »Wir werden die beiden Damen Timmermann mit dem Namen Adler konfrontieren, mal sehen, welche von ihnen da reagiert.«

»Da dachte ich auch gerade dran.«

»Beeil dich, dann können wir uns gleich zu viert aufteilen, um Haus Konstantin und die Spielhalle auf den Kopf zu stellen.«

»Bin schon unten auf dem Parkplatz, und gerade kommt Tom um die Ecke gerast, mit aufgestecktem Blaulicht.«

»Das war dann Streckenrekord von Duisburg bis Wesel.«

***

In Hamminkeln hatte jemand tüchtig aufgeräumt. Das Chefbüro in der Spielhalle wirkte geplündert, nichts mehr in den Regalen, ein offener Rollcontainer, auf dem Boden einzelne Papiere, im Waschbecken hinter der Tür lief Wasser über das Laptop, die hintere Tür war nicht verschlossen und führte auf das Gelände.

Karin war wütend. »Zu spät! Hier finden wir nichts, gar nichts!«

Heierbeck fischte das Laptop aus dem Wasser, ließ es abtropfen. »Abwarten, wir finden immer was. Es dürfte in diesem Raum von Fingerabdrücken wimmeln, und diesem elektronischen Gedächtnis werden wir nach dem Trocknen gut zureden, mal sehen, was es noch preisgibt.«

Die Hallenaufsicht wusste nicht, wo der Chef war. »Keine

Ahnung, Micha ist gegen zehn Uhr nach hinten, seitdem habe ich ihn nicht mehr gesehen.«

Dass er in großer Eile aus dem Hintereingang zum Parkplatz gehastet war, alle möglichen Akten in sein Auto geworfen hatte und davongebraust war, ließ sich den Aufnahmen der Videokamera entnehmen, an die er anscheinend nicht gedacht hatte. Sie war verbunden mit einem PC in der Kassenbucht, die gleichzeitig Einnahmen und Ausgaben verbuchte. Und natürlich wusste die Frau, die dort arbeitete, von nichts.

Auf den Aufnahmen vom Vorabend war zu erkennen, dass Gero von Aha das Gebäude verließ, zwei vermummte Gestalten hinter ihm auftauchten, ihn zusammenschlugen und in einen bereitstehenden Transporter zerrten, der gleich darauf durchstartete. Das Entsetzen der Hauptkommissarin angesichts dieser Bilder spiegelte sich in ihren Anweisungen.

»Der ganze Laden ist für die Dauer unserer Untersuchungen gesperrt. Der PC, der Bildschirm, die Kasse, alles ist konfisziert, alles mitnehmen. Die sieben Herren an den Spielautomaten, denen wir durch unser Auftauchen den großen Sieg versaut haben, werden hier befragt. Nehmt die Personalien auf, der junge Mann in der hinteren Reihe ist garantiert noch nicht achtzehn, das gibt noch eine zusätzliche Anzeige.«

Die Frau an der Kasse wollte protestieren, ein strenger Blick von Karin reichte, sie verstummte umgehend.

Einer von Heierbecks Mitarbeitern wollte den PC abbauen, Karin hielt ihn davon ab, ließ die Angestellte die Videoaufnahmen des Vorabends erneut heraussuchen, zu der Schlägerei und dem Abtransport von Ahas vorspulen.

»Schauen Sie hin. Sie kennen die Männer und auch den Transporter. Wer ist das, und wem gehört das Fahrzeug? Und ich will nicht hören, dass Sie es nicht wissen!«

»Das sind zwei Jungs aus dem Ort, die immer helfen, wenn Automaten abgeholt oder gebracht werden, da, ich erkenne einen an diesem Logo auf der Jacke, diesem Totenkopf. Junge, das ist gruselig, sage ich ihm immer.«

»Wie heißen die beiden?«

Sie schwieg. Karin kochte. »Und? Kommt da noch was?«

Die Frau blieb stumm. »Ich soll doch nichts sagen, wenn ich nichts weiß. Die sind nur durch die Halle, wenn sie hier was zu tun hatten, ansonsten immer durch die hintere Tür.«

Staatsanwalt Nilsson mischte sich ein. »Und wem gehört der Transporter?«

»Micha, unser Chef, sagt immer, schön auf die Karre aufpassen, die gehört dem Don, der reißt euch den Kopf ab, wenn ihr die vermackt. Da hat jeder gedacht, der Chef hat es mit der Mafia, der Don ist hier der Big Boss, und vor dem haben selbst die Jungs Respekt.«

Nilsson wollte mehr erfahren. »Was wissen Sie über den Mordanschlag auf Gero von Aha?«

Die Aufsicht gab sich empört. »Ich hatte doch gestern am Abend keine Schicht, das müssen Sie die Lore fragen, die macht immer Spät, meistens jedenfalls. Ich habe vorhin auf den Aufnahmen zum ersten Mal davon erfahren.«

Leise fragte sie nach, was mit dem Mann sei. Karin sendete Nilsson einen strengen Blick, gepaart mit einem leichten Kopfschütteln. Er verstand.

»Das kann ich Ihnen nicht sagen. Nur so viel, dass der Überfall gerichtlich ganz hoch bewertet wird, denn es handelt sich bei dem Mann, der hier gestern lebensgefährlich verletzt wurde, um einen Kriminalbeamten, der in diesen Räumen verdeckt ermittelt hat. Wenn Sie die jungen Schläger kennen, dann raten Sie ihnen, sich freiwillig zu stellen. Das Team des Kommissariats 1 ist zuständig für Mord und Totschlag und sehr erfolgreich bei der Ermittlungsarbeit, die gesamte Kreispolizeibehörde kann überhaupt nicht leiden, wenn einer aus ihren Reihen dermaßen attackiert wird, die sind alle ziemlich sauer. Die kriegen wir, so oder so.«

Die Angestellte zuckte angesichts des hünenhaften Mannes, der deutliche Worte gefunden hatte, sichtbar zusammen, schwieg jedoch.

Don Schröders Imperium erfuhr hier gerade ein mittelschweres Erdbeben. Burmeester war damit beschäftigt, die Kundschaft zu befragen, ein Mitarbeiter Heierbecks kümmerte sich um Spuren auf dem Parkplatz und ließ von Ahas Wagen abholen, eine Mitarbeiterin nahm Fingerabdrücke in den hinteren Räumlichkeiten, zu denen noch ein winziger Abstellraum gehörte. Die Kammer war vollgestopft mit alten Hockern, Stellagen, Leuchtmitteln, Putzzeug, gefundenen Gegenständen.

Karin stand draußen am Straßenrand, als von Ahas Fahrzeug auf einen Abschleppwagen gezogen wurde. Sie telefonierte mit Jerry, der gemeinsam mit Tom und zwei Mitarbeitern der Spurensicherung in Haus Konstantin tätig war.

»Hier ist die Hölle los, der Don war dabei, alles Mögliche zu schreddern, als wir eintrafen, er ist zornig und bockig, hier wird gerade einiges eingepackt. Seine Frau und die Mutter von Burmeester liegen sich im anderen Bereich des Hauses in den Armen und versuchen das Karma zu retten, aber auch dort wird alles nach Beweismitteln durchkämmt. Ich werfe gerade einen ersten Blick in den PC, er hat das Onlinebanking noch offen.«

»Der funktioniert noch? Hier hat der Hallenboss versucht, das Laptop zu ertränken. Der ist auch nicht die hellste Leuchte, denn die wichtigen Videoaufnahmen vom Überfall auf Gero sind an der Kasse in einem PC gespeichert.«

Sie hörte Jerrys erstaunte Ausrufe. »Oh, das musst du sehen, Karin! Kannst du die anderen alleine lassen? Dann komm her, wir befragen den Herrn Schröder gleich hier zu seinen Dateien.«

»Ich bringe den Staatsanwalt mit.«

Burmeester übernahm die Leitung der Aktion in der Spielhalle, Aaron Nilsson und Karin liefen zum Parkplatz.

Es war nicht weit von Hamminkeln nach Diersfordt. Karin wunderte sich über die neuerlichen Entwicklungen, die das Anwesen genommen hatte. Sie war auf dem Weg zu ihrer Mutter nach Bislich oft daran vorbeigefahren. »Das Haus und der Garten sind richtig aufgeblüht, sehr schön.«

Nilsson beugte sich zu ihr herab. »Wenn das mal nicht nur schöne Fassade ist.«

Sie sahen Polizistinnen an zwei Türen stehen, eine war der

Zugang zum Haupthaus, die zweite musste zu den Geschäftsräumen des Don führen, eine sehr stabile Tür mit doppeltem Schloss.

Die Kollegin bestätigte die Vermutung. »Da oben ist was los, Hauptkommissar Patalon wollte, dass zwei meiner Kollegen mitgehen und Präsenz zeigen, die anderen beiden haben schon kistenweise Material in den Mannschaftswagen gebracht. In der anderen Haushälfte geht es auch nicht gerade problemlos zu.«

Karin wollte Genaueres wissen.

»Da wird Hauptkommissar Weber von zwei Frauen demonstrativ an seiner Arbeit gehindert, die versperren ihm Zugänge zu Räumen mit dem Argument, er würde das Karma schädigen. Wenn Sie mich fragen, das hier sieht edel aus, und in Wirklichkeit spinnen alle.« Sie tippte sich mit dem Finger an die Stirn. »Karma schädigen …«

Nilsson entschloss sich, zuerst Tom im Erdgeschoss zu unterstützen, während Karin hinauf in das opulent eingerichtete Arbeitszimmer von Achim Schröder ging, wo Jerry hinter dem noblen Schreibtisch hockte.

Der Don saß auf seiner schwarzen zierlichen Couch im Bauhausstil, links und rechts je ein Uniformierter, er wirkte wie ein gestürzter Präsident, begrüßte Karin aber lautstark. »Sie sind doch die Chefin, sagen Sie Ihrem Vasallen, dass er die Finger von meinem PC lassen soll.«

Sie lächelte ihn an, stellte sich demonstrativ hinter Jerry und blickte mit ihm zusammen auf den Bildschirm. »Mein Kollege hat meine ausdrückliche Erlaubnis, die gesamten Dateien zu sichten.«

Schröder wollte aufstehen, wurde jedoch von seinen Bewachern daran gehindert.

»Ihr steckt doch alle unter einer Decke, in einen Sack stecken sollte man euch und draufhauen, da trifft man immer den Richtigen.«

Die Hauptkommissarin richtete sich auf. »Jeder hier in dem Raum kann bezeugen, was Sie gerade gesagt haben. So ähnlich klang bestimmt Ihr Auftrag, den Sie den beiden jungen Männern in Hamminkeln erteilt haben, oder? Immer draufhauen, den kriegt ihr klein. Und dann lasst ihr ihn verschwinden. War das so, Herr Schröder?«

Er wich ihrem Blick aus und blieb stumm.

»Nicht zu antworten ist fast so gut wie eine Bestätigung. Was hat Sie an dem Mann gestört, der gestern brutal zusammengeschlagen und halb totgetreten wurde? War er zu neugierig, hat er Ihr System erkannt und wollte noch mehr als Hilfsarbeiten leisten, um das Geld gleich wieder einzusetzen? Oder sind Sie arg erschrocken, als klar wurde, dass der Mann ein Hauptkommissar ist?«

Schröders Frust war ihm anzusehen.

Jerry tippte auf einzelne Seiten einer Datei. »Das war gerade geöffnet, als wir ihn hier überraschten, er hatte keine Chance, das Onlinebanking zu schließen. Schau mal, hier und hier, da auch. Ich kann zurückblättern, wie ich will, immer gab es zum 15. eines Monats eine Überweisung in Höhe von fünftausend Euro auf Herrn Schröders Konto, das war ein Dauerauftrag, eingerichtet von Thorwald Timmermann. Nur am fünfzehnten September, da hat die Bank die Zahlung nach Bekanntwerden des Todesfalles gestoppt. Es wird dann auf Entscheidungen, die das Erbe betreffen, gewartet, aber dass das schon nach einem Tag funktioniert, hätte ich nicht gedacht.«

Jerry Patalon übernahm so laut und überdeutlich, dass Schröder am anderen Ende des Raumes alles gut hören konnte. »Und jetzt schau mal, wie es um das Konto bestellt ist. Diese Zahl da unten ist fast fünfstellig, mit einem großen Minus davor. Es läuft nicht gut für den Don. Er scheint viel Geld in dieses Haus investiert zu haben, und jetzt bleiben plötzlich die regelmäßigen Zahlungen aus. So ein Pech aber auch.«

Karin spürte förmlich, wie schwer es Schröder fiel, sich zu beherrschen, sie schaute rüber zu ihm, erläuterte das bisherige Wissen um die Transaktionen. »Auf Timmermanns Kontoauszügen war zu lesen, dass es zwei regelmäßige Abgänge in dieser Höhe gab, einmal zu Monatsbeginn an T.T., hier handelt es sich um eine Frau, die uns bekannt ist. Und in der Mitte des Monats hieß es immer: fünftausend an die DS-Holding. Jetzt wird mir klar, dass es Don Schröder heißen sollte. Womit haben Sie sich dieses Geld verdient, und vor allen Dingen, wie lange beziehen Sie es schon?«

Der Don schwieg. Karin ging um den Schreibtisch herum, fuhr mit den Fingern über die glatte, staubfreie Glasplatte, baute sich vor ihm auf. »Ich lasse gleich den Staatsanwalt raufkommen. Er wird befürworten, dass wir Sie in Gewahrsam nehmen. Ich behaupte jetzt mal, dass es sich um eine fortgesetzte Erpressung handelt. Eine Art Schweigegeld, richtig?«

Sie ging auf und ab vor dem zierlichen schwarzen Sofa, der schweigende Don verfolgte ihre Bewegungen. »Und ich tippe mal, dass Sie seit fast achtzehn Jahren diesen monatlichen Betrag erhalten, liege ich da richtig? Das wären bis heute über eine Million Euro. Das ist viel Geld.«

Jerry beobachtete die Szene, seine Chefin machte das geschickt, man sah Schröder an, dass er schwitzte, darauf wartete, was sie als Nächstes sagte. Dem Hauptkommissar wurde klar, worauf sie hinauswollte.

»Eine monatliche Zahlung für einen Freundschaftsdienst. Was sagt Ihnen der Name Frank Adler?«, fuhr Karin fort.

Schlagartig beteiligte sich Schröder wieder am Gespräch. »Warum soll ich den Mann kennen, ich weiß nicht, wer das ist und was das hier soll, lassen Sie mich endlich in Ruh.«

»Wir haben Frank Adler gestern gefunden, Herr Schröder, unter den Steinen in Timmermanns Vorgarten. Er wurde im Jahr 2006 von seinen Eltern als vermisst gemeldet. Seine Mutter hat heute die Kette erkannt, die der skelettierten Leiche immer noch um den Hals hing. Frank Adler, der für immer verschwinden sollte, ist wieder aufgetaucht.«

Karin folgte einer wirkungsvollen Choreografie, aus der Bewegung abrupt in den Stand, sie blieb vor dem Mann stehen, der nicht wusste, wo er hinschauen sollte. »Haben Sie ihn umgebracht? Wofür hat Timmermann Ihnen monatlich so viel Geld gezahlt?«

Der Don schwieg wieder, Karin gab sich unbeeindruckt,

drängte ihn nicht. »Ich hole jetzt Staatsanwalt Nilsson rauf, der wird die Lage beurteilen, und glauben Sie mir, Herr Schröder, es ist immer besser, die zweifelhaften oder gar kriminellen Geschichten selber zu erzählen, statt darauf zu warten, dass sie ermittelt werden.«

Sie griff zum Smartphone, es klingelte vor der Bürotür, Nilsson stand bereits im Türrahmen. Nach kurzer Erläuterung des Sachstandes und des aufkeimenden Verdachts nahm er lässig einen Stuhl vom Schreibtisch und setzte sich Schröder gegenüber, nachdem er ihn aus mächtig wirkender Körperhöhe begrüßt hatte. Selbst als er saß, überragte Nilsson den Mann um zwei Köpfe, der Don fühlte sich sichtbar unwohl.

»In Hamminkeln haben wir erfahren, dass der Transporter, mit dem gestern gegen zweiundzwanzig Uhr ein zusammengeschlagener Kriminalkommissar von zwei maskierten Männern fortgebracht wurde, Ihnen gehört. Wo ist das Fahrzeug, und wer sind die beiden Schläger?«

Don Schröder schwieg.

»Habe ich das richtig verstanden, dass Sie schon sehr lange eine monatliche Zahlung in Höhe von fünftausend Euro von Thorwald Timmermann erhalten? Was für eine Vereinbarung steht dahinter?«

Kein Wort von Schröder. Nilsson stand auf und stellte den Stuhl zurück. »Verdunkelungsgefahr, Fluchtgefahr, ich denke, der zuständige Richter wird kein Problem haben, einen Haftbefehl zu erlassen.«

Er schaute von einem Uniformierten zum anderen. »Nehmen Sie ihn fest, überführen Sie ihn zur Vernehmung in die Kreispolizeibehörde ins K1.«

Erst jetzt meldete der Don sich zu Wort. »Das können Sie nicht machen, ich protestiere! Na klar, ich kannte diesen Adler, aber das rechtfertigt noch nicht, dass ich verhaftet werde.«

Mit Handschellen stand er da und schaute hoch zu Aaron Nilsson, der völlig ruhig blieb.

»Das können Sie uns alles im Vernehmungsraum erzählen.« Und mit Blick zu einem der Polizisten: »Abführen.«

Nachdem Schröder den Raum in Begleitung verlassen hatte, wandte sich Nilsson an Karin.

»Der wird dir erzählen, um was es geht, das ist einer, der bellt und andere beißen lässt, eine kleine überhebliche Null in einem Haus, das fünf Nummern zu groß ist. Er kennt die offenen Fragen und weiß ganz genau, dass es ungewöhnlich ist, ohne Vertrag von einem Geschäftsmann monatlich fünftausend Euro zu beziehen. Hoffentlich lässt sich das bis zum Jahr 2006 zurückverfolgen, da müssen wir schauen, welche Informationen zu Umsatz und Eingang die Bank gespeichert hat.«

Karin schaute ihn an und nickte. »Der hat uns einiges zu berichten. Wir haben das Kennzeichen von dem Transporter, ich werde ihn zur Fahndung ausschreiben lassen.«

Aaron Nilsson wies mit dem Finger zu Boden. »Unten beten zwei Frauen gegen das schlechte Karma an. Sag mal, ist das die Mutter von Nikolas Burmeester?«

Karin bestätigte.

»Ich vermute, weil sie mich hier getroffen hat, kam sie auf die Idee, ihn bei der Arbeit zu besuchen«, meldete sich Jerry vom Schreibtisch aus. »Und was sich hier auftut, ist so krass, diese desaströsen Finanzen und der Schein, den seine Frau da unten zu wahren versucht, das passt nicht zusammen. Wenn ich das hier richtig deute, dann hat er nicht einmal die Spielautomaten abbezahlt, mit denen er versucht hat, an der Steuer vorbei Geld zu verdienen. Das konnte alles nicht funktionieren, und da half auch diese großzügige monatliche Zahlung vom Timmermann'schen Konto nicht. Der hat sich immer höher verschuldet und dennoch den großen Macker gespielt. Das Retreat Center ist Geschichte, glaubt mir. Und Madame Burmeester wird sich ein neues Betätigungsfeld suchen müssen.«

Schmunzelnd erklärte Karin Burmeesters Beziehung zu seiner Mutter. »Vor zwanzig Jahren ist er vor ihr geflohen. Sie hat versucht, ihn zu bemuttern, als er erwachsen war, hat ihn aber als Kind immer wieder anderen Menschen überlassen, um ihr Glück in Indien zu finden. Gestern hat sie ihn auf der Wache heimgesucht, er war völlig fertig. Das ist eine lange Geschichte, die soll er dir am besten selber erzählen, bei einem Bier auf dem Kornmarkt, damit er dabei locker bleibt.«

Jerry schickte die interessanten Dateien an sein dienstliches E-Mail-Postfach und fuhr den PC herunter, blickte zu Karin. »Ich glaube, Gaby Schröder fürchtet um ihren Traum.«

»Kein Wunder, Haus Konstantin hat eine ziemlich wirre Geschichte hinter sich, da kann der riesige Buddha beim Eingang auch nichts dran ändern. Es wäre zu wünschen, dass hier jemand für eine friedliche Nutzung sorgt, nur werden das nicht die Schröders sein. So ein schönes Anwesen«, sagte Karin.

Auf dem Weg nach unten machte Nilsson den Vorschlag, am kommenden Tag alle am Fall Agnesstraße Beteiligten ins Kommissariat 1 zu holen.

»Große Vernehmung im Besprechungsraum, verstehst du? Du lässt sie ankommen, einen Blick auf eure Infowand werfen, wo natürlich die Ergebnisse von heute auch schon eingefügt sind. Die Frauen Timmermann werden den Thorwald sehen und auch den Frank Adler, schauen wir mal, ob eine von beiden reagiert. Schröder wird ebenfalls mit den Bildern konfrontiert, auch der Liebhaber aus der Nachbarschaft.«

Karin hatte sowieso vor, die beiden Frauen von Thorwald nach Wesel zu holen. Die Idee, auch alle anderen mit den bisherigen Ergebnissen zu konfrontieren, gefiel ihr.

»Ich bin dafür, alle einzeln zu vernehmen, ohne dass sie die Fotos kennen. Und bis morgen haben wir hoffentlich schon ein Ergebnis von der Gerichtsmedizin aus Duisburg.«

»Was meinst du?«

»Man soll nicht über ungelegte Eier sprechen, ich sende dir das Ergebnis, wenn es eines von Interesse gibt.«

Bei ihrer Rückkehr in die Kreispolizeibehörde traf Karin Krafft die Behördenchefin van den Berg auf dem Flur der fünften Etage. Mit hochgerecktem Kopf und zorniger Miene stellte sie sich der Hauptkommissarin in den Weg. »Wieso erfahre ich quasi als Letzte durch den Flurfunk, dass es einen erneuten Anschlag auf einen meiner Leute gegeben hat?«

Karin drängte wortlos an ihr vorbei zur Teeküche. »Ihre Frage wäre, minimal anders formuliert, nicht als Angriff bei mir angekommen. Aber auf der so vorgegebenen Ebene fällt es mir schwer, sachlich mit Ihnen zu reden.«

Sie hantierte am Kaffeeautomaten, kam hervor und baute sich vor van den Berg auf. »Verdammt! Ich habe heute erneut einen meiner Mitarbeiter in einer Klinik aufgefunden, dieses Mal von Aha, bewusstlos und verkabelt, schwer verletzt auf der Intensivstation! Meinen Sie, das geht spurlos an mir vorbei?«

Theatralisch stellte sie sich mit erhobenen Händen vor ihre Chefin, ihre Stimme bebte. »Entschuldigen Sie vielmals, dass ich mich erst um Informationen über den Zustand des Kollegen bemüht habe und anschließend die Sicherung von Beweismitteln aktiviert habe, bevor ich Sie aktuell auf den Sachstand bringen wollte. Hier brennt die Wand, und Sie fühlen sich hintergangen, weil ich noch keine Zeit hatte, Sie zu informieren? Boah, Sie sind so, so schrecklich kleinlich und schon so lange mit dem Gefühl behaftet, dass ich Sie ignoriere.«

Karin wurde laut und sparte nicht mit Zorn und Ironie. »Wir kennen uns jetzt seit mehr als zwanzig Jahren, und immer lief alles seinen geregelten Gang. Wenn Sie heute endlich einen Grund finden, mir eine Abmahnung zu schicken, dann machen Sie das, da wünsche ich Ihnen viel Freude und Genugtuung bei der Formulierung. Ihr Schriftstück wird als Erstes in meiner Ablage landen, bis die neuesten Falllagen in alle Richtungen bearbeitet sind und das K1 die Ermittlungen abschließt. Und als Nächstes wird Ihr Brief zusammen mit einer gepfefferten Stellungnahme den Weg zum Betriebsrat finden.«

Geplättet blieb van den Berg auf dem Flur stehen, Karin verschwand in der Küche. Der Kaffee war fertig, sie noch nicht. »Ich mache meine Arbeit, um siebzehn Uhr ist große Lage. Falls Sie Zeit finden, kommen Sie doch vorbei.«

Erhobenen Hauptes strebte die Hauptkommissarin mit einem Becher in der Hand an ihrer Vorgesetzten vorbei und warf die Tür hinter sich zu. Sie sendete eine Nachricht an die drei, die noch unterwegs waren, und an den Staatsanwalt. »Stunk in der

Bude. Aufstand in der Etage der Chefin. Große Lage um siebzehn Uhr, kommt zeitig, wir zeigen es ihr!«

Sie lehnte sich zurück, brauchte Zeit, um sich wieder zu beruhigen.

Hatte sie das gerade gebracht? Ja. Und es tat unglaublich gut.

***

Erste Ergebnisse gab es bereits gegen fünfzehn Uhr. Eine Streife von der Dienststelle Hamminkeln hatte den zur Fahndung ausgeschriebenen Transporter von Schröder entdeckt, der bei dem Supermarkt an der Raiffeisenstraße auf dem Parkplatz stand. Dass die beiden jungen Männer, die lässig und gut gelaunt mit Bierkästen aus dem Laden kamen, dazugehörten, war ihnen klar. Die Tatsache, dass die beiden im Verdacht standen, einen Kollegen von der Kripo lebensgefährlich verletzt zu haben, hatte sich ebenfalls bis zu ihnen herumgesprochen.

Ein herbeorderter zweiter Streifenwagen bog völlig überraschend auf das Gelände des Supermarktes ein und versperrte den Jungs den Weg. Beide Burschen übermannte ein Fluchtimpuls, dem sie angesichts von vier Polizeibeamten, die sie mit lauter Warnung und gezogenen Waffen aufforderten, sich mit hinter dem Kopf verschränkten Händen auf den Boden zu knien, nicht folgen konnten. Die anwesenden Kunden des Marktes sollten sich später daran erinnern, dass die vier Ordnungshüter sehr barsch mit den jungen Männern umgegangen waren.

Die bis über die Hutkrempe mit Arbeit überlasteten Kollegen der Spurensicherung brauchten nicht lange, um im Laderaum des Transporters ausreichende Beweise zu finden. Die Täter, beide bereits durch kleinere Delikte auffällig geworden, hatten sich nicht einmal die Mühe gemacht, von Ahas Blutflecken zu entfernen.

Bei der Vernehmung im K1 sagten sie, der Scheißer wäre ihnen quergekommen, hätte sie auf einer gemeinsamen Tour für den Don für blöd erklärt. Er habe sich wie der Chef aufgeführt und sie behandelt wie dumme Jungs. Es sollte eine Abreibung werden, nicht mehr, und in dem Abbruchhaus sollte er Schiss kriegen, wenn die Abrissbirne am Morgen mit der Arbeit loslegte.

»Der is ein Bulle, hä? Dat haben wir nich gewusst.«

Zwei Stunden nach ihrer Festnahme standen sie bereits vor dem Haftrichter, der den Haftbefehl ausstellte und sie in Gewahrsam nehmen ließ. Die beiden erwartete ein Verfahren mit einer Haftstrafe jenseits von drei Jahren, also ohne die Aussicht auf Strafaussetzung mit Bewährungsauflagen.

Karin sah innerlich einen Sektkorken ploppen. Das ging schneller als erwartet.

Tom Weber erklärte bei der Vorbereitung der Lagebesprechung, dass Hamminkeln eben überschaubar wäre und alle Kollegen und Kolleginnen doppelt aufmerksam gewesen wären, weil es um einen von ihnen ging.

»Diese arroganten Schnösel haben noch Glück gehabt, denn Wut findet immer Wege, sich zu entladen, auch wir sind nur Menschen. Ich musste mich sogar bei der Vernehmung noch beherrschen, um denen nicht über den Tisch zu kommen. Abreibung. Denkzettel. Weil Gero sie spüren ließ, wie dumm sie sind.«

Burmeester wollte für Kaffee sorgen, doch der Staatsanwalt erschien mit drei Flaschen Fruchtsecco aus der Obstkelterei van Nahmen in Hamminkeln und meinte, ein wenig müsse man auf diesen schnellen Erfolg anstoßen, das sei ihm ein Bedürfnis.

Noch bevor die Behördenchefin eintraf, prosteten sie sich mit sprudelnd gefüllten Wassergläsern zu und schauten sich die bis dato ermittelten Ergebnisse an, die an der Infowand präsentiert wurden.

Die Schröders waren pleite, Achim Schröder saß in Untersuchungshaft, ihm wurde vorgeworfen, mit illegal aufgestellten Spielautomaten Steuern hinterzogen zu haben. Ob er geahnt hatte, dass Gero von Aha verdeckt in der Spielhalle ermittelte und die beiden Hiwis zu der Tat angestiftet hatte, blieb noch zu ermitteln. Karin meinte, die zwei seien so einfach strukturiert, dass der Plan mit dem Abrisshaus nicht von ihnen stammten konnte. Sie würden weiter zur Vernehmung vorgeführt werden.

Als Nilsson die Flasche Nummer zwei entkorkte, betrat die Behördenchefin van den Berg den Raum und schaute verwundert in die Runde. »Alkohol bei Feiern ist in dieser Behörde untersagt.«

Nilsson blickte auf sie hinab und sagte nur ein Wort: »Alkoholfrei.«

Karin als Leiterin des K1 übernahm die Begrüßung und erklärte in knappen Sätzen den Erfolg der Festnahme des Schlägerduos.

Tom Weber bot van den Berg ein Glas an, das sie mit dem Ansatz eines Lächelns entgegennahm. »Gute Arbeit.« Sie schaute sich die Unterteilungen der Infowände an, setzte sich und wies auf Karin Krafft. »Bitte fahren Sie fort.«

Karin berief Jerry zum Protokollanten und bat Burmeester, mit der Vorstellung der Ergebnisse zu beginnen. Der berichtete von seinen Ermittlungen in Dinslaken, von den Großgaragen, in denen Achim Schröder eine hohe Anzahl von Spielautomaten abgestellt hatte, die er bis in das Ruhrgebiet hinein immer wieder austauschen ließ.

»In welchem Verhältnis der getötete Thorwald Timmermann und er zueinander standen, ist schwer zu begreifen. Es liegt kein Mietvertrag für die Garage vor, und Timmermann hat ihm, wie sich heute am Vormittag herausstellte, über Jahre hinweg monatlich einen sehr hohen Betrag überwiesen. Schröder schweigt über den Grund dafür, die Zahlung von fünftausend Euro wurde einen Tag nach Timmermanns Tod eingestellt.«

Burmeester wies mit dem Powerpointer auf das Foto von Farina Timmermann. »Ferner bleibt noch zu sagen, dass die Witwe offenbar keinen Überblick über die Arbeit und die Finanzen ihres Mannes hatte. Die hat einfach nur gut gelebt und den gemeinsamen Sohn Felix versorgt. Zum Zeitpunkt des Mordes an Timmermann hat sie im Haus bereits geschlafen, hat ihn am Morgen entdeckt. Sie hat kein gutes Verhältnis zu ihrem fast volljährigen Sohn Felix, der macht, was er will, und hat sich in der Familie eines Schulfreundes einquartiert, Kevin Stachowiak. Dessen Vater ist als Verwalter der Großgaragen eingestellt, Felix hat Zugang zu den Garagen, in einer zweiten stehen ein Auto und diverse teure Sporträder und Equipment für unterschiedliche Sportarten. Von alldem hatte Farina angeblich keine Ahnung.«

Van den Berg hob schüchtern, fast schülerhaft den Finger. »Ist sie so einfach strukturiert, oder mimt sie es erfolgreich?«

Tom übernahm. »Sie ist es, völlig fertig und mit der Situation überfordert. Ich war heute am Vormittag dort und fand sie betrunken vor, sie wird sich nicht daran erinnern können, dass ich im Haus war.«

Er leitete über zu Tatjana Timmermann, noch ein Mensch, dem monatlich die gleiche Summe überwiesen wurde wie Achim Schröder.

»Sie ist die Ex-Frau von Thorwald. Sie musste ihn verlassen, weil Farina von ihm schwanger wurde. Tatjana und er hatten jahrelang versucht, ein Kind zu zeugen, was nicht gelang. Farina war ein Seitensprung und sollte ihm nun seinen Sohn gebären. Als Abfindung gehört Tatjana die Hälfte des Hauses, in dem sie lebt, und er zahlte ihr den Lebensunterhalt. Gleichzeitig haben sie sich nie ganz getrennt. Er besuchte sie regelmäßig und verbrachte sogar Kurzurlaube mir ihr. Sie hat sich ihr Leben eingerichtet und wirkt ausgeglichen und zufrieden. Von ihr stammt die Aussage, dass Farina kein Kind von Traurigkeit war. Abgesehen davon, dass Farina vor achtzehn Jahren mit dem Schwangerschaftstest vor Tatjana stand und in der Agnesstraße auf Thorwald wartete, um ihn mit der Neuigkeit zu überraschen, hatten die Frauen keinen Kontakt zueinander.«

Nilsson rührte sich und verteilte den Rest des Seccos an alle, die mochten, kommentierte dabei die Ausführungen. »Das klingt wie die moderne Version von Aschenputtel, wobei der Prinz genau weiß, wem der goldene Schuh passt, jedoch die andere nimmt, weil die das Kind hat. Kann so eine Konstellation wirklich problemlos bestehen? Und ich hoffe, den Frauen ist klar, dass sie den Ort nicht verlassen dürfen, bis der Fall geklärt ist?«

»Na klar.«

Jerry meldete Zweifel an Tatjanas Aussage an. Sich in einem Ort wie Dinslaken nicht über den Weg zu laufen sei ein Kunststück. »Haben wir Farina befragt, was sie zu der Ex-Frau zu sagen hat?«

Karin meinte, dass sei eine gute und berechtigte Frage, er solle sie im Protokoll markieren. In Erinnerung habe sie, dass Farina sich bei der Erwähnung des Namens ahnungslos gestellt hätte. »Die holen wir morgen hierher, in der Atmosphäre wird sie vielleicht etwas gesprächiger.«

Burmeester kam auf den Fall der Aktivisten gegen Schottergärten von der Bislicher Insel zu sprechen. »Eigentlich ein rühriges Trio, wenn sie nicht bis vor kurzer Zeit ein Quartett gewesen wären, das unschön aufgelöst wurde.«

Er wies zu den Fotos von drei Männern und einer Frau. »Arthur Barneby Krause lebt momentan noch in einem Tiny House in einer Streuobstwiese auf der Bislicher Insel. Gemeinsam mit Justin Zapatka, genannt Fliege, Kurt Kremer, genannt der Kurt, und Lisa Döpker ist er in unregelmäßigen Abständen nachts durch den Niederrhein gereist, um ihren stillen Widerstand gegen sogenannte Schottergärten auf den Steinen zu markieren. Sie verschütteten biologisch einwandfreie Wandfarbe großflächig über die versiegelten toten Flächen.«

Van den Berg unterbrach ihn. »Ach, die waren das. Bei meinen Nachbarn sind sie auch gewesen, und im Anschluss fanden sich im Vorgarten lauter zustimmende Statements auf Papier. Richtig so! Dagegen! Lieber Weiß, dann Grün, statt Grau. Das ist ja nie publik geworden. Was haben die mit dem Fall zu tun?«

Karin übernahm die weitere Präsentation, berichtete, dass »der Kurt« und »Fliege« bei der letzten nächtlichen Aktion das Haus von Timmermann im Visier hatten. »Und erst als sie einen Teil der Farbe verschüttet hatten und der Bewegungsmelder die Beleuchtung aktiviert hatte, bemerkten sie, dass im Vorgarten ein Toter liegt, der nun auch noch ihre Farbe auf dem Körper trägt. Die sind sofort abgehauen und haben ihr Material entsorgt.«

Burmeester meinte, sie wären denen niemals auf die Spur gekommen, wenn nicht Lisa Döpker bei dem Tiny House gestürzt und an einem Genickbruch gestorben wäre.

»Um von sich abzulenken, haben sie die Tote in ihrem Wagen auf eine Industriebrache nach Wanheimerort gebracht und wollten den Wagen in Flammen aufgehen lassen. Dabei wurden sie von zwei Obdachlosen beobachtet, die das Feuer schnell gelöscht haben, mit Bier, Wasser und Urin.«

Karin schüttelte noch immer den Kopf, diese Geschichte war so unglaublich.

»Auch das hat uns noch nicht zu den Aktivisten geführt, erst die Tatsache, dass die Obdachlosen verhaftet wurden, weil sie Lisa Döpkers Kreditkarte nutzten, hat uns zu deren Mutter und in ihre Wohnung geführt, wo wir die Kontaktdaten der Gruppe fanden. Bis dahin war die Ermittlung in den Händen der Kripo Duisburg, der Kollege Römer zeigte sich sehr kooperativ, hielt uns immer auf dem neuesten Stand. Selbst als klar wurde, für welche vergleichsweise harmlosen nächtlichen Aktionen diese Gruppe verantwortlich war, informierte er uns umgehend und meinte, die hätten sich in Bezug auf Lisa Döpker sträflich verhalten, er würde ihnen jedoch kein Tötungsdelikt zutrauen.«

Wieder meldete sich van den Berg zaghaft und freundlich. Geht doch, dachte Karin.

»Es steht fest, dass Timmermann in der Nacht in Dinslaken bereits nicht mehr lebte, als er mit Farbe übergossen wurde?«

Karin berichtete von den Versuchen der Spurensicherung, den Grad der Vermischung von Blut und Farbe zu unterschiedlichen Zeiten der Antrocknung zu eruieren. »Es steht fest, dass die Farbe ihn wesentlich später traf.«

»Und das befreit die beiden von jeglichem Verdacht? Sie hätten ja auch später wieder zurückkommen können.«

»Mit welchem Motiv? Den Toten zu kennzeichnen? Genau das wollten sie ja nicht erreichen, sondern im Verborgenen bleiben.«

Van den Berg blieb dran. »Diese Männer und die Frau haben reihenweise privates Eigentum besudelt, die Männer wollten ihr Fahrzeug mit ihr zusammen verschwinden lassen, indem sie es anzünden. Die wirken harmlos und agieren abgebrüht. Reicht Ihnen das nicht für eine weitere Vernehmung zu den Fakten?«

Karin wollte sich nicht auf eine Diskussion mit ihr einlassen und wies Jerry an, die erneute Befragung von Arthur Barneby Krause, Kurt Kremer und Justin Zapatka ins Protokoll aufzunehmen. »Zufrieden?«

Van den Berg stimmte zu, nicht ohne gleich weitere Fragen zu stellen. »Wie ist Ihre Strategie im Fall Timmermann? Ich erkenne nirgendwo ein greifbares Motiv. Deutet das auf eine spontane Tat hin, oder war das geplant?«

»Warten Sie ab, wir sind ja noch nicht fertig mit der Agnesstraße.« Sie ging zu dem nächsten Foto, ein junger Mann mit einem gewinnenden Lächeln, daneben eines mit dem skelettierten Körper.

»Das ist Frank Adler. Verschwunden 2006, gefunden wurde er gestern auf der Agnesstraße 58 bei Gartenbauarbeiten im Vorgarten unter Tonnen von Steinen. Das ist der Vorgarten, auf dem Timmermann am letzten Donnerstag gefunden wurde. Die Witwe konnte den Anblick der Steine nicht mehr ertragen und wollte alles abtragen lassen. Unter dem Kies und einer wasserdurchlässigen Folie kam Adler zum Vorschein, mit einer Messerklinge in der Brust. Seine Mutter hat die Kette erkannt, die immer noch um seinen Hals lag. 2006 hat Timmermann im Nestbaufieber dort seine Kellerwand isoliert und eigenhändig geschaufelt, das bestätigt eine langjährig in der Straße ansässige Nachbarin. Bleiben die Fragen, warum und von wem der Mann getötet wurde und wer ihn letztlich dort vergraben hat. Einen Beteiligten können wir nicht befragen, Timmermann ist tot. Es wird jedoch berichtet, dass er immer wieder Ladungen von Steinen im Vorgarten aufhäufte, was mich zu dem Schluss führt, dass er es war, der Adler dort begraben hat.«

Van den Berg fragte, ob es bereits gesicherte Information gäbe, die einen Kontakt zwischen Adler und Timmermann bestätigen würden.

Die gab es nicht, meldete Burmeester. »Der Mann ist gestern gefunden worden, und heute wissen wir, wer er ist. Mit der Information lässt sich arbeiten.«

Der Behördenchefin entging nicht, dass Burmeester seinen Satz mit einem Gähner beendete. Sie war es, die eine Pause vorschlug. »Sie haben gut und umfangreich ermittelt, lassen Sie uns gleich frisch zu den Fragen nach möglichem Täter, der Täterin und dem Motiv wechseln. Gibt es hier noch diesen wunderbaren Kaffee?«

»In einer Viertelstunde machen wir weiter«, verkündete Karin.

***

»Reisebüro am Eck, mein Name ist Guderian, was kann ich für Sie tun?«

»Hallo, ich brauche für morgen, spätestens übermorgen ein Flugticket, one-way. Lässt sich das so schnell organisieren?«

»Das kommt darauf an, wo es hingehen soll. Haben Sie bereits ein Ziel ins Auge gefasst?«

»Möglichst weit weg, also ich scheue keine langen Flugstrecken und bin da völlig offen.«

»Vielleicht kommen Sie eben vorbei, dann kann ich Ihnen etwas zusammenstellen. Sie sagen mir vor Ort, ob Ihnen meine Vorschläge zusagen, und ich gehe dann gleich ins System der Fluggesellschaft und sichere Ihnen den Platz. So kurzfristig ist immer noch was Schönes zu finden. Für eine oder zwei Personen?«

»Nur für mich.«

»Insel oder Festland?«

»Das ist eigentlich egal. Bis wann haben Sie geöffnet?«

»Heute ist Dienstag, bis neunzehn Uhr dreißig erreichen Sie mich hier. Und wenn Sie auf die letzte Minute kommen, dann schließen wir einfach die Tür hinter Ihnen, ich nehme mir die Zeit für Sie und Ihr Traumziel.«

»Das hört sich gut an. Dann sage ich bis gleich.«

»Verraten Sie mir noch eben Ihren Namen, dann lege ich schon mal eine Kundenakte an.«

»Mein Name ist …«

»Hallo? Sind Sie noch dran?«

***

Der ganze Raum duftete nach vorzüglichem Kaffee, es schien, als befreie dieses Aroma die Köpfe, es gab kurze Zwischengespräche, Burmeester versuchte die Intensivstation zu erreichen, um nach Neuigkeiten zu Gero von Ahas Zustand zu fragen. Karin schrieb ihrem Maarten, dass es später werden könnte. Pünktlich versammelten sich alle wieder im Besprechungsraum, den der umsichtige Tom gelüftet hatte.

Karin ging zurück zu den Fotos der Schröders. »Schröder bezog viel Geld von Timmermann. Es bleibt zu überprüfen, ob der den Dauerauftrag noch zu Lebzeiten gekündigt hat, Schröder könnte ihn daraufhin aufgesucht haben, ein Gespräch unter Männern mit tödlichem Ergebnis.«

Jerry meinte, da könnte Zorn oder Wut ein niedriger Beweggrund sein. »Ein mögliches Motiv also, die finanziell brisante Situation des Don Schröder und Timmermanns Weigerung, die Zahlung an ihn fortzuführen. Gut.«

Van den Berg fragte, ob es gesicherte Hinweise zu dieser These gab. Karin antwortete, eine weitere Auskunft der Bank könnte Klarheit bringen.

Nilsson wies auf das Foto von Farina Timmermann. »Welchen Grund könnte sie haben, ihren Gatten im Vorgarten zu erschlagen? Ihr Alibi ist angeblich tiefer Schlaf. Ich bin skeptisch.«

Karin ließ ins Protokoll aufnehmen, dass Farina erneut zur Tatnacht und dem Abend davor befragt werden sollte. »Dann sollten wir auch Felix noch einmal einladen.«

Tom meinte, er hätte überhaupt kein Motiv, er sei Papas Liebling gewesen, der heiß ersehnte Prinz.

Karin erinnerte an die Begegnungen mit ihm. »Felix ist rotzfrech und sprengt alle Regeln. Er duzt die Polizei, ist in der

Schule auffällig, hat eine kleine Akte bei uns, was wohl unter den Fittichen der Stachowiaks rückläufig ist. Ich kann mir nicht vorstellen, dass er bei seinem Vater nur *the good boy* gewesen ist. Der Junge hat sich beim Fund seines Vaters untröstlich gezeigt und ist dann sofort wieder abgerauscht. Er ist keineswegs so selbstbewusst, wie er sich gibt, und vielleicht hat ihn nicht nur seine Mutter genervt.«

Van den Berg fragte nach dem Alibi.

»Angeblich war er in der Nacht bei seinem Freund Kevin, bei dem er mittlerweile so gut wie eingezogen ist. Er könnte sich allerdings aus der Wohnung seines Freundes geschlichen haben. Er weiß, wo die Schlüssel sind, und hätte lautlos zurückkehren können. Wir sollten ihn bei Stachowiaks abholen in der Früh, ich möchte nicht, dass er in der Schule in den Mittelpunkt rückt.«

Jerry formulierte den Punkt im Protokoll. »Erneute Befragung von Felix Timmermann, abzuholen vor Schulbeginn bei Familie Stachowiak.«

Es war spät, trotz Pause schien die Energie jeden in diesem Raum zu verlassen. Karin schaute von einem zum anderen, selbst die Behördenchefin wirkte abgespannt. »Ich denke, für heute sind wir durch.«

Tom stand auf und wies auf das Foto von Tatjana Timmermann. »Was ist mit dieser Frau, die Haus und Mann ihrer Träume verlassen hat und gut bezahlt wurde für diese große Veränderung ihres Lebens, die sie ohne Gram und ohne Wut ertrug?«

Burmeester hielt dagegen, er könne sich nicht vorstellen, dass sie die goldene Kuh getötet habe, von deren Milch sie bis dato lebte. Da würde sich für ihn keinerlei Motiv auftun.

Tom blieb skeptisch. »Wir überprüfen bei der Bank, ob vielleicht auch dieser Dauerauftrag gekündigt wurde. Vielleicht wollte Thorwald sich endgültig von ihr trennen, das wäre eine erneute Verletzung für sie gewesen. Ob sie das widerstandslos verkraftet hätte?«

Auch eine weitere Befragung von Tatjana stand nun im Protokoll.

Karin bedankte sich für die Vorbereitung der großen Lage.

»Das war sehr effektiv, und da nirgends Gefahr im Verzug ist, machen wir morgen weiter. Burmeester, du holst den Jungen in der Früh ab, mit Felix starten wir, und wenn du ihn zurückgebracht hast, bringst du Farina her. Schröder sitzt hier in der Arrestzelle, den befragen wir zwischendurch, Jerry, den übernimmst du. Tom, du kümmerst dich um Timmermanns Daueraufträge bei der Bank, von der aus sie bedient wurden, und du holst auf dem Rückweg Tatjana ab. Ich selber befrage die beiden Aktivisten erneut und komme zu den Vernehmungen, wenn ich mit denen durch bin. Und bis auf Felix befragen wir alle zu Thorwald Timmermann und Frank Adler.«

War da noch etwas? Karin dachte kurz nach. »Mensch, diesen Ingo Kutscher, den Liebhaber von Farina, hätten wir fast vergessen. Wir schauen morgen, wer ihn am besten erreicht. So, Leute, Feierabend.«

Das letzte Wort gönnte sich die Behördenchefin. »Gute Arbeit, ich habe nichts anderes erwartet unter der Leitung von Hauptkommissarin Krafft.«

Karin unterdrückte ihren Kommentar. War ja nett gemeint.

Der kommende Tag würde sie alle fordern. »Los, ruht euch aus. Jerry, das Protokoll machst du morgen fertig.«

SIEBEN

Mittwoch, der 20. September, sieben Uhr fünf, Start am Lippehafen Wesel mit Blick auf das alte Wasserwerk, vorbei an der alten Rundsporthalle zur B 8 in Richtung Dinslaken

Kommissar Burmeester war bester Laune und hörte »My Songs« von Sting im Auto, sang laut mit: *»Message in a bottle …«* Heute würden sie ein Stück weiterkommen mit ihrer Ermittlungsarbeit.

Natürlich benahm sich Felix Timmermann wie immer, als er mit seinem Freund Kevin aus dem Haus trat und Kommissar Burmeester auf sich zukommen sah. »Verdammt, der Bulle. Mann, hau ab, ich hab keinen Bock auf dich.«

Er zeterte und fluchte, erst der Vater seines Freundes konnte ihn beruhigen und zum Einsteigen überreden, nachdem Burmeester zugesagt hatte, ihn nach der Befragung wieder nach Dinslaken zu bringen.

Als sie losfuhren, unterbrach Burmeester die Schimpftirade, indem er ihn anbrüllte, er solle seine Klappe halten, ob er lieber in einem Streifenwagen zurück zur Schule gebracht werden wolle. »Meinst du, mir macht das Spaß, von einem Scheißer wie dir beleidigt zu werden? Sei einfach still und spare dir deine Energie für die Befragung. Es geht hier um die Tötung deines Vaters!«

»Jaja, immer geht es um meinen Vater …«

Schon das Gebäude schien Felix zu beeindrucken, die Kreispolizeibehörde war doch wesentlich größer als die Wache in Dinslaken, die er schon kannte. Burmeester ließ ihn auf dem Flur warten, entschloss sich, ihn im Vernehmungsraum zu befragen, denn im Besprechungsraum hingen noch alle Fotos und Hinweise an der Wand, die er nicht unbedingt sehen musste. Er holte ihn zu sich und betonte, dass alle Gespräche aufgezeichnet würden, auch dieses.

Burmeester: »Felix Timmermann, wo warst du in der Nacht

vom 13. auf den 14. September, letzte Woche von Mittwoch auf Donnerstag?«

Felix: »Da war ich bei Kevin. Da lief ›Game of Thrones‹, wir haben die Staffel geschaut.«

Burmeester: »Mitten in der Woche? War das üblich?«

Felix: »Natürlich, wer sollte mir das verbieten?«

Burmeester: »Deine Mutter oder dein Vater?«

Felix: »Der hatte sich doch wie immer in seinem Arbeitszimmer verkrochen, und Farina hat mir schon lange nichts mehr zu sagen.«

Burmeester: »Warum lehnst du sie ab?«

Felix: »Das machte Pa doch auch. Er hat sie nicht ernst genommen, warum sollte ich das tun? Die ist einfach nur eine Schickimickimaus, eine Bitch. Keine Ahnung, was er an ihr gefunden hat. Und ich glaube auch, dass sie ihn umgebracht hat. Die will nur sein Geld, aber ich kenne sein Testament, und ich habe den Schlüssel für den Schrank im Keller. Die kriegt nichts, und im nächsten Monat kann ich sie vor die Tür setzen.«

Burmeester: »Passt das zu Farina, einen Stein aufzuheben und damit zuzuschlagen? Dazu gehören Kraft und Mut – oder Verzweiflung. Traust du ihr das wirklich zu?«

Felix, lachend: »Stimmt, die kann ja nicht einmal einen Kopfsalat waschen, ihre zarten Hände können gerade mal ein Schälmesser halten, aber höchst unfreiwillig. Püree gab es immer aus der Tüte, bei Kevin habe ich erst gelernt, wie richtig gekochtes Essen schmeckt. Ey, die kann nichts. Und die lebt, und Pa ist tot, krasse Welt.«

Burmeester: »Gibt es außer Kevin noch jemanden bei den Stachowiaks, der bezeugen kann, dass du nicht gegen Mitternacht das Haus verlassen hast?«

Felix: »Wir haben doch die halbe Staffel mit Kevins Vater zusammen geguckt, der ist so gegen eins rübergegangen. Er sagte noch, verflixt, schon wieder nur noch Sex bis zum Wecker. Verstehst du? Sechs Stunden bis zum Aufstehen, der hat echt coole Sprüche drauf. Den kannst du fragen.«

Burmeester war zufrieden und strich Felix von der Liste der

Verdächtigen, ließ ihn auf dem Flur warten. Dort saß bereits Justin Zapatka, einer der Aktivisten mit der weißen Farbe.

Karins Tür war offen, Burmeester trat ein und schloss sie hinter sich. »Fliege sieht total verpennt aus.«

»Ich habe ihn geweckt. Was ist mit Felix?«

»Der saß zur Tatzeit mit Kevin und seinem Vater vor der Glotze. Ich bringe ihn gleich zur Schule.«

»Okay, mit dem Naturfreund kann es nicht lange dauern, wir wechseln uns ab.«

Felix saß nicht auf dem Flur. Burmeester fand ihn im Besprechungsraum, er ging langsam die Infowand entlang. »Los, komm, ich bringe dich zurück, hier sollst du gar nicht sein.«

»Moment. Tatjana Timmermann ist diese Ex-Frau von Pa? Die die ganze Zeit noch mit ihm zusammen war? Und wer ist Frank Adler?«

»Komm, ich erzähle es dir unterwegs.«

»Und den da habe ich mal mit Pa gesehen.« Er deutete auf Achim Schröder. »Der nickte andauernd, und Pa lachte ihn schallend aus, das war so crazy.«

»Wann und wo war das?«

»Muss an einem Sommertag gewesen sein, die beiden standen in der Einfahrt, als ich gerade mit dem Rad zum Tenderingssee losfuhr.«

Alles merken, Burmeester musste sich unbedingt diese kleinen Informationen jenseits des Vernehmungsraumes merken.

Felix blieb wortkarg auf der Rückfahrt nach Dinslaken. Eines war anders, als Burmeester in die Schillerstraße einbog, um ihn hundert Meter vor der Schule abzusetzen: Felix blieb sitzen, als Burmeester am Straßenrand parkte.

»Was soll denn jetzt werden? Ich kann nicht einfach zu Farina zurück, die ertrage ich nicht.«

»Du hast doch einen Schlüssel zum Geld und bist bald achtzehn, dann kannst du dir ein Appartement mieten und bist auf niemanden mehr angewiesen.«

»Stimmt, aber eine richtige Familie habe ich auch nicht.«

»Was ist mit den Stachowiaks? Die sind doch so etwas wie

deine Wahlfamilie. Es ist gut, jemanden zu haben, der echtes Püree kocht, glaube mir, ich kenne mich damit aus.«

»Schon, aber denen kann ich nicht ewig auf der Pelle hängen.«

Burmeester wies auf seine Armbanduhr. »Ich muss los, Farina abholen. Du machst das schon, bestimmt.«

***

Karin Krafft saß dem verkaterten Aktivisten gegenüber und überlegte, ob sie ihm einen Kaffee holen sollte. Nein, er musste sich nicht wohlfühlen hier, er sollte noch einmal erzählen, was in der Nacht geschehen war.

Krafft: »Man nennt Sie Fliege, richtig?«

Stummes Nicken.

Krafft: »Dann nenne ich Sie auch so. Fliege, erzählen Sie mir, was in der letzten Woche in der Nacht von Mittwoch auf Donnerstag in Dinslaken geschehen ist.«

Fliege: »Habe ich doch schon alles erzählt.«

Krafft: »Ich will es hier und jetzt noch einmal von Ihnen hören.«

Fliege, seufzt laut: »Der Kurt und ich wollten Farbe in den Vorgarten auf der Agnesstraße schütten. Unsere Aktion gegen Schotter, der Vorgarten ist echt schlimm dort, keine einzige Pflanze. Wir haben den Wagen ums Eck geparkt, ich habe den Farbeimer genommen, und dann sind wir hin, immer schön langsam, nicht auffallen, immer die Fenster und Türen im Blick, ob keiner kommt oder guckt.«

Krafft: »Und? Ist Ihnen jemand aufgefallen?«

Fliege: »Nee, alles still auffe Agnes. Fast schon zu still. Manchmal müssen wir die Straßenseite wechseln, wenn noch jemand zu sehen ist. Da war nichts. Und bevor der Bewegungsmelder uns erfasst hatte, hab ich angesetzt und die Farbe mit Schwung ausgeschüttet. Da geht das Licht auf einmal an, und da sehen wir, dass wir den Mann getroffen haben. Der Kurt ist noch hin zu ihm und hat ihm in die Augen gesehen, den Puls gefühlt, da am Hals, und hat den Kopf geschüttelt. Der war schon tot. Und dann ging da ein Licht an, und wir sind zum Auto gerannt. Ich hab den Eimer vergessen.«

Krafft: »Moment, wo ging das Licht an?«

Fliege: »Hinter den Rollläden in der Gaube im Dach. Die waren nur locker geschlossen, da ging das Licht an, sonst hätte ich ja den Eimer mitgenommen, aber wir mussten schnell weg.«

Krafft: »Sie sprechen von dem Haus, vor dem der Tote lag?«

Fliege: »Nein, eins weiter. Also nicht in der anderen Hälfte, sondern daneben.«

Krafft: »Also in dem Haus rechts neben der Einfahrt.«

Fliege: »Genau.«

Tom rief an, als Karin unterwegs zu dem zweiten Aktivisten war. Er hatte ein sehr aufschlussreiches Gespräch in der Bank geführt.

»Leider lassen sich nur die Kontobewegungen der letzten zehn Jahre nachverfolgen. Aber stell dir vor, Timmermann hatte tatsächlich schon für September beide Daueraufträge storniert.«

Karin war erstaunt. »Beide? Er hat also auch die Zahlung für seine Ex-Frau eingestellt? Das ist ja ein Ding. Davon hat sie nichts erzählt, laut ihren Angaben war immer alles tutti zwischen Thorwald und ihr. Was kann ihn zu diesem Schritt bewegt haben? Da muss etwas Elementares passiert sein, was uns noch nicht bekannt ist. Gab es einen Crash an der Börse, waren plötzlich alle Anlagen von Timmermann wertlos, und er wollte sich ab sofort diese Sonderausgaben sparen?«

»Nein, diesen Gedanken hatte ich auch, aber sein Vermögen sieht stabil aus, da gibt es keine Veränderung.«

»Dann muss es einen anderen Grund geben, den Tatjana uns verschwiegen hat.«

Tom meinte, Jerry sollte diese Fakten kennen, bevor er Schröder zur Vernehmung holte. »Der hat bislang nicht über Wesentliches geredet. Timmermann hat garantiert aktuell keine Geschäfte mit ihm gemacht.«

»Ach, und wie erklärst du dir diesen hohen Geldbetrag, der in seinem Stahlschrank im Keller lagert?«

Tom war davon überzeugt, dass es sich um legales Geld handelte, dass Timmermann als Reserve dort gelagert hatte. »Erinnere dich an den Rentner, dem man Goldbarren im Wert von hunderttausend Euro aus seinem Haus gestohlen hat, die Menschen horten unglaubliche Werte daheim. Nur die Stornierung der Daueraufträge macht mich stutzig. Er unterstützt noch Hilfsprojekte quer durch das Land, und die Jugendarbeit in Dinslaken profitiert von ihm. Alles läuft weiter, nur diese beiden Aufträge nicht mehr.«

»Wir werden sehen, was Tatjana uns dazu sagt. Ihr muss doch aufgefallen sein, dass sie zu Monatsbeginn kein neues Geld auf dem Konto hatte.«

Karin stellte den Wagen ab. »Wir schauen uns das nachher noch einmal genauer an, ich bin bei dem Aktivisten Kremer angekommen.«

»Und ich hole auf dem Weg Tatjana Timmermann ab.«

»Verrate ihr nicht, wo du gerade herkommst. Ich mag diese Konfrontationen, wenn wir mit Wissen aufwarten, dass man den Kripoleuten nicht zutraut.«

Kremer, der Kurt, hatte nicht viel zu sagen, saß wortkarg neben der Hauptkommissarin im Wagen und wirkte im Vernehmungsraum etwas gesprächiger, auch wenn er zunächst versuchte, vom eigentlichen Thema abzulenken.

Krafft: »Beschreiben Sie bitte die Nacht von Mittwoch auf Donnerstag in der letzten Woche.«

Kremer: »Wir haben schon alles gesagt. Das ist doch einschüchterndes Verhalten, immer die Kleinen noch mal verhören, vielleicht wird etwas Großes aus der neuen Aussage. Immer druff.«

Krafft: »Warum fällt es Ihnen schwer, noch einmal zu berichten, was Sie in Dinslaken gemacht haben?«

Kremer: »Wieso? Es fällt mir nicht schwer, ich sehe bloß keinen Sinn darin.«

Krafft: »Wir können das hier auch abbrechen, und ich lasse Sie in den Arrest bringen, wo Sie erneut zweiundsiebzig Stunden Zeit haben, um über Ihr Verhalten nachzudenken. Die Zelle kennen Sie ja bereits.«

Kremer denkt nach.

Kremer: »Menno, wir hatten einen Vorgarten auf der Agnesstraße ausgeguckt, Fliege hat die Farbe verschüttet, das Licht ging an, da lag einer unter der Farbe, ich bin hin, kein Puls zu fühlen. Der war schon tot. Dann sind wir weg.«

Krafft: »Denken Sie genau zurück, ist Ihnen irgendetwas in Erinnerung, eine Bewegung, ein Licht, ein Schatten?«

Kremer denkt nach.

Kremer: »Ja, doch, da war Licht in einem Fenster im Dach. Ich dachte einen Moment lang, so ein Mist, jetzt sieht uns jemand. Aber da waren die Rollläden runtergelassen, das Licht fiel durch die Spalten.«

Krafft: »Das ist alles?«

Kremer: »Was kommt jetzt, drohen Sie mir wieder? Ich werde mich beschweren.«

Krafft: »Machen Sie das. Sie wissen, dass hier alles aufgezeichnet wird, das dient dann auch der Überprüfung durch die Behörde.«

Kremer denkt und bleibt stumm, bleibt sitzen, als Karin bereits aufgestanden ist.

Krafft: »Ist noch was?«

Kremer. »Ja, nein, ich weiß nicht.«

Krafft: »Was denn nun, ja oder nein?«

Kremer: »Also das ist so. Immer geht einer alleine vor, einmal gucken. Kann ja sein, dass da eine Fete ist und alle gerade nach Hause gehen oder so.«

Krafft: »Und? Weiter?«

Kremer: »Dann setzen wir uns noch mal eine Weile ins Auto und warten. Das ist abgesprochen mit Arthur, hat ja bisher auch gut geklappt. Weder der Wagen noch die beiden, die Farbe verteilen, sind jemals aufgefallen.«

Kremer denkt.

Krafft: »Und? Kommt da noch was? Wer von Ihnen hat die Lage ausgespäht?«

Kremer denkt.

Kremer: »Fliege ist raus und war schnell zurück.«

Krafft: »Also wie immer.«

Kremer: »Ja. Gestern ist sein Rucksack umgefallen, und heraus kullerte ein silberner Schlüsselanhänger, wie ein Golfball mit mehreren Schlüsseln. Er sagt, er hat ihn mitgenommen.«

Krafft: »Sie meinen, der gehört dem Toten?«

Kremer: »Kann gut sein.«

Krafft verlässt den Raum, kehrt mit einer Uniformierten zurück.

Krafft: »Sie bleiben hier unter Bewachung, und wir machen uns auf den Weg, um Fliege, ich meine Herrn Zapatka, noch einmal herzuholen.«

Kollege Heierbeck von der Spurensicherung wirkte aufgeregt, als er in Karins Büro kam, sie konnte ihn in seinem Mitteilungsdrang kaum unterbrechen, es interessierte ihn auch nicht, dass sie gerade auf dem Weg war, einen Verdächtigen erneut abzuholen.

»Stopp, stopp, lassen Sie mich wenigstens mit der Wache telefonieren, damit die Besatzung eines Streifenwagens den Mann abholt«, unterbrach sie ihn.

Er hatte eine Entdeckung gemacht, die er nicht per E-Mail und nicht am Telefon weiterreichen, sondern höchstpersönlich im Kommissariat 1 abliefern wollte. Er hielt Karin eine Faust entgegen. »Was sich hier verbirgt, ist ausreichendes Material für einen Haftbefehl.« Schon stand er neben ihr und öffnete die Hand. Zum Vorschein kam ein Speicherstick.

»Den haben wir in der Kleidung von Gero von Aha gefunden. Er hatte ein Loch in der Jackentasche, und dieser Stick war in den Saum gerutscht. Da er sonst nichts in seinen Taschen hatte, Schlüssel, Smartphone, Taschentücher, Bonbons, irgendwas, schloss ich daraus, dass seine Taschen durchsucht worden sind. Das konnte nur heißen, dass er etwas von höchster Wichtigkeit besaß. Da habe ich die Kleidung noch einmal ganz gründlich unter die Lupe genommen. Er wird so lange den Stoff der Tasche bearbeitet haben, bis er den Stick durch die Öffnung pressen konnte. Ihn von der anderen Seite wieder durch die Lücke zu schieben ist unmöglich, ich musste den Stoff aufschneiden. Und jetzt schauen Sie mal, was da alles gespeichert ist.«

Karin Krafft schob den Stick voller Anspannung in ihren PC. Es taten sich unzählige Dateien und Ordner auf, sie blickte hilfesuchend hoch zu Heierbeck.

»Ich weiß, das ist viel, finden Sie den Ordner Schröder, da, da oben, genau, und öffnen Sie dort den gespeicherten E-Mail-Verlauf. Sie brauchen sich auch nur die letzten drei Schriftwechsel durchzulesen, dann erkennen Sie, was ich meine. Micha, der Leiter der Halle, hatte Schröder einen Verdacht beschrieben, da wäre ein merkwürdiger Kerl mit Brille und wirrem Haar, der zwar spielen würde, aber auch viel zu neugierige Fragen über den Wechsel der Automaten, über den Chef, über den Boss dahinter stellen würde. Er hätte auch versucht, seine Helfer auszufragen, die wären nicht darauf eingegangen. Daraufhin hat Schröder gefragt, wer der Kerl sei, und man hat sich das Auto von ihm mal genauer angesehen.«

Heierbeck linste Karin beim Lesen über die Schulter und berichtete weiter. »Und jetzt kommt es. Von Aha hatte sein Auto nicht ordentlich vorbereitet, im Fußraum beim Beifahrersitz lag das Aufsetzblaulicht, wir haben es dort gefunden, und von den Schlägern ist es ebenfalls entdeckt worden. Das bewegte den Hallenchef zu folgender Schlussfolgerung, da, lesen Sie selbst.«

Karin suchte die Zeile: »Der Kerl ist ein Bulle, der markiert hier nur den abgebrannten, süchtigen Spieler.«

Schröders Reaktion war eindeutig. »Da spuckt uns einer in die Suppe, während der Teller vor uns steht. Wie konnte das passieren, Micha? Aus dem Verkehr ziehen, deine Helfer sollen ihn sich vornehmen, egal wie. Hauptsache, er verschwindet. Und du packst deine Sachen, zerstöre das Laptop, ich lösche hier alle E-Mails. Wir geben den Standort auf. Das Geschäft mit den kleinen eingeschweißten Päckchen in den Automaten hat für diese Region ein Ende.«

Karin und Heierbeck – zwei ausgestreckte Handflächen klatschten aneinander. *Give me five.*

»Drogentransport in den Spielautomaten, da wäre ich nicht

drauf gekommen. Ich habe die ganze Zeit nach der Lukrativität seines Geschäftes gesucht. Und er hat den Auftrag gegeben, Gero verschwinden zu lassen, das ist eine Aufforderung zum Mord. Damit haben wir den Don fest hinter Gittern. Heierbeck, Sie sind der Größte!«

Karin druckte den E-Mail-Verlauf aus. Während Heierbeck beschwingt zum Aufzug ging, klopfte die Hauptkommissarin an die Tür zum Vernehmungsraum.

Jerry reagierte verärgert. »Jetzt nicht.«

Karin legte ihm stumm das Blatt vor und wies auf die Überschrift, die sie hinzugefügt hatte. »Damit haben wir ihn. Er ist verantwortlich für Geros Zustand.«

Jerry überflog die Zeilen und bedankte sich bei ihr, schaute rüber zu Schröder. »Ich halte hier einen E-Mail-Verlauf von Montag, dem achtzehnten September in Händen. Wissen Sie noch, was Sie dem Chef der Spielhalle in Hamminkeln geschrieben haben? Falls es Ihnen entfallen ist, wir haben es schwarz auf weiß, von unserem Kollegen, der an dem Abend zusammengeschlagen wurde.«

Vor lauter Euphorie über die gelungene Überführung von Achim Schröder hatte Karin nicht bemerkt, dass eine E-Mail von der Gerichtsmedizin in ihrem Fach eingetroffen war. Es sollte noch eine Weile dauern, bis sie diese äußerst interessante Nachricht bemerkte.

Zunächst sah sie vom Flurfenster aus Justin Zapatka aus einem Streifenwagen steigen und in Begleitung auf das Gebäude zukommen.

***

Zweite Runde. Burmeester parkte seinen Wagen gegenüber von Timmermanns Haus, stieg aus und schellte an der Tür, klopfte, ging durch die Gartenpforte und warf einen Blick durch das Wohnzimmerfenster. Farina war nicht daheim, ihm blieb nichts anderes übrig, als im Auto vor dem Haus zu warten. Mit einem Lächeln dachte er an den Versuch, seine Handschellen in gestrafftem Zustand zu polieren. Der Entfesselungskünstler vom K1, da fehlten jetzt nur noch die beiden Mädchen auf ihren Rädern, die ihn erneut erkennen würden. Fast schon erwartungsvoll sah er ab und zu in den Rückspiegel.

Sein Blick schwenkte zu der Baustelle vor dem Haus, die Grube war notdürftig wieder zugeschaufelt worden, es sah schlimmer aus denn je.

Karin war nicht zu erreichen, er sprach ihr eine Nachricht auf den Anrufbeantworter. »Nicht wundern, ich brauche hier noch Zeit, Farina Timmermann ist nicht daheim.«

***

Justin Zapatka, genannt Fliege.

Krafft: »Da sehen wir uns tatsächlich zweimal an einem Tag. Ich habe vorhin etwas vergessen.«

Krafft nimmt Flieges Rucksack und leert ihn auf den Tisch.

Krafft: »Oh, Sie wollten verreisen?«

Sein Rucksack enthielt fast so viele Gegenstände wie eine Damenhandtasche, nur waren sie ganz anderer Art. Alles lag ausgebreitet vor ihnen im Vernehmungsraum.

Fliege war es peinlich, sein Gepäck, das er für ein paar Tage Amsterdam gepackt hatte, so ausgebreitet von jemandem begutachten zu lassen, zudem noch von einer Frau. Ein Slip, ein Paar Socken, ein buntes T-Shirt, eine Packung Kondome, Seife und zwischen alldem eine Zahnbürste und ein Kamm. Dazu gab es leere Kekspackungen und eine Tüte Gummibärchen. Im Seitenfach befand sich tatsächlich der silberne Golfball mit einem Karabinerhaken ohne Schlüssel. Karin hob ihn in die Höhe.

Krafft: »Was ist das? Sie sollen nicht rot werden, sagen Sie mir lieber, woher Sie diesen Schlüsselanhänger haben?«

Fliege: »Ich habe ihn gefunden.«

Krafft: »Wo genau haben Sie ihn gefunden?«

Fliege schweigt.

Krafft: »Wenn ich diesen Ball der Frau des Toten aus Dinslaken zeige, wird sie ihn wiedererkennen?«

Fliege nickt.

Krafft: »Sagen Sie dieses Wort doch bitte laut, nur für das Protokoll.«

Fliege: »Ja, ich habe das Ding mitgenommen.«

Krafft: »Dann schildern Sie doch noch einmal, was in der besagten Nacht passiert ist.«

Fliege: »Der Schlüsselanhänger lag auf dem Gehweg, ehrlich.«

Krafft: »Und das soll ich Ihnen glauben? War es nicht eher so, dass der Hausbesitzer Sie beim Auskundschaften erwischt hat und Sie zur Rede stellen wollte? Oder ist er hinter Ihnen hergelaufen? Oder hat er Sie am T-Shirt festgehalten, Sie haben sich gebückt, einen Stein genommen und zugeschlagen?«

Fliege: »Nein! Nein! Nein! Das Teil lag auf dem Gehsteig vor dem Haus.«

Krafft: »Das glaube ich immer noch nicht.«

***

Tom Weber saß in seinem Wagen in der Einfahrt von Tatjana Timmermann, sie war nicht daheim. Was sollte er anderes machen als warten?

Zunächst schrieb er Karin eine Nachricht über WhatsApp. »Niemand daheim, ich warte noch.«

Der Nachbar auf der anderen Seite der Einfahrt steuerte auf Tom zu, klopfte an die Scheibe, Tom öffnete die Tür.

»Meine Frau meinte, da steht einer vor Tatjanas Garage, geh mal rüber und schau, wer das ist.«

Tom holte seine Kennkarte aus der Jacke und zeigte sie dem älteren Mann.

»Aber hallo, Sie sind ein Kriminalbeamter. Warten Sie auf Tatjana?«

»Ja, genau.«

»Ich fürchte, da können Sie lange warten. Die hat sich heute Morgen von einem Taxi abholen lassen, hatte einen großen Koffer und einen Reiserucksack dabei, wissen Sie, so einen, den man um die Hüfte schnallen kann. Meine Frau hat sich noch gewundert, Tatjana bringt uns sonst immer ihre Schlüssel, wenn sie verreist. Wissen Sie, wir gießen seit Jahren einander die Blumen, wenn wir mal unterwegs sind. Aber vielleicht hat sie jemand anderen gefunden, der das dieses Mal übernimmt.«

»Hat Sie Ihnen erzählt, wohin sie fahren will?«

»Nein, ich sage ja, wir haben nichts gewusst von ihrer plötzlichen Abreise. Ich habe keine Ahnung, was sie vorhat. Immer wenn sie diesen Reiserucksack mitgenommen hat, ging es weit weg.«

Tom Weber schaute auf die Uhr, es war kurz vor elf. »Wann wurde sie abgeholt?«

»So gegen halb neun.«

Tom rechnete. Wenn das Taxi sie nach Düsseldorf zum Flughafen gebracht hatte und sie zwei Stunden vor Abreise da sein sollte, dann war sie gegen halb zehn dort und würde frühestens um halb zwölf starten. Ihm blieb noch eine halbe Stunde, um sie zu finden. Er bedankte sich bei dem Nachbarn, startete durch und wählte eine Nummer des Landeskriminalamtes in Düsseldorf.

»Alice, mein Schatz, hast du Zeit? Gut, du musst mir helfen.«

***

Farina Timmermann kam in Sportkleidung aus Richtung Wohnungswald, die Walkingstöckchen hinter sich herschleifend, anstatt sie aufzusetzen und für den Kraftaufbau zu nutzen. Burmeester sah sie im Rückspiegel, wartete, bis sie ihre Haustür aufgeschlossen hatte.

»Frau Timmermann, kommen Sie, ich muss Sie nach Wesel mitnehmen.«

Sie drehte sich um. »Warum? Das geht nicht, ich muss duschen und mich umziehen.«

Burmeester wies zum Auto. »Sie sehen doch sehr gut aus, das kann warten. Steigen Sie ein.«

»Nein, das geht wirklich nicht, ich habe geschwitzt, und so

kann ich mich nicht in der Öffentlichkeit sehen lassen, ohne Make-up und unfrisiert.«

Burmeester ließ sie reden und wies einfach nur auf seinen Wagen. Farina merkte schnell, dass ihr Widerstand zwecklos war, stellte die Walkingstöcke in die Diele, schloss wieder ab und folgte ihm über die Straße.

Erst im Wagen fragte sie erneut, was das zu bedeuten habe. »Warum holen Sie mich ab?«

»Wir befragen erneut alle, die an diesem Fall beteiligt sind. Wir und sicherlich auch Sie wollen wissen, was mit Ihrem Mann passiert ist, richtig?«

»Da bin ich ja froh, dass Sie nicht schon wieder mit Blaulicht und einem Streifenwagen hier erschienen sind, was sollen denn die Nachbarn sagen? Andauernd steht die Polizei vor meinem Haus, das ist wirklich peinlich.«

»Es gab zwei Tote in Ihrem Vorgarten. Was haben Sie gedacht? Dass sich alles von allein regelt?«

***

Karin Krafft hatte entschieden, die beiden Aktivisten wieder festzunehmen. Schon allein als Denkzettel, weil Kremer versucht hatte, Zapatka anzuschwärzen, der offenbar wirklich nur den silbernen Schlüsselanhänger mitgenommen hatte, um ihn zu verkaufen. Sie sollten noch ein paar Stunden in den Zellen schmoren.

Schröder wurde gleich verhaftet und in die Justizvollzugsanstalt Kleve überstellt. Dass die beiden Frauen Timmermann noch nicht da waren, beunruhigte sie, doch dann fand sie die Nachrichten von Burmeester und Tom auf ihrem Smartphone, die alles erklärten.

Zeit für einen Kaffee und einen Blick in den PC, während Jerry das Protokoll schrieb. Sie braute auch für ihn einen Becher und brachte ihm das Heißgetränk vorbei. Gemeinsam beschlossen sie, auf der Intensivstation anzurufen, um sich nach Gero von Aha zu erkundigen.

Jerry wählte die Nummer und stellte den Lautsprecher an.

Der Stationspfleger meinte, man müsse bis zum kommenden Tag abwarten, dann würden sie ihn aus dem Koma holen. »Die Chancen stehen gut, er hat eine problemlose Nacht verbracht, fragen Sie morgen wieder nach. Seine Frau ist bei ihm.«

Karin war erleichtert und überließ Jerry seiner Schreibarbeit.

Ihr E-Mail-Fach wies fünf neue Nachrichten auf, die von der Duisburger Gerichtsmedizin zog ihre Aufmerksamkeit auf sich. Sie öffnete den Anhang und las mit großem Interesse, was der Vergleich des Materials aus dem Haus an der Agnesstraße ergeben hatte. »Donnerwetter, das ist ja ein Ding!«

Sie aktivierte den Drucker und hielt das Ergebnis kurz darauf in Händen. Ihr Smartphone klingelte, Toms Stimme klang aufgeregt. »Ich bin am Düsseldorfer Flughafen und suche noch einen Parkplatz. Ich habe Alice um Amtshilfe gebeten.«

»Was machst du dort?«

Er berichtete von den Informationen des Nachbarn.

»Alice konnte schneller hier sein und hat die Fluglisten kontrollieren lassen. Die Timmermann steht auf der Liste für Montego Bay auf Jamaika, die Passagiere für den Flug sind noch nicht aufgerufen worden. So, jetzt gehe ich auch rein, ich bringe sie mit, garantiert.«

»Gutes Gelingen und Gruß an Alice«, verabschiedete sich Karin.

Gerade als sie Jerry die Ergebnisse aus Duisburg zeigen wollte, trat Burmeester mit Farina Timmermann aus dem Aufzug.

»Der Vernehmungsraum ist gerade frei, der Kollege Burmeester zeigt Ihnen den Weg, und gleich sind wir zu zweit bei Ihnen«, sagte sie schnell.

Burmeester verstand und kam zurück in Karins Büro. »Was muss ich wissen?«

»Ich wollte es nicht glauben, aber da steht es als zweifelsfreies Ergebnis.«

Sie reichte Burmeester das Papier, er überflog es, seine Augen weiteten sich. »Da lagen wir ja goldrichtig mit unseren Vermutungen. Wir sollten Farina damit konfrontieren.«

Beide strebten über den Flur zum Vernehmungsraum, Karin zog einen zweiten Stuhl auf die Seite vor dem Spiegel und lächelte Farina an, die unsicher von der Hauptkommissarin zu Burmeester schaute, sich zwischendurch bei einem Blick auf die Spiegelfläche Strähnen ihrer Frisur korrigierte. Karin räusperte sich und legte das Papier vor sich auf den Tisch.

Krafft: »Frau Timmermann, uns liegt ein umfangreicher DNA-Abgleich vor, den haben die Fachkräfte in der Gerichtsmedizin erstellt. Das Ergebnis ist eindeutig. Bei dem Material, das Ihren beiden Männern Felix und Thorwald zuzuordnen ist, gibt es leider keine Übereinstimmung.«

Timmermann: »Und was heißt das jetzt? Was wollen Sie mir damit sagen?«

Burmeester: »Das heißt, dass Thorwald nicht der Vater von Felix ist.«

Timmermann wird rot, sinkt in den Stuhl zurück, kaut an der Nagelhaut.

Krafft: »Da haben Sie das Geheimnis so lange gehütet, und nun ist es doch gelüftet.«

Burmeester: »Hat Ihr Mann geahnt, dass Felix nicht von ihm ist?«

Timmermann: »Nein, ich meine, ich habe ja auch gedacht … Ich konnte doch nicht … Und dann …«

Krafft: »Könnten Sie bitte in kompletten Sätzen sprechen.«

Timmermann bricht in Tränen aus.

Krafft: »Ach nein, das wirkt bei uns nicht, lassen Sie das und beantworten Sie meine Frage. Hat Ihr Mann Sie damit konfrontiert, dass er nicht der Vater von Felix ist?«

Timmermann: »Nein. Der hat das nicht gewusst.«

Krafft: »Haben Sie einen Blick auf das Ergebnis geworfen? Da gibt es noch etwas Neues.«

Timmermann schweigt.

Burmeester: »Der Vater von Felix heißt Frank Adler.«

***

»Tatjana Timmermann, warum wollen Sie den schönen Niederrhein verlassen? Wir sind doch noch nicht fertig miteinander.«

Sie wurde blass und ließ die Arme hängen, starrte entgeistert Tom und seine Begleiterin an. »Eine halbe Stunde noch, und ich wäre in der Luft gewesen.«

Alice Karun stellte sich neben die Frau und nahm ihr die Tasche und den Rucksack ab, sprach leise, fast sanft mit ihr. »Es existiert ein zwischenstaatlicher Auslieferungsvertrag zwischen Jamaika und Deutschland, innerhalb von spätestens zwei Tagen wären Sie wieder hier gelandet. Ein Flug in Handschellen, acht Stunden lang, das ist kein Vergnügen. Bei vertraglicher Regelung geht das ganz unkompliziert.«

In Begleitung der Bundespolizei verließen sie das Gebäude, Tom holte den Wagen. Alice wartete gemeinsam mit Tatjana an der Ausfahrt des Parkhauses auf ihn, er hielt, ließ die Frau einsteigen und umarmte seine Liebste.

»Danke, du, alleine hätte ich es nicht mehr rechtzeitig geschafft. Wir sehen uns.«

Auf der Zufahrt zur Autobahn legte Tom sein Smartphone mit eingeschalteter Aufnahmefunktion in die Mittelkonsole. »Sie haben nichts dagegen, dass ich während der Fahrt unser Gespräch aufnehme?«

»Nein, jetzt ist ja eh alles egal.«

Tom erzählte ihr, dass er am Morgen mit einem Angestellten ihrer Bank gesprochen hatte. »Sie haben einen hohen Geldbetrag abgehoben.«

»Ich wollte eine Weile davon leben.«

»Ich habe erfahren, dass Thorwald den Überweisungsauftrag für Sie gekündigt hat. Hatte er Sie über diesen Schritt informiert?«

Tatjana schaute aus dem Fenster und begann leise und ruhig zu berichten. »Er wollte einfach nicht mehr zu seinem Wort stehen, ich hätte mehr als eine Million von ihm erhalten, genug, um damit auf eigenen Beinen zu stehen. Es hieß jahrelang, wenn sein Felix volljährig wäre, dann würde er zu mir ziehen, wir beide könnten neu durchstarten. Und plötzlich war das nicht mehr sein Plan. Verstehen Sie? Ich kam in seiner Zukunftsplanung einfach nicht mehr vor.«

Tom bog auf die A 57 Fahrtrichtung Krefeld und fragte nach ihrer Reaktion.

»Ich war tief enttäuscht und sah keinen Grund mehr, mein Wissen zurückzuhalten. Ich bin am Abend zu ihm gegangen. Farina lag schon im Bett, das dachte ich jedenfalls. Ihr wollte ich nicht begegnen, sondern ihm etwas vorbeibringen. Einen alten Brief, den ich seit meinem Auszug, oder soll ich sagen: seit meiner Vertreibung, aufgehoben habe.«

***

Krafft: »Sie müssen doch geahnt haben, wer da unter den Steinen vergraben in Ihrem Vorgarten lag. Farina Timmermann, Sie haben es gewusst, richtig?«

Timmermann: »Ja, ich habe es gewusst. Ich hatte ein- oder zweimal mit Franky geschlafen, bevor ich mit Thorwald in der Kiste gelandet bin. Ich wollte den Adler nicht, der war mir zu brav und hatte nichts, lebte noch bei Mama. Der Thorwald gefiel mir, der hatte ein Haus und war reich. Und der wollte ein Kind. Da habe ich die Gelegenheit genutzt. Der hat sogar seine Frau für mich verlassen, ganz schnell ging das. Und ich zog ein.«

Burmeester: »Und dann tauchte Frank Adler auf.«

Timmermann: »Genau, der stand auf einmal vor der Tür und drängte mich zur Seite, deutete auf meinen kleinen Bauch und meinte, das wäre sein Kind, und er würde es Thorwald erzählen. Ich ging in die Küche, dort lag mein Handy, und wollte Thorwald anrufen. Wir haben gerangelt, er wollte nicht, dass ich telefoniere, ich war so wütend. Und plötzlich hatte ich das Küchenmesser in der Hand.«

***

In Höhe der Auffahrt Krefeld-Gartenstadt fragte Tom, was Tatjana ihrem Ex-Mann geben wollte.

»Zu dem Zeitpunkt, als ich meine Taschen packen musste, lag ein Brief von der Kinderwunschklinik aus Duisburg im Kasten. Wir waren dort angemeldet und hatten einige Tests über uns ergehen lassen. Da war Farina schon in Thorwalds Leben präsent, und als sie schwanger war, stand für Thorwald fest, dass ich unfruchtbar sein musste. Er dachte überhaupt nicht mehr nach, freute sich nur noch auf sein Kind, den lang ersehnten Sohn. Ich zog aus und nahm die Post mit, wollte sie vernichten, es hatte ja alles keinen Sinn mehr. Ich habe den Brief total vergessen und entdeckte ihn erst wieder, als ich in Eppinghoven eingezogen war und alles einen neuen Platz fand. Bis dahin hatte ich ihn nicht einmal geöffnet. Und weil wir ja eine gemeinsame Zukunft planten, vergaß ich ihn wieder. Und plötzlich, nach all den Jahren, erklärt er mir im August, dass er nicht zu mir ziehen wird. Stattdessen wollte er mit seinem Sohn um die Welt reisen, das sei die beste Lehre für einen jungen Menschen, und dann mit ihm zusammenziehen, eine Vater-und-Sohn-Wohngemeinschaft gründen. Erst war ich völlig schockiert. Ich hatte all die Jahre auf eine gemeinsame Zukunft gehofft, und plötzlich war ich nicht mehr wichtig.«

Im Stau vor dem Moerser Kreuz wollte Tom wissen, was in dem Brief stand, den sie ihm gebracht hatte. Tatjana Timmermann atmete tief durch und schaute in die Ferne.

»Thorwald war zeugungsunfähig. Felix konnte nicht sein Sohn sein. Er war entsetzt, zerknitterte den Brief, zerriss ihn, warf ihn in den Müll. Er beschuldigte mich der Fälschung, warf mich zur Tür hinaus, stieß mich zur Straße, ich fiel hin. Dann hatte ich plötzlich diesen griffigen, spitzen Stein in der Hand.«

Sie schaute Tom an. »Er hat alles kaputt gemacht.«

***

Burmeester: »Farina, was geschah dann?«

Timmermann: »Thorwald kam nach Hause, ich erklärte ihm, der Mann sei ins Haus eingedrungen, um mich zu überfallen, ich hätte mich gewehrt. Thorwald drehte fast durch, er sah mich im Gefängnis statt an seiner Seite und rief einen Freund an, der ihm helfen sollte, Franky verschwinden zu lassen.«

Krafft: »Das war Achim Schröder?«

Timmermann: »Ja, der Don. Der hat Thorwald geholfen. Ich sollte nach oben gehen und mich beruhigen, mich um nichts kümmern. Als ich am Morgen nach unten kam, sah es dort aus wie immer. Thorwald meinte, ich solle alles vergessen. Der Mann ist für alle Zeit verschwunden, sagte er, den hätten sie tief genug vergraben. Zu keiner Zeit habe ich geglaubt, dass er so einfach wiederauftauchen könnte.«

Karin Krafft und Burmeester tauschen einen langen Blick, Karin nickt.

***

Keine Woche nach dem Tod von Thorwald Timmermann war der Fall gelöst und ein zweiter Todesfall aus dem Jahr 2006 ebenfalls.

Die beiden Frauen mit dem Namen Timmermann begegneten sich auf dem Flur im Kommissariat 1 zum ersten Mal seit achtzehn Jahren wieder, gegen beide wurde ein Haftbefehl wegen Totschlags aus niedrigen Beweggründen erlassen.

Noch am selben Abend wurden die beiden Aktivisten Kremer und Zapatka aus der Haft entlassen, es war deutlich, dass sie getrennte Wege gehen würden. Sie beide und Arthur Barneby Krause würden sich wegen Leichenschändung vor Gericht wiedertreffen, sie konnten mit einer Verurteilung von bis zu drei Jahren Haft rechnen. Ihre gemeinsame aktive Zeit war durch die Vorkommnisse beendet, sie wollten nichts mehr miteinander zu tun haben. Krause fand seine neue Passion in der Errichtung von Nistkästen für Turmfalken in hohen Gebäuden wie den Domtürmen in Xanten und Wesel.

Felix Timmermann brach zusammen, als er von den Geschichten erfuhr, die sein Leben betrafen. Schließlich wollte er Frank Adlers Mutter kennenlernen. Beide verstanden sich vom ersten Moment an.

Haus Konstantin musste erneut versteigert werden, Gaby Schröder träumte von einem kleinen Nagelstudio in Wesel, und Mala Burmeester versorgt den großen Buddha vor dem Anwesen in Diersfordt immer noch mit frischen Blumen.

Gero von Aha würde in das Kommissariat 1 zurückkehren, dem würde ein langer Genesungsprozess vorausgehen.

Bis dahin würde eine weitere Planstelle geschaffen und Alice Karun zu Tom Weber an den Niederrhein ziehen.

Die Aktion zum Klimaschutz von Hannah und ihrer Freundin auf dem Xantener Marktplatz wurde zu einem vollen Erfolg, sie ernteten Zuspruch und Beifall. Zur Aufrundung der Zahl der Teilnehmenden kamen ihre Großmutter und deren Freund sowie das ganze Kommissariat 1 nach Xanten. Maarten und Karin saßen nach der Kundgebung mit einer großen Gruppe im Eiscafé.

Und sonst?

Yasemin Burmeester war nicht viel fitter als ihr Gatte, wenn es um das Handling von Handschellen ging. Sie hatte sich extra zwei Paare mit Samtbezug besorgt, fand den Gedanken, ihren Nikolas an das Bettgestell zu fesseln, sehr erregend, schmunzelte vor Vorfreude, bewegte sich in einem kleinen, recht durchsichtigen Etwas aus schwarzer Spitze durch den Raum.

Er: »Was hast du vor?«

Sie: »Sei einfach mal entspannt und lass dich überraschen.«

Als die letzte Zahnraste sich um sein Handgelenk schloss, fragte er nach den Schlüsseln. Das Gesicht seiner Gattin verlor schlagartig jegliche erotische Anmut, sie sprang auf, raste durch die Wohnung. Er hörte, wie sie hier und dort kramte. Minuten später kam sie mit dem leeren Behälter für das Altpapier zurück.

Sie: »Hast du den Inhalt entsorgt?«

Er: »Klar, gestern am Abend, heute sind die Tonnen doch geleert worden.«

Sie stand, er lag, beiden wurde schlagartig klar, was ihre Frage bedeutete.

Sie: »So ein Mist. Und jetzt?«

Er: »Tja, Schatz, du wirst mich hier versorgen müssen, dank deiner vorzüglichen Küche werde ich bald wie ein gemästeter Wal in der Matratzenkuhle liegen. Du kannst ja aus der Klinik eine Bettpfanne mitbringen, und ich bekomme so ein Glöckchen, ich werde zart klingeln, wenn ich deine Gesellschaft wünsche, um mir den Bart oder den Bauch kraulen zu lassen.«

Yasemin stand entsetzt vor dem Bett, während Burmeester einen Lachanfall bekam. Als er wieder in der Lage war zu sprechen, hockte sie mit hängenden Schultern am Fußende. Er stupste sie mit dem Zeh an.

Er: »Schau mal in die Schublade von meinem Nachtschränkchen. Los, mach schon.«

Wortlos ging sie um das Bett, öffnete die Lade. Da lagen sie, mit rotem Schleifenband zusammengehalten, die Schlüssel.

Er: »Ich dachte mir, dass ich für den Rest meines Lebens auf die Schlüssel von Handschellen besonders gut aufpassen werde, und in diesem Fall dürfte auch Massageöl wirken, falls die Schlösser klemmen. Ich fand sie in der Verpackung. Und jetzt schließ bitte auf.«

Sie: »Du Schuft! Weißt du, was mir gerade alles durch den Kopf gegangen ist? Wie kannst du mich so erschrecken?«

Sie stand auf, warf die Schlüssel auf die Kommode gegenüber dem Bett, verließ den Raum und knallte die Tür zu. Burmeester schaute ihr entsetzt nach.

»Yasemin? Schatz? Ey, so habe ich das doch nicht gemeint. Komm, schließ die Dinger auf. Yasemin!«

Die Kriminalromane der Erfolgsautoren Thomas Hesse und Renate Wirth im Überblick

Alle Titel sind auch als eBook erhältlich.

Bücher mit KHK Karin Krafft:

Die Elster
ISBN 978-3-89705-629-9

Die Eule
ISBN 978-3-89705-769-2

Eulenblues
ISBN 978-3-89705-930-6

Die Spinne
ISBN 978-3-95451-152-5

Der Käfer
ISBN 978-3-95451-553-0

Das schwarze Schaf
ISBN 978-3-95451-990-3

Der Storch
ISBN 978-3-7408-0182-3

Der Hahn
ISBN 978-3-7408-0446-6

Das Alpaka
ISBN 978-3-7408-0793-1

Der Stier
ISBN 978-3-7408-1127-3

Hasenfuß
ISBN 978-3-7408-1504-2

Der Schwan
ISBN 978-3-7408-1808-1

Weitere Titel von Thomas Hesse:

Blutsgeschwister
ISBN 978-3-95451-820-3